# 小說과 批評

2015 제 7집
부천소설가협회

도서
출판 행복에너지

# 소설과 비평 2015 제7집

**초판 1쇄 발행** 2014년 12월 24일

**책내는이**  이준옥
**책엮은이**  황인수
**책내는곳**  부천소설가협회
　　　　　　부천시 원미구 중1동 1144-4번지 706호 부천문학도서관
**E-mail**   openvic@naver.com
**책만든이**  권선복
**책만든곳**  행복한 에너지
**출판등록**  제315-2011-000035호
**주　　소**  (157-010) 서울특별시 강서구 화곡로 232
**전　　화**  0505-613-6133
**팩　　스**  0303-0799-1560
**홈페이지**  www.happybook.or.kr
**이 메 일**  ksbdata@daum.net

값 15,000원
ISBN  979-11-954239-1-0    03810

* 이 책의 제작비 일부는 부천시 문예진흥기금 지원을 받았습니다.

# 小說과 批評 / 2015 제 7집

# 할머니의 옛날이야기를 듣던 밤처럼,

## 이준옥

아마도 흰 눈이 펑펑 내리는 밤이었을 거다.

방안엔 잘 익은 숯불이 화로에서 고요히 그 열기를 피워 올려 콩기름 먹인 장판과 삭풍에 떠는 문풍지를 덥혀 주었을 거다. 화로엔 어쩌면 밤이나 고구마가 익어가고 있었을지도 모른다. 그렇다면 달콤한 냄새가 방안에 가득 찼었으리라. 그 방에 외할머니와 아기인 나는 오두마니 앉아서 눈 내리는 소리를 들으려 온통 귀를 밖으로 열어 놓고 있다.

스물일곱에 홀로되신 외할머니는 남들에게 청상과부로 불렸다. 아아, 얼마나 시퍼렇게 슬픈 말인가. 청상과부! 푸르른 시절에 남편을 여읜 외할머니는 살아 계셨으면 백 살이 넘으셨으니 꼭 한 세기 전의 여인인 것이다.

외할머니는 딸 하나를 키우시며 숨죽이고 살얼음판을 걷듯 세상을 건너셨다. 잘 벼려진 시퍼런 칼끝보다 더 날카로운 말(言)의 비수를 피하기 위해서였다.

딸이 시집을 가 내가 태어났다. 외할머니는 젖이 돌지 않는 딸이 애처로워 나를 품에 안으셨다. 그리고는 밤마다 그 어린 것에게 옛날이야기를 들려 주셨다. 아이는 애기단풍잎 같은 손으로 오래도록 남자의 손이 닿지 않았던 할머니의 젖을 만지며 옛날이야기를 들었다.

옛날 옛적에 호랭이 담배피던 시절에…… 호랭이가 젤 무서워 하는 것은 곶감이야…… 떡 하나 주면 안 잡아먹지  호랭이가 동아줄을 잡고 올라가다 그 동아줄이 끊어져 수수밭에 떨어지는 바람에…… 그래서 수수가 빨갛단다…….

외할머니의 옛날이야기는 내 정수리에 박혀 혈관을 타고 흐르며 나와 함께 자랐다.

그런 밤이 몇 해 지나고 내 머리가 영글자 옛날이야기에 뒤이어 잠 안 오고, 밖에 흰 눈은 펑펑 내리고, 배고프고 추워 부엉부엉 먼 산에서 부엉이가 우는 밤, 외로움에 소름이 돋는 청상과부 외할머니는 나에게 글을 가르치셨다.

ㄱ에 ㅏ를 더하나 가요, ㄴ에다 ㅏ를 더하니 나라…… 이렇게 나는‘가

나다라'를 배우고 '아야어여'를 배워 마침내 내 이름을 그리게 되었다. 할머니가 곱게 깎아 손에 쥐어 준 연필에 침을 묻혀 할머니가 써 놓은 내 이름을 삐뚤삐뚤 종이 위에 그렸다.

드디어 나는 읽고 그리다가 종내에는 쓰고, 그것이 무엇을 뜻하는 것인지 알게 되었다.

나의 육체가 우뚝 서는 게 첫 걸음이었다면, 내 이름을 종이 위에 삐뚤삐뚤 썼던 다섯 살은 나의 정신이 우뚝 선 순간이다. 나의 육체와 정신이 비로소 일체가 되어 우뚝 선 순간이었다. 자신의 이름을 자신의 손으로 처음 쓰는 그 순간은 한 개인에게는 닐 암스트롱이 달에 착륙한 것 보다 실로 더 위대한 순간이다. 그 순간이 없었다면 인간은 달에 가지도 못했을 뿐더러 모든 예술은 없었을 것이다.

내가 쓰는 글의 시작엔 할머니의 옛날이야기와 이름을 쓰던 그 순간이 있다. 내가 애기단풍잎 같던 손으로 내 이름을 처음 쓰던 흰 눈 펑펑 내리던 그 밤, 백석은 아마 '나와 나타샤와 흰 당나귀'를 쓰고 있었을지도 모른다. 가와바다 야스나리는 '설국'을 쓰고 있었을 지도 모른다. 보리스 파르테르나크는 '닥터 지바고'를 쓰고 있었을 지도 모른다. 그러나 그 모든 사람이 처음 쓴 것은 아마도 자신의 이름이었을 것이다. 그 처음의 순간이 바로 모든 예술의 시작이다.

우리 소설과 비평의 작가들도 모두 나처럼 그 순간을 지나와 〈소설과 비평〉이란 이름 아래 있다. 일 년 농사를 지어 〈소설과 비평〉이란 제호로 지방에서는 정말 드문 순수 소설 동인지를 내고 있다.

벌써 우리는 7번째 소설집을 내 놓는다.

이재욱, 이병렬, 최현규, 이준옥. 최희영. 최명희, 황인수, 박주호, 서지숙, 이휘용…… 이번 동인지엔 소설가 김홍신의 '작가 대담'과 함께 특별작품도 포함되어 있다.

동인지가 나오는 날 할머니의 옛날이야기를 듣던 밤처럼 흰 눈이 펑펑 내렸으면 좋겠다. 우리는 붉은 시루팥떡을 해서 책 걸이를 했으면 좋겠다.

-나라의 글이 백성들의 말과 달라 한자와 잘 통하지 아니하여 글 모르는 백성이 자신의 뜻을 제대로 펼치지 못하는 일이 많아서 내 이를 안타까이 여겨 새로 스물여덟 글자를 만드노니 사람마다 쉽게 익혀 두루 편하게 쓰고자 함이라-

568년 전 세종대왕의 말씀이다.

그 분이 아니었더라면 이토록 표현력이 빼어난 글을 우리가 읽고 쓸 수 있었을까.

그 분께 감사의 뜻으로 팥 시루떡을 해 놓고 부족한 우리의 이번 〈소설과 비평〉을 그 분에게 상재하고 싶다.

한 해가 또 간다.

내년의 소설이 벌써 우리를 기다리고 있다.

설레기도 하고, 두렵기도 하다.

우리 〈소설과 비평〉 동인들, 기꺼이 두 팔 벌려 내년의 소설을 힘껏 안을 것이다.

2014년 12월 5일
(소설가 / 부천 소설가협회 회장)

# 문학은 영혼의 상처이며
# 내 상처를 향기로
# 바꾸어주는 작업

김홍신 소설가

## 글을 다루는 문학인은 꿀을 나누어주는 꽃입니다.

김홍신(金洪信, 1947년 3월 19일 ~ )은 대한민국의 소설가이고 15, 16대 전직 국회의원이다.

1947년 충남 공주에서 태어나 논산에서 성장하였다. 건국대학교 국문학과를 졸업한 후 동 대학원에서 문학박사학위와 명예정치학박사를 받았다. 1976년 『현대문학』에 〈물산〉,〈본전댁〉으로 추천 등단했으며, 1981년 펴낸 대한민국 최초의 밀리언셀러 장편소설 〈인간시장〉은 영화와 드라마로도 제작되어, 20여 년이 지난 오늘날까지 국민적 사랑을 받아왔다. 인간시장은 김홍신이라는 작가의 이름과 문학적 성향을 가장 잘 보여주는 대표적인 작품이기도 하다. 김홍신 작가는 제15, 16대 국회의원으로 8년 연속 '의정활동 1위 의원'에 올랐던 정치인이기도 하며, 건국대학교 언론홍보대학원 석좌교수이기도 하다.

주요 작품으로 〈인간시장〉, 〈바람 바람 바람〉, 〈인간수첩〉 등이 있으며, 산업사회의 모순과 비리를 깊이 있게 파헤치고자 하는 작품을 주로 썼다. 김홍신이 1981년에 발표한 장편소설 〈인간시장〉은 대한민국 최초로 백만부를 돌파한 기록을 가지고 있다. 2007년에는 정계에서 물러나 소설가로 복귀한 후 처음 내놓은 작품인 대하소설 〈대발해〉를 출판하였다.

한국소설문학상, 소설문학작품상, 자랑스러운 한국인대상, 한국유권자운동연합 국회의정활동 최우수상 등 많은 상을 수상하였으며, 2006년 12월, 8년여에 걸쳐 심혈을 기울인 대하소설 『김홍신의 대발해』를 탈고하였다. 그리고 이 책을 통해 제4회 통일문화대상 대상, 제14회 현대불교문학상을 수상하였다.

김홍신 작가는 고등학교 3학년 때 6살 연상의 유치원 선생님에게 첫눈에 반했다고 한다. 연애편지로 자신의 마음을 표현했지만 그녀는 이미 결혼할 상대가 있었다. 아픈 첫사랑의 기억을 뒤로하고 재수를 해서 대학에 입학한 김홍신 작가는 대학교 1학년 최초로 학보사 소설 공모에 당선되기도 했다. 하지만 어려운 집안 형편 때문에 휴학을 하게 되면서 방황의 길을 걷게 되었다. 긴 방황 속에서도 '소설로 세상을 흔들고 싶다'는 열정이 가득했다. 기나긴 방황 끝에 1976년 서른 살의 늦은 나이로 '현대문학'을 통해 데뷔한 김홍신 작가는 콩트집 〈도둑놈과 도둑님〉을 거쳐 1981년 〈인간시장〉을 선보였다.

과거 그의 첫사랑의 추억과 '가짜 휘발유 제조법'을 고발하는 등 조직 생활을 통해 얻은 인맥과 경험을 충분히 담은 소설 〈인간시장〉. 대한민국 장편소설 최초 100만부를 돌파하며 그 역시 최고의 스타 작가가 되었다.

〈인간시장〉의 인기 뒤에는 영원한 글쟁이를 꿈꾸며 아빠의 곁을 지켜주는 든든한 딸이 있었다. 1981년 출간되자마자 대단한 파장을 일으켰던 소설 〈인간시장〉. 이후 영화와 드라마, 만화 등으로 리메이크 되면서 80년대 선풍적인 인기를 누렸지만 소설의 인기 뒤에는 〈인간시장〉에서의 유명 인사의 실명과 사회비판이라는 어두운 그림자도 드리워졌다.

이후 김홍신 작가는 2004년 제17대 국회의원 선거에서 500표 차이로 낙선하고, 3년간 두문불출하며 소설 〈대발해〉와 〈인생사용설명서〉를 집필하는 등 글쓰기에 몰입했다. 다시 작가로 돌아올 수 있었던 배경에는 딸이 있었기 때문이다. 평소 애정 가득한 쪽지를 보내주는 딸은 늘 아빠의 건강을 챙기며 오래도록 글을 쓰길 바랐다. 앞으로도 건강하게 영원한 글쟁이로 살고자 하는 그의 뒤에는 엄마의 빈자리를 채워주는 딸이 있었다.

### 문학을 왜 하는가?

　작가들은 원고료로는 살 수가 없습니다. 우리나라에 500여 개의 문학지가 있습니다. 그곳에 원고를 보내는 작가들의 유형을 살펴보면 세 등급으로 나눌 수 있습니다. A등급은 10년 이내의 등단 작가이고 B등급은 10년에서 40년 이내의 등단 작가이며 C등급은 40년 이상의 등단작가로 원로들입니다. 그런데 그들이 받는 원고료는 턱없이 부족하죠. A등급은 단편소설 한 편에 20만원을 받고, B등급은 30만원을 받으며, C등급은 40만원을 받습니다. 그것으로 살아가기란 무척 어려운데 왜 글을 쓸까요? 그것은 아마도 영혼의 승리자이기 때문일 겁니다. 내가 누군가에게 오래도록 기억되기 위해서 글을 쓰는 것이지요.

### 인생은 즐겨야 합니다

　여러분 거울을 보고 가위 바위 보를 해보세요. 과연 이길 수 있을까요?

절대 이길 수 없겠죠? 그럼 어떻게 해야 할까요? 우리가 살아가는 인생에는 정답이 있을까요? 사람들은 저마다 정답을 찾으려고 애를 쓰지만 결국 찾지 못하죠. 어쩌면 인생에는 정답이 아니라 명답이라 해야 옳지 않을까요? 그렇습니다. 인생은 정답이란 없고 명답만이 존재합니다. 우리가 쫓고 있는 것, 찾는 것, 살아가고 있는 것은 정답이 아니라 명답이라고 해야 옳습니다.

명답인 그 인생을 우리는 잘 놀다 가야 합니다. 잘 놀다 가지 않으면 그건 불법이라 할 수 있습니다. 한국인들은 잘 놀지를 않습니다. 좋은 시절을 애타게 살다가 갑니다. 또한 편견심이 늘어나게 됩니다. 노는 것은 즐기는 것입니다. 지금 하고 있는 일에 깊숙이 빠져 즐기는 것입니다. 특히 예술가들은 인생을 장난처럼 재미있게 살아가야 합니다. 거울을 보고 가위 바위 보를 할 때 결코 이길 수는 없겠죠? 하지만 이렇게 하면 어떨까요? 장난처럼 해보면 어떨까요? 거울을 보고 즐기는 겁니다. 이길 수 없는 자신과의 가위 바위 보를 해보며 즐기는 겁니다. 이길 수는 없지만 결코 질 수도 없는 게임을 이왕이면 즐기며 놀자는 것입니다.

돈을 지불하고 노래를 부르는 노래방은 어떻습니까? 즐겁지 않습니까? 하지만 돈을 받고 노래는 부르는 것은 어떨까요? 아마도 그것은 그다지 즐겁지 않을 겁니다. 돈을 받고 노래를 부르는 것은 노동이고 일이기 때문에 재미가 없습니다. 글을 쓸 때도 마찬가지입니다. 소설가가 단편소설 하나를 쓰면 20에서 40만원을 받지만 대가를 받기 위해 쓰는 것이 아니라 놀이처럼 즐기면서 쓰라는 겁니다.

생각을 바꾸면 세상이 바뀝니다. 골프선수와 캐디 모두 골프와 연계해서 살고 있지만 결과는 다릅니다. 골프선수는 스포츠라 생각하고 열심히 빠져들어 골프를 칩니다. 건강에도 좋고 재미가 있어 즐거운 겁니다. 하지만 캐디는 골프를 노동이라 생각하기에 그다지 즐겁지 않습니다. 온종일 골프 치는 사람을 따라다니며 심부름을 하죠. 내내 환한 미소로 응대해야 하고 하기 싫어도 밝게 웃어야 하죠. 서너 시간 동안 자유가 없는 그런 캐디는 건강이 좋지 않게 되는 것이죠. 즐기는 사람과 그렇지 않은 사람과의 차이이지요. 인생이든 문학이든 즐겨야 합니다. 문학, 그 속에서 먹고 살기 위해 글을 쓰는 것이 아니라 즐기기 위해 글을 쓴다면 더 좋은 결과가 나올 것입니다. 그러기 위해서는 영혼과 육신이 부지런해야 합니다.

### 문학예술은 인간의 본질의 문제를 다루는 것입니다

문학은 영원한 자유로움에서 시작해야 합니다. 통찰력을 지녀야 합니다. 온갖 사람과 사물을 전지적 작가 시점에서 바라봐야 합니다. 소설의 주인공 속을 전지적 작가 시점으로 깊숙이 들여다봐야 합니다. 겉모습이 아닌 모든 실체의 내면을 꿰뚫어 보는 자유가 필요합니다. 자유는 상징 구조에서 여러 가지로 나타납니다.

## 문학은 영원한 품격

문학은 진정한 가치 창조에 있습니다. 문학은 영혼의 상처이며 내 상처를 향기로 바꾸어주는 작업입니다. 그 이야기는 나에게는 고통이고 상처이지만 남에게는 재미있는 이야기 거리입니다. 내 영혼의 상처를 연마하고 단련해서 꽃을 피우는 것입니다. 그래서 글쟁이는 인간 명품으로 존재하는 겁니다. 인간 명품이 되어야 하고 자유로워야 합니다. 세상의 주인은 나 자신이고 내가 이 세상의 주인으로 살아가야 합니다. 인간이 명품이 되려면 뜨거운 인간애, 휴머니즘이 존재하야 합니다.

휴머니즘의 근본은 내가 중심에 서 있을 때 옆을 챙기는 데에서 비롯됩니다. 주위 환경이 어려운 사람을 일으켜 세우는 것입니다. 돈이나 물질이 아닌 자기 자신을 낮추고 아랫사람을 챙기고 주위사람들을 돌아보는 일입니다. 이것이 휴머니즘이고 나의 품격입니다. 문학을 위해서는 품격을 갖추어야 합니다.

사람은 공공장소에서 보면 좋지 않은 상황들이 벌어집니다. 그건 품격이 없기 때문에 벌어지는 행위입니다. 그 사람 관상을 보면 결코 좋지 않습니다. 그래서 자서전을 쓰라고 권유합니다. 자서전을 쓰게 되면 품격 없는 자신의 모습을 보여주지 않을 테니까요. 자신의 모습을 담긴 글인데 품격을 갖춰야 하지 않을까요?

사람은 본디 하고 싶은 것이 있다면 해야 한다. 그래야 문학이 살고 성공을 거두는 것입니다. 문학과 인생 모두 하고 싶은 것이 있다면 마땅히 해야 합니다. 주저하지 말고 용기를 내야 합니다. 직면하고 있는 현 시점에서 멈추거나 할 수는 있어도 절대 뒤로 물러서면 안 됩니다. 단 한 발짝이라도 앞으로 전진하는 것이 성공이 이르는 길입니다. 소설을 쓰면서 인간만의 사랑을 쓰고 싶었습니다. 무엇이든 정하고 연구하고 영혼을 흔들어야 합니다. 영혼이 마음을 흔들 때 움직여야 합니다. 아니 영혼을 흔들어야 합니다. 문학이란 영원한 품격을 만드는 놀라운 작업입니다.

### 나는 어떤 사람으로 기억될까?

여러 분은 다시 태어나면 어떤 사람으로 태어나고 싶습니까? 돈 많고 명예를 가진 사람으로? 남들이 부러워할 만큼 잘 생긴 사람으로? 그럼 죽을 때 어떤 사람으로 기억되고 싶습니까? 나는 죽을 때 어떤 사람으로 기억될까요? 글을 다루는 문학인은 꿀을 나누어주는 꽃입니다. 찬란한 꽃이 되어 더 많은 꿀을 나누어주는 꽃으로 피어나야 합니다. 꽃은 찬란한 향기가 나야 합니다. 문학인에서 국회의원으로 그리고 다시 문학인으로 돌아올 수 있었던 이유는 향기 나는 글쟁이로 평가받고 싶기 때문이다. 그래서 많은 이들에게 나의 향수를 뿌리고 싶습니다. 그래서 인간시장에서 인간의 근본을 다루는 대발해로 깔끔하게 돌아올 수 있었습니다.

# 김홍신 작가의 주요 작품 들여다보기

### 인간시장

그의 대표적 〈인간시장〉은 우리나라의 현실에 대한 조롱과 풍자 그리고 속 시원한 해결법으로 독자의 가슴을 시원하게 뚫어주었던 연작소설이다. 말도 안 되는 상황이라는 게 지금과 별반 차이 없는 소설 속 배경 속에서 이해보다는 복종을 요구하는 인간집단들이 벌이는 소동 속에서 가진 자와 못 가진 자의 도무지 끝이 안 보이는 싸움으로 신출귀몰한 주인공 장총찬의 활약을 그린 장편소설이다. 신종 사기꾼과 강간범, 인신매매범 등 밑바닥 인생의 현장 곳곳에 나타나 눈부신 활약을 보이는 의리의 사나이 장총찬과 오다혜의 이야기를 다루며 현대를 가장 잘 풍자한 소설 중의 하나로 평가받고 있으며 텔레비전 드라마로도 방영이 되었다.


### 대발해

대발해는 베스트셀러 작가 김홍신이 1998년 국회의원 시절부터 무려 8년여에 걸쳐 구상하여 집필한 소설이다. 668년 고구려의 멸망에서부터 698년 고구려 유장 대조영이 세운 발해가 926년 멸망하기까지 파란만장했던 역사

를 담은 장대한 스케일의 작품이다. 주변국과 싸워나가는 발해의 정치 군사 외교의 전략 전술이 흥미롭게 그려져 있으며, 수많은 영웅들의 원대한 꿈과 야망, 들풀처럼 억센 민초들의 애환이 녹아들어 있다. 고구려의 뒤를 이은 발해는 고구려의 세배 넓이로 확장하는 등 당나라에 맞서 싸워 영토를 동북아의 최강국으로 자리를 굳히지만 끝내는 자중지란과 거란의 침공으로 멸망한다. 이러한 발해의 흥망성쇠를 작가는 치밀한 고증과 취재, 문학적 상상력을 발휘해 10권의 소설 속에 담았다. 광활한 대륙을 달렸던 우리 선조들의 웅혼한 기상과 강대함을 보여주었으며, 잃어버린 민족의 자긍심을 되살려주었다. 나아가 갈등과 부패가 국가 미래를 암담하게 하는 요즈음의 정치 사회를 강력히 비판하고, 고구려와 발해를 중국사의 일부로 다루는 중국 사서의 허구를 바로잡고자 했다.

### 인생사용 설명서

김홍신 작가의 〈인생사용 설명서〉는 삶의 방향을 잃고 방황하는 사람들에게 자기 자신과 인생의 소중함을 일깨워준 인생 지침서이다. 인생을 살아가면서 가장 핵심이 되는 7가지 질문에 대한 김홍신만의 통찰력 있는 이야기가 펼쳐져 있다. 인생사용설명서에는 총 7장으로 구성되어있다. 자신의 가치와 행복의 기준을 되돌아보는 1장 「당신은 누구십니까」. 삶을 사랑가는 이유와 열정의 힘을 이야기하는 2장 「왜 사십니까」. 세상과 민족을 편

협한 시각에서 벗어나 넓은 시각으로 인생을 바라보는 3장 「인생의 주인은 누구입니까」. 더불어 가는 지혜를 배우는 4장 「이 세상이 존재하는 이유는 무엇입니까」. 인연의 소중함을 깨우쳐주는 5장 「누구와 함께 하겠습니다」. 미움을 버리고 용서의 위대함을 알아보는 제6장 「지금 괴로운 이유는 무엇입니까」. 행복에 이르는 방법을 알아보는 7장 「어떻게 마음을 다스리겠습니다」 등 원하는 목표나 노력 없이 막연하게 잘 살기를 꿈꾸는 사람들의 생각을 따끔하게 꼬집고, 열등감을 갖고 위축된 사람들에게 자신의 존재의 존귀함을 일깨워주고 있다. 인생사용설명서, 그 핵심내용분석과 주요의미를 찾는다면. '나는 누구인가' '왜 사는가' '인생의 주인은 누구인가' '이 세상이 존재하는 이유는 무엇인가' '누구와 함께하겠는가' '지금 괴로운 이유는 무엇인가' '어떻게 마음을 다스리겠는가'처럼 단 한 번뿐인 인생에서 항상 되짚어봐야 할 물음을 통해 인생의 참 의미를 스스로 깨닫게 만들어준다.

김홍신 작가의 인생사용설명서는, 타인과의 비교에 치중해 존귀한 생명을 간과하는 이들에게 '인생 선배' 김홍신 작가가 선사하는 삶의 지침서이기도 하다. 우리나라 최초의 밀리언셀러 작가, 뛰어난 언변과 열정을 품은 방송인, 8년 연속 의정평가 1등 국회의원 등 60여 년을 사회 곳곳에서 전방위적으로 활동해 온 저자는, 과욕과 허세 없는 삶 속에서 자신을 다잡은 김수환 추기경이나 만델라 대통령의 이야기를 통해, 원하는 목표를 노력 없이 얻으려다 인생에 회의를 느끼는 사람들에게 오늘 이 순간이 지극한 행복을 누려야 하는 시간임을 깨닫고 지금 당장 희망을 찾을 것을 권하고 있다.

**정리 : 박주호 작가**

## 〈수상경력〉

· 1986년 제12회 한국소설문학상 수상 '풍객'

· 1987년 제6회 소설문학작품상 수상 '내륙풍'

· 1987년 제1회 건국인상 수상

· 1994년 자랑스러운 서울시민 600인 선정

· 1997년 중앙일보 평가 96의정활동 전체 1등 국회의원

· 1999년 한국유권자운동연합평가 98의정활동 전체 1등 국회의원

· 1999년 중앙일보 평가 98의정활동 전체 1등 국회의원

· 1999년 문화일보 평가 제15대 국회 4년 의정활동 전체 1등 국회의원

· 1999년 건강연대 감사패

· 1999년 광주민주화운동행방불명자가족회일동 감사패

· 1999년 국민기초생활보장법추진연대회의 감사패

· 2000년 한국유권자운동연합평가 제15대 국회 의정활동 대상

· 2001년 한국유권자운동연합 제5차 국회 의정활동 최우수상

· 2001년 올해를 빛낸 정치인상

· 2002년 한국유권자운동연합 제6차 국회 의정활동 대상

· 2002년 국정감사NGO모니터단 최우수상

· 2003년 한국유권자운동연합 의정활동 최우수상

· 2003년 국정감사NGO모니터단 최우수상

· 2004년 경향신문 · 유권자운동연합 · Daum 공동평가
　　　16대 국회 의정활동 전체 1등

· 2004년 폴컴(POLCOM)선정 2003년 베스트 정치인

· 2004년 동아일보, 경실련 공동평가 16대 국회 의정평가 1위

· 2007년 제4회 통일문화대상

〈저서〉

· 1992년 가슴을 열어 사랑을

· 1992년 사랑의 장난

· 1992년 바람바람바람

· 1994년 흔들려도 너는 세상의 중심에 있다

· 1995년 대통령 정신차리소

· 1996년 칼날위의 전쟁

· 1998년 인간시장

· 1998년 행복과 갈등

· 1999년 우리들의 건달신부

· 2000년 초한지

· 2003년 세상 사는 방법을 묻는 사람들에게

· 2004년 한 잎의 사랑

· 2007년 대발해

· 2009년 인생사용 설명서

# 달빛

———

### 김홍신

　방죽골은 생긴 지 그리 오래되지 않은 마을이지만 얼추 백여 가호가
자리 잡고 있다. 방죽골 애들은 어릴 때부터 학교운동장을 앞마당 삼아
뛰어놀고 조금 자라면 기찻길에서 온갖 장난을 치며 담력을 키우고 철
교 아래의 냇가에서 여름에는 멱 감고 겨울에는 얼음 지쳐 극성스럽고 튼
실했다. 학교에서도 방죽골 아이들은 누구도 감히 대적하지 못했다. 애들
이 드세기도 했지만 누가 방죽골 애들을 건드리면 떼로 달려들어 혼쭐
이 났다. 방죽골 아이들에게는 특별한 계급이 존재했기 때문이었다. 어른
들 눈에는 띄지 않았겠지만 계급장을 달고 다니는 애들이 있었다. 평소
에는 달지 않다가도 대장이 비상을 걸면 깡통을 오려 만든 계급장을 달
고 달려 나갔다. 대장은 별이 다섯 개였고 나머지는 대장이 마음 내키는
대로 별판이나 무궁화판을 달도록 했다. 계급 없는 애들은 계급 높은 애
들 책가방을 들어다 주고 누룽지를 갖다 바치고 자잘한 심부름을 해야
만 했다. 어디 그뿐인가. 멱 감으러 가면 계급 높은 애들 옷이나 신발을
지키곤 했다.

바우는 작년 이맘 때 전학 오던 날부터 아이들에게 괴롭힘을 받았다. 또래보다 키가 작고 거무튀튀한 피부와 왼쪽 이마에 있는 검붉은 점이 있으며 당황하면 말을 더듬는 버릇이 있어 곱게 보이진 않았을 것이다. 전학 온 날부터 이름대신 점백이라는 별명으로 불리었고 계급장조차 없는 외톨이가 될 수밖에 없었다.

걸을 때마다 절룩거리는 소담이를 동네아이들은 '절름발이'라고 불렀다. 더러는 '병신'이라거나 '쩔뚝이'라고 부르기도 했다. 봄 소풍 무렵, 방죽골로 아버지와 둘이 이사 왔고 4학년 2반, 맨 앞자리에 앉았다. 눈이 큰 소담이는 사내아이마냥 머리칼이 짧았다. 소담이도 외톨이었다. 숨바꼭질을 할 때도 고무줄놀이를 할 때도 아무도 끼워주지 않았고 멀찍이 떨어져 구경만 했다. 그러나 소담이는 으레 그러려니 하는 체념한 듯한 눈빛이었다. 전학 오기 전 어디에서 살았는지, 소담이에 대해 자세히 아는 사람은 없었다. 아버지는 공사장의 막노동꾼이었고 어머니 없는 소담이는 숫기마저 없었다. 누가 말을 붙이려고 하면 경계심 가득한 눈초리로 고개를 숙이거나 자리를 뜨곤 했다. 담장 옆 양지 녘에 쪼그려 앉아있는 소담이의 눈망울은 늘 운동장에서 마음껏 뛰어노는 아이들을 쫓고 있었다.

이리저리 눈치를 살피며 소담이 곁으로 다가간 바우가 손을 내밀었다. 바우의 손바닥에는 사탕 두 알과 과자 세 개가 앙증맞게 놓여 있었다. 소담이는 물끄러미 바라보기만 했다. 바우가 채근하듯이 손바닥을 흔들어 보였지만 소담이는 말없이 딴청을 부렸다. 공차는 아이들과 고무줄 놀이하는 계집아이들에게 시선을 주고 있었다. 바우는 누가 볼세라 얼른 사탕과 과자를 소담이의 치마폭에 던져놓고 잰걸음으로 운동장을 가로질렀다. 아버지가 공사장에서 가져온 것을 아끼고 아껴 선심을 썼는데 반응이 실망스러웠다. 생각 같아서는 다시 가서 챙겨오고 싶은 마음도 없는 건 아니었다.

벌써 몇 번째인지 모른다. 계집아이가 도시락을 싸오지 않는다는 걸 알기에 아버지가 함바식당에서 얻어온 구수한 누룽지를 건넸을 때도 소담이는 매몰차게 뿌리쳤다. 모처럼 찾아온 이모가 사온 맛있는 빵을 슬쩍 건네주었을 때도 계집애는 슬그머니 밀어놓고 돌아앉았다. 그래도 오늘 가져간 과자와 사탕은 받을 줄 알았다.

"에잇, 싸가지 없는 계집애......."

잰 걸음으로 걷던 바우가 툭 내뱉었다. 그러나 끝내 뒤돌아보지는 않았다.

소담이가 그네를 타는데 동네 녀석들이 그넷줄을 잡고 드잡이 하듯 흔들었다. 웬만한 계집애 같으면 얼른 내리거나 울어버렸을 텐데 소담이는 온몸이 마구 흔들리는 데도 억척스레 그넷줄을 잡고 버텼다. 울지도 않았다. 왜 그런지 바우는 어렴풋이 짐작하고 있었다. 그네에서 내리면 애들 앞에서 절룩거리며 걸어야했고 그러면 동네 악동들이 대번에 절뚝거리는 흉내를 내며 "절름발이 나가신다. 길을 비켜라!"라든지 "절뚝절뚝 잘도 간다!"라고 노래를 부를 게 뻔했다. 그 장면을 바라보고 있던 바우가 소리쳤다.

"그만 해!"

녀석들이 일순 놀라는 표정이었다. 그러나 그 녀석들은 금세 웃음을 터뜨렸다.

"얼레, 저게 병신 편드네. 그래 너 잘났다."

아이들이 우르르 바우에게로 몰려왔다. 그 순간 바우는 후회했다. 그런데 그런 소리가 왜 나왔는지, 더구나 그럴 생각이 없었는데 외마디 비명처럼 외쳐버린 이유를 알 수가 없었다. 가슴 깊은 곳에서 돌멩이 같이 묵직한 게 솟구쳤다 가라앉은 느낌이었다. 그 녀석들에게 바우는 몇 대 맞았다. 도망가다 붙잡히면 더 맞는다는 걸 알기에 어쩔 수 없었다. 어차피 동네에서 바우 편을 들어 줄 녀석들은 없었다. 다른 애들 같으면 얼른 뛰어가 어른들을 불러오거나 소리쳐 말렸을 테지만 소담이는 쳐다보기만 했다. 더 얄미운 건 바우를 때린 애들이 돌아가자 아무 일도 없었다는 듯 천연덕스럽게 다시 그네를 타기 시작한 것이다.

집으로 돌아온 바우는 마루 끝에 걸터앉아 괘씸하기 짝이 없는 계집애를 떠올렸다. 절뚝거리며 걷는 게 예쁠 리가 없는데 이상하게 자꾸 그 애가 떠올랐다. 아이들이 따돌리고 놀아주지 않는 동병상련 때문만은 아니다.

술 취한 아버지가 마룻바닥에 던져놓은 자루 속에는 떡과 마른 명태가 한 마리 들어있었다. 상량을 하고 인부들끼리 나눈 것 같았다. 바우는 신문지에 떡을 싸들고 철길 너머 밭둔덕 옆에 있는 소담이네 집 쪽으로 걸었다. 둥근달이 자꾸 따라오는 게 싫었다. 떡을 들고 소담이네 가는 걸 누군가 볼 것만 같았다. 바우는 논두렁길을 지나 얼기설기 나뭇가지로 시늉만 담을 친 소담이네 집 쪽으로 다가섰다. 소담이는 마당에서 혼자 고무줄놀이를 하고 있었다. 어쩌면 그렇게 가볍게 폴짝거리며 뛸 수 있는지 참 신기했다. 소담은 흥에 겨워 바우가 몰래 구경하고 있는 걸 눈치 채지 못했다. 고무줄 양쪽 끝을 나무에 묶고 혼자 노래 부르고 고무줄을 밟고 넘고 되돌아 뛰기를 반복했다.

어제 소담이는 미끄럼틀에서 순식간에 굴러 떨어졌다. 누가 그랬는지 모르지만 미끄럼틀에 초칠을 해 놓은 걸 모르고 미끄럼을 타다가 바닥에 나동그라진 것이다. 동네 애들은 모두 돌아가고 아무도 없는 시각에 소담이가 그네도 타고 미끄럼도 탄다는 걸 알고 있었다. 어제 미끄럼틀에서 미끄러져 바닥에 나동그라진 소담이는 잘 걷지 못했다. 바우가 집에 데려다 주려고 손을 내밀자 전과 다르게 힘주어 잡았다.

　그런데 지금 눈앞에 보이는 소담이는 어제 바우가 부축해 준 계집애가 아니었다. 하룻밤 사이에 후다닥 나았을 까닭이 없는데 어쩌면 저렇게 잘 뛸 수 있는지 알 수가 없었다. 바우는 차마 떡을 줄 수가 없어서 슬그머니 돌아섰다.


　달빛 아래 소담이의 웃는 얼굴을 처음 보았다.

"우리 엄마도 지금 저 달을 보고 빌고 있을까?"

"엄마가 어딨는데?"

"아주 멀리 갔어. 내가 쬐끄만할때. 돈 많이 벌어서 내 다리를 꼭 고쳐 준다고 했으니까 꼭 날 찾아 올 거야. 정말이야. 달님한테도 빌고 해님한테도 빌고 별님한테도 빌었어. 간절히 빌면 반드시 이루어진다고 하잖아."

"엄마도 분명 달을 보고 빌고 있을 거야. 꼭 널 데리러 올 거야."

바우의 목청에는 힘이 실려 있었다.

"너네 엄마는 죽었지?"

소담이가 다 알고 있다는 듯 물었다. 바우가 고개를 끄덕였다.

"왜 죽었는데?"

"많이 아프니까."

"아프면, 많이 아프면 죽고 싶을 거야. 넌 아프지 마. 알았지?"

둘은 더 이상 말을 하지 않았다. 서로 말로 다할 수 없는 사연이 있기 때문인지도 모른다. 잡은 손에 땀이 차는 데도 바우는 소담의 따스한 손이 좋기만 했다.

술 취한 소담이 아버지는 의외로 인상이 좋아보였다. 그러나 목소리는 탁했다.

"누구냐?"

소담이가 이렇게 말했다.

"내 동무"

집으로 돌아가는 바우의 발걸음은 춤이라도 출 듯 가벼웠다.

다음날 바우는 오랫동안 간직하고 있던 어머니의 실반지를 가져와 소담이의 가운데 손가락에 끼워주었다.

"이걸 왜 주는 거야?"

"그냥......."

"엄마 거라며......."

"엄마 없잖아. 너한테 잘 맞을 거 같아서."

바우네 어머니는 밝게 웃지도 못했고 함께 놀아준 적도 없고 늘 궁상스러운 모습이었다. 그러나 깊이 넣어두었던 그 반지를 가끔 꺼내 끼어보고 "예쁘지?"하고 묻던 모습이 떠올랐다.

방죽골에 비상이 걸린 것은 후텁지근한 여름날이었다. 대장 명근이가 소담이를 두들겨 팼고 이를 말리던 바우도 실컷 두들겨 맞았다. 어찌 되었건 발단은 명근이 동생 명숙이 때문이었다. 명숙이는 소담이가 끼고 있던 반지를 한 번만 끼어보자고 했지만 소담이는 한사코 거절했다. 대

장의 여동생인 명숙이의 비위를 건드려서는 안 된다는 걸 모를 리 없는
데도 소담은 만져보는 것조차 냉정하게 거절했다. 약이 바짝 오른 명숙
이가 허약한 소담이의 손목을 비틀며 강제로 반지를 빼내려고 했다. 그
순간 소담이가 명숙이를 힘껏 물었다. 명숙이 말대로라면 그냥 구경만
하려고 했는데 소담이가 갑자기 대들어 물었다는 것이다. 소담이는 변
명도 하지 않았고 애들은 모두 명숙이 편이었다. 명근이가 소담이를 드
잡이 하는 게 당연하게 여겨졌다. 바우도 그런 내막을 나중에 알았으니까.

소담이는 그날부터 바깥나들이를 할 수가 없었다. 학교도 가지 못했다.
대장의 명령은 무서웠다. 지난번에는 그렇게 심하게 굴러 떨어지고도
이튿날 밤에는 고무줄놀이를 했는데 이번에는 일어설 줄을 몰랐다. 소
담이가 우는 걸 처음 보았다. 마루 기둥에 머리를 기댄 채 콧물을 훌쩍
거리며 서럽게 울고 있었다.

"엄마, 빨리 와. 엄마! 제발 나 좀 데려가."

담장 너머 소담이를 지켜보던 바우는 느닷없이 엄마가 보고 싶어졌다.
소담이의 울음소리가 보름달 속으로 까라지자 바우는 벌떡 일어났다.
그리고 두 주먹을 쥐고 뛰었다. 철길을 건너고 고샅길을 내달린 바우는
성큼성큼 걸어서 아이들 속으로 들어갔다. '점백이가 뭔 일이냐'고 놀리
는 애들을 밀치고 명근이에게 소리쳤다.

"오늘밤 대장 따먹기 하자!"

애들은 어이가 없다는 표정이었다. 두 손을 허리에 댄 채 명근이 앞에
버티고 선 바우의 눈빛은 금세라도 타버릴 듯했다. 대장 따먹기에 도전
하면 거절 할 수 없는 게 그들의 불문율이었다. 대장이 되려면 대장 따
먹기를 해서 이겨야만 했다. 명근이도 재작년에 대장 따먹기를 통해 대

장으로 군림할 수 있었다. 바우가 감히 대장자리에 도전할 줄은 몰랐다. 애들은 명근이를 주시했다. 오랜만에 진기한 구경거리가 생긴 것에 대한 기대와 흥분 때문이었다.

"그래! 가자!"

역시 대장다웠다. 명근이가 앞서고 그 뒤로 애들이 우르르 따라갔다. 바우는 굳은 얼굴로 천천히 걸었다. 아이들은 도열하듯 둘러섰고 명근이와 바우만 철로 옆으로 갔다. 상행선 열차가 달려오면 철교를 건너 마을 앞까지 오는데 그리 긴 시간이 걸리진 않는다. 무시무시한 화통은 증기를 뿜어내고 기적을 울려대기 마련이다. 철로에 얼굴을 대고 달려오는 기차를 봐야만 한다. 그렇게 버티다가 먼저 피하는 녀석이 지는 것이다. 꼬마들이 철로에 귀를 대고 멀리서 달려오는 기차소리를 연신 확인했다.

"온다, 온다!"

귀 밝은 녀석이 목청을 높였다. 대장 따먹기에는 따로 심판이 필요하지 않았다. 지켜보는 애들이 모두 심판이었다. 어느 한쪽 편을 들어 응원하지도 않았다. 밤 이슥한 시각의 철로는 차가웠다. 철로를 뺨에 대고 철교 쪽을 쳐다보고 누운 명근이와 바우는 아무 말도 하지 않았다. 귓속으로 파고드는 기차소리는 심장을 자꾸 뜀박질하게 만들었다. 철교 앞까지 내달린 시커먼 기차의 이마에는 불기둥이 타오르고 있었다. 기적소리가 밤하늘을 갈랐다. 평소에 듣던 기적소리가 아니었다. 천둥소리 같았다. 철교를 건너 온 시커먼 화통이 벼락처럼 달려들었다. 바우는 눈을 질끈 감았다. 연신 혼잣말로 주문을 외웠다.

'엄마, 엄마, 엄마, 엄마, 엄마…….'

누군가 바우를 잡아끌었다. 바짓가랑이를 당겨 풀 위에 내동댕이치듯

했다. 기차가 씨근거리며 지나가는 동안 바우는 눈을 감고 엄마를 불렀다. 기차소리가 멀어지자 누군가 말했다. "어쭈, 점백이가 대장 됐다."

이튿날 저녁, 당연히 운동장에 나와서 대장답게 애들을 점고하고 심부름을 시켜야 할 바우는 나타나지 않았다. 아이들이 새로운 대장 집에 가서 나와 달라고 했지만 바우는 "나는 대장 안한다. 너희들끼리 해라." 하며 돌아섰다. 하룻밤 사이에 대장이 사라진 꼴이었다. 동네 아이들도 더 이상 바우에게 조르지 않았다. 애들은 알고 있었다. 바우가 정녕 대장감이 아니라는 것을.

"왜 그랬어? 진짜 죽을 뻔했다며? 바보같이 왜 그랬어. 나 때문에 그랬지? 그렇지?"

소담이가 추궁하듯 말했다. 바우는 고개를 저었다.

"아냐, 우리 엄마 때문이었어."

"엄마, 죽었잖아?"

"우리 엄마도 다리를 많이 절었어."

"나처럼?"

"아버지 따라서 공사장에 가서 일하다가 떨어져 죽었어. 엄마 살아 있을 땐 학교에 오는 것도 싫었고 남들 앞에서 엄마라고 부르는 것도 부끄러웠어. 그런데 엄마가 죽으면서 그랬어. 죽어서 하늘에 가도 너를 지켜줄 거라고. 그런데 넌 우리엄마를 참 많이 닮았어."

바우의 눈가에 눈물이 가득 고였다. 소담이가 바우의 눈물을 손등으로 닦아주었다. 그 밤에도 하늘엔 달이 밝았다.

# 소설

小說

이병렬 · 박주호 · 서지숙

이재욱 · 이준옥 · 이휘용

최명희 · 최희영 · 황인수

김버들 〈제11회 부천신인문학상 수상작〉

# 政治學槪論序說

---

이병렬

## 1. 想念

저녁을 물리고는 서안을 앞에 두고 앉았지만, 마음이 그래서인지 서애(西涯 柳成龍)는 여러 서류들 속의 글이 눈에 들어오지 않았다. 두루마리로 된 글들은 자신이 몇 년 전부터 기록한 것들이었다. 분명 자신의 글씨임에도 웬일인지 생소한 느낌이 들었다. 내용을 정리하여 앞뒤로 짜맞추어 연결을 해보면서도 그것이 마치 먼 나라의 이야기처럼 공허한 느낌이 들었다. 그러다간 어느 순간 뒷골을 때리며 서늘한 느낌으로 다가왔다. 후원으로 난 문을 닫았지만 간간이 불어오는 가을바람은 이제 곧 겨울이 다가온다는 것을 느끼게 했다.

가을바람이 예년과 달리 매우 차갑게 느껴졌다. 문득 선대 왕 때의 일이 생각났기 때문이었다.

왜 그 생각을 했을까. 그리고 왜 이제야 생각이 났을까.

남사고(南師古)를 마주친 것은 서애가 이제 갓 출사해서의 일이었다.

강원도 출생이라는 그는 마흔을 넘긴 나이에도 약관으로 보이는 동안에
다 얼굴에 총기가 흘렀다. 십 년 이상은 더 젊어 보였다. 뽀얀 얼굴이 어
찌 보면 남장 여인처럼 느끼게 했다. 풍수에서 천문, 복서, 상법 등에 이
르기까지 그는 모르는 것이 없었다. 그런데도 번번이 과거와는 인연이
없었다. 누가 천거를 했는지는 모르지만 관상감정 이번신이 만나보고는
한 눈에 그의 자질을 알아보았다. 그의 휘하에 두었는데 오히려 이번신
보다 출중했다.

'머지않아 조정에는 붕당이 생길 것이외다.'

서애가 문서 수발을 돌며 감정청에 들렀다가 막 돌아서 나오려는 때
에 우연히 들은 말이었다. 걸음을 멈추고 말소리의 주인을 살폈다.

붕당이 생긴다…… 하기야 윤임, 윤원형 등의 외척 세력이 몰락한 데
따라 어부지리로 정치를 주도하게 된 사림 세력은 정치세력의 폭은 크
게 확대되었지만 거기에 따른 새로운 정치운영 방식을 개발하지 못한
채 분열을 일으켰고, 서로 대립하면서 주도권 싸움을 벌이고 있는 때였다.
더구나 가장 보수적인 당색과 기존의 정치 관행에 타협적인 당색이 큰
세력을 형성하고, 개혁성과 실천성이 강한 당색은 소수파로 몰려 사회
모순이 완화되는 일조차 기대하기 어려운 형국이었다. 그러나 아직 붕
당이라고 할 만한 결속력이 있는 집단은 아니었다.

남사고의 말소리는 차분했다. 그리고 자신이 한 말에 설명을 달지 않
았다. 그냥 이런 일이 있을 것이다, 로 끝이었다. 마치 눈 앞에 보고 있는
사실을 말하는 것처럼 들렸다. 미간조차 움직이지 않고 여인의 목소리
처럼 나직이 말하는 그의 얼굴을 보며 함께 듣고 있던 여럿이 아무 말이
없었다.

붕당이 생긴다는 말은 그가 가고, 그리고 선대가 붕어하고 현실로 나
타났다. 그가 말한 대로 을해(乙亥)년에 붕당이 생겼다. 관리들의 인사

권을 쥐고 있는 전랑직(銓郎職)을 놓고 김효원과 심의겸이 일으킨 싸움이었다. 양쪽에서 상소가 올라오고, 그렇게 총명하다던 상(上)은 그저 그들의 싸움을 구경만 할 수밖에 없었다.

문명이 높은 김효원이 전랑직에 천거되자 그가 윤원형의 식객이었다는 것을 빌미로 심의겸이 소를 올렸고, 얼마 지나지 않아 김효원이 승차한 뒤에 심의겸의 아우인 충겸이 전랑직에 오르자 이번에는 김효원이 대비의 인척인 심의겸의 가문을 들어 외척에게 전랑직을 맡길 수 없다고 반대하고 나섰다. 하긴 먼저 가버린 율곡이 그렇게도 말렸지만 안되는 일이었다. 율곡조차도 붕당의 중심에 놓고 싸움질을 했으니 그도 그럴 것이었다.

그러나 오늘따라 문득 남사고의 얼굴이 떠오른 것은 붕당문제가 아니었다.

'오래지 않아 왜구들이 큰 변을 일으킬 것이외다.'

오른손 엄지를 손가락 끝으로, 다시 각 마디로 움직이며 아무런 표정의 변화도 없이 남사고가 말했다. 육갑을 짚는 모양이었다.

'진년(辰年)에 일어나면 구할 길이 있기는 있겠는데……'

모두들 눈을 동그랗게 떴다. 이번신마저 자세를 고치고 다가앉았다. 서애는 그 때 문서수발은 까맣게 잊고 남사고의 입술만 바라보았다. 등에서 식은땀이 흐르는 것을 느꼈다.

'이거 큰 일이외다. 사년(巳年)에 일어나면 참말이지 구하기 어려울 것이라……'

허허, 이거야 원. 누군가가 그렇게 혀를 찼다. 자, 그만 퇴청들 하십시다. 또 누군가가 그렇게 말했다. 남사고는 아무 일도 없었다는 것처럼 자리에서 일어섰다. 출입문으로 향하는 그의 얼굴을 보며 서애가 움찔 자리를 비켰다.

'모두들 준비를 잘 해야 할 터인데……'

막 문을 나서려는 남사고의 등 뒤에 대고 서애가 물었다. 목소리가 떨렸다.

'그렇게 잘 아신다면 대책도 일러주셔야잖습니까.'

문지방을 넘던 그가 문 밖에 발을 둔 채 돌아서서 얼굴만 안으로 들이밀었다.

'사직동에 왕기(王氣)가 서렸소. 필시 세상을 태평케 할 임금이 날 것이외다.'

마치 미리 질문할 것을 예상하고 준비해 둔 답처럼 머뭇거리지도 않고 뱉어낸 말이었다. 미소까지 짓고 있었다.

'허허― 천기를 누설했으니 내가 곧 벌을 받을 터.'

그렇게 돌아서 나간 그는 이듬해에 죽었다. 쉰도 안된 나이였다.

바로 내년이 그가 말한 진년이었다. 그런데 그의 말대로 해년(亥年)에 붕당이 생겼던 것처럼, 정말 진년에 왜구들이 변을 일으킨단 말인가. 내년이라면 막을 수는 있다고 그랬다.

그럼 누가? 지금의 상께서는 선대의 직계가 아니었지만 대통을 이었다. 그리고 대통을 잇기 전 여러 사촌들과 후계 싸움을 할 때에 사직동 잠저에 살던 분이시다. 바로 상께서 세상을 태평케 한다는 말이 아닌가.

거기까지 생각했을 때, 밖에서 문 서방이 헛기침을 했다.

"대감 마님, 궁에서 전갈이 왔사옵니다."

'궁에서……?'

미닫이가 열리며 박 내관이 예를 갖추고 선 모습이 눈에 들어왔다. 무슨 전갈이기에 곧 땅속에 들어가려는 늙은 내관을 보냈단 말인가. 이는 필시 상께서 보낸 것이었다.

"은밀히 입궐하시라는 전갈이……"

박 내관은 숨소리는 물론이거니와 목소리까지 땅으로 꺼져갔다.

"상께서는 지금 어디에 계신가?"

"소인이 나올 제는 강녕전에 계셨사온데……"

서애는 박 내관을 물리고는 문 서방에게 입궐 채비를 하라 일렀다.

강녕전이면 침수드셨다는 얘기 아닌가. 침수를 들며 나를 찾는다? 그것이야 가보면 알 것이었다. 그러나 문득 집히는 것이 있었다. 서안 위에 놓인 두루마리들을 주섬주섬 챙겼다. 그저 입궐 채비를 위해 챙기면서도 몇몇 구절이 새롭게 눈에 들어왔다. 중간중간 학봉(鶴峰 金誠一)이 왜국에서 보낸 글도 있었다.


2. 記錄


◇ 왜구의 왕이라는 원씨와 국교를 맺은 지 200년이 되었을 때였다. 일찍이 조선에서는 길흉사를 빼내 경조한 일도 있고, 세조대왕 때에는 신숙주가 서장관이 되어 왕래한 일도 있었다. 그 뒤 신숙주가 죽기 전 성종대왕께 이렇게 말했다고 한다.

'바라옵건대 우리나라가 왜와 화친을 잃지 않도록 하소서.'

성종대왕은 이 말을 흘려듣지 않았다. 그러나 사신을 왜국에 보냈더니, 도중에 대마도에서 풍파를 만났고, 그것이 병이 되어 사신들의 발이 묶였다. 이런 사정을 전해듣자 할 수 없이 성종대왕은 국서와 폐백을 대마도주에게 전하고 돌아오게 하였다. 그 뒤 다시는 사신을 보내지 않고 왜국에서 오는 사신만 접대하였다.


◇ 대마도 왜인이 고려 시대부터 우리나라에 조공을 하러오면 변방 관리들은 그들이 타고 온 배의 크기에 따라 식량을 차등 있게 나누어 주

었다. 밤에 해변에 배를 대고는 노략질을 일삼으니 조정에서는 아예 구호식량으로 그들을 먹이도록 지시했다. 왜인들은 식량을 많이 타기 위해 큰 배를 타고 오고 싶었으나, 큰 배는 풍파에 약해서 작은 배를 타고 올 수밖에 없었다.

그런데 지금의 상께서 등극하신 첫 해에 대마도주가 배의 크기를 따지지 말고, 식량을 달라고 요구해왔다. 이 요구를 받아들였더니, 그 뒤부터는 왜인이 작은 배를 타고 왔어도 큰 배의 식량을 받아가게 되었다. 그러자 경상도에서는 각 고을에 쌓아둔 군량이 모자라 왜인들의 요구를 충당할 수 없게 되었다. 조정에서는 이것을 걱정하여 옛 규정을 복구하였다. 대마도는 이때부터 불만을 품기 시작하였다.

◇ 왜구들은 이미 10년 전에 정변이 일어나 정권이 바뀌었다. 정해년 십일월에 왜가 사신을 보내왔는데, 이를 받아들이지 않았다. 왜는 저희 임금을 쫓아내고 새 임금을 세운 역적의 나라이기 때문에 그 사신들을 접대하지 않았던 것이다.

◇ 풍신수길(豊臣秀吉)은 본시 구주 살마주(薩摩州)의 한 노예였다고 한다. 어느 날 그가 산에 가서 나무를 하다가 관백 직전신장(織田信長)의 눈에 띄었다. 신장의 부하들이 죽이려 하였는데, 신장이 보고 있다가, '그 놈의 얼굴이 한번 이상하게 생겼다. 살려주라.' 했다.

수길의 얼굴은 원숭이와 같았다. 그 뒤 신장이 수길을 데리고 가서 말을 먹이게 하고, 목하인(木下人)이라는 성을 하사하였다. 신장의 눈에 들어 장수로 삼고 싸움을 시켰더니 공을 쌓아 대장이 되었다.

드디어 신장의 도끼와 깃발을 들고 지방의 반도들을 토벌하였는데, 신장이 그의 참모 아기지(阿奇支)에게 암살당하였다. 이에 수길이 회군

하여 아기지를 죽이고, 자신이 관백(關白)이 되었다. 그 뒤 수길은 여러 섬을 정복하여 66주를 통일하였다.

이때 수길이 말하기를, '우리 사신이 여러 번 조선에 갔는데 조선에서는 사신을 보내지 않으니, 이것은 우리를 업신여기는 것이다.'고 하면서 귤강광(橘康光)과 평조신(平調信)을 조선에 보내어 화친을 요구하여 왔다. 그들이 가져온 국서에 말하기를, '전 국왕 원의등(源義藤)이 우매하여 온 국민이 불복하고, 새 관백 풍신수길은 위엄이 있고 모질지 않음으로 전 국민이 추대하여 관백으로 삼았다.'고 하였다.

◇ 조정에서는 다만 왜국에서 온 국서에 답하였을 뿐, 바닷길이 멀다는 핑계로 사신을 보내기를 거절하였다. 강광은 매우 걱정하는 기색을 보였다. 강광이 귀국하여 수길에게 복명하니, 수길이 대노하여 강광과 그 일족까지 모두 몰살하였다. 강광은 그의 형인 강연(康年)과 더불어 원씨 때부터 우리나라에 와서 관직을 받은 일이 있었다. 그래서 우리나라를 두둔하다가 참혹한 화를 입었던 것이다.

◇ 기축(己丑)년 5월에 수길은 대마도주 평의지(平義智)와 평조신(平調信) 그리고 중 현소(玄蘇)를 사신으로 보내어 서로 사절을 교환하고, 국교를 맺자고 청해왔다. 현소는 모사였고 조신은 용장이었다. 상은 중요한 기회라 생각하고, 이조정랑 이덕형(李德馨)을 부산으로 보내 영접하게 하였다.

한양에 도착한 대마도주 의지는 공작 한 쌍과 조총과 창 그리고 칼 등을 가져와 임금에게 바쳤다. 상은 공작은 남양 바다의 섬으로 보내고, 조총 등은 군기고에 간수하라 명하였다.

◇ 홍문 전한 오억령(吳億齡)을 선위사(宣慰使)로 삼아 현소(玄蘇) 등을 빈접(賓接)하게 하였는데, 억령이 '내년에 길을 빌어 상국(上國)을 침범할 것이다.'고 확언하는 현소의 말을 듣고서 즉시 사연을 갖추어 계문(啓聞)하니, 조정의 의논이 크게 놀라 즉시 아뢰어 체직시키고, 응교 심희수로 대신케 하였다. 억령은 복명(復命)하면서 왜의 실정에 대해 문답한 내용을 모두 기록하여 앞서 아뢰었던 뜻으로 다시 올렸다.

억령은 문아(文雅)하고 온근(溫謹)하여 전조(詮曹)에 있을 때 한 사람도 함부로 천거한 일이 없었고, 대관(臺官)으로 있을 때도 한 사람도 함부로 탄핵한 일이 없어 남들이 그의 모난 행동을 본 적이 없었는데, 이때에 일의 기미가 위급함을 알고서는 미움을 사는 것도 피하지 않고 모두 말하였다. 이것으로 연좌(連坐)되어 조그만 일로 파직되었다.


◇ 왜사(倭使) 일행은 우리나라의 허실을 탐지하러 온 것이었다. 그들은 오랫동안 한양의 남산 밑에 있는 동평관(東平館)에 머물면서, 꼭 우리 사신과 함께 본국으로 돌아가겠다고 했다. 조정에서는 의지에게 정해(丁亥)년 봄에 왜구가 쳐들어 와 난동을 부렸으니, 그 주모자 사화동(沙火同)을 잡아오면 사신을 보내겠다고 통보하였다. 의지는 어려운 일이 아니라 하더니, 조신을 귀국시켜 사화동은 물론이고 그 밖의 난동자 여럿까지 붙들어 왔다. 또 일찍이 왜구에게 붙들려갔던 공태원 등 80여 명을 돌려보냈다.


◇ 이때 보내지 말자, 보내자 하는 설이 대립하였다. 그러나 사신을 보내어 저들의 허실을 살피도록 하자고 내가 주창했고, 결국 사신을 보내기로 결정하였다.

◇ 왜국 통신사로 정사(正使)에 첨지 황윤길(黃允吉), 부사(副使)에 사성 김성일(金誠一), 서장관(書狀官)에 전적 허성(許筬)을 임명하여 4월에 바다를 건너 7월에 왜국의 도성에 들어가도록 했다.

### 3. 傳喝

대마도에서 첫 소식을 전합니다. 당초 계획대로 저희 일행은 4월에 부산포를 떠나 대마도에 도착하였는데, 왜국에서는 당연히 영접사를 파견해서 저희 사신 일행을 인도하여야 하는데도 그렇게 하지 않았습니다. 이에 저는 그들의 거만함을 받아들일 수 없다고 의논하고 한 달을 지체한 뒤에야 대마도를 출발하였습니다.

저희 사신 일행이 대마도에 있을 때 대마도 도주(島主) 평의지(平義智)가 국본사(國本寺)에서 저희들에게 연회를 베풀고자 하였는데, 국본사는 산 위에 있었습니다.

저희들이 먼저 가 있었는데 의지가 가마를 탄 채 문으로 들어와 뜰 아래에까지 와서야 내렸습니다. 도무지 그들의 무례함을 실로 다 말씀드릴 수가 없습니다. 제가 그의 무례함에 노하여 즉시 일어나 방으로 들어가니, 허성(許筬) 이하도 따라서 일어났으나 황윤길은 그대로 앉아서 잔치에 임하였습니다.

제가 병을 핑계로 나오지 않자 다음날 의지가 그 까닭을 듣고서 사신의 병을 미리 알리지 않았다고 하여 시중을 든 왜인의 머리를 베어 가지고 와서 사죄하였습니다.

이런 일이 있은 이후로 왜인들이 저희 일행을 경탄(敬憚)하여, 보이기만 하면 말에서 내려 더욱 더 깍듯이 예를 지켜 대접하였습니다. 이들에게 예를 가르쳐야 한다는 의무감마저 들었습니다.

일기도(一岐島)와 박다주(博多州), 장문주(長門州), 낭고야(郎古耶)를 거쳐 계빈주(界濱州)에 당도했을 때에야 도왜(導倭)의 영접을 받았습니다. 그러나 어찌된 일인지 왜인은 일부러 길을 돌아 몇 달을 지체하고서야 국도(國都)에 도착하였습니다.

저희 일행이 왜국에 처음 도착하였을 때 왜장(倭將)들이 수행한 기악(伎樂)을 관람시켜줄 것을 청하자 제가 허락하지 않으면서 말하기를, '국서(國書)를 아직 전하지도 않았는데 먼저 기악을 보여주는 것은 바로 수모(受侮)인 것이오.'라 하였습니다.

서장관 허성의 의논은, 관백(關白)을 우리나라 주상(主上)이 동등한 예로 대하니 사신은 의당 정배(廷拜)를 해야 한다고 하였는데, 저의 생각에는 관백은 바로 천황의 신하이지 왕(王)이라 할 수는 없습니다. 국서에는 대등한 예로 대하였으나 이곳에 도착해서야 그가 왕이 아님을 알았으니 사신은 의당 전권으로서 고쳐야 한다고 주장하였습니다. 그러나 황윤길과 허성은 따르지 않았습니다. 이에 제가 단독으로 현소와 따져서 당에 올라가 기둥 밖에서 절하는 것으로 결정해서 영구한 법으로 삼도록 하였습니다.

저희가 왜의 국도 대판성(大阪城)에 도착한 것은 칠월 스무하루인데, 큰 절에 숙소를 정하였습니다. 마침 풍신수길(豊臣秀吉)이 산동(山東)으로 출병하였다가 몇 달 만에 돌아온데다 또 궁실(宮室)을 수리한다는 핑계로 즉시 국서(國書)를 받지 않아, 다섯 달을 지체한 뒤 십일월 이레에야 비로소 명을 전할 수 있었습니다.


왜국에서는 천황(天皇)이 제일 높아 수길 이하가 모두 신하로 섬기지만, 국사는 모두 관백(關白)인 수길이 통괄하였고 천황은 형식적인 지위만 가지고 있었습니다. 그러나 깍듯한 예절로 받들고 의장(儀章)도 특별하여 부처를 받들 듯이 하였습니다.

수길를 대장군이라 부르고 왕(王)이라 부르지 못하는데, 이는 본래 천황을 국왕전(國王殿)이라고 하였기 때문이랍니다.


의지(義智)가 저희 사신일행에게 저들의 관백이 내일 천궁(天宮)에 들어갈 것이니 구경하라 하였으나, 제가 사신으로서 국명을 전하지 못하였으니 사사로이 나가서 유람할 수가 없다고 거절하였습니다.

의지가 또 관백의 말이라 하면서 넌지시 말하기를, '만일 시키는 대로 하지 않으면 돌아갈 기일을 알 수 없을 것'이라 하여 사신 일행이 근심과 두려움 속에 있었습니다.

허성 혼자서 서둘러 그곳에 갔다가 관백이 가는 것을 중지하였다는 말을 듣고서야 그만두었습니다. 다음날 또 갔다가 헛걸음으로 돌아왔는데 세 번째 가서야 구경할 수 있었습니다. 이 일로 제가 서신을 보내서 허성을 책망하였습니다.


저희 사신 일행은 오래도록 명을 전하지 못했으므로 관백의 측근에게 뇌물을 주어 통해 보려고 하고, 모두가 속히 일을 마치고 돌아가기를 바랐으나 저는 허락할 수 없었습니다.

황과 허는 서로 교환한 재화(財貨)가 행장에 가득하였는데 제가 이를 나무랐더니 그들과 좀 언짢은 사이가 되어버렸습니다.

왜인(倭人)들은 황(黃)과 허(許)를 비루하게 여기고 저의 처신에 감복하여 갈수록 더욱 칭송한다고는 하나, 평의지(平義智)만은 대단히 유감스럽게 여겨 매우 엄격하게 대우하였기 때문에 저만 이곳 사정을 잘 듣지 못하고 있습니다.

들려오는 말로는 제가 너무 절의(節義)만을 숭상하여 사단이 생기게 된다고, 의지가 말하고 다닌답니다.

수길은 단 한 번 만났을 뿐입니다만, 그 행동이 매우 거만할 뿐만 아니라 연회다운 연회는 베풀지 않았습니다. 그의 용모는 왜소하고 못생겼으며 얼굴은 검고 주름져 원숭이 형상이었습니다. 눈은 쑥 들어갔으나 동자가 빛나 사람을 쏘아보았는데, 사모(紗帽)와 흑포(黑袍) 차림으로 방석을 포개어 앉고 신하 몇 명이 배열해 모시었습니다.

수길을 만나던 날, 저희들이 좌석으로 나아가니, 연회의 도구는 배설하지 않고 앞에다 탁자 하나를 놓고 그 위에 떡 한 접시를 놓았으며 옹기 사발로 술을 치는데 술은 탁주였습니다. 세 순배를 돌리고 끝내었는데 수작(酬酢)하고 읍배(揖拜)하는 예는 없었습니다.

얼마 후 수길이 안으로 들어갔는데 자리에 있는 자들은 움직이지 않았습니다. 잠시 후 편복(便服)차림으로 어린 아기를 안고 나와서 당상(堂上)에서 서성거리더니 밖으로 나가 우리나라의 악공을 불러서 여러 음악을 성대하게 연주하도록 하여 듣는데, 어린 아이가 옷에다 오줌을 누었습니다. 수길이 웃으면서 시자(侍者)를 부르니 왜녀(倭女) 한 명이 대답하며 나와 그 아이를 받았고 수길은 다른 옷으로 갈아 입는데, 모두 태연자약하여 방약무인한 행동이었으며, 저희 사신 일행이 사례하고 나온 뒤에는 다시 만나지 못하였습니다.

저희 사신들이 돌아가게 해줄 것을 재촉하자 수길은 답서(答書)를 즉시 재결하지 않고 먼저 가도록 요구하였습니다. 이에 제가 '우리는 사신으로서 국서를 받들고 왔는데 만일 답서가 없다면 이는 왕명을 천하게 버린 것과 마찬가지이다.' 하고, 물러나오려 하지 않자 황윤길 등이 붙들려 있게 될까 두려워하여서 마침내 나와 계빈(界濱)으로 나와 기다렸습니다. 칠월 열하룻날에 그곳을 떠나 사포(沙浦)에 이르러 열아흐레까지 유숙하고 스무날에야 비로소 서계(書契)를 받을 수 있었습니다. 왜국으로 간 저희 일행이 숙소에 머문 지 실로 다섯 달만에야 왜국 왕의 국서를 받은 셈입니다.

왜국 왕의 답서 내용은 대강 이렇습니다.

〈일본국 관백(關白)은 조선 국왕 합하에게 바칩니다.

보내신 글은 향불을 피우고 재삼 되풀이하여 읽었습니다. 우리 나라 60여 주는 근래 제국(諸國)이 분리되어 나라의 기강을 어지럽히고 대대로 내려오는 예의를 저버리고서 조정의 정사를 따르지 않기 때문에 내가 분격을 견디지 못하여 3~4년 사이에 반신(叛臣)과 적도(賊徒)를 토벌하여 먼 섬들까지 모두 장악하였습니다.

삼가 나의 사적(事蹟)을 살펴보건대 비루한 소신(小臣)이지만, 일찍이 나를 잉태할 때에 자모(慈母)가 해가 품 속으로 들어오는 꿈을 꾸었는데, 상사(相士)가 '햇빛은 비치지 않는 데가 없으니 커서 필시 팔방에 어진 명성을 드날리고 사해에 용맹스런 이름을 떨칠 것이 분명하다.' 하였는데, 이토록 기이한 징조를 인하여 나에게 적심(敵心)을 가진 자는 자연 기세가 꺾여 멸망하는지라, 싸움엔 반드시 이기고 공격하면 반드시 빼앗았습니다.

이제 천하를 평정한 뒤로 백성을 어루만져 기르고 외로운 자들을 불쌍히 여겨 위로하여 백성들이 부유하고 재물이 풍족하므로 토공(土貢)이 전보다 만 배나 늘었으니, 본조(本朝)가 개벽한 이래로 조정(朝政)의 성대함과 수도(首都)의 장관(壯觀)이 오늘날보다 더한 적이 없었습니다.

사람의 한평생이 백년을 넘지 못하는데 어찌 답답하게 이 곳에만 오래도록 있을 수 있겠습니까. 국가가 멀고 산하가 막혀 있음도 관계없이 한 번 뛰어서 곧바로 대명국(大明國)에 들어가 우리나라의 풍속을 4백여 주에 바꾸어 놓고 제도(帝都)의 정화(政化)를 억만년토록 시행하고자 하는 것이 나의 마음입니다. 귀국이 선구(先驅)가 되어 입조(入朝)한다면 원려(遠慮)가 있음으로 해서 근우(近憂)가 없게 되는 것이 아니겠습니까. 먼 지방 작은 섬도 늦게 입조하는 무리는 허용하지 않을 것입니다. 내가 대명에 들어가는 날 사졸을 거느리고 군영(軍營)에 임한다면 더욱 이웃으로서의 맹약(盟約)을 굳게 할 것입니다. 나의 소원은 삼국(三國)에 아름다운 명성을 떨치고자 하는 것일 뿐입니다.

방물(方物)은 목록대로 받았습니다. 그리고 국정(國政)을 관장하는 무리는 전일의 사람들을 다 바꾸었으니 불러서 나누어 주겠습니다. 나머지는 별지에 있습니다. 몸을 진중히 하고 아끼십시오. 이만 줄입니다.

천정(天正) 18년 경인 중동(仲冬) 일(日) 수길(秀吉)은 받들어 답서합니다.〉

서계에 문제가 되는 글자가 있었으므로 저희들은 고치지 않으면 안 된다는 뜻으로 반복하여 논설하였습니다. 특히 저는 답서의 내용이 거칠고 거만하여, 전에는 전하(殿下)라고 하던 것을 합하(閤下)라 하고 보내는 예폐(禮幣)도 '방물(方物)은 받았다.' 하였으며, 또 '한 번 뛰어 곧바로 대명국으로 들어간다.'느니 '귀국이 선구가 되라.'는 등의 말이 있음을 보고서 '이는 대명을 빼앗고자 하여 우리나라로 선구를 삼으려 한 것이다.' 하고는 현소(玄蘇)에게 바로 서신을 보내어 대의(大義)를 들어 깨우치고 '만일 이 글을 고치지 않으면 우리는 죽음이 있을 뿐, 가져갈 수는 없다.' 고 하였습니다.

이에 현소가 서신을 보내어 사과하면서 글을 짓는 자가 말을 잘못 만든 것이라 핑계하였습니다. 그러나 전하와 예폐 등의 글자만 고쳤을 뿐, 기타 거만하고 협박하는 식의 말에 대해서는 '이는 대명에 입조(入朝)한다는 뜻'이라고 핑계대면서 고치려 하지 않았습니다. 제가 두세 차례 서신을 보내어 고칠 것을 청하였으나 결국 따르지 않았습니다. 이에 대하여 황윤길과 허성 등은 '현소가 그 뜻을 스스로 이렇게 해석하는데 굳이 서로 버티면서 오래 지체할 것이 없다.'고 하였으므로, 논쟁하였으나 결국 관철하지 못하고 마침내 돌아왔습니다. 그랬더니 평조신(平調信)이 도로 서계를 가지고 개정하려고 국왕에게 갔는데 이 달 스무날에야 돌아온다고 하였습니다. 따라서 저희들의 배가 출발하는 시기는 사나흘 사이가 되지 않을까 합니다.

기다리는 동안 이곳 대신들의 안내에 따라 왜국 여러 곳을 다녔습니다. 곳곳마다 성이 있으나, 성문에는 파리한 군졸들만 있었습니다. 이것은 필시 왜가 평성의 꾀(平城之故智)를 쓰고 있는 것으로 보였습니다. 왜냐하면 파리한 군졸들과 그들의 차림이 대신들을 따라 나서며 저희들을 호위하던 군사들과 현격한 차이가 있었습니다. 일부러 그렇게 꾸민 것이 아닌가 사료됩니다. 대감께서도 잘 알고 계시겠지만, 한고조(漢高祖)가 평성에서 흉노와 싸울 때, 사신을 보내어 적정을 살피게 하였으나, 흉노는 정병을 숨기고 파리한 약병만 내보이는 바람에 적을 약하다 보고, 성을 공격하다가 그만 대패한 사실이 있습니다. 왜는 지금 우리들에게 그런 꾀를 보이고 있는 것으로 사료됩니다.

왜국에서는 상사(上使)와 부사(副使)에게 각기 은 사백 냥을 주고 서장관 이하는 차등을 두어 주었습니다. 또한 지나오는 길목의 여러 왜진(倭陣)에서 왜장(倭將)들이 여러 물건들을 저희 일행에게 주었습니다. 저는 모두 물리치고 받지 않았습니다.

왜국이 회례사(回禮使)로 뽑은 상관(上官) 현소(玄蘇)와 부관(副官) 평조신(平調信)이 신들과 함께 동행하기로 되어 있습니다. 그리고 행장(行裝)은 모두 배 안에 있고 신들은 사포(沙浦)에 머물러 있는데 뜻밖에 평조신이 먼저 대마도로 간 탓으로 상용하는 얇은 종이를 사용하여 소식을 전하게 되니 매우 죄송할 뿐입니다.

4. 計策

담을 돌아가며 핀 매화향이 은근했다. 사랑에 들어오는 손님들마다 정원의 매화향기를 옷에다 함뿍 담아왔다. 은근한 달빛과 어울려 방 안에서는 정원의 매화 이야기로 웃음이 넘쳤다. 헛기침 소리와 함께 서애가 문을 열고 들어서자 모두들 자리에서 일어섰다. 영의정 이산해(鵝溪 李山海)만이 앉은 채로 엉덩이를 살짝 들었다 놓으며 자리를 비켰다.
"영상께서 그 자리에 앉으셔야지……"
서애가 이산해의 행동을 만류하며 그의 옆에 앉으려 하자 그제서야 못이기는 척 자리를 바로 잡았다.
"허허― 그래도 주인장이 상석에 앉아야 할 것을……"
"아무럼 어떻습니까. 게다가 영상께서 이렇게 누옥을 찾아주시니 저야 몸둘 바를 모르겠습니다."

"이거 좌상께서 아무래도 나를 놀리는 것 같습니다. 허허허—"

모두들 따라 웃었다.

서애의 집 사랑에 모인 모두가 퇴계(退溪 李滉)와 남명(南冥 曹植)의 문하에서 공부했지만 유독 이산해만은 이지함(李之菡) 문하였다. 그러나 화담(花潭 徐敬德)을 따르는 데에는 다들 하나가 되었다.

서애가 큰기침을 한 번 하고는 좌중을 둘러보았다.

"학봉께서 오늘 밤에 들르겠다고 하셔서……"

"근 일년이 되었죠?"

말석에 앉은 설쇠(雪衰 南以恭)가 서애의 말을 받자, 한강(寒岡 鄭逑)이 답을 했다.

"작년 사월에 떠났으니 그런 셈이군요."

"그러고 보니 우리들도 거의 한 달만에 만납니다, 그려."

추연(秋淵 禹性傳)이 다시 웃음을 띠며 끼어들었다.

"달포 전인가요? 사간원에서 올라갔다던데, 이 현감 말입니다."

망우당(忘憂堂 郭再祐)이 물었다. 영상인 아계가 답은 하지 않고 되물었다.

"이제 현감이 아니라 전라 좌수살세. 그래, 망우당은 이순신을 어떻게 생각하는가?"

"어떻게 생각한다기보다는, 전라 좌수사 이순신(李舜臣)은 현감으로서 아직 군수에 부임하지도 않았는데 좌수사에 초수(招授)했으니 아무리 인재가 모자란 탓이라 하더라도 관작의 남용이란 말을 들을 우려가 있어서 말씀드린 것입니다. 사간원에서도 그렇게 소를 올렸다고 들었습니다."

서애가 나섰다.

"이순신의 일이 그러한 것은 모두가 아는 사실이외다. 다만 지금은 상규에 구애될 수 없는 형편으로 인재가 모자라 그렇게 하지 않을 수 없었던 것이외다. 게다가 그 사람이면 충분히 감당할 터이니 관작의 고하를 따질 필요가 없다는 것이 중론이었소. 자꾸 말을 만들어 본인의 마음을 동요시킬 필요는 없을 게요. 더구나 우리 사람이요."

"이거 제가 뭐 시기 질투하는 꼴이 되었습니다."

망우당이 큰 소리로 웃자 다들 따라 웃었다. 아계가 서애의 말을 이었다.

"망우당은 이제 병판을 하실 분인데…… 게다가 이순신 같은 인재는 우리들에게만이 아니라 조정에 꼭 필요한 사람이요."

"허, 이거야 원, 영상께서 그리 말씀하시니 정말 제가 질투하는 꼴이 되었습니다."

다시 한 번 웃음이 이어졌다.

"요즘 돌아가는 모습을 보면 정말이지 큰 일이 날 것 같습니다. 특히 왜국 소식은 만반의 준비를 해야 될 것이외다. 그러기 위해서라도 망우당이나, 설쇠 같은 젊은 인재가 참으로 많은 일을 해야할 겝니다."

"소인이야, 뭐, 책 읽는 것밖에……"

서애의 말에 설쇠가 말을 받았지만 끝을 내지는 못했다. 밖에서 누군가의 헛기침 소리가 들렸기 때문이었다. 문앞에 앉았던 설쇠가 문을 열었다. 문 밖에 문 서방이 고개를 숙이고 섰고, 곧이어 학봉(鶴峰 金誠一)과 악록(岳麓 許筬)이 얼굴을 드러냈다.

두 사람이 들어서자 모두가 일어섰다. 그리고는 원을 그려 둘러서서는 한꺼번에 서로를 보며 절을 했다.

"소임을 마치고 무탈하게 돌아왔사옵니다."

"원로에 고생이 참 많으셨습니다."

"어서 오시게."

"연로한 분을 고생시켜 죄송할 뿐이외다."

그렇게 맞절을 하고는 다시 자리를 잡았다. 아계를 중심으로 좌측에 서애가 앉고, 우측에 학봉과 악록이 앉았다. 사실 관직은 낮으나 나이로는 학봉이 제일 연장자였다. 아계보다 한 살, 서애보다 네살이 많았고, 악록보다는 열 살이나 위였으며 설쇠와는 십칠년 차이가 났다.

"좌상께는 통신사 편에 드문드문 소식을 전했습니다만, 그간 별고들 없으셨지요."

학봉이 자리에 앉으며 말했다.

"소식을 받기만 하고 따로 답을 주지 못해 송구하외다. 학봉께서 좀 너그러이 생각하세요."

"답이라니 당치 않습니다. 그저 주상 전하께 주기적으로 보내는 장계가 있으니 가끔 그 편에 좌상께 글을 올렸을 뿐입니다."

"그렇게 생각을 해주시니 저야 고맙지요. 하긴 학봉께서 보내주는 소식으로 조금 먼저 왜국 소식을 알 수 있었으니 편전에 나가서도 대처하기가 용이했습니다."

문 밖에서 다시 문 서방의 헛기침 소리가 들리고 이내 문이 열리더니 주안상이 들어왔다. 아랫것들을 부리는 문 서방의 솜씨가 좋았다. 방 안에 있는 사람들의 숫자대로 모두 아홉 개의 상이 들어와 한 사람 앞에 하나씩 상을 받았다. 서애가 술잔을 들자 모두들 음식에 손을 대었다.

이어지는 학봉과 악록의 얘기는 이미 서애가 알고 있는 것들이었다. 물론 그가 왜국에 가 있는 동안 편지를 통해 알려온 것들이었다.

왜국은 우리들을 속이고 있다. 그 동안 우리는 그들을 그저 왜구라고, 도적떼라고, 혹은 구호식량을 보내야 할 빈적이라고 멸시했지만 분명 그들도 천황이라는 왕을 모신 하나의 국가이다. 천황이라는 왕은 그대로 존속되면서 국가의 모든 것을 통괄하는 관백만이 바뀌어, 관백이 되고자 하는 지방 수령들의 암투가 벌어지고 있다. 풍신수길은 비록 원숭이 얼굴을 하고 있으나 눈에서 광채가 날 정도로 매우 총명해 보였다. 게다가 기골이 장대하여 능히 큰 일을 이룰 장수이다. 이제는 단순한 도적떼가 아니라 국가의 기틀을 갖춘 나라인데다, 수길이 나서서 집권하면서 육십여 주를 정복하고 그의 손아귀에 쥐었지만, 안으로의 갈등을 밖으로 분출시키려는 음모를 꾸미고 있다. 저들이 명을 친다는 것은 어찌 들으면 망발이라 할지 모르나, 충분히 그런 힘을 키우고 있다. 짐짓 허약한 것처럼 보이지만, 비밀스럽게 정병을 양성하고, 조총이라는 신무기를 대량 생산하여 군사력을 더욱 강화하고 있다……

모두들 술잔만 입에 댄 채 아무 말이 없었다. 서애의 미간이 찌푸려졌다.

"수길이 내부의 갈등을 밖으로 돌리려 한다? 그 사람 무신이라 하지 않았나? 무신이 정치를 좀 알고 있구만."

서애가 누구에게랄 것 없이 혼잣말처럼 뱉어냈다. 학봉이 계속 말을 이었다.

"왜국에 가면서, 그리고 그곳에서 여러 주를 돌아보면서, 또 부산포에서 다시 한양으로 올라오면서 보고 들은 것을 종합해 보면, 단순히 저들이 명나라를 치기 위한 것은 아닐 것입니다."

"명나라를 치기 위한 것이 아니라면?"

아계가 되물었다.

"단순히 안으로의 갈등을 밖으로 돌리려는 것이 아니라는 겁니다. 잘들 아시겠지만 이미 명의 내부에서 변화가 시작되었습니다. 그 변화는 명을 중심으로 한 동서남북의 교역관계가 새로운 국면에 접어들었다는 것입니다. 명에서는 은으로 화폐를 만들어 그것이 정착되었고, 상공업 발달도 촉진되어 비단, 면포, 도자기 등 상품 생산이 활발하게 이루어졌습니다. 명에서 생산된 상품은 조선을 통해 왜국으로 대량 수출되었고,

우리는 그동안 중개 무역으로 상당한 이익을 누리고 있었습니다. 또한 명에 도착한 이국(異國, 西洋) 상인들이 명의 상품을 그들 나라에까지 보급하고 있다고 합니다. 그러다 보니 사무역(私貿易)이 성행하게 되었고, 명은 종래의 조공 무역 중심의 교역체계에 집착하지 않게 되었다는 것입니다. 이제 명을 중심으로 동서남북 국가 사이의 국제 무역은 새로운 국면에 접어들게 된 것입니다. 왜국은 이러한 변화를 감지하고 새로운 외교 관계의 틀을 갖추고자 요구하면서 조선을 장악하여 명과 직접 교역함으로써 경제적 이익을 늘리려고 하고 있다는 것입니다. 그런 목적으로 왜가 지금 조선을 넘보는 것이라 생각됩니다."

모두들 눈이 둥그레졌다. 교역관계, 상공업, 중개무역, 사무역, 이국…… 학봉의 입에서 나온 말은 학봉의 식견을 나타내는 것이지만, 무엇보다도 그러한 면까지 꿰뚫고 있는 그의 식견에 모두 놀라워하고 있었다.

"그렇다면 저들이 군사를 일으켜 명을 치려는 것은 그들 내부의 갈등을 밖으로 돌리려는 것에다 우리를 제치고 명과 직접 상대를 하겠다는 것이란 말이 되는군요. 두 마리 토끼를 다 잡겠다?"

한강이 나섰다.

"그렇습니다. 분명 그들은 군사를 일으킬 것입니다."

학봉의 말은 단호했다.

"사실 그동안 우리는 왜에 대해 너무 소홀했습니다. 몇 년 전부터 이런 조짐이 있었는데도 참으로 어처구니 없게도 우리들 밥그릇 싸움만 하고 있었습니다. 이번에 같이 간 황 첨지와 여러 얘기를 나누었는데, 그가 비록 좀 모자라는 사람이라 하더라도 더구나 문하는 서로 다르지만 왜국의 정세에 대해서는 저희 셋이 하나가 되었습니다."

악록이 학봉의 말을 받아 거들었다.

"악록께서도 그리 생각하신다면 정말이지 큰 일이외다."

아계가 혀를 찼다.

그리고 모두들 말이 없었다. 서애는 고개를 숙인 채 눈마저 감고 있었다. 이제 곧 왜국이 군사를 일으켜 명을 친다는 명목으로 우리 땅에 들어온다. 그들의 말이 진실이라면 길을 내어주든가 아니면 부산포에서 막아야 한다. 그것 외에 더 이상 생각해낼 수 있는 것이 없었다.

잠시 침묵이 계속되다가 서애가 자세를 고쳐 앉으며 나지막하게 말했다.

"학봉께서 한 번 더 고생을 해 주셔야겠소이다."

"……"

"금명간에 편전에서 통신사들의 보고에 대한 논의가 있을 것이요. 학봉께서는 이제부터 내가 하는 말을 잘 들으시고 그대로 따라주셔야겠소이다."

"무슨 말씀이시온지……"

"보고는 정사인 황 첨지가 먼저 할 것이외다. 그리고 보고 내용은 지금 우리가 들은 대로일 것이고요. 그러나 학봉께서는 반대로 말씀을 올리셔야할 것이외다."

"……?"

"악록께서는 그저 중용만 지키세요."

"……?"

"주상 전하께 거짓을 아뢰라는 말씀이시옵니까?"

"그렇소이다."

"……"

모두들 의아한 표정으로 서애를 바라보았다. 아무리 동문이지만, 그리고 아무리 좌장이라지만, 주상 전하께 거짓을 아뢰라는 말은 좀 심한 것이 아니냐는 표정들이었다.

"제 말씀대로 하세요. 그것이 정치외다."

아계가 무심히 고개를 끄덕였고, 학봉이 빙긋이 미소를 지었다.

"역시 좌상 대감이시오."

망우당이 말뜻을 알았다는 듯이 걸걸 웃었다.


5. 葛藤


"주상 전하 납시오—"

도승지의 카랑카랑한 목소리에 편전에 모인 대관들이 모두 일어서 읍을 했다. 상이 옥좌에 앉자 대관들이 차례로 자리에 앉았다. 이어 편전 밖에 대기하고 있던 세 사람이 들어와 사관이 앉은 자리에서 몇 걸음 안으로 걸어와서는 네 번 절하고 엎드렸다.

세 사람이 올리는 인사말에 상은 그간의 노고를 치하한 후 목을 가다듬었다.

"승정원에서 올린 것을 보았소. 그런데 어쩌면 세 사람이 가서 보고들은 것이 그렇게 다를 수가 있소? 어디 정사부터 말씀해 보시구려."

"신 황윤길 아뢰옵니다. 왜국은 곧 군사를 일으켜 우리나라로 쳐들어올 것이옵니다. 저들의 관백이라는 풍신수길이 비록 얼굴이 못났다고는 하지만 능히 일국을 거느릴 장수로서 그의 눈빛만 보아도 짐작할 수 있는 사실이옵니다. 게다가 저들의 국서에서 말했듯이 우리의 길을 빌어 명을 친다는 욕망을 감추지 않고 있습니다. 통촉하시옵소서."

"정사의 말이 옳사옵니다. 이제 저들의 야욕을 알았으니 병조에 일러 만반의 준비를 하심이 옳은 줄로 아뢰옵니다."

판의금부사 윤근수가 나섰다. 몇몇이 고개를 끄덕였고, 몇몇은 비장한 얼굴까지 보였다.

"신 김성일 아뢰옵니다. 지금 정사 황윤길은 마치 왜군이 소신들 뒤를 따라 들어올 것같이 말하고 있사옵니다. 그러나 이번 귀국길에 저들의 회례사(回禮使)로 뽑힌 상관(上官) 현소(玄蘇)와 부관(副官) 평조신(平調信) 등이 신들과 함께 왔사옵니다. 이 어찌 군사를 일으킬 행동으로 보겠습니까. 게다가 저들의 관백이라는 풍신수길은 그 생김이 꼭 원숭이와 같아서 일국을 거느릴 인물이 못되옵니다. 주인을 잘 만나, 그리고 천운이 함께 하여 지금 관백으로 있다고는 하나 얼마 가지 못할 것으로 사료되옵니다. 통촉하시옵소서."

"부사의 말이 맞사옵니다. 정사의 판단이 틀린 것으로 사료되옵니다."

대사성 우성전이 거들었다. 다시 몇몇이 고개를 끄덕였고, 몇몇은 황윤길을 쳐다보았다.

"신 황윤길 다시 아뢰옵니다. 신이 비록 미욱하기는 하다하나, 어찌 저들의 야욕을 헛되이 보겠사옵니까. 이제 곧 저들이 군사를 일으킬 것이오니, 상께서는 통촉하시옵소서."

상은 허성에게 물었고, 허성의 대답은 이도 저도 아니었다. 저들이 군사를 일으킬 조짐이 있다고도 했고, 풍신수길의 풍체에 대해서는 김성일의 말에 힘을 실어주었다. 그러다가 끝내는 황윤길의 말을 두둔하는 입장을 취했다.

상이 다시 하문하였다.

"풍신수길이란 자가 어떻게 생겼던가?"

"신 황윤길 아뢰옵니다. 수길은 눈빛이 반짝반짝하여 담과 지략이 있는 사람인 듯하였습니다."

"신 김성일 돈수백배하고 말씀드리옵나이다. 풍신수길이란 자는 눈이 쥐와 같으니 족히 두려워할 위인이 못되옵니다. 해괴한 말을 퍼뜨려 백성들을 혼란케 할까 두렵사옵니다. 통촉하시옵소서."

"부사의 말이 맞사옵니다. 통촉하시옵소서."

"아니옵니다. 정사의 말이 옳사옵니다. 통촉하시옵소서."

한 동안 입씨름이 계속되었다. 한 편에서 황윤길을 두둔하며 통촉하시옵소서를 외면, 다른 한쪽에서는 김성일을 응원하며 통촉하시옵소서를 외쳤고, 그러면 다시 저쪽에서 통촉을 외고, 이쪽에서 통촉을 외고……

세 정승은 그저 묵묵히 입씨름을 하는 대신들의 목소리만 듣고 있었다. 상은 그들에게 무언가 말을 해 보라는 눈짓을 주었지만, 세 사람은 고개를 조아린 채 들려오는 말만 귀에 담을 뿐이었다.

"이 일은 승정원에서 다시 논의하여 올리라. 또한 명에 알리는 문제도 함께 논의하여 올리라."

상이 일어서자 대신들이 모두 일어섰다. 상이 나가며 서애를 흘낏 쳐다보았다. 서애는 상의 눈길을 받고는 공손하게 읍하며 아무렇지도 않다는 듯이 고개를 조아렸다.


6. 經過


◇ 왜사(倭使) 평조신(平調信), 현소(玄蘇) 등이 조선 통신사들과 함께 한양에 도착하여 남산 밑의 동평관에 묵고 있었다. 상이 가만히 가서 그들을 만나 왜국의 정세를 알아보려고 하였으나, 승지가 그런 관례가 없다고 하면서 말렸다. 이에 다시 상이 비변사의 의논에 따라 황윤길, 김성일 등으로 하여금 사적으로 술과 음식을 가지고 가 위로하면서 왜국의 사정을 조용히 묻고 상황을 살펴보게 하였다.

그러자 현소가 성일에게 은밀히 말하기를, '명에서 오랫동안 우리나라를 거절하여 조공을 바치러 가지 못하였습니다. 관백이 이 때문에 분하고 부끄러운 마음이 쌓여 전쟁을 일으키고자 합니다. 만약 조선에서 먼저 주문(奏聞)하여 조공할 수 있는 길을 열어준다면 조선은 반드시 무사할 것이고 우리 백성들도 전쟁의 노고를 덜게 될 것입니다.' 하니. 성일 등이 대의(大義)로 헤아려 볼 때 옳지 못한 일이라고 타이르자, 현소가 다시 말하기를, '옛날 고려가 원(元)나라 병사를 인도하여 우리나라를본을 쳤었습니다. 이 때문에 조선에 원한을 갚고자 하니, 이는 사세상 당연한 일입니다.' 하였다. 그의 말이 너무 온순치 않아 성일이 다시 캐묻지 못하였다.


◇ 현소 등이 한양에 머물 때, 동평관의 벽에다 시를 썼다.


매미는 울기만 하느라 제비가 저 잡으러 오는 것을 모르는구나!
고기는 놀기만 하고 갈매기 잠자는 것만 좋아하는구나
이 땅이 어느 땅이더냐, 다른 어느 때
이 땅에서 거듭 연회를 열 것이니라.


왜사의 한 사람인 대마도주 의지는 귀국할 때, 동해를 돌아가겠다고 했다. 통역관이 삼척까지 3천리나 되니 갈 수 없다고 했다. 그러더니 의지가 눈을 부릅뜨고 조선 지도를 펴보이며 '이 나라에 천리나 되는 곳이 어디 있더냐' 하였다. 의지 등 왜사 일행이 한양을 출발하여 부산 동래의 객관에 도착하자, 다시 시 한 수를 썼다.


내년에 만약 동풍이 불 때가 되면
우리나라 전국이 활짝 웃으며 말하리.

◇ 대마도주 평의지가 오월 열흘에 부산포 절영도에 왔다. 급히 조선의 임금에게 알릴 일이 있으니, 친히 한양에 가서 만나 뵙게 해달라는 것이었다. 그러나 부산포에서는 이를 허락지 않았고, 경상감사와 만나는 것조차 허락지 않았다.

이때 평의지가 부산포에 닿아 배에서 내리지 않고 변장에게 말하기를 '우리가 명나라와 통하고자 하니, 만약 조선이 우리를 위하여 아뢰어준다면 다행이지만, 만일 그렇지 않다면 장차 큰 일이 날 것이다.' 라고 변장을 시켜 조선에 전하게 했다. 이때 조정 공론이 전일에 왜국과 통신한 것을 탓하고 왜국이 거만한 것을 괘씸하게 여겨 회답하지 않았다. 평의지는 십여 일을 기다리다가 불편한 마음을 먹고 돌아가더니, 다시는 왜선이 오지 않았다.


◇ 황윤길의 군관 황진이 본래 주색을 좋아했으나, 왜국에 갔다가 돌아온 뒤부터는 술을 끊고 색을 멀리하고 재산을 털어 말을 사서 밤낮으로 말달리기와 활쏘기를 익히며 하는 말이 '장차 큰 난리가 일어날 것이니, 나라에 몸을 허락한 대장부가 그대로 죽을 수는 없다.' 고 하였다. 또한 그가 왜국에 갔을 때 주머니를 털어 왜도(倭刀)를 사면서 하는 말이 '오래지 않아 적이 쳐들어오면 이 칼을 쓸 것이다.'고 하였다.


◇ 옥천에 있던 전(前) 도사 조헌이 상소를 올렸다. 내용은 이렇다.

〈신이 삼가 포로로 잡혀갔던 사람들의 말을 듣건대, 왜적들이 우리나라 사람을 서남만(西南蠻)의 제도(諸島)와 양절(兩浙)에다 팔면 그들이 다시 전매(轉賣)되어 왜국으로 되돌아온다고 하였습니다. 이것은 객상(客商)들의 왕래가 베짜는 북처럼 누비고 다닌다는 증험인 것입니다. 간교한 오랑캐가 우리에게 답한 글에 이미 자신들의 성세(聲勢)에 대해 극도로 장황하게 늘어놓고 있는데 더구나 남양(南洋)의 제도에야 그들의 위무(威武)를 자랑하여 겁에 질리게 하지 않았을 리가 있겠습니까. 신은 황윤길(黃允吉)의 배가 처음 대마도에 정박했을 때 저들이 먼저 이 사실을 남양의 제도에 전파시켜 조선(朝鮮)과 통빙(通聘)했다고 하면서 제도를 제재하여 복속시키려 했을 것으로 생각이 됩니다. 그런데 양절(兩浙) 지방의 장리(將吏)들이 듣지 못했을 리가 있겠습니까. 따라서 황제에게 주문하지 않을 수 있겠습니까. 명에서 의심하고 있은 지 이미 오래입니다. 더구나 이 교사스런 오랑캐는 항상 상대가 방비하지 않고 있을 적에 엄습하는 것을 이롭게 여기고 있으니, 우리의 변장(邊將)이 얼마쯤 수비할 태세를 갖추어 전연 침범하기 어렵게 되면 저들이 반드시 명을 침범하는 것이 이롭다고 여길 것입니다. 따라서 소주(蘇州)·항주(杭州)에 말을 퍼뜨려 자신들이 이미 조선을 복속시키고 군대를 이끌고 왔다고 할 경우 노포(露布)를 급급히 전한다면 반개월이면 경사(京師)에 도달될 것입니다.)

이 일로 조헌(趙憲)은 귀양을 가게 되어 있었는데, 떠나면서 왜와 화친할 것이 아니라, 왜 사신을 죽여야 한다고 상소하였다. 조헌은 우차(牛車)를 타는 대신 밤낮으로 길을 걷기 시작하였다. 다른 사람들이 '왜 사서 고생을 하느냐?'고 물으니, 그는 '명년 왜란 때 효력을 볼 것이다.'고 대답하였다.


◇ 상이 조강에 나아갔다.
부제학 김수(金睟)가 나아가 아뢰기를,
'풍신수길은 광패(狂悖)한 자로, 그의 말은 겁을 주려고 한 것일 뿐입니다. 이런 실상이 없는 말로 진주(陳奏)하기까지 하는 것이 사리상 어찌 합당하겠습니까.'

하니, 상이 황정욱을 돌아보며 이르기를,

'병판(兵判)의 의견은 어떠한가?'

하자, 정욱이 아뢰기를,

'김수의 말에 대해 신은 전혀 그렇지 않다고 생각합니다. 우리나라가 명을 섬긴지 2백 년 동안 충근(忠勤)이 지극했습니다. 지금 이러한 말을 듣고서 어찌 태연히 있으면서 주문하지 않을 수 있겠습니까.'

하였다. 김수가 아뢰기를,

'대의(大義)로는 참으로 그렇습니다. 그러나 서계(書契)가 이와 같더라도 사신 세 사람의 소견이 같지 않으니, 어찌 실상이 없는 증거가 아니겠습니까.'

하니, 상이 이르기를,

'설사 사신 세 사람의 말이 모두 동일하게 침범할 리가 없다고 하더라도 서계가 이와 같다면 그 내용을 취해 주문해야 한다. 그들이 꼭 침범할 것이라고도 하고 꼭 침범하지 않을 것이라고도 말하는 것은 소견이 다른 것에 불과할 따름이다. 대개 신하된 자로서 위를 간범하는 말을 듣고서도 태연히 있으면서 말하지 않을 수 있겠는가.'

하였다. 김수가 아뢰기를,

'일에는 경도(經道)와 권도(權道)가 있습니다. 만약 분명히 침범하는 내용이 있다는 것을 알았다면 참으로 급급히 진주(陳奏)해야 할 것입니다. 그러나 실상을 제대로 파악하지 못하고서 갑자기 상주(上奏)하여 변방의 흔단을 열어놓기라도 한다면, 어찌 후회막심한 일이 아니겠습니까.'

하고, 정욱은 아뢰기를,

'이 점 또한 그렇지 않습니다. 다행히도 국가에 복이 많아 수길(秀吉)이 큰소리치고 마는 정도라면 명이나 우리나라가 이로 인해 방비를 하는 것이 나쁠 것은 없고, 참으로 서계(書契)의 말과 같은데 명으로 하여

금 전혀 모르게 했다가 갑자기 명을 침범하는 모욕을 초래한다면 그때에는 후회해도 무슨 소용이 있겠습니까.'

하였다. 김수가 아뢰기를,

'이 말은 모두 가설적인 말이니, 어찌 이런 일이 있겠습니까. 명의 복건(福建) 일로(一路)는 왜와 단지 바다 하나를 사이에 두고 있어 장사꾼이 통행하고 있으니, 우리나라에서 진주(陳奏)한다면 왜국에서 모를 리가 없습니다. 진주한 뒤에 왜국에서 간범하는 일이 없다면 명에서는 반드시 우리 나라가 사실이 아닌 것을 진주하였다고 비웃을 것이고, 왜국에서는 반드시 우리나라에 대해 깊은 원한을 갖게 될 것입니다. 어리석은 신의 염려스러운 점은 실제로 여기에 있는 것입니다.'

하니, 상이 이르기를,

'복건은 왜와 가깝고 장사꾼이 통행하고 있으니, 왜가 우리에게 보낸 서계와 같은 내용을 이미 명에 전달했는지 어찌 알겠는가. 설사 수길이 침범하지 않더라도 서계에 그런 의도가 드러났으니, 명에서 우리나라에 왜가 너희 나라와 약속을 하고서 쳐들어오려고 하는데 어찌하여 진주하지 않았는가, 라고 문책을 한다면, 왜적을 끌어들여 상국(上國)을 침범한다는 누명을 면하려고 한들 면할 수 있겠는가. 전일 윤두수의 말도 이와 같은 점을 염려한 것이니, 주문하는 일을 그만둘 수 없다.'

하였다. 김수가 아뢰기를,

'주문하는 일을 그만둘 수 없더라도 왜의 군사 출동 시기까지 분명히 상주(上奏)하는 것은 너무 규각(圭角)이 있는 것인 듯합니다.'

하니, 상이 이르기를,

'섬 오랑캐의 실정에 대해 주문하는 이상, 군사 출동 시기는 바로 그 실제인데, 어떻게 숨길 수 있겠는가.'

하였다. 김수가 아뢰기를,

'군사 출동 시기에 대해 분명히 언급하는 문제는 실로 온편치 못합니다. 그리고 주문하는 일을 누구한데 들은 것으로 해야 하겠습니까? 만약 곧바로 통신의 일을 거론한다면 난처하지 않겠습니까?'

하니, 상이 좌승지 유근(柳根)을 돌아보고 이르기를,

'승지의 의견은 어떠한가?'

하자, 유근이 아뢰기를,

'신이 내의원(內醫院)에서 마침 좌의정 유성룡의 말을 들었는데, 그의 말에 〈대의로 보면 주문하지 않을 수 없다. 그러나 수길이 광패(狂悖)하여 군사를 일으켜 쳐들어올 수 없을 것이지만 만일의 경우 우리가 왜적과 매우 가까운 지경에 있기 때문에 그 화를 억울하게 당할 수는 없다. 더구나 통신사로 갔다온 사신의 말을 들어보면, 왜적은 반드시 군사를 출동시키지 않을 것이며, 출동시킨다 하더라도 두려워할 것이 없다, 고 한다. 실상이 없는 말로 주문하면 한편으로는 명을 경동(驚動)시키는 것이 되고 한편으로는 이웃 나라인 왜에 깊은 원한을 사게 될 것이니, 옳지 못하다. 통신한 한 가지 일에 대해서 곧바로 주문할 경우, 명에서 따져 묻는다면 반드시 난처하게 될 것이다. 부득이하다면 왜에 사로잡혀 갔다가 도망온 사람에게서 들은 말이라고 말을 만들어 주문하는 것이 아마도 좋을 것이다.〉 하였습니다.'

하였다. 상이 이르기를,

'내가 묻는 것은 승지의 의견이 어떠한가 하는 점이다.'

하니, 유근이 아뢰기를,

'신의 생각에는 대의로 보면 주문하지 않을 수 없지만 하나하나 그대로 주문할 경우 난처한 일이 생길 듯싶습니다. 가볍게 주문하는 것이 합당할 듯합니다.'

하였다. 상이 수찬 박동현(朴東賢)을 돌아보고 이르기를,

'경연관의 의견은 어떠한가?'

하니, 동현이 아뢰기를,

'인신(人臣)으로서 위를 범하는 말을 들은 이상, 주문하는 일에 대해 다른 논의가 있을 수 없습니다. 그러나 주문하는 말의 곡절에 대해서는 허술하게 할 수 없으니, 대신으로 하여금 널리 의논해서 처리하게 하는 것이 마땅하겠습니다.'

하자, 상이 그렇다고 하였다.

다음날 아침 대신을 불러 의논해 결정하게 하니 대신 이산해(李山海)·유성룡(柳成龍)·이양원(李陽元) 등이 아뢰기를,

'삼가 경연에서 아뢴 말을 보건대, 김수의 우려가 일을 주도면밀하게 하려는 데에서 나온 것이지만 위를 범하는 말을 들은 이상, 어찌 차마 묵묵히 있을 수 있겠습니까. 다만 주본(奏本)의 말을 신중히 참작해서 하지 않으면 뒷날 반드시 난처한 걱정거리가 있게 될 것입니다. 가볍게 주문하자는 유근의 설은 상당히 일리가 있습니다. 왜에 잡혀갔다 도망해온 김대기(金大璣) 등에게서 들었다고 말을 만들어 주문하는 것이 가장 온당할 듯합니다. 그리고 왜의 서계(書契)에 답하는 내용에 있어서는 군신(君臣)의 대의(大義)를 들어 분명하게 거절하되, 말을 만들 적에는 노여움을 사지 않도록 해야 합니다. 이것이야말로 미워하면서도 엄하게 하지 않는 것으로서 마땅히 이와 같이 해야 합니다.'

하니, 상이 따랐다.

이에 조정의 의논이 비로소 정해졌다.


◇ 변방의 사정을 잘 아는 재신을 골라 하삼도(下三道 충청, 전라, 경상)를 순찰하여 군기(軍器)를 준비하고, 성지(城地)를 수축케 하였다. 이때 오랫동안 태평이 계속되어 경향 각지 인민들이 편한 것만 알고, 부역

을 꺼려하여 나라에 대한 원성이 가득하였다. 양남(兩南 전라, 경상)에 쌓아둔 산성은 모두 모양을 제대로 유지하지 못하고, 단지 크고 넓게 하여 많은 사람을 수용하기에만 힘썼다.

◇ 왜국 사신 현소(玄蘇) 등이 와서 '명나라를 치려고 하는데 조선에서 길을 인도해 달라.'고 하였다. 이 때문에 상이 조정 신하들과 의논하여 성절사(聖節使) 김응남(金應南)이 갈 적에 왜적이 명을 침범할 뜻을 갖고 있음을 예부(禮部)에 이자(移咨)하였는데, 다만 표류한 사람이 와서 전하는 말을 증거로 삼았다고 했고 통신사(通信使)가 왕래하였다는 말은 아예 언급하지 않았다.

그런데 왜노(倭奴)들이 명을 침범하겠다는 말을 유구(琉球)에도 퍼뜨리고 또 '조선도 이미 굴복하여 3백 인이 항복해 왔는데 지금 배를 만들어 그들을 향도(嚮導)로 삼을 것이다.'고 하였다.

유구에서 그 말을 명에 보고한 까닭에 명의 병부(兵部)가 요동(遼東)을 시켜 우리나라에 이자하여 그 사실 여부를 물어 왔으므로 이번에 따로 주청사를 보내어 그간의 곡절을 해명하려는 것이다.

◇ 주청사(奏請使) 한응인(韓應寅), 서장관 신경진(辛慶晉), 질정관 오억령(吳億齡) 등이 명나라로 출발하였다.

7. 進言

"쉬ー 물렀거라! 좌상 대감 행차시니라."
문 서방의 목소리가 밤길에 크게 울렸다.
"이보게, 문 서방. 잰걸음으로 가되 조용히 가자꾸나."

달빛이 있어 등을 앞세울 필요는 없었다. 서애를 태운 사인교는 한 사람의 잰걸음으로 궁을 향해 치달았다.

강녕전 앞에는 박 내관이 기다리고 있다가 걸어 들어오는 서애를 맞았다.

"대감 마님, 저를 따르시지요."

꺼져가는 목소리만큼이나 박 내관의 허리는 땅으로 휘었다.

"강녕전에 계신 것이 아닌가?"

"은밀히 모시라는 분부가 계셨사옵니다."

박 내관은 별궁으로 향했다. 오늘은 어느 비빈이 상을 모시는가를 생각했다. 하기야 좌상이 그런 것까지 알아야 할 필요는 없었지만, 별궁으로 향하는 박 내관의 뒤를 따르며 서애는 그런 궁금증이 일었다.

담길을 이리저리 감고 돌았다. 가장 후미진 곳이었다. 아직 자신만의 이름도 가지지 못한 별궁, 십 여 개의 별궁 중 하나였다.

"분부 받자와 신 유성룡 대령이요—"

방에 들어서서 우선 두 번 절하고 서애는 맞은 편 벽을 보고 앉았다. 어느 궁녀와의 합환주려니…… 상은 주안상을 앞에 두고 평복 차림이었다.

"가까이 와서 앉으시게."

서애가 무릎걸음으로 주안상 앞에 다가앉았다. 상은 술을 한 잔 따르더니 서애에게 권했다. 공손히 잔을 받아 자세를 돌려 소리없이 술을 입에 담았다. 술잔을 다시 상께 올리고, 술을 따르고 그리고 입안에 담았던 술을 목으로 넘겼다.

"왜 이렇게 은밀한 곳으로 불렀는지 아시겠는가?"

"황공하옵니다."

낮에 처결하였던 명에 보낸 주청사와 관계되는 일이 분명했다. 그러나 곧바로 그것을 입밖에 낼 필요는 없었다.

왜국에 통신사를 보내고, 그들이 돌아온 지 벌써 여섯 달이 지났다. 그때까지 왜국의 정세를 명에 보고하지 않았다. 오죽했으면 명의 병부에서 요동을 통해 물어왔을까.

"내게 진실을 말해 줄 사람은 좌상밖에 없다네. 어떤가. 이제는 내게 진실을 일러주시게."

"황공하옵니다. 어찌 소신에게 그런 말씀을……"

"한 잔 더 하시려는가."

상이 다시 잔을 권했고, 서애가 받아들자 직접 술을 따랐다.

"오늘 낮에 주청사(奏請使)가 궁을 나섰네. 좌상은 왜 알리지 말자고 그랬는지 내게 말해주시겠는가?"

"……"

"금년 들면서 좌상의 행동이 저이 수상쩍으이. 내게 무엇을 숨기는지 말해주게."

"황공하옵니다. 소신이 어찌 상께 숨기겠사옵니까."

"허허, 이것 참, 몇 잔을 마시려고 이러시는가."

상이 또 술을 따랐다.

상과 서애 둘 다 잠시 말이 없었다. 그러다 서애가 목을 가다듬으며 입을 열었다.

"아뢰옵기 황송하오나 우리 통신사 편에 왜국이 보낸 국서에 의하면 저들은 한번 대명국(大明國)에 뛰어들어가서 저들의 풍속을 대명국에 펴보고자 하니, 우리가 앞장서서 대명국에 들어가 주면 고맙겠다고 했습니다."

"……?"

"그러나 저들 사신의 말에 따르면 대명국을 저들이 치려고 하는데 조선에서 길을 인도해 달라는 것입니다. 즉, 대명국을 친다는 것은 저들이 앞에 내세운 것일 뿐, 결국에는 조선을 넘보는 것이옵니다."

"그러니 알려야 하지 않는가."

"아뢰옵기 황송하오나, 그렇기에 알리지 말아야 한다는 것입니다. 왜는 우리 조선에 침입하면서 공공연히 조선의 길을 빌려 명을 치겠다고 했고, 실제로 우리 조선이 왜군의 수중에 떨어진다면 조선의 국경에서 그리 멀지 않은 대명국의 황궁도 안전할 수는 없을 것이옵니다. 우리가 이러한 사실을 대명국에 알리면 명군은 필시 참전할 것이옵니다. 그러나 명군이 참전하는 것은 결코 조선을 도우려는 의도가 아닐 것입니다. 대명국의 관리들은 본토를 전쟁터로 만드는 것보다 조선을 전쟁터로 삼는 것이 낫고, 평원 지대인 요동보다 산악이 많은 조선 땅에서 전쟁을 하는 것이 좋다고 판단할 것이고, 더구나 명군이 조선에서 싸우면 군량과 물자를 조선에 요구할 것이옵니다……"

"계속하시게."

"왜국과의 싸움도 힘이 들거늘, 명군의 수발까지 들어야하는 이중고에 상의 백성들을 내모시렵니까. 그렇기에 알리지 말자고 했던 것이옵니다."

"그런다고 저들이 모를까."

"우리가 알았을 때 대명국에서도 알았을 것이옵니다. 그러나 그러한 사실을 알리는 즉시 대명국에서는 유비무환이라고 조선에 군사를 출정시킬 것이옵니다. 그렇게 되면 필시 조선을 도우러 간다, 조선을 왜의 침략으로부터 방어하려 한다고 내세울 것이옵니다."

"……"

"그렇기에 최대한 늦게, 우리가 할 수 있는 만반의 준비를 다 한 연후에 알리려고 했던 것이었사옵니다. 상께서도 아셨듯이, 우리가 알리지 않으니 대명국이 먼저 물어오지 않았습니까. 더구나 우리가 통신사를 보내 왜국과 내통한 것을 알면 대명국에서는 그것을 빌미로 다른 것을 요구할 것이옵니다. 그렇기에 통신사를 보냈던 것은 비밀로 하고 그저 표류한 사람이 와서 전하는 말로 알려야했습니다."

"그렇다면 왜국이 군사를 일으킨다는 것인데, 지난 삼월에는 쳐들어오지 않는다고 하였지 않은가?"

"황송하기 그지없사오나, 사실 황윤길의 말이 백번 천번 옳은 말이었사옵니다."

"황윤길은 좌상의 문하가 아니지?"

"국란을 논하는 데에 어찌 문하를 따지겠사옵니까. 다만 아무런 준비 없이 전쟁이 날 것을 발설하는 것은 상의 백성들을 혼란에 빠뜨리는 것일 뿐, 아무런 도움을 주지 못하옵니다. 진실만이 백성을 편하게 하는 것은 아니옵니다. 그렇기에 우선은 말을 막아놓고, 조정에서 모든 준비를 끝낸 다음, 진실을 알려 방비하는 것이 상책이라 사료되었사옵니다."

"……"

"우리 조선은 농업이 산업의 거의 전부이옵니다. 이런 상황에서는 농경지에서 받는 전세(田稅)가 국가 재정의 근간이 될 수밖에 없사옵니다. 그런데 세종성왕 때 정해진 전분 6등, 연분 9등을 골자로 하는 공법(貢法)이 성종대왕 때 전면 시행되자 거의 모든 농경지가 늘 흉년을 모면한 것으로 처리되었사옵니다. 따라서 양반 지주들이 부담하는 조세는 크게 줄어들었고, 이로부터 생긴 재정 부족분은 양인 농민들이 부담해야했습니다. 관청에서는 공물을 더 많이 걷었으며, 군역을 지는 양인 장정에게서 군포까지 걷기 시작했으며, 그것으로도 부족해서 차츰 환곡도 세금을 걷는 장치로 바꿔버렸사옵니다."

"그것은 또 무슨 말인가?"

"황송하기 그지없사오나 하던 말을 계속 올리겠사옵니다."

"……"

"처음 조선이 세워졌을 때에는 조선 왕실도 고려 왕실만은 못해도 엄청난 땅을 가지고 있었사옵니다. 그러나 여러 왕자와 공주를 혼인시키느라 많은 땅을 계속 떼어주다 보니 성종 대왕 때가 지나자 남은 땅이 거의 없었사옵니다. 슬하에 자녀를 둔 왕자와 공주의 수가 태종대왕께서 스물일곱 명, 세종성왕께서 스물두 명, 성종대왕께서 스물여덟 명이나 되었던 것을 생각하면 경위가 어떠했을지를 쉽게 짐작할 수 있사옵니다. 아들과 딸에게 고루 재산을 나눠주던 당시의 관행이 왕실을 가난하게 만든 셈이었사옵니다. 그 결과 왕실 농장에는 대부분 노비만 딸려 있었고, 왕실이 가난해졌다는 것은 왕권이 예전만큼 강할 수 없도록 만드는 중요한 원인 가운데 하나였사옵니다."

"계속 하시게."

"작금의 조선은 위기의 상황에 놓여 있사옵니다. 논농사 기술이 발달하고 면화 재배가 폭넓게 확대된 데 힘입어 농사를 지어 얻을 수 있는 이익은 전보다 많아진 것은 사실이옵니다. 하지만 연산군 초엽부터 농민들에게는 송곳 세울 땅도 없었던 반면에 양반 권세가들은 대부분의 토지를 소유하고 있어 부익부빈익빈 현상이 깊어가고 있었습니다. 그런데도 토지 소유자들은 흉년이 들면 세율을 낮게 매기는 제도를 악용하여 언제나 최하등급으로 전세(田稅)를 냈기 때문에 재정상의 타격을 입게 된 조정은 이를 공물과 군포를 통해 보완하고 있었사옵니다. 공물과 군포를 부담하는 양인 농민들은 그 부담에서 벗어나기 위해 대거 노비 신분으로 전락했고, 그 결과 어느 때보다도 백성들 중 노비의 비율이 높은 때가 바로 작금의 실태이옵니다."

"……"

"그런 그들에게 왜국이 군사를 일으켜 곧 쳐들어온다고 알린다면, 어떤 일이 벌어지겠사옵니까. 그들이 나서서 왜군과 싸우기는커녕 칼과 창을 조정을 향해 치켜들 것이옵니다."

"……"

"소신이 어찌 왜국이 군사를 일으킬 것이라는 사실을 몰랐겠사옵니까. 율곡도 군정개혁을 주장하며 변방의 침략을 제거하고 군적정비를 단행하여 보강정예화하고 민력을 배양하자고 했습니다. 그렇지 않으면 불원장래에 큰 화를 당할 것이라 예견하지 않았습니까. 어찌 소신인들 율곡의 뜻을 몰랐겠사옵니까. 그러나 율곡은 학문을 하는 사람이지 상의 백성을 다스릴 사람은 못되옵니다. 학문을 하는 사람과 백성을 다스릴 사람은 따로 있사옵니다."

"……"

"십만이 아니라 오십만, 백만의 정병이 필요한 때이옵니다. 그러나 지금 당장 필요하다고 알리면 백만, 오십만은커녕 단 오천의 군사도 구하기 힘들 것이옵니다."

"정병을 양성하기 위해 왜국의 침략 사실을 백성들에게 숨긴다?"

"그것이 정치이옵니다."

"……"

"다만 소신이 안타까운 것은 그럴만한 시간이 없다는 것이옵니다."

"……"

상이 다시 술잔을 들어 서애에게 권했다. 이번에는 술을 입에 담지 않고 곧바로 목구멍으로 넘겼다.

"왜군이 기다려줄까?"

"상께서는 기다려주시겠습니까?"

잠시 침묵이 흘렀다. 말을 해야만 뜻이 통하는 것은 아니었다. 수 차례의 독대를 통해 서애는 상의 마음을 이미 읽고 있었다. 괴로움. 고독.

상은 그것을 아파하고 있었다.

주안상을 다시 본다며 나인 둘이 들어온 것을 상은 아예 상을 물리라 했다. 서애는 다시 무릎걸음으로 몇 걸음 뒤로 물러났다.

"외로우이. 형님들은 이 자리를 왜 그리도 탐했는지……"

"소신, 이만 물러가옵니다."

뒷걸음으로 나오는 서애에게 들으라는 것인지 상은 혼잣말처럼 한 마디 더 내뱉었다.

"이러니 내가 요즘 여색을 가까이 하는가 보이…… 그저 잠시나마 잊어보려고……"

문 밖에는 수직 상궁이 나인 둘과 함께 서있었고, 상을 모실 궁녀인지 단장을 곱게 하고 앉아 있었다.

"자네가 오늘 상을 뫼시는가?"

앉았던 궁녀가 앉은 채로 고개를 숙였다.

"오늘은 특별히 잘 모시게. 상께서 많이 괴로워하고 계신다네."

별궁 담을 돌아나오는 서애의 발걸음이 무거웠다. 열엿새 달빛이 기울고 있었다.♣

┌─ 저자 프로필 ─

**이병렬**

소설가, 문학박사 / 서울 출생 / 서라벌고, 숭실대 졸업 / 1978년 월간 〈소설문예〉 신인상으로 데뷔 / 청송문화대상, 순수문학상 수상 / 창작집 〈장군의 꿈〉, 〈교수와 두목〉, 〈아주 특별한 하루〉 / 장편소설 〈흐르는 강물처럼〉 / 문학칼럼집 〈강의실 밖 문학수업〉 / 연구서 〈이태준소설연구〉, 〈현대소설의 이해와 감상〉 등 다수

# 맛있는 밥을 주세요!

박주호

하늘을 난다. 맑고 고요한 아침햇살을 받아 마시며 하늘을 난다. 초록의 잔디와 소나무 숲 위를 날고 물줄기를 뿜어대는 분수대 위를 날아다닌다. 한 마리 새가 되어 적요한 공원에 아침을 알리며 날아다닌다. 비둘기를 지켜본 사람은 많지 않다. 그저 공원에서 흔히 보는 비둘기라 여길 뿐 모형 비둘기라는 사실을 알 리가 없다.

공원의 벤치를 독차지한 사람은 이른 아침부터 명상에 잠기고 운동복장을 한 사람들은 코르크로 만든 트랙을 걷거나 뛰어다닌다. 뛰지 않고 걷는 사람 중에는 운동이 아닌 마음이 편치 않아 도는 사람들도 있다. 그들의 머릿속은 나처럼 복잡하거나 아니면 텅 비어있으며 얼굴 표정에는 고민거리가 배어져 있다. 나 역시 고민거리가 많지만 그들처럼 트랙을 돌거나 벤치에 앉아 한숨만을 내쉬지 않는다. 대신 한 마리 새가 되어 고민거리를 떨치고자 창공을 날아오른다.

하늘에서 내려다보는 공원의 모습은 어떨까? 비둘기의 눈으로 보는 세상의 모습 또한 궁금하다. 평화롭게 보이는 공원은 늘 한결같이 않다. 특히 여름이면 공원에 눈살을 찌푸리게 하는 일이 종종 벌어지는데 사오십 대의 남자들이 삼삼오오 모여서 모의를 꾀하거나 술을 마시며 놀음을 하기도 하며 고등학생으로 보이는 아이들이 공원의 으슥한 곳에서 담배를 피우며 어른 행세를 하기도 한다. 어른인지 학생인지 구분하기 어려운 밤이면 모두가 어둠이라는 가면을 쓰고 돌아다니는데 그들의 잘못된 흔적은 아침에 고스란히 드러난다. 벤치 주위라든지 나무와 숲이 우거진 곳에서는 술병과 먹다 남은 음식물 찌꺼기들이 난무하고 간혹 입에서 나온 토사물까지 주위의 환경을 더럽힌다. 그런데 공원관리소의 청소부와 비둘기 때문에 아침 반나절이면 언제 그랬냐는 듯 말끔해진다. 청소부는 바닥에 널린 자질구레한 음식쓰레기까지 치우지는 않는다. 음식쓰레기는 비둘기의 몫이라는 사실을 잘 알기에 청소부들은 그냥 내버려둔다. 그런 날은 비둘기의 맛있는 식사 시간으로 공원은 물론 인근의 아파트 단지에서도 수많은 비둘기들이 모여든다. 비둘기들은 티끌하나 남김없이 모조리 해치워버린다. 그것도 모자란 비둘기는 먹을 것을 찾기 위해 하루 종일 공원을 돌아다니거나 산책 나온 사람들 주위를 맴돌기도 하며 시계탑 꼭대기나 중앙무대 지붕에서 먹을 것을 흘리지는 않을까 하고 지나다니는 사람들의 발걸음만 예의주시한다.

나는 저녁 무렵이면 비둘기에게 모이를 주거나 창공에 수를 놓기 위해 공원을 찾는다. 종이컵에 쌀을 한가득 담은 뒤, 공원 한 가운데에서 훌뿌리면 나를 주시하고 있던 비둘기들이 일제히 날아든다. 녀석들에게 모이를 주고나면 모형 비둘기를 날린다. 나는 비둘기이고 비둘기는 곧 내 마음이다. 나는 비둘기의 눈을 가졌고 그 눈으로 창공을 가르며 아름다운 수를 놓는다. 푸른 하늘을 난다는 것은 세상을 얻는 것과 다름없다.

'비둘기에게 먹이를 주지 마세요!'

언제부턴가 공원에 이상한 푯말이 붙어있었다. 비둘기에게 먹이를 주지 말라니. 나와 똑같은 생각을 하고 있는 사람들은 하나 같이 어이없는 표정을 지으며 이구동성으로 떠들어댄다. 왜 비둘기에 먹이를 주지 말라는 것인지 의아해하지 않을 수 없다. 사람들이 붐비는 매점 주위에는 푯말이 길게 늘어져 있었는데 푯말에는 비둘기의 개체수가 늘어나 환경오염의 주범이 된다는 내용을 담고 있었다. 뉴스나 신문에서도 새를 환경오염의 주범으로 몰고 있다는 기사를 본 적이 있다. 외국의 한 소식통은 철새들이 신종바이러스를 몰고 이 나라 저 나라를 떠돌고 있다는 생태 파악의 근원을 소개한 바가 있다. 우리나라에서도 AI라든지 구제역 원인을 정확히 알 수 없는 상태에서 그 이유를 지역 간에 이동하는 차량이라든지 새들의 이동에 의해 일어날 수 있다고 추정했다.

공원의 푯말은 시청의 환경과에서 걸어놓았다. 먹을 것이 없어서 삐쩍 마른 비둘기와 환경오염 문제로 발가락이 하나 없거나 기형으로 생겨난 비둘기들이 늘어 가는데 먹이를 주지 말라니 얼토당토않은 말이 아닐 수 없다. 나는 먹이를 주지 말자는 데에 반기를 들고 싶었다. 공원을 자주 찾는 이유도 비둘기에게 모이를 주거나 같이 놀아주기 위해서이다.

대학에 입학하면서 '플라잉'이라는 동아리에 가입한 나는 선배들의 도움으로 모터를 장착한 새를 조립할 수 있었다. 동아리를 통해 꿈이라고 하기엔 현실적이지 못한 '하늘 날기'에 가까이 갈 수 있는 계기가 되었다. 주위의 친구들은 행글라이더를 권했지만 비용도 만만치 않고 시간과 공간적 제한을 받고 있는 터라 행글라이더는 생각조차 할 수 없다. 모형 비둘기의 재료비는 아르바이트를 해서 구입한 무선 비행기의 일종이다.

프로펠러가 앞에 달려 있지 않고 모터와 지렛대를 이용해서 만든 날개가 위아래로 수직 운동하도록 설계되어 있다. 처음에는 몸통에 어떤 종류의 새 모양을 입힐까 고민을 했었지만 공원에 유난히 많던 비둘기를 떠올린 것은 그리 어렵지 않았고 비슷한 모양이기에 친구가 될 수 있겠다 싶어 비둘기를 선택한 것이다. 머리 부분에는 수컷과 친할 수 있도록 암컷의 울음소리를 녹음해 두어 간간히 흘러나오도록 만들었다. 처음에는 진짜 비둘기들이 들을 수 있을까? 들은들 무슨 소용이 있을까? 생각했었는데 실제로 그 반대의 좋은 반응을 얻었다.

토요일 오전 11시 40분, 공원 한 가운데로 5톤의 트럭이 대기하고 그곳으로 사람들이 모여들기 시작한다. 인근의 한 교회에서 시작한 무료 급식으로 사람들에게 인기 만점이고 가장 즐거운 시간이다. 트럭 안에는 밥과 반찬 그리고 식판과 간이용 의자들이 가득 들어 있다. 배식은 교회의 자원봉사자들이 나선다. 12시 정각, 배식 준비를 마친 뒤에는 감사의 기도를 드린다. 줄을 서서 기다리는 사람들이 교회에 다니는지 알 수는 없지만 일제히 고개를 숙이고 가만히 눈을 감는 것으로 예를 갖춘다. 기도가 끝나면 배식에 들어가고 두세 명이 무리를 지어 잔디나 벤치에 앉아 식사를 한다. 맛이 있든 없든 사람들은 즐겁게 먹는다. 간혹 남은 음식을 비닐 봉투에 담아가거나 가지고온 도시락에 넣어가려는 노인들도 눈에 띈다. 그런데 언제부턴가 점심을 먹는 사람들의 숫자가 부쩍 늘었다. 그 가운데에는 넥타이도 메지 않은 양복 신사도 끼어 있고 모자를 푹 눌러 쓴 젊은 사람도 있으며 노숙자인 듯 허름한 옷차림에 큰 배낭을 멘 사람도 있었다. 그래도 자원봉사자들은 그들에게 아무 말 없이 뜨거운 밥을 나눠주었다. 날이 갈수록 사람들이 늘자 교회에서는 급식 양도 배로 늘렸다.

점심식사를 마친 사람들은 공원에 남거나 할 일을 찾아 어디론가 떠나고 자원봉사자들도 서둘러 식사도구들을 챙겨 공원을 떠난다. 바닥 청소는 휴지를 줍는 정도로 하고 아주 작은 음식물까지는 줍지 않는다. 바닥에 떨어진 음식물 주인은 역시 비둘기로 시계탑 꼭대기와 중앙무대 지붕 또는 나무 위에서 입맛을 다시고 있다. 성질이 급한 비둘기는 식사를 하고 있는 사람들 주위를 서성이기까지 한다. 5톤 트럭이 물러나면 손꼽아 기다리고 있던 비둘기들이 일제히 레이싱을 벌인다. 그렇게 삼십여 분이 지나면 언제 이곳에서 식사를 했는지 모를 만큼 말끔해진다. 그래도 허기를 채우지 못한 비둘기는 미련이 남았는지 바닥의 음식물 냄새를 쫓아다닌다. 아마 기다란 혀라도 갖고 있다면 바닥을 훑고 다녔을 것이다.

하루에 가장 즐거운 시간이 있다면 뭐니뭐니 해도 식사시간이다. 그것도 공짜이고 여럿이서 함께 먹는 점심시간이야 말로 꿀맛 나는 시간이다. 나는 혼자서 밥을 먹을 때가 많다. 혼자 먹는 밥은 맛이 없을뿐더러 즐거운 시간이 될 수 없다. 맛있는 음식이 있기 때문이 아니라 단지 배가 고프기 때문에 입속으로 우겨넣는 것이다. 맛이 없거나 영양가가 없어도 중앙공원에서 함께 먹는 밥이야말로 가장 맛있고 유익한 시간이다. 무료 급식을 통해 점심을 해결하는 사람들은 일요일을 가장 싫어한다. 일요일은 교회에서 무료 급식을 하지 않기 때문이다. 대신 교회에 나오기를 바라는 뜻에서 안내문을 나눠주곤 한다.

아버지는 끼니나 거르지 않고 잘 계시는지 모르겠다. 교회에서 제공하는 무료 급식 시간에 아버지가 있으면 그나마 다행인데. 아버지와 비슷한 연령대의 사람들이 더러 눈에 띌 뿐 아버지는 없었다. 혹시 내가 그곳 주위에 있기에 아버지는 나타나지 않을 수도 있다. 나는 그럴 확률도 있다는 판단아래 배식하는 장소나 그 시간에는 가급적 공원에 가지 않았다.

아버지의 사업 실패로 우리 가정은 작은 전셋집을 얻어야 했고 자기 방이 없어진 누나는 대학원 졸업을 1년 앞두고 휴학한 뒤 돈을 벌겠다며 집을 나갔다. 모르긴 해도 아무 대책도 없이 집을 나갈 누나는 아니었다.

'누나 돈 벌어 올 테니 엄마 말 잘 듣고 너 할 일이나 열심히 해.'

누나는 나보다 엄마를 걱정했다. 아버지는 사기꾼을 찾기 위해 경찰서를 들락거렸고 거리를 배회하며 돌아다녔다. 엄마와 아버지는 다투지는 않았지만 예전처럼 대화하는 모습 보기 힘들었다. 아버지와 엄마가 함께 집에 있는 날은 마치 방바닥에 지뢰를 묻은 것처럼 불안하고 냉기가 흘렀다. 엄마는 매일 밥과 찬거리를 만들어놓고는 시장으로 향했다. 엄마가 일찍 집에 돌아올 때 빼고는 내가 엄마의 역할을 대신하기도 했다. 아버지는 매일 아침 시장에 일하러 나가는 엄마를 지켜보고는 아무 말 없이 집을 나갔다. 아버지는 집을 나가기 전에도 하루걸러 들락거렸고 일주일 만에 집에 들어온 적도 있었다. 그리고 지금은 한 달째 집에 돌아오지 않고 계신다. 아버지는 밖에서 얼마나 많이 돌아다니셨는지 구두가 무척 닳았는데 가만히 서 있기도 불편할 만큼 구두 굽은 한쪽으로 쏠려있었다. 전에 살던 아파트에서는 일주일에 한 번씩 재활용품을 수거했다. 아파트 주민들이 재활용품이라고 내놓은 물건에는 남자 구두도 많았는데 그때의 구두만도 못한 구두를 아버지는 신고 계셨다. 그 상황이라면 당장이라도 구두 한 켤레를 집어올 수 있으련만. 지금이라도 몰래할 수 있는데도 행동으로 옮겨지지 않는 이유가 무언지 모르겠다.

왜 자꾸 아버지의 안 좋은 모습만 떠오르는지 모르겠다. 아버지는 어디에서 무엇을 하고 계시는 걸까? 아버지도 누나와 마찬가지로 엄마 말 잘 들으라며 엄마 걱정을 많이 했다. 공원에서 무료급식을 볼 때면 아버지가 더욱 간절하게 떠오른다. 아버지는 왜 저 자리에 없는 것일까? 보는 내 마음이 편하지 않겠지만 그나마 다행스런 일이 아닌가. 아버지가 먼

곳에 있지 않고 집 주위에 있다는 사실만으로도 마음이 놓이는 일인데. 모형 비둘기의 몸에 렌즈를 달고 싶을 때가 더러 있다. 카메라로 세상의 모습을 담고 싶고 혹시 모를 아버지의 모습을 담을지도 모른다. 나는 이런저런 답답한 마음을 떨쳐버리고 하늘로 날아오르고 싶다. 하늘에서 만난 친구들과 술래잡기를 하고 다방구를 하며 공활한 허공을 휘젓고 싶다.

나는 현재 직면한 집안 문제에 아무 도움을 줄 수 없다. 대학 등록금 마련을 위해 아르바이트를 하고 있지만 그 보다는 누나처럼 휴학을 하고 취업을 해야 마땅한 일이 아닌가 싶다. 역시 마찬가지로 생각만 있을 뿐, 이행하기 참 어려운 일이다. 무슨 수를 써서라도 대학은 꼭 마쳐야 한다는 엄마의 논리는 집안이 어렵게 되었어도 변함이 없다. 아마 내 뜻을 달리 세우고자 하기 위해서는 먼저 엄마의 의지를 넘어서야 하지만 절대 쉬워 보이지 않는다.

대학 중퇴 때문에 엄마와 실랑이를 벌이던 날, 나는 답답한 마음을 풀고자 모형 비둘기를 들고 공원으로 향했다. 꽉 막힌 마음을 비둘기에 담고 하늘로 날아오르면 속이 후련해진다. 비둘기에는 내 마음만 담긴 것이 아니라 엄마의 마음도 함께 담았다. 엄마의 마음도 편했으면 하는 바람이고 엄마 앞에서 할 수 없었던 말들을 비둘기에 담으면 엄마에게 전달이 될 것처럼 느껴졌다. 그런데 근래에 눈에 밟히는 이상한 일들이 자주 벌어지곤 한다. 다름 아닌 공원 한 가운데에서 비둘기에게 모이를 주는 사람들로 역시나 했더니 연두색의 유니폼을 입은 시청 환경과의 공익근무 요원이었다. 그 무렵에는 인근의 모든 비둘기들이 날아들었고 두 남자가 주는 모이를 맛있게 받아먹었다. 알고 보니 그 모이에는 번식을 억제하는 약이 함유되어 있었다. 비둘기의 개체수를 줄이기 위한 약으로 시청의 환경과에서 공익근무 요원에게 매일같이 모이를 주도록 지시를 내린 것이다. 비둘기에게 모이를 주지 말자는 푯말로도 개체수가 줄지 않자 시청의 환경과에서는 극약 처방을 내린 것이다. 아마도 약 성분 때문에 비둘기들의 발가락이 기형으로 생기거나 메마른 것인지도 모른다. 단순히 배가 곯거나 도시의 매연가스 등의 환경 문제로 새의 발가락이 기형으로 생겨난 줄 알았지만 그게 아니었다.

언제부터 무엇 때문에 비둘기가 이런 수난을 받게 된 것일까? 환경 문제라면 새가 아니라 사람이 크게 벌이지 않았는가. 공장의 굴뚝과 자동차의 매연가스는 오존층을 파괴했고 그로 인해 지구의 온도를 상승시켰다. 매년 610억톤의 빙하가 녹아내리고 있으며 해수면의 높이도 매년 10센티씩 상승해 폭설과 물난리 그리고 폭염으로 인해 수많은 생명을 앗아가고 있다. 그깟 비둘기 몇 마리가 무슨 큰 영향을 준다고 저리들 떠드는지 모르겠다. 이기적인 사람들은 아직도 도심의 한복판이나 운동장 각지에서 치러지는 행사에 여지없이 비둘기를 하이라이트로 장식하고 있다. 환경오염 문제를 들먹이던 사람조차도 자익을 위해 비둘기는 역시 '평화의 상징'이라고 떠들어댄다. 행사가 끝나면 언제 비둘기가 평화의 상징이었냐는 듯 또다시 못된 약 성분이 함유된 먹이를 뿌려댈 것이 뻔하다.

나는 나의 답답한 마음과 세상의 모든 답답함을 함께 담고 힘차게 날아올랐다. 그런데 공원 주위를 두 바퀴 돌 때 의외의 상황이 벌어졌다. 그 상황은 전혀 예측할 수 없었던 일로 주위의 모든 사람들마저 놀라게 만들었다. 나를 따라다니는 비둘기가 나타난 것이었다. 암컷인지 수컷인지는 중요하지 않았다. 혹시 암컷 울음소리에 수컷들이 따라 붙었다면 어떤 의미를 주는 것인가. 나는 기대를 모으며 계속 공원 주위를 돌았다. 한 마리가 따라붙더니 잠시 후 또 한 마리가 따라붙었다. 비둘기들은 나에게 말을 거는 듯했다. 서로 약속이나 한 듯 앞서다가도 뒤로 쳐졌고 다시 가까이 와서는 말을 건넸다. 마치 두 마리의 수컷이 서로 구애하는 모양 같았고 또 한편으로는 이상한 밥을 먹은 것에 대한 항변을 늘어놓는 것 같았다. 그 말이 맞든 아니든 애석한 일이다. 나는 똑같은 말밖에는 내지 못하니 조만간 두 마리의 비둘기들이 싫증을 낼 것이 뻔한 일이 아닌가. 그래서 비둘기들에게 실망시키지 않기 위해 따돌리는 곡예비행을 펼쳤다. 주위의 사람들도 모형 비둘기와 진짜 비둘기들이 함께 날아다니는 모습을 보고 놀랐다. 신기한 일이라며 어떤 아저씨는 감탄사를 연신 터트리기까지 했다. 그때, 따라다니는 비둘기 두 마리를 떼어놓게 만든 것은 역시 먹잇감이었다.

시계탑 앞에서 어떤 할아버지가 모이를 던져주고 있었고 그 주위로 하나둘 씩 비둘기들이 모여들기 시작했다. 나를 따라다니는 비둘기들도 뒤늦게 알아차리고는 바로 돌아섰다. 역시 비둘기들은 친구보다는 먹잇감이 더 좋았던 것이다. 아무리 맛있는 먹잇감이 있어도 나는 함께 갈 수가 없고 먹을 수가 없다. 오로지 이렇게 공원 주위를 도는 일이 가장 신나는 시간이다.

배터리의 가용 시간은 사십여 분으로 나는 날개를 접고 집으로 향했다. 소나무 숲을 지나 공원 모퉁이에 자리한 매점을 지날 무렵, 오륙십 대의 사람들이 눈에 들어왔다. 여섯 명이 옹기종기 모여 있었는데 놀음을 하는 듯했다. 호기심이 가득한 나는 모자를 꾹 눌러쓰고 천천히 다가갔다. 가까이에 이르러서는 곁눈질로 지켜보았는데 알고 보니 화투를 돌리는 야바위꾼들이었다. 등산 모자를 눌러 쓴 사람이 패를 돌리고 있었고 맞은편 한 남자가 패를 고르고 있었다. 석 장의 화투 가운데 모양이 다른 화투를 고르는 것이다.

사람들 틈바구니에서 화투를 돌리는 사람을 유심히 지켜보고 있던 나는 순간 소스라치게 놀라고 말았다. 놀란 이유는 두 가지였다. 첫째로 아버지를 보았기 때문이고 둘째는 아버지가 돈을 잃고 있는 입장이 아니라 화투를 돌리고 있었기 때문이다. 사기를 당해 버틸 힘마저 빼앗겨 버린 아버지가 또 어디에서 사기를 당하지는 않을까, 먹고 자는 것은 어떻게 해결하고 계실까하고 늘 걱정해왔었는데 아버지는 허름한 복장에 파란 모자를 꾹 눌러쓴 채 열심히 패를 돌리고 있었다. 돈을 빼앗기는 입장이 아니라 돈을 갈취하는 입장이 나에게 위안을 주는 것인지 안타까운 것인지조차 구분이 가지 않았다. 어떻게 아버지가 야바위꾼의 대장 노릇을 하고 있을까. 순간 걱정할 일도 아닐 수 있다는 생각이 들었다. 아버지가 그렇게 해서라도 무언가에 열중하고 있다는 생각이 들 때, 꼭 실망할 일만도 아니었다.

'그래 아버지는 멀리 가지 않고 이 근방에 있었어!'

나는 이렇게 혼잣말을 했다. 아버지는 아무 하릴없이 떠돌아다니는 노숙자가 아니었다. 아버지의 손놀림은 무척이나 빨랐다. 화투 석 장을 왼쪽에서 오른쪽으로 다시 오른쪽에서 왼쪽으로 여러 번을 섞은 뒤, 가운데 남자 앞에 가지런히 놓았다. 남자는 석 장 가운데 무늬가 다른 한 장을 고르고 있었다. 남자가 이천 원을 가운데 화투 앞에 놓자 아버지는 화투를 뒤집었다. 남자가 맞추었다. 남자는 이천 원을 땄고 슬그머니 호주머니에 돈을 우겨넣었다. 아버지는 다시 화투를 이리저리 섞은 뒤 남자 앞에 가지런히 놓았다. 이때 옆에 있던 나이든 아저씨가 남자 귀에다 대고 슬쩍 속삭였다. 그러자 남자가 이천 원을 왼쪽 화투 앞에 놓았다. 이번에도 남자가 땄다. 아버지는 계속 잃고 있었다. 아버지는 마치 한 패거리에게 당하고 있다는 느낌이었다.

아버지는 다시 화투를 돌렸는데 조금 전과 달리 화투를 섞는 속도가 무척 빨랐다. 이번에도 남자 옆에 있던 아저씨가 뭐라고 속삭이자 남자가 만 원을 오른쪽 화투 앞에 놓았다. 그런데 남자가 선택한 화투가 그만 틀리고 말았다. 아버지는 얼른 만 원을 집어 바지호주머니에 넣고 화투를 돌렸다. 어리둥절한 남자는 오기가 났는지 다시 만 원 한 장을 꺼내들었다. 그 옆에 있던 아저씨가 또다시 귀에다 대고 속삭이자 남자는 가운데 화투 앞에 만 원을 놓았다. 만 원을 잃은 남자는 조금 흥분이 된 상태였다. 아버지가 가운데 화투를 뒤집었지만 이번에도 남자가 맞추지 못하고 만 원을 더 잃고 말았다. 남자는 어이없는 표정으로 곁에 있던 아저씨의 얼굴을 바라보았지만 귀에다 대고 속삭여주었던 아저씨는 이미 자리를 뜨고 말았다. 황당한 남자는 더 이상 돈을 걸 용기가 나지 않았다.

　만육천 원을 잃은 남자는 계속해서 고개를 갸우뚱거리다 발길을 돌렸고 구경하던 다른 사람들도 제각각 발길을 돌렸다. 그러자 바람잡이 역할을 한 아저씨가 나타났다. 얼마인지 모르지만 아버지는 바람잡이 아저씨에게 돈을 건네주었다. 나는 아찔하면서도 다행이라는 생각이 들었을 때, 내가 왜 돈을 잃은 남자의 편을 들지 않고 아버지의 편을 들어야 하는지를 생각했다. 야바위꾼들이 무심하고 나쁜 무리라고 생각해 왔던 나는 나도 모르게 야바위꾼들을 응원하고 있었다. 아버지는 바람잡이를 하던 아저씨와 함께 어디론가 향했다. 나는 그 틈을 비집고 들어갈 수 없었다. 이유는 아버지에게도 어느 정도 생각할 시간이 필요하다고 생각했기 때문이다. 나는 아버지를 믿고 기다리는 것이 최선의 도리라 여겼다.

　나는 그 뒤로 매점 주위를 항상 주시했다. 조금이라도 사람들이 모여 있다면 여지없이 달려가거나 멀리서 응원의 메시지를 보냈다. 혹시 모른다. 아버지도 공원을 배회하다 나를 보았을지도. 내가 들키지 않게 아버지를 지켜보고 있는 것처럼 아버지도 내가 비둘기를 날리는 것을 몰래 지켜보았을지도 모른다.

　바람직하지는 않지만 우려했던 것보다는 다행스런 아버지의 모습에 안심이 되었고 무엇보다 의욕을 잃은 예전의 모습이 아니라 무척 강인한 인상의 아버지를 보았다. 그날은 비둘기를 날리면서 평화를 지켜주겠다던 다짐의 결실을 보는 듯해서 기뻤다. 그렇게 아버지의 모습을 지켜본 다음 날, 누나에게서 전화가 걸려왔다. 돈을 조금 벌었으니 삼겹살을 사들고 집에 한 번 오겠다는 것이다. 누나는 아직도 엄마와 다툰 일에 대한 미안한 감정 때문에 나에게 전화한 모양이었다. 엄마에게 전해달라는 의도로 해석이 된다. 누나는 아버지의 소식도 물었지만 나는 공원에서 본 아버지의 모습을 떠올리게 하고 싶지 않았다. 다만, 아버지도 언젠가 돌아올 거라고만 말했다. 나는 분명 그렇게 생각한다. 언젠가 가족 모두 모여 맛있는 밥을 먹는 날이 올 것이라고.

아버지를 본 지 나흘이 지나서 다시 공원을 찾았다. 그날은 토요일 오후로 희뿌연 구름이 낮게 내려와 있었다. 나는 비둘기들을 불러 모으고자 공원에 나섰다. 던져줄 쌀은 준비하지 못했지만 친구가 되어 맘껏 날고 싶었다. 속아주는 바보가 있다면 얼마나 좋을까. 그 바보를 위해 씹던 껌이라도 던져줄 텐데. 우중충한 하늘은 곧 비를 뿌릴 것 같았지만 시간 내에 비가 올 것 같지는 않았다.

하늘로 띄우기 전에 모형 비둘기의 머리를 곱게 빗어주고 날개도 접었다 폈다 반복해 보았다. 소리도 잘 내는지 스위치를 올려보았다. 밥을 달라는 것인지, 놀아달라고 하는 것인지는 몰라도 애절한 것만은 틀림이 없다. 깜박 속는 비둘기는 어떤 놈들인지 궁금하다. 저번에 속은 놈들이 달려들 것인지, 아니면 다른 놈들이 달려들 것인지 조바심까지 일기 시작한다. 흐린 날씨 때문인지 여남은 사람들도 쓸쓸해 보였다. 주위의 사람들에게 주목받기 위해 비둘기를 날리는 것은 아니지만 그래도 지켜봐주는 사람이 있으면 신이 난다. 나의 목적은 비둘기와 친구가 되는 것이고 함께 상공을 날아다니는 것이다. 저번처럼 한두 마리만이라도 따라붙었으면 좋겠다.

나는 모터의 스위치를 올린 다음 모형 비둘기를 하늘로 힘껏 던졌다.

무선 조종기로 방향을 잡으며 몸의 중심을 바로 세웠다. 도는 코스는 한 결같이 소나무 숲에서 시작해서 연못을 지나고 매점을 지나 중앙 무대로 향한다. 시계탑을 지난 다음에는 비둘기집들이 밀집한 넝쿨 숲을 지난다. 넝쿨 숲은 가로등과 촘촘히 맞물려 있어 비둘기들이 집을 짓기에 안성맞춤이다. 넝쿨 숲을 지난 다음에는 길게 늘어진 잔디밭 위를 난다. 잔디밭은 안전하게 새를 내리는 활주로 역할을 한다. 중앙 무대를 지나 넝쿨 숲을 지날 무렵에는 그 어느 때보다 비둘기의 울음소리가 간절하게 흘러나왔다. 그렇게 한 바퀴를 돌고 다시 넝쿨 숲을 지나고 있을 때, 한 마리의 비둘기가 따라 올랐고 연이어 다른 두 마리의 비둘기가 따라 올랐다.

내가 날린 모형 비둘기를 포함한 네 마리의 비둘기들은 사이좋게 공원 주위를 돌았다. 암컷의 울음소리를 듣고 쫓아온 세 마리의 비둘기들은 누가먼저랄 것도 없이 내 주위를 감싸고돌았다. 앞서가다가도 금세 뒤로 밀려나갔고 내 밑에서 날다가도 위로 올라가서는 말을 건네는 듯 했다. 저번에 따라 오른 비둘기들인지는 몰라도 비슷한 행동을 보여주었다. 쫓고 쫓기며 장난을 치는 것 같기도 하고 경주를 벌이는 것 같기도 했다. 사이좋은 네 마리의 비둘기들이 마치 오래 전의 우리 가족을 보는 것 같았다.

비둘기들은 마냥 즐거운 듯 공원 주위를 다정하게 돌았다. 몇 바퀴를 돌았는지 헤아리기 어려울 정도로 돌고 또 돌았다. 너무 오래 돌게 되면 배터리를 교체해야 한다. 모형 비둘기가 이렇게 인기가 좋은 줄은 몰랐다. 따라다니는 놈들은 지치지도 않은가보다.

누군가 자신에게 말을 걸어주는 대상이 있다는 것은 행복한 일이며 자신과 함께 동행하는 것도 뿌듯한 일이 아닐 수 없다. 누군가를 위해 기다려줄 수 있고 또 누군가 기다리고 있다는 것도 살아가는 의미를 되새

겨주곤 한다. 우리 가족도 비록 뿔뿔이 흩어져 살고 있지만 언젠가 다시 합치는 날을 위해 열심히 살고 있다. 지방에서 열심히 일하는 누나와 나의 대학 등록금을 마련하기 위해 이른 아침부터 시장에 나서는 엄마 그리고 비록 야바위라 하더라도 어떻게든 살고자 하는 아버지, 모두가 매 순간마다 열정을 쏟고 있다.

비둘기들은 다정하게 날아다니면서도 경쟁을 벌였다. 에너지가 넘치는 것인지 오기가 발동한 것인지는 몰라도 기를 쓰며 날았다. 나의 에너지는 거의 바닥이 났다. 바람 한 점 없는 좋은 환경이라도 사십 분 이상은 날릴 수가 없다. 그렇다고 무게가 많이 나가는 배터리를 장착하고 날릴 수는 없는 일이다. 다시 배터리를 교체하고 날려야 하지만 우중충한 날씨가 발목을 잡는다. 시간도 저녁때이어서 배가 고프기도 하다.

나는 친구들과 헤어지고 잔디밭 위로 비둘기를 내렸다. 함께 날던 비둘기들도 둥지가 있는 넝쿨 숲으로 향했다. 비둘기들은 어떤 생각을 했을까? 암컷의 울음소리만 내는 새에게서 무슨 생각으로 함께 날아올랐을까? 어떤 이유, 어떤 생각이 있든 함께 공원을 돌았다는 이유만으로도 즐겁고 행복한 시간이 아닌가. 나는 그 비둘기들과 함께 날아올라 흥겨운 시간을 보냈다. 이제 친구가 하나 더 늘어 세 마리나 확보했다. 다음에는 좀 더 많은 비둘기들이 달려들었으면 좋겠다.

손등에 빗방울이 떨어졌다. 나는 서둘러 모형 비둘기를 집어 들고 자리를 떴다. 집으로 발길을 옮기던 나는 매점 앞에서 걸음을 멈췄다. 매점 뒤에 다섯 사람이 또 모여 있었다. 야바위꾼들이었다. 그 광경을 본 나는 걸음을 멈추지 않을 수 없었다. 나는 눈치 채지 못하게 모자를 꾹 눌러쓰고 천천히 다가갔다. 아버지를 보기 위해서다. 현란한 아버지의 손놀림을 보기 위해서, 신명나게 돈을 따는 아버지의 모습을 재연하며 천천히 다가갔다. 그런데 이게 어찌된 일인지 아버지는 보이지 않았다.

화투를 돌리는 사람은 다른 사람이었다. 혹시 저번에 아버지를 돕던 한 패거리일지도 모른다는 생각을 해보았지만 얼핏 보았기 때문에 알아볼 수 없었다. 그렇다고 대놓고 물어볼 수도 없는 일이었다. 혹시 늦게 나타나지는 않을까, 주위를 둘러보고 매점 앞을 서성거렸지만 아버지는 나타나지 않았다. 구두굽이 휘청거릴 만큼 닳은 구두를 신고 계신 아버지는 어디서 무엇을 하고 계실까? 아니 왜 그곳에 없는 것일까?

머릿속에는 두 가지 생각이 교차했다. 화투를 돌리는 아버지의 모습을 다시 한 번 보고 싶은 생각과 그 무리 속에 없는 것이 다행이라는 생각이 대립하고 있었다. 그 순간 무엇이 옳고 그른지 감이 잡히지 않을 만큼 혼란스러웠다. 혹시 같은 무리의 사람들로부터 따돌림을 당한 것은 아닐까? 그때 빗방울이 점점 굵어졌고 매점 뒤에 모여 있던 사람들도 뿔뿔이 흩어졌다.

나는 잠시 그 자리로 가서 땅을 밟아보고 하늘을 올려다보았으며 경찰이 오는지 고개를 이리저리 돌려보기도 했다. 누군가는 따고 또 다른 누군가는 돈을 잃어야만 끝나는 게임. 어쩌면 게임의 상대는 화투도 아니고 곁에서 유혹하는 악마의 속삭임도 아닌 흔들리지 않는 자신과의 싸움인데 사람들은 쉽게 자신의 마음을 내어준다. 아버지는 1년 전 동업자에게 사기를 당했고 그로 인해 집문서까지 날리게 됐다. 어깨가 축 늘어진 아버지는 '용기를 잃지 말자. 곧 좋은 날이 올 거다' 라고 말해 왔었다. 나는 그 자리에 서서 아버지의 모습을 계속 떠올리고 싶었지만 굵어지는 빗방울은 나를 오래 머물지 못하게 했다. 어디선가 천둥소리가 울렸고 나는 놀란 나머지 발길을 집으로 돌렸다.

나는 빠른 걸음으로 걷다가 뛰기까지 했다. 그런 가운데에서도 내내 아버지를 떠올렸다. 아버지는 도대체 어디로 간 것일까? 왜 그 자리에 없는 것일까? 아버지와 함께 누나의 모습도 떠올랐다. 벌은 돈으로 삼겹살을 사주겠다던 누나는 무척이나 밝은 목소리를 들려주었다. 그러나 말로만 안심시켰을 뿐 확실하게 언제 오겠다고는 말하지 않았다. 그날이 과연 올 수 있을지 아련한 생각이 든다. 누나는 언제 엄마와 다투었냐는 듯 엄마 이야기를 제일 먼저 했고 그 다음 아버지에 대해 물었다. 아버지라는 말을 꺼낼 때는 말문이 조금 막히는 듯했다. 누나는 언젠가 가족이 모두 모여 함께 식사할 날이 꼭 올 것이라고 확신했다.

빗방울이 천천히 떨어질 때와 달리 꼬리를 물며 줄기차게 이어졌다. 바로 그때가 간신히 집에 도착했을 때였다. 현관문 앞에 우두커니 서서 슬레이트지붕에 떨어지는 빗방울 소리를 들었다. 집을 향해 뛸 때는 배고픈 생각이 절실했는데 막상 집에 와서는 그런 생각이 슬레이트지붕을 난타하는 빗방울 소리에 희석이 되어 어디론가 사라져버리고 말았다. 순간 아버지가 비를 맞고 있지는 않을까하는 걱정이 앞섰다. 그나마 건장한 아버지의 모습을 지켜볼 수 있었는데 그 모습조차 보이지 않으니 조금은 섭섭했다.

비가 더욱 강렬하게 쏟아져 내렸다. 시커멓던 하늘은 쏟아지는 빗방울에 가려 보이지 않았고 빗방울은 슬레이트지붕을 갈라놓을 듯 무섭게 난타했다. 지금쯤은 공원의 비둘기들도 자기 둥지로 돌아가 즐거운 식사시간은 아니어도 가족들과 함께 오붓한 시간을 보낼 것이다. 그런데 나는 그렇지 못하다. 비둘기만도 못한 시간을 어쩌면 혼자 보내야 한다. 늘 혼자서 맛없는 밥을 먹거나 가끔 엄마와 식사를 한다. 엄마와 단 둘이 먹는 식사시간도 즐거워야 하는데 그렇지 못하다. 엄마와 함께 밥을 먹을 때는 누가 빨리 먹는지 마치 경합을 벌이는 것 같았다. 식사시간이 왜 이렇게 썰렁한지, 엄마가 한 마디 말도 없이 왜 이렇게 밥을 빨리 먹는지 나는 안다. 엄마는 항상 걱정거리를 달고 산다. 그 가운데 절반은 아버지에게 향해 있고 나머지 절반은 먹고 사는 문제에 시달리고 있다. 나 역시 늘 아버지 걱정에 잠겨 있다. 저녁이면 잠자리 걱정을 하고 아침이면 아침밥 걱정에 하루를 어떻게 보내는지에 대해 걱정을 한다. 이렇게 비가 오는 날은 더욱 절실하고 마음이 무거워진다.

　슬레이트지붕을 난타하는 소리 때문에 귀가 따가웠는데 현관문을 여는 순간, 따가웠던 귀에서 코로 모든 신경이 쏠리고 말았다. 삼겹살을 굽는 냄새가 진동한 것이었다. 그때, 삼겹살을 사가지고 오겠다는 누나의 말이 달팽이관을 살짝 흔들어주었다. 그리고 나는 귀에서 코로 다시 코에서 눈으로 모든 신경이 쏠리고 말았다. 신발을 벗는 순간, 낯익은 남자의 구두 한 켤레가 내 눈을 사로잡았다. 굽이 휘청거릴 듯이 닳고 닳은 구두였다. 구두를 보는 순간, 슬레이트지붕을 난타하는 소리도, 삼겹살 굽는 냄새가 코를 찔러도, 마음이 동요되지 않았다. 그때 비둘기가 무리를 지어 하늘로 솟구치는 장면이 머리에 번뜩였다. 내 눈은 오로지 구두에만 집중 돼 있었다. 낯익은 남자의 구두 한 켤레는 내 두 눈에 쏙 들어와 엉기어 붙었고 갑자기 허기가 느껴졌다. 안쪽에서 사람들 웃는 소리가 들린다. 배가 고프다.

　-끝-

┌ 저자 프로필 ┐

**박주호**

본명 박광주. 소설가. 강원도 영월 태생 / 건국대학교 졸업. 중앙대 예술대학원 문예창작과 수료 / 부천신인문학상 수상(단편소설부문), 아시아일보 신춘문예 당선(단편소설부문) / 한국소설가협회 회원, 부천소설가협회 회원 / 복사골문학회 주부토 소설 동인 / 단편집 〈하늘로 날아오른 종이학〉

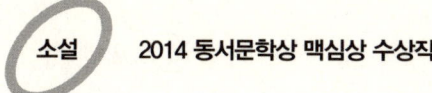 

# 늪

## 서지숙

"놀라지 마라. 수정이 아빠가 어제 죽었단다. 나도 급히 받은 전화여서 자세한건 모르겠고 내려오거든 장례식장에서 보자." 큰오빠는 내 대답은 듣지도 않은 채 다급하게 전화를 끊었다. 작은오빠가 죽었다니 꼭 낮잠 자다 악몽을 꾼 것처럼 머리가 하얗게 비어버렸다. 관자놀이에 소름이 돋으면서 허둥지둥 거실을 오고가기를 반복했다. 큰오빠에게 다시 전화를 걸어볼까 하다 그만두고 곧바로 남편에게 전화를 걸었다.

"아니 뭐야? 작은형님이 돌아가셨다고……?"

남편은 떨리는 목소리로 퇴근해 갈테니까 내려갈 준비하고 있으라며 급히 전화를 끊었다.

'오빠 조금만 참지 그랬어. 아이들은 어떡하라고……'

그때 그렇게 힘들어서 나에게 전화를 했었는데 아무 도움이 되지 못한 것에 대한 후회가 밀려왔다. 어쩌면 그때 이미 오빠의 마음에는 태산보다 더 무거운 응어리가 쌓여있었는지도 모른다. 새벽 차안에서, 또는 술집에서도 정작 본론적인 이야기는 피하면서 답답해서 전화해봤다고,

그 이야기는 죽기로 마음먹은 뒤로 나에게 이야기한 것 같았다. 삶에 의미를 잃어버리고 체념한 상태였을때 나에게 했던 이야기들을 대수롭지 않게 듣기만 했던 내가 미워졌다. 그런 생각들을 하고 있는데 남편이 헐레벌떡 현관문을 들어서더니 어서 내려가자고 했다. 고속도로를 달리면서도 남편과 나는 한 마디 말이 없었다. 남편은 입을 굳게 다문 채 고속도로를 질주하고 있었다.

처음에는 그냥 잘 잘 지내느냐, 한 번 놀러오너라 라는 인사말을 주고받다가 어느 때부턴가 오빠의 전화는 진지해졌다. 그것은 짙은 회색빛이 감도는 대화였다.

"아......, 나 죽고 싶다. 나에게 왜 이런 일이 일어나는지 모르겠다.

설마 했는데 내 눈으로 확인을 하고 나니까 살맛이 안난다 이일을 어떻게 해야 할지........,"

"뭔데 그래 오빠! 무슨 일 있는 거야?"

"어느 날부터 수정이 엄마가 전화도 잘 안 받고 애들에게 물어보면 집도 자주 비운다 해서 잠시 집에 들러서 며칠 네 올케 하는 것 보니까 꼭 바람난 여자 같아서......,"

나는 직감했다 부부사이에 문제가 있다고, 아니 둘째올케에게 뭔가 문제가 있다고 생각했다.

"그러지 말고 집에 돌아오는 날 만나서 이야기를 해봐 그렇게 오해 같은 것 하지 말고 언니가 늘 싹싹하고 잘하는 줄 알았는데......,?"

"내가 얼마 전에 네 올케가 그것도 새벽에 다른 남자 차에서 내리는 걸 봤다. 내가 아파트 입구 쪽을 쳐다보고 있는 줄도 모르고.....,"

"늦게 끝나니까 데려다 주는 거겠지."

"나도 처음에는 그렇게 생각했지 그런데 내리면서 그놈하고 입맞춤하는 것은 뭐냐? 술은 떡이 되어가지고......,"

올케는 지방에서 현장공사로 인해 몇 개월씩 집을 비우는 오빠 때문에 빈 시간이 많았고 애들 학원비라도 벌자고 식당에 나가고 있다는 소식을 전해들은 적이 있었다.

"그래서 오빠가 그 일을 봤다고 올케에게 말했어?"

"아직 말은 안했어. 좀 더 두고 보려고......,"

"그래 좀 더 두고 보자고, 술이 실수한건지도 모르니까......,"

그런 통화가 있고서 두 어 달이 지난 뒤 다시 오빠에게서 전화가 걸려왔다. 급기야는 올케가 집을 나가버렸고 전화로만 이혼요구를 해온다는 것이었다. 만나서 이야기하자해도 그러면 서로 얼굴 붉히고 좋지 않은 말들 오고 갈게 뻔할테니 간단히 전화로만 끝내자고 하면서 깔끔하게 이혼해 줄 것을 요구했다는 것이다. 아이들은 아이들대로 힘들고 오빠는 그런 아이들을 이해시켜가며 아이들 끼니까지 챙겨서 학교에 보내다 보니 일은 일대로 안 되고 마음에 울화가 치민다는 것이다. 더군다나 처갓집 식구들까지 한통속이 되어서 딸이 어디에 있는지조차 모른다며 친정집에도 소식을 끊고 있다고 했다는 것이다. 그러나 오빠가 보기에는 친정하고는 내통을 하고 있는 것 같다고 했다. 그렇게 시간이 흘러가고 있었다. 가끔 어떻게 되었느냐고 전화를 하면 그대로 이혼만 요구해 와서 해 줄 수 없다고만 했다는 것이다. 아이들까지 데려가겠다며 아주 냉정하게 돌아선 채 버티고 있다는 것이다. 도대체 이혼을 요구해오는 결정적인 이유가 뭐냐고 물었더니 무조건 싫다고 말하면서 자신의 요구를 들어주면 아무것도 바라지 않는다고 했다는 것이다. 나는 보통일이 아니라고 생각했다. 세상 어느 부부가 살면서 싸우지 않는 부부가 있을까. 그리고 배우자들의 외도나 바람으로 종종 이혼하거나 별거하는 가정들도 적잖이 있다지만 자신이 바람을 먼저 피워놓고 아무런 이유도 없이 이혼을 요구해오는 경우는 뭐냐는 생각이 들었다. 그것도 전화통화로만 일방적인 통보로 해 왔다는 것이 오빠는 너무나 괘씸하다는 것이다. 여자가 변하면 저렇게 변하는가. 모든 것을 다 버리고 돌아 설만큼 잔인하게 물들어버리는 것일까. 그런 일이 있고서 얼마 지나지 않아 다시 전화가 왔다.

"나 이혼해줬다. 아이들도 아파트도 다 내줬다. 그렇게 알고 있어 다시 전화할게."

그것이 오빠의 마지막 전화가 될 줄은 몰랐다. 다 내어주고 보내주고 허탈해했을, 가슴에 응어리를 부여잡고 울었을 오빠를 생각하니 가슴이 미어지는 것 같았다.

4시간여를 달려 장례식장에 도착했다. 10월 중순의 서늘한 계절 탓도 있지만 이제 막 해가 지고 어스름 저녁이 감도는 장례식장 입구는 마치 지옥문 입구를 연상시키듯 검은 그림자가 감돌고 있었다. 몇 발짝 들어서니 거추장스런 화환들이 들어서있고 어수선한 분위기 속에서 희미하게 흐느끼는 소리가 들렸다. 올케와 애들이었다. 검은 상복을 입은 올케의 모습은 생소했다. 오빠의 죽음을 직접적으로 몰고 간 이유의 장본인이라는 내 직감에 선뜻 다가서기가 망설여졌다. 겨우 작은오빠의 영정 앞에 절을 마치고 올케와 맞절까지 하고서야 올케의 얼굴을 제대로 볼 수가 있었다. 거짓눈물, 악어의 눈물, 이런 말들이 입안에 맴돌았지만 아무 말도 하고 싶지 않았다. 그리고 올케의 내려뜬 눈자위가 바르르 떨리는 것을 볼 수 있었다. 일말의 죄책감이었을까. 어쩔 수 없이 그런 소용돌이에 빠져버린 자신에 대해, 그로써 한 사람을 죽게 한 자괴감 때문이었을까. 여전히 작은오빠는 영정 속에서 선하게 웃고 있었다. '못난 오빠, 불쌍한 우리오빠……,' 길게 한 숨을 쉬며 장례식장 밖 의자에 앉아 있는데 저만치 홀로 앉아서 담배를 피워 물고 있는 남자가 내 시야에 들어왔다. 여기저기서 비춰오는 불빛 때문에 그 남자의 어렴풋한 실루엣이 한눈에 들어온 것이다. 푸푸 몇 모금의 담배를 피우고 나서 천천히 일어서더니 다시 장례식장 안으로 들어가려다 말고 어딘가로 전화를 거는 것이었다.

"듣기만 해! 이제 저쪽 사람들까지 와서 오늘은 그냥 들어갔다가 적당히 눈치 봐서 다시 올게 그렇게 알고 며칠만 참자. 이젠 아무 거칠 것 없이 우리끼리 새 출발 하면 되는 거야 그럼 수고해!"

대화 중에 내 쪽으로 고개를 돌린 채 전화를 했으므로 내 의도도 없이 그 남자의 얼굴을 볼 수가 있었다. 더군다나 메부리 콧날부터가 불빛에 그 명암을 또렷하게 드러내고 있었으므로 인상 깊게 볼 수가 있었다. '저쪽 사람들이라니……,? 그리고 새 출발이라니……?' 나와는 상관도 없는 대화인 것 같은데도 왠지 지나쳐버리기엔 직감이 이상했다. 꺼진 담배를 다시 구둣발로 짓이겨 뭉개고는 아무 일도 없었다는 듯이 내 앞을 천천히 지나쳐갔다. 저 혼자만의 깊은 생각에 빠진 채로……, 옅은 담배연기를 흘리며 그 남자가 지나가고 나서 순간 나는 설마 하는 생각이 머릿속을 파고들기 시작했다.

'어디서 본 듯한데 ……, 왜 이렇게 낮이 익지? 어디서 봤을까?'

이런 생각을 하면서 막 일어나려는데 그 남자의 전화벨이 다시 울리면서 상복을 입은 여자가 갑자기 뛰쳐나오더니 두리번거렸다. 순간 나도 모르게 의자 뒤로 앉으며 몸을 숨겼다. 여자는 올케였다. 핸드폰을 귀에 댄 올케가 그 남자를 아다가가는 것을 의자 뒤에 숨어서 볼 수가 있었다. 둘은 급히 핸드폰을 내려놓고 소곤거리기 시작했다. 저녁퇴근을 마치고 조문을 오는 행렬들과 여기저기서 자동차 소리로 그들의 대화내용은 들을 수 없었지만 뭔가 긴요하고 은밀한 대화라는 느낌이 들었다.

올케는 등을 보이고 있었고 그 남자는 내 쪽으로 얼굴을 보이고 있는 자세라 어렴풋하지만 정면에서 그 남자를 볼 수가 있었다.

'앗! 저 남자는......, 그래 그 남자가 맞아. 박 정대! 그런데 저 남자가 어떻게 이곳에? 오빠의 장례식장에 왜 저 남자가......, 그리고 올케와는 또 어떻게 아는 사이인지......,?'

나는 내 눈을 의심하지 않을 수 없었다. 복잡한 실타래 같은 머리를 쥐어짜며 어지러움을 느끼고 있는데 어느 사이 남편이 담배에 불을 붙이며 내가 앉은 의자로 오고 있었다.

알고 보니 그곳은 흡연구역이었다.


이 주환, 3년 전 여행카페에서 알게 된 남자다. 아이들은 중고교에 재학 중이고 남편은 자신의 사업으로 늘 바쁜 나날이었다. 뭔가에 매달리고 싶었다. 남편은 아이들이나 자신에게 사사건건 피곤하게 간섭하지 말고 취미생활이나 하고 싶은 일을 찾아서 하라고 충고하기 시작했다. 막상 뭔가 하려니 딱히 생각나는 것이 없었다. 너무 오랫동안 똑같은 일상의 반복들이 굳은살처럼 굳어버린 느낌이었다. 그러다가 우연히 컴퓨터를 하게 되었고 평소 좋아했던 여행이나 하자 하는 마음의 연상으로 여행카페를 찾게 된 것이다. 이 주환 이라는 남자도 그 여행카페에서 알게 된 것이다. 카페에 가입하고 맨 처음 간곳이 광릉수목원이었다. 1박2일도 가는 때도 있었지만 그건 일 년에 한두 번 정도이고 대게는 가까운 수목원이나 산책하기 좋은 주변의 공원과 고궁들이었다. 4월 중준으로 접어들고 있는 수목원은 온통 연두 빛으로 눈이 부셨다. 멀리서 보면 단색인 듯해도 각각의 톤으로 푸른빛을 띄우고 있는 숲은 동화속의 화원처럼 화사했고 바람에서도 달콤한 향기가 풍기는 듯 산뜻하고 맑았다. 나무판으로 계단을 만들어놓은 좁다란 길들은 나뭇잎그림자로 어른거리며 그 운치를 더해주고 있었다. 숲속을 걷는 사람들의 행렬은 간간히 끊어지는듯하면서도 길게 이어지고 있었다. 내가 막 구상나무 아래를 지나고 있을 때었다.

"혼자 오셨어요? 다른 분들은 둘이나 셋이서 아는 지인끼리 온 것 같던데……,"

"네 ……, 같이 올 친구가 없어서 혼자 왔는데요."

"대단하네요. 아는 사람이 없으면 좀 서먹서먹할텐데……, 오래 됐어요. 이 카페?"

"아니요. 오늘 처음이에요. 좀 서먹서먹하긴 하지만 그러면서 친해지는 거죠. 그러는 그 쪽도 혼자 오신 것 같은데요?!"

"네 저도 그냥……, 하하."

그렇게 대화가 오고간 뒤로 줄곧 내 곁에서 같이 걸었다. 멋진 풍경 앞에서 사진도 찍어가며 천천히 숲길을 걸었다. 그러고 보니 삼삼오오 짝을 지어 걷는걸 보니 지인들끼리 오는 사람들이 꽤 되는 것 같았다.

"어머! 이 꽃은 마치 수 천 마리의 분홍나비들이 떼 지어 앉아있는 것 같아요."

나는 탄성을 자아냈다. 제법 수령이 오래된 꽃가지들이 옆으로 뻗어나가면서 그 가지마다 빽빽하게 꽃들이 피어있었다. 잎 하나 없이 온통 꽃잎들의 천지였다.

"아 그건 물푸레나무과에 속하는 북경라일락이라는 꽃인데요. 환상적이지요?!"

"네 수 천 마리의 나비 떼 같기도 하고 분홍색 눈이 환하게 쌓여있는 것 같아요. "

연초록 풀밭에서 만난 북경라일락의 그 황홀한 광경은 그날 산책을 마칠 때까지 내 머리 속에서 피고 또 피고 있었다. 간단한 저녁뒤풀이에서 술잔이 오고가고 있는 동안 밤은 깊어가고 있었으므로 일어나야만 했다. 가방을 메고 막 헤어짐의 인사를 나누려는 순간 이 주환, 그 남자도 따라 일어났으므로 어쩔 수 없이 같이 나오게 되었다. 하룻날의 동행에서 감성적인 면들이 통했다고나 할까. 가게를 나와 막 인사를 하려니 집 방향이 어디냐고 물어왔다. 집 방향이 어디든지 그 남자는 같은 방향이라고 할 것 같은 예감이 들어 먼저 말을 건넸다.

"커피 한 잔 하실래요?"

"저야 좋죠."

그는 선한 미소를 지으며 주위를 두리번거리더니 서 너 발자국 앞에 있는 술집으로 발길을 옮겼다. 사실 술을 좋아하는 사람들은 커피보다는 술이라는 생각이 들어 나 역시 커피 한 잔이 술 한 잔이 되는 경험이 있고 보니 그를 이해 할 수 있었다. 그렇게 술잔을 앞에 두고 살아가는 이야기를 하다 보니 이제는 정말 헤어져야 할 때가 되어 다음 여행지에서 만나기도 하고 헤어졌다. 그 후로 그와 그런 계기로 문자가 오고가고 시간이 맞는 날이면 술 한 잔을 하는 사이로 발전하게 되었다. 더군다나 가까운 거리에 사는 것도 그랬다. 남녀사이란 처음 보는 순간 확 끌려서 친분을 갖는 경우보다는 자주 만나다보니 알게 모르게 정이 들고 그 못난 정 때문에 쉽게 헤어지지 못하는 사이가 된다는 것을 뒤늦게 깨닫게 되었다. 이 주환 과 나 역시도 그런 케이스였다. 유혹은 늘 사탕처럼 달콤한 것일까. 빛 좋은 과일처럼 반짝이며 외면하기 힘든 유혹을 자꾸 보내오는 것인지도 모른다고 생각했다. 누군가가 말했듯이 사랑은 불가항력의 힘인지도 모른다고 생각하기도 했다. 만남의 횟수가 길수록 그리고 오래될수록 그 사슬은 던 굵어지고 단단해졌다. 그러던 어느 날이었다. 다른 날과 마찬가지로 술이나 한 잔 하자고 그가 문자를 보내왔다. 그것도 그의 회사근처에 있는 우리가 자주 가는 술집에서......, 대체로 시간적 여유가 많았던 나는 그의 사무실 근처로 나갔다. 도착해보니 그는 아직 오지 않았고 서 너 군데 좌석에서는 술을 마시며 이야기하는 손님들로 한 창이었다. 주문받는 아주머니는 나를 보자 쪼르르 달려와서 주문서를 내려놓으며 호들갑스럽게 말을 건넸다.

"오늘은 사장님보다 먼저 오셨네요. 오랫동안 봐왔지만 볼 때마다 늘 다정한 모습이 부러워요. 호호."

아주머니 역시 우리가 만난 횟수만큼 이집에서 오래 있는 상황이고 보면 당연한 인사인지도 모른다. 겸연쩍은 웃음을 보이며 그렇게 봐주시니 고맙다는 말을 건네는 내 자신이 낯설고 어색했다. 영양식을 하는 음식점답게 중년의 손님들이 대부분이었고 더군다나 요리하는 시간이 많이 걸리므로 예약을 해야만 했다. 손님들의 이야기와 티브이화면을 응시하고 있을 때 그에게서 전화가 왔다. 갑자기 급한 사무가 있어 좀 늦을 수 있다면서 잠깐만 기다리고 있으라는 문자와 함께 예약은 해 두었으니 먼저 먹고 있으라는 문자였다. 좀 황당했지만 할 수 없었다. 한 쪽 팔을 턱에 괸 채 티브이를 보고 있는데 나와 대각선 좌석에 앉은 두 남자가 눈에 들어왔다. 둘 중 한 남자가 유난히 목소리가 높은 까닭도 있었지만 올백의 머리에 메부리코, 소매가 긴 흰색 와이셔츠를 팔꿈치까지 걷어 올리고 상대방과 사업상의 이야기를 하는데 커다란 제스처 때문인지 한 눈에 띄었다. 아무튼 그렇게 시간을 보내고 있는데 음식이 나오는 것과 동시에 그가 들어왔다. 그는 흰색 와이셔츠 남자에게 거의 등을 보이는 자리에 앉았으므로 이주환은 그를 볼 수가 없었다. 더군다나 실내는 넓고 술에 취해가면서 갑자기 음식점안은 시끌벅적해진 것이다. 그렇게 한 참을 음식과 술을 하고 있는데 은연중 아까 그 흰색 와이셔츠 남자가 자꾸만 우리 쪽을 보고 있다는 것이 감지되어왔다. 왜 저렇게 살짝 살짝 탐지하듯 우리 쪽을 보는 것일까 나는 의아해하면서도 우리가 좀 다르게 보여서일까. 이를테면 부자연스럽게 보여서 그러는 것일까 하는 생각에 에어컨 바람에 한기를 느껴 미처 벗지 않고 입고 있었던 겉옷을 벗고 다시 음식을 먹기 시작했다. 다른 좌석들 손님은 이미 만취가 된 손님들이 대부분이었고 그와 나도 기분 좋게 취해가고 있는데 갑자기 그 사내, 흰색 와이셔츠 남자가 두 팔을 재차 걷어 올리면서 고개를 이리저리 기웃거리며 이 주환 이 남자를 쳐다보면서 우리자리로 성큼성큼 다가오는 것이 아닌가.

"아니 이게 누구야? 그렇지 않아도 처음 들어올 때부터 긴가민가했는데 역시 이 부장 자네가 맞구만!"

"아......,아 그래! 이거 얼마만이야. 몰라보게 변한 것 같구만. 아마 10년도 넘어 만난 것 같은데......,그동안 잘 지낸거야.?"

순간적으로 이주환은 어떨떨 하면서도 약간은 난처한 듯, 그리고 조심스런 표정으로 내 쪽을 살피면서 대화를 이어가고 있었다. 그 사내 역시 그렇게 말하면서도 눈동자는 내 쪽을 유심히 쳐다보고 있었다.

"나야 그렇지 나는 그렇다 치고 자네는 얼굴도 좋아지고 이제 멋진 중년이 된 것 같네. 승진했다는 좋은 소식도 들리고......,"

"하지만 여전히 바쁘고 하는 일은 똑같지 뭐......, 여기 같이 앉아서 한 잔하지 ?!"

하면서 그는 의자를 찾아 두리번거렸다. 그러자 그 사내는 아니라며 일행이 있으니 곧 가봐야 한다면서 손 사례를 크게 젖고는 이주환의 귀에 대고 내가 들어도 그만 듣지 않아도 그만인 듯한 목소리로

"내가 알기로는 부인이 좀 풍채가 나가는 줄로 알고 있는데 이미지도 그렇고 ......, 왜 언젠가 S백화점 에스컬레이터에서 오르고 내려가면서

잠깐 만난 적 있잖은가?"

"어 어 그래......, 이 쪽은 그냥 친구야 술친구......, 인사하지 그래?!"

그가 내 쪽을 가리키며 내 소개를 했다.

"부럽군. 저런 미모의 여인과 술친구라니......,"

하면서 그 사내는 이주환의 등을 가볍게 치면서 고개를 약간 숙인 채 나에게 악수를 청해왔다.

"반갑습니다. 아까부터 혼자 기다리고 계시길래 저런 여인이 기다리고 있는 사람은 과연 누구일까 하는 마음에 많이 부러워했는데 그 주인공이 이 친구라니 ......, 아 이거 좋은 시간 보내세요."

"네......,"

이주환은 예상치 못한 상황에 많이 당황한 눈치였다. 서로 좋은 술자리 갖으라며 인사를 건넨 뒤 그가 돌아서 갔다. 돌아서 가면서 그 사내가 다시 한 번 고개를 돌려 내 쪽을 쳐다봤다. 순간 나는 벌거 벗겨진 몸뚱이를 보이기라도 하듯 나도 모르게 움추려 들었고 그런 내 모습을 인식하기라도 한 듯 비웃음인지 야비한 옅은 미소를 입가에 머금은 채 그가 돌아서 갔다. 자리에 앉아서도 그 사내는 내 쪽을 힐끗힐끗 쳐다보면서 음흉하고 소름끼치는 눈길을 보내왔다. 마치 어떤 사건에서 결정적인 단서를 거머쥔 노련한 형사의 그 눈빛처럼......,

"기분이 좀 그렇군. 저런 인간을 이런 곳에서 만나다니......,그것도 10여년이 지나 이 바닥에서 깨끗이 떠난 줄 알았더니......,지금도 어슬렁거리고 있었다니.....,"

그가 쩝 입맛을 다시며 술잔을 기울었다.

"누군데 그래요? 혹시 나 때문에 난처한 일 생기면 어떡해요?"

"아 아니야. 예전에 우리 회사 거래처 관리자였는데 그 쪽 오너 몰래 자재를 빼돌리는가 하면 이중장부에 이것저것 들통 나서 쫓겨났는데 그

후로 통 안보여서 까맣게 잊고 있었지. 그런데 이런 곳에서 만나게 될 줄이야. 허, 참!"

그렇게 몇 순 배 술잔을 주고받으며 이런저런 이야기를 하고 있는데 그쪽 술자리가 끝나고 다시 그 사내가 우리 쪽으로 다가와서

"다음에 또 봄세. 그때는 술 한 잔 하자구!"

"그래! 그런데 지금은 어디에 있는 거야?"

"아, 나......, 지금 지방에서 작은 것 하나 차려서 하고 있는데 사업차 사람 만나러 온거야."

"음, 그렇군. 그럼 잘 가고 다음에 만나면 한 잔 하자구."

사내는 여전히 내 쪽에서 눈을 떼지 않은 채 가볍게 눈인사를 건네고는 가게를 빠져나갔다.

그리고 그 사내는 다름 아닌 박 정대 그 남자였던 것이다.


잘못을 들켜버린 아이처럼 한 참을 밖에서 서성이다 장례식장 안으로 들어갔다. 그동안 조문객들이 많이 빠져나간 실내는 한산하기까지 했다. 사촌들은 장례식장 구석에서 낮은 목소리도 무슨 말인가를 하고 있었고 오빠친구들은 밤샘을 하기로 작정했는지 한쪽 구석에서 화투판을 벌리고 있었다. 나는 올케를 찾았다. 영정 앞에는 아무도 없었고 무심한 향불만 타고 있었다. 나는 상주와 그 외 가족들이 잠깐 쉴 수 있는 조그만 방으로 들어가 보았다. 올케가 벽에 등을 기댄 채 눈을 감고 앉아 있었다. 오빠와의 나이차이 때문일까. 아직도 많이 젊어 보이는 올케는 무슨 생각에 잠겨있는 것일까. 박 정대 그 남자와는 어떤 사이일까. 궁금증에 쌓인 채 그 옆으로 앉는데 내 기척 때문에 올케가 눈을 떴다.

" 아가씨 피곤하시죠? 여기 잠깐 누우세요."

그렇게 말한 뒤 나를 피하듯 나가려는 올케에게

"좀 더 쉬어요. 나 상관하지 말고……, 언니보다 더 힘들고 피곤한 사람이 어디 있다고."

말을 건넨 뒤 올케의 눈치만 살폈다. 사실 장례식장 오는 내내 올케에 대한 불같은 증오심 때문에 한 바탕 퍼부어 주면서 오빠는 올케가 죽인 것이나 마찬가지라고 따지고 싶었다. 오빠가 오죽했으면 그렇게 처참한 선택을 해서 죽었겠냐고, 가슴에 분이 얼마나 극에 달했으면 그렇게 목숨을 버렸겠냐고, 이렇게 되어서 홀가분하냐고, 그 외 치욕적인 말들을 총동원해서 퍼부어주고 싶었다. 그러나 이젠 아무 말도 못하고 있잖은가 하는 생각과 박 정대, 그 남자 때문에 오히려 내 치부가 드러날까 봐 전전긍긍 하고 있잖은가 하는 내 모습에 한 숨이 나왔다. 만약에 박 정대 그 남자가 나를 알아본다면 어떡하지 하는 두려움과 그렇게 되면 오히려 코너에 몰리는 격이 아닌가 하는 생각이 머릿속에서 맴돌았다. 아니야. 겨우 음식점에서 술 한 잔 하는 모습만 봤을 뿐인데 내가 오버하는 것은 아닌가 하는 생각도 들면서 내 마음은 복잡하고 착잡하게 얽힌 채 내려앉고 있었다.

"아가씨 어디 안 좋아요 아까보다 얼굴색도 좋지 않고……, 무슨 일이라도 있어요?"

"아니에요, 언니……, 그냥 먼 길 달려와서 그런지 좀 피곤하긴 하네요."

"그러겠지요. 여기 잠깐 누우라니까요."

내 옷소매를 잡아끄는 올케에게 마지못한 척 자리에 누웠다. 순간 현기증이 일어나면서 머리가 띵하니 울려오는 것도 같았다. 아니야. 어쩌면 박정대 그 남자는 눈치 챘는지도 몰라. 능글거리는 눈빛이나 느물거리는 행동이 분명 그랬어. 우리 사이를 단순히 술이나 한 잔 하는 가벼운 사이로는 보지 않았을거야. 더군다나 올케의 외간남자라면 그쪽으로 눈치가 빠삭할꺼라는 생각이 머릿속을 가득 메우고 있었다. 피곤한데도 눈은 더 말똥거리고 온전히 그 생각으로 나는 불안하기까지 했다. 그래 이주환과는 잠시 아주 잠시 지나가는 소나기라고 생각했는데......, 이렇게 될 줄은 더군다나 이런 상황, 이런 장소, 오빠의 장례식장에 와서 올케라는 사람과 추하게 얽히게 되는 건 아닌가 하는 수치심과 초조감에 급기야는 지끈지끈한 머리를 감싼 채 방을 나오고 말았다. 이제 장례식장안은 화투판 사람들만 웅성거리고 몇몇 다른 사람들은 적당한 자리를 잡아 자고 있었다. 남편도 영정 앞에서 큰오빠랑 나란히 잠들어 있었다. 장례시장 밖으로 나온 나는 호수로 발길을 돌렸다. 장례식장 입구로 들어서기 전 왼편으로 조금만 걸어가면 꽤 큰 호수가 있다는 것을 알고 있었다. 몇 해 전에 돌아가신 엄마도 여기서 장례를 치렀기 때문에 주변의 위치까지 알고 있었다. 검은 호수는 주변의 가로등 불빛으로 인해 물 주름을 넘실대고 있었다. 마치 수 천 마리의 치어 떼들이 몰려가고 몰려오는 것처럼 바람에 뒤척이고 있었다. 호수가 의자를 찾아 좌우로 고개를 돌리는데 저만치서 두 사람의 어두운 실루엣이 감지되어 왔다. 깜빡거리는 담뱃불이 수신호를 하 듯 그들의 위치를 짐작하게 했다. 묶은 머리가 꼭 올케 같다는 생각에 나도 모르게 그들을 주시하게 되었다. 두 사람은 거의 붙어 앉은 자세로 뭔가 긴요한 이야기를 하는 듯 속삭이는 소리가 간간히 들려오기 시작했다. 나는 얼른 버드나무 뒤로 살짝 몸을 가린 채 그들의 이야기에 집중하기 시작했다.

"근데 아까 전에 당신 시누이를 얼핏 봤는데 어디선가 많이 본 듯한 여자더라고."

"그래요? 어디서 우리 아가씨를 봤다는 거에요? 아가씨는 서울에 사는데 언제 봤다는 거에요. 확실해요?"

"그러니까 그게 내가 서울에 사업차 잠깐 사람을 만나러 갔다가 우연히 술집에서 본 것 같아 그런데 이상한건 그때 당신 시누이가 만나고 있던 남자는 다른 사람이었는데......, 그리고 한 눈에 봐도 단순히 술친구가 아닌 ......, 우리는 그런 거에 본능적으로 감이 빠르지! "

"우리 아가씨가요? 술도 못하는 줄로 아는데 ......,자세히 좀 말해 봐요."

"아니야 분명 당신 시누이었어. 상대 남자는 내가 전부터 잘 아는 거래처 부장이고 그 와이프도 알고 있는데 당신 시누이하고 오래된 연인처럼 보였어. 그리고 그 음식점 아주머니도 그들을 단골손님처럼 대하는 것도 들었고......, 내 예감이 틀임없어! 분명 당신 시누이는 그 부장과 부적절한 관계일 거야."

나는 나도 모르게 손으로 입을 틀어막고 그 자리에 주저앉고 말았다. 그때 일을 저렇게 소상하게 알고 있다니 눈썰미가 대단한 남자임에 틀림없다는 생각에 식은땀이 나면서 온몸이 떨려오기 시작했다.

"우리 관계도 있고 해서 모른 채 했지만 아마 당신 시누이도 나에 대해서 기억하고 있을지도 몰라. 그러니까 그렇게 알고 처신 잘 하라고! 그렇다고 그 시누이 본인도 구린 주제에 설마 우리를 어떻게 하지는 못하겠지만......,"

"우리 애들 고모가 그럴 줄은 몰랐어요. 어떻게 그럴 수가......, 점잖고 가정밖에 모르고 산 아가씨가......,"

"쯧쯧......,얌전한 고양이 부뚜막에 먼저 오른다는 말 몰라? 그리고 사랑은 불가항력이야. 요즘 세상이 그런 걸 어떡하나. 아무튼 조심하고 내 일아침 발인까지만 수고해."

나도 모르게 내입에서는 탄식만이 흘러나오고 있었다. 호수는 아까보다 더 캄캄해지고 그처럼 내 마음에도 커다란 바윗돌 하나가 가라앉은 채 더 캄캄하게 내려앉고 있었다.


다음날 오빠의 발인식은 시작되었고 아직 한창인 오빠의 죽음, 그것도 험하게 죽은 오빠의 발인식은 참담했다. 나는 올케의 모습을 연신 주시했다. 예전과는 달리 올케의 모습은 담담했고 더 나아가 태연하기까지 한 것 같았다. 그 모습에 또 한 번 가슴으로 뜨거운 것이 치밀어 올라왔지만 한 마디도 할 수가 없었다. 내 입장에서 도대체 올케에게 뭐라고 말 할 수 있겠는가. 이제 막 피기 시작하는 억새가 바람에 하늘거리는 공원묘지는 다른 때보다 더 서글프게 다가왔다. 화장장에서 한 줌 재로 남은 오빠의 유골을 납골당에 모신 후 가까운 조문객들마저 떠나고 가족과 사촌들만 남아서 서로 그동안 쌓인 인사와 곧 헤어짐에 대한 인사를 나누고 있는데 저쪽으로 검정색 승용차 한 대가 주차장으로 들어온 것이 보이더니 이내 한 남자가 내렸다. 무심코 보고 있다가 나는 깜짝 놀라지 않을 수 없었다. 박 정대 그 남자가 어두운 정장차림을 말쑥하게 차려입고 우리에게 성큼성큼 다가오는 것이 아닌가. 순간 나도 모르게 올케를 쳐다봤다. 올케 역시 나를 뚫어져라 쳐다보고 있다가 나와 눈이 마주치자 슬쩍 피하는 듯 하면서도 계속 주시하는 듯 한 표정을 짓고 있었다. 아니 옅은 미소까지 짓고 있는 것 같았다.

'무엇일까 저 미소는……,?'

고개를 숙이고 외면하듯 앉아있는데 그 남자 박 정대가 올케에게 다가가서 뭐라 귓속말을 하는 것이었다. 올케가 힘겨운 표정으로 일어나더니 그 남자에게 댓구 했다.

"아, 네. 깜빡 했네요. 그게 아직 계산이 되지 않았나보네요?!"

돌아서서 지불할 것이 있는 양 현금을 세어 그에게 건네주었다. 그는 돈을 받아들고 돌아서려는 순간 나를 우연히 마주친 사람처럼 고개를 갸웃하면서 내 쪽으로 다가와서 말을 건넸다.

"혹시 어디서 저 만난 적 없나요? 낯이 많이 익어서요. 어디서 봤더라? 생각 안나세요?"

그 말을 듣는 순간 탁구공이 튕겨 오르듯 내 몸은 허공으로 솟구쳐 올랐다.

"......;"

"저는 정말 낯이 익거든요. 언젠가 서울에서 뵌 분 같기도 하고......;"

그러면서 이내 그는 빙글거리며 능글거리는 표정을 지었다.

"글쎄요? 저는 초면인데요. 저와 닮은 분을 보셨나봅니다."

'아, 저 남자는 분명 나에게서 아무 말도 나올 수 없게 완벽하게 말뚝을 박고 있구나.'

박 정대는 양복 소매 깃을 한 번씩 만져 쓸어 올리는, 이를테면 상대방과 싸우기 직전에 단단히 옷매무새를 하는 행동을 해보이면서

"아, 네. 제가 잘못 본 것 같습니다. 세상에는 닮은 사람들이 많으니까요. 그럼 이만 실례했습니다."

입가에 비웃음이랄까. 두고 보겠다는 듯이 이죽거리는 표정을 다시 한 번 내 쪽으로 강하게 어필하면서 우리에게서 멀어져 갔다. 내 손에는 땀이 나 있었고 머릿속은 방금 화장터에서 나온 것처럼 화끈거리며 떨고 있었다. 그 순간을 올케는 하나도 놓치지 않고 보고 있었으리라. 참담했다. 그렇게 오빠의 장례를 모두 마치고 서울로 올라오는 차안에서 느닷없이 남편이 한 마디 했다.

"아니 올케에게 한 마디 해준다더니 왜 그렇게 꽁지 빠진 사람이 되어 한 마디도 못했어? 물론 안하길 잘했지만 말이야 아 참! 그리고 그 남자는 누구야? 공원묘지에서 당신에게 낯이 익다며 아는 체 하던 남자 말이야?"

"모른다고 했잖아요. 나랑 닮은 여자를 어디서 봤나보죠 뭐."

나는 일부러 아무것도 아닌 것처럼 댓구 하고 선글라스를 더 바짝 당겨썼다.

"그나저나 제수씨 앞으로 어떻게 애들하고 살아가나. 당신이 좀 찾아주고 그래. 아직 젊은 나이인데 안됐잖아!"

말을 마친 남편은 이제 할 말을 다 했다는 듯 엑셀레이더를 밟기 시작했다. 덩달아 가로수들도 더 빠르게 휙휙 지나쳐가고 그 사이로 올케와 그 남자, 박 정대가 팔짱을 낀 채 나를 노려보는 눈짓을 하고 나무 사이로 나타났다 사라졌다를 반복하고 있었다. 나는 나도 모르게 남편에게 더 세게 밟으라고 소리치고 있었다.

┌─ 저자 프로필 ─

**서지숙**

전남 광주 출생. 시인. / 설록차 문학상 2004년 최우수상 수상 / 호연재문학상 2005년 대상 수상 / 주부토 소설동인, 부천소설가협회 회원, 문예감성 문인협회 회원 / 글동네2002 회원 / 시집〈환승역에서〉출간

# 파랑새를 찾아서

이재욱

"와장창- 창!"

놋그릇 몇 개가 부엌바닥으로 떨어져 나뒹구는 굉음부터 들렸다.

"간다고…? 누구 맘대로 가?"

바닥을 구르는 놋그릇 굉음이 잦아들면서 옹니 최씨의 고함이 뒤를 이었다. 안방 부엌 대문이 슬그머니 닫히고 작은 목소리로 티격태격 다투는 소리가 들리는가 싶더니 기어코 사단이 일고 있는 모양이었다.

쇠죽을 끓이기 위해 사랑채 가마솥 부엌 앞에서 장작불을 지피고 있던 안동댁은 또 가슴이 덜컥 내려앉았다. 온몸의 기운이 쑥 빠지더니 다리부터 후들거리며 휘청거렸다. 수수 빗자루를 바닥에 깔고 퍼질러 앉았다. 장작불은 잘 붙어 막 이글거리며 타오르기 시작했다. 더 이상 불쏘시개를 넣을 필요가 없는데도 안동댁은 또 불쏘시개로 쓰는 볏짚을 한 움큼 밀어 넣었다.

"절대 못 가."

"……"

"대문 밖으로 나서기만 해 봐. 다리몽둥이를 부러트릴 거니까."

"……"

"혹시 나 모르게라도 집 나가기만 하면 처갓집 찾아가 불 확 까질러 버릴 거니까."

"……"

안방 부엌대문이 열리고 옹니 최씨가 밖으로 나서는 소리가 들렸다. 안동댁도 덩달아 벌떡 일어났다. 옹니 최씨가 보기라도 할까 부리나케 아궁이로 머리를 쳐 박으며 잘 타고 있는 장작불을 향해 입김을 후후 불었다.

어제 밤 자정 무렵 옹니 최씨가 안동댁이 거처하고 있는 사랑방으로 슬며시 나타났을 때부터 내일 아침이면 또 한 번 사단이 일 줄 예견하고 있었다. 하지만 찾아온 신랑을 그냥 돌아가라 하기에는 아직도 안동댁은 너무 젊었다. 일이 끝나는 즉시 안방으로 돌아가라고 그리도 밀어 냈건만 옹니 최씨는 일 없다며 그대로 자리에 누워 잠들어 버리고 말았다. 옹니 이빨에 최가라는 별명의 옹니 최씨답게 고집 하나는 타의 추종을 불허했다. 안동댁은 옹니 최씨가 옆에 있다는 것만으로도 흐뭇하고 고마웠지만 내일 아침이면 또 일어날 사단이 걱정돼 도통 잠을 이룰 수가 없었다. 새벽 일찍 아직 어둠도 채 가시기 전, 잠에서 깬 안동댁이 사랑채 문을 열고 밖으로 나서자 안채의 민지어멈이 이미 마루에 나와 서서 사랑채를 쏘아 보고 있었다.

"좀 더 자지, 일찍 일어났구먼……?"

멋쩍어 할 이유가 없으면서도 괜히 멋쩍은 표정으로 안동댁이 먼저 아침인사를 건넸다.

"잠이 와야지요?"

앙칼진 민지어멈의 목소리에 잔뜩 화가 묻어 있었다. 안동댁은 못 들은 척 아무런 대꾸도 않으며 가마솥 뚜껑을 열고 구정물통의 구정물을 들어다 부었다. 그리고 쇠여물간에 준비해 둔 쇠여물을 한 소쿠리 퍼다 가 가마솥 구정물 위에 쏟아 부었다. 쇠죽을 끓이기 위함이었다. 앙칼진 민지어멈의 목소리에 신경이 쓰였던지 옹니 최씨가 부스스 사랑방 문을 열고 나왔다. 민지어멈이 마루에서 내려와 안방 부엌으로 들어갔다. 아침밥은 민지어멈의 몫이어서 아침식사를 준비하기 위해서였다. 옹니 최씨가 민지어멈을 따라 슬그머니 안방 부엌으로 들어갔다. 이어서 소곤대는 목소리의 작은 다툼이 있는가 싶더니만 스르르 안방 부엌 대문이 닫혔다. 그리고는 큰 목소리가 밖으로 새어 나오고 놋그릇이 부엌바닥을 나뒹구는 소리까지 들렸다. 부엌대문까지 닫고 숨어서 하는 싸움임에도 이웃들도 모두 알 정도의 큰 고함이 계속 이어졌다.

서열 순위로 치면 정식으로 혼례를 치른 안동댁이 우선이었다. 하지만 아이를 낳지 못한다는 죄 아닌 죄 때문에 안동댁은 후순위로 밀려났고 안방을 민지어멈에게 넘겨주어야 했다. 민지를 낳고부터 유세가 더당당해진 민지어멈에게는 주눅이 들기 시작했다. 한 발짝 물러서 살기로 했다. 서운하고 답답한 마음을 모두 접고 살기로 했다. 살림의 주도권마저도 조금씩 조금씩 민지어멈에게로 넘겨주었다.

그럼에도 불구하고 민지어멈의 시샘은 점점 더 커 가기만 했다. 옹니최씨와 함께 해야만 하는 들일마저도 민지어멈이 발 벗고 나섰다. 옹니최씨가 안동댁과 단 둘이 있는 꼴을 보지 못하겠다는 이유 때문이었다. 결국 안동댁은 민지나 보살피며 집안일을 도맡아하는 하녀 같은 신세로전락하고 말았다. 이웃사람들은 그런 안동댁을 나이 들어 뒷전으로 밀려나 있는 민지어멈의 시어머니라고 놀려 대기도 했다. 정히 듣기 거북한 놀림은 한 귀로 듣고 한귀로 흘려보냈다. 사랑채를 지키며 늘 혼자 잠을 잤고 가끔은 칭얼대는 민지를 데리고 자기도 했다. 그런 안동댁이 안

쓰러워서인지 옹니 최씨는 가뭄에 콩 나듯 드문드문 안동댁을 찾아주고
는 했지만 그때마다 사단이 일고 있는 중이었다.

시집 온지 삼년이 지나도록 안동댁은 태기가 없었다. 이제나 저제나
기다리던 시어머니가 기어코 들고 일어났다. 아들의 나이도 나이니만큼
더 이상 기다려 줄 수가 없다는 것이었다. 안동댁을 불러 놓고 후처를 들
일 수밖에 없다는 최후통첩을 했다. 잉태를 위한 숱한 그동안의 노력들
이 한꺼번에 물거품이 되는 순간이었다.

목욕재개하고 성황당을 찾아 아들 점지를 빌어 본적이 여러 수십 차
례였다. 용하다는 보살님을 모시고 그저 떡두꺼비 같은 하들 하나 점지
해 주십사하고 올린 제도 여러 수십 차례였다. 하루 다녀오기가 빡빡한
먼 곳에 있는 대흥사를 찾아 부처님에게 빌어 보기도 여러 수십 차례였다.
그리고 아들점지용 한약이며 이런저런 좋다는 약초를 모두 구해 먹어
봤지만 효험은 나타나지 않았다.

후처를 들이기로 결정이 났음에도 절대 그리할 수 없다는 신랑 옹니
최씨를 설득하는 것도 안동댁의 임무로 주어졌다. 처음에는 완강하던
옹니 최씨도 안동댁마저 후손을 위한 어쩔 수 없는 일이라고 설득하자
못 이기는 척 받아들이고 말았다. 그리고 수소문 끝에 재 너머 마을, 가
난한 권 씨네 집 처녀를 혼례도 생략한 체 데리고 왔다. 골방으로 밀려
난 안동댁은 그날부터 독수공방이었다. 옹니 최씨는 시어머님의 엄명으
로 안동댁과의 잠자리를 뚝 끊었다. 몰래 안동댁을 찾았다가 시어머님
께 들켜 경을 치도록 야단을 맞기도 했다. 이리저리 씨를 뿌리다 보면 제
대로 영근 씨가 될 수 없다며 오직 새로 들인 작은 며느리에게만 정성들여
씨를 뿌리라는 것이었다. 두 달도 지나지 않아 작은댁은 아기가 들어섰다.
시 부모님은 물론 신랑 옹니 최씨도 무척 좋아 했다. 고이고이 열 달을
채워 태어난 아기는 불행하게도 딸이었다. 시부모님은 물론 신랑 옹니

최씨의 실망이 이만저만이 아니었다. 안동댁 자신도 실망이 컸다.

시부모님이 다시 부지런히 움직이기 시작했다. 아들을 낳으려면 대문의 방향부터 달라야 한다는 풍수의 이야기대로 새로 집터를 마련하고 집을 지었다. 그리고 안동댁을 포함 네 식구에게 새 살림을 나도록 했다. 안동댁이 함께 따라 살림을 날 수 있었던 것은 순전히 새로 태어난 딸아이를 보살피라는 시부모님의 배려 덕분이었다.

민지라는 딸아이의 이름은 할아버지가 지어 주었다. 정해진 호칭이 없던 작은댁은 그때부터 민지엄마로 불리어지기 시작했다. 살림을 나자마자 시어머니의 감시에서 벗어난 신랑은 다시 안동댁을 찾아주기 시작했다. 야밤을 이용 잠깐 들러서 재빨리 일을 치르고는 서둘러 민지어멈에게로 돌아갔다. 어젯밤에는 안동댁 곁에서 온 밤을 그대로 자 버린 것이 큰 탈이었다.

옹니 최씨는 민지어멈의 투기에 강하게 반발했다. 섣불리 대처했다가는 어떤 결과를 초래할지도 모른다는 생각이 들어서였다. 사소한 일에도 민지어멈을 강하게 압박했다. 민지어멈에게 밀린 안동댁이 점점 더 초라해질까 노심초사 하는 때문이었다. 한편으로는 본처가 있음에도 순전히 아기를 낳아주기 위함이라는 조건으로 살아주는 민지어멈이 고맙기도 했다. 어느 한 여인만을 예뻐 할 수도 내 칠 수도 없는 것이 옹니 최씨의 아이러니였다.

민지를 낳고부터 민지어멈은 더 이상 순종적이지 않았다. 모든 게 형님 뜻대로 라든 처음과는 달리 사사건건 토를 달고 이의를 제기했다. 안동댁을 향해 날카로운 적의를 나타내기도 했다. 날이 갈수록 민지어멈의 세도는 당당해지고 안동댁은 기가 꺾여 초라해져 갔다. 안동댁은 부딪치는 게 싫었다. 조금씩조금씩 양보만 했다. 양보만을 거듭하던 안동댁은 곡간 열쇠를 넘겨주었고 돈을 보관하던 천으로 만든 전대금고를 넘겨주었고 끝내는 살림의 모든 주도권을 몽땅 민지어멈에게로 넘겨주고 말았다.

그런데도 옹니 최씨는 두 여인의 사이를 오가며 형평을 유지하려 안간힘을 썼다. 사랑방 행차는 계속 되었고 그때마다 분란이 일었지만 옹니 최씨는 절대 양보할 수 없다는 강한 의지를 내 보이곤 했다. 분란이 이는 날이면 동네가 떠나갈 듯 시끄럽다가도 옹니 최씨와 민지어멈이 하룻밤을 함께 보내고 나면 다시 잠잠해지고를 되풀이 했다.

분란이 잦아지면서 민지어멈과의 사이는 점점 서먹해져 갔고 민지어멈의 늘어만 가는 강짜를 더 이상 견디기 힘든 안동댁은 평생 이렇게 살아야 한다는 것에 회의를 느끼기 시작했다. 안동댁의 편을 들어 타 나서는 옹니 최씨가 고맙기는 했지만 그러면 그럴수록 민지어멈과 부딪치는 냉전의 강도는 점점 더 높아졌다. 옹니 최씨의 입장을 난처하게 만든다는 것도 오직 안동댁 자신 때문이라 생각하면 미안하기 그지없었다. 그런 옹니 최씨를 위해서라도 더 이상 이집에 머물러서는 안 되겠다는 생각이 드는 것이었다. 안동댁은 남몰래 짐을 꾸리기 시작했다. 짐이라야 옷가지 몇 벌이 전부였지만 미리 챙겨두는 것도 좋겠다는 생각에서였다.

민지어멈이 둘째를 임신해서 점점 배가 불러 오던 어느 날, 그날도 안동댁의 사랑방에서 아침을 맞은 옹니 최씨에게 민지어멈이 엉뚱한 트집을 잡아 생때를 부리기 시작했다. 종일 민지어멈과 옹니 최씨는 고함을 쳐 대며 기싸움을 강행했다. 특별한 이유도 없이 옹니 최씨를 들들 볶아 대는 싸움이었다. 옹니 최씨 역시 조금만치의 양보도 하지 않았다. 사소한 일이라고 양보하다 보면 안동댁의 입지는 점점 더 좁아 질수밖에 없다는 옹니 최씨의 숨은 배려 때문이었다.

다음 날 새벽, 안동댁은 미리 준비해 둔 보따리를 들고 살그머니 집을 빠져 나왔다. 첫 버스를 타고 무작정 멀리멀리 떠나기로 했다. 옹니 최씨에게 미리 귀띔이라도 해 줄까 하다가 또 다른 분란의 원인만 제공하는 것 같아 아무런 말없이 떠나기로 한 것이었다. 캄캄한 새벽 버스 창으로 스치는 낯 익은 산들을 바라보던 안동댁은 자기도 모르게 찔끔 눈물 몇 방울을 흘려 내렸다.

## 1

소백산이 서쪽으로 보이는 순흥을 떠난 안동댁은 버스와 기차를 갈아타며 소백산이 동쪽으로 보이는 제천에 이르러서야 기차에서 내렸다. 혹 아는 사람이라도 만날까 전혀 연고가 없는 곳을 택하기로 한 곳이었다. 서울을 생각해 보기도 했지만 서울은 왠지 모를 두려움이 앞서 포기했다. 웬만한 촌사람은 눈감으면 코 배간다는 곳이어서 선뜩 마음이 내키지 않았다. 우선 허기부터 해결해야겠다 싶어 역 근처의 허름한 식당에 들렀다. 허기를 채우고 나야 어디 비비고 살 곳을 알아볼 수 있지 않겠나 싶어서였다. 식당에는 곱상한 할머니 한 분이 손님을 맞고 있었다. 국말이 밥을 시켜 허겁지겁 먹었다.

"배가 많이 고팠던 모양이네요."

할머니가 먼저 말을 건네주어서 다행이었다. 어디서 왔으며 어디로 가는 중인지 왜 가는지 심문하듯 물었다. 무엇을 꼭 알고 싶어서가 아니라 별다른 이야깃거리가 없기 때문이었다.

"할머니 혼자 하시기 힘들지 않으세요?"

안동댁은 물에 빠진 사람 지푸라기 잡는 마음으로 할머니에게 부탁했고 안 그래도 사람이 필요하다는 할머니가 몇 마디 더 물어보는 것으로 면접이 끝났다. 숙식은 식당에 딸린 방에서 할머니와 함께 하며 약간의 월급은 차차 올려 주다는 것이었다. 우선은 자고 먹여 준다는 것만으로도 다행일 것 같은데 천만다행이었다. 필히 다른 사람이어야 하는 안동댁은 그날부터 자신을 순흥댁이라 칭했다. 생각보다 일이 쉽게 풀려 다행이었고 돈이 모이는 대로 깊고 깊은 산촌에 묻혀 이름 없는 여인으로 살고 싶었다.

순흥댁이 식당에 상주하자 자주 오가는 여행객들은 물론 이웃 공사판 인부들까지 몰려오기 시작했다. 웬만한 농담은 한 귀로 듣고 한 귀로 흘리지만 가끔은 농담이라기보다 음담패설로 희롱하는 사람도 있었다. 심하게 치근대는 놈들과는 팔을 걷어붙이고 한 판 붙기도 했다. 할머니가 중재를 하며 적당히 사람 다루는 방법을 전수해 주기도 했다. 꼭 순흥댁 때문만은 아니겠지만 식당은 날로 번창했고 할머니는 즐거운 비명을 질렀다. 월급은 전혀 손도 대지 않은 채 순흥댁이 기거하는 방 장판 밑에 깊숙이 숨겨졌다.

바쁘게 움직이다 보면 하루가 어떻게 지나가는지도 몰랐다. 눈 깜작할 사이에 한 달이 지나고 일 년도 후딱 지났다. 그동안 순흥댁이 혼자라는 걸 안 숱한 남자들이 순흥댁을 꼬이러 무던히도 많이 나타났지만 순흥댁은 호락호락 넘어가지 않았다. 세상에 그 어떤 사내놈도 절대 믿어서는 안 된다는 할머니의 철학을 굳게 믿고 따랐다. 매일 매일을 그저 앞만 보고 살았다.

그런데 믿지 못할 세상에 믿지 못할 놈들만 바글대는 세상에 꽤 괜찮은 놈이 눈에 띄었다. 순흥댁에게 눈도 주지 않는 놈을 순흥댁이 먼저 좋아하기 시작했다. 의식주를 걱정하지 않아도 돼서 배가 불렀던지 아님 여기 이렇게 사는 것이 행복인 줄 몰랐는지 순흥댁은 떠나오던 날의 초심을 잊어버리고 있었다. 분에 넘치는 주제넘은 생각인줄도 모르고 순흥댁의 눈에는 더 큰 콩까지가 씌었다.

눈치를 읽은 놈이 빠르게 순흥댁에게 접근해 왔다. 그동안 못 본체 해

온 것도 어쩌면 놈의 교묘한 전술이었을까. 순흥댁이 아기를 가질 수 없는 석녀라고 고백하자 놈은 돌아서 회심의 미소까지 지었다. 결혼해서 아이가 둘이나 있기는 하나 아내와는 헤어져 살고 있으며 이혼한 거나 마찬가지라고 했다.

순흥댁은 이내 자그마한 방 한간을 얻어 살림을 차렸다. 괜찮은 놈은 아주 성실하게 보였고 잠깐 동안은 깨가 쏟아지도록 행복했다. 그해 가을 추석 무렵이었다. 괜찮은 놈이 부모님에게 다녀오겠다며 집을 나섰다. 부모님께 잘 말씀드려 다음 설에는 함께 가자고도 했다.

그런데 추석이 지나고 며칠이 지나도록 괜찮은 놈은 돌아오지 않았다. 이제나 저제나 기다리던 순흥댁이 혹시나 해서 옷가지를 넣어 두는 궤짝을 열어 봤다. 옷가지 아래 깊숙이에는 지금까지 모아온 돈을 차곡차곡 접어 숨겨둔 보자기가 있었기 때문이었다. 불길한 예감은 적중하고 말았다. 괜찮은 놈이 돈을 들고 튄 것이었다.

며칠 동안을 집안에만 틀어 박혀 있던 순흥댁은 다시 제천을 뜨기로 했다. 산판이 벌어지고 있는 산으로 향했다. 소백산 기슭 벌채장의 함바집을 찾았다. 그리고 함바집 옆에서 막걸리를 팔 수 있도록 해 달라고 했다. 자릿세를 주기로 하고 겨우 허락을 받았다. 그리고 순흥댁에서 안정댁으로 다시 태어나 살기로 했다.

산판은 오래 가지 않았다. 벌채가 끝난 산판현장은 다시 다른 산기슭으로 이동해 갔다. 함바집 주인의 거절로 안정댁은 함께 따라 가지 못했다. 안정댁은 영주장터를 찾았다. 난전에 푸성귀를 뜯어다 파는 일이 주업이었지만 이것저것 닥치는 대로 돈이 되는 거라면 물불을 가리지 않았다. 하지만 돈은 뜻대로 모아지는 게 아닌 모양이었다.

풍기장에서 안정댁이 보이더니 예천장에도 나타났다. 보따리 장사를 시작한 것이었다. 혹 얼굴을 아는 사람을 만날까 하던 걱정도 멀리 허공으로 날려 보냈다. 바람 부는 대로 물결치는 대로 살기로 했다. 장날이면 자주 마주치던 어떤 장돌뱅이 아저씨와 함께 잠을 자기도 했다. 사는 게 너무 힘들어 옹니 최씨가 사는 마을을 찾아가 멀찌감치 숨어서 옹니 최씨를 훔쳐보고 온 적도 있었다. 아이들 몇 명이 옹기종기 마당을 맴돌고 있었다. 사내아이도 보였다. 다시는 오지 않겠다고 다짐 다짐을 하며 돌아 나오는 길에는 눈물도 메말랐는지 민숭맹숭 했다.

어딘가 정착해야 하는데 정착할 곳이 마땅치가 않았다. 다시 소백산을 넘어 산으로 둘러싸인 조그만 면소재지의 면사무소 옆에 국밥집을 내면서 마음을 추슬렀다. 더 이상 떠돌지 않으리라는 각오를 다지면서 원래의 안동댁으로 되돌아가기로 했다. 스스로를 숨기겠다는 안정댁이라는 호칭도 버리고 원래 자신의 택호였던 안동댁으로 떳떳하게 살아가기로 했다.

운이 좋았던지 국밥집은 매일 손님들로 북적거렸다. 면사무소에서 이장회의가 있는 날이면 관내 이장님들로 문전성시를 이뤘다. 사람의 마음은 간사한 것이어서 생활이 어느 정도 안정되자 예의 그 외로움이 또다시 안동댁을 엄습해 왔다. 멀리 산아래 동네의 상처한 이장인 김노인이 슬그머니 접근해 오자 안동댁의 눈에 또 콩깍지가 끼기 시작했다. 김노인이 정말 괜찮아 보이는 것이었다. 하지만 아무리 괜찮은 김노인이라 해도 이미 괜찮은 놈에게 당해 본 적이 있는 안동댁인지라 이번에는 김노인의 배경까지 철저하게 조사해보기로 했다. 그런데 어떻게 알았는지 면장님마저 나서 김노인을 보증한다하자 안동댁은 작은 망설임마저 쉽게 접고 말았다. 이내 국밥집을 닫고 김노인이 사는 산아래 마을로 옮겨갔다.

김노인은 안동댁을 위해서라며 마을에 하나뿐인 농협구판장을 인수했다. 마침 구조조정으로 구판장을 폐쇄한다 하여 김노인이 잽싸게 뛰어 든 것이었다. 안동댁은 농협 구판장이라는 간판을 미니슈퍼로 바꾸어 내걸었다. 그리고 슈퍼는 국밥집보다 바쁘지 않아서 좋았다.

김노인의 자식들은 모두 장성해서 결혼했고 서울에 살고 있었으나 새어머니 안동댁의 소식을 접하자 부랴부랴 쫓아 내려와 새 어머니를 환영해 주었다. 새로 생긴 자식들에게 어머니로 불리우는 것만도 너무 좋은데 잊고 살았던 생일마저 챙겨 주는 자식들이 너무너무 고마웠다. 올 생일에는 사위들까지 모두 참석했다. 많은 식구들의 음식 장만으로 안동댁은 허리가 휘도록 바빴지만 이게 사람 사는 즐거움이다 싶어 뼛속까지 행복으로 넘쳐흘렀다. 하루가 지나자 딸과 사위가 돌아갔고 또 하루가 더 지나자 서울 아들도 떠난다고 했다.

안동댁은 또 부산을 떨었다. 마늘 고춧가루 고구마 늙은 호박 등은 쌀포대 위에 얹었다. 별로 말이 없는 아들이었지만 아들의 표정만으로도 이심전심으로 교감이 오갔다. 사랑한다는 말을 되뇌는 것은 아니지만 그 이상으로 아들의 진심을 읽을 수 있는 것도 안동댁의 행복이었다. 이제 나이 예순 일곱이고 보면 살 만큼은 살았다 싶기도 한데다 양지쪽 산마루에 모셔두고 자주 찾아 줄 거라 해서 사후문제까지 전혀 걱정이 없는 안동댁이었다.

건너 마을 홀로 사는 풍기댁은 생일은커녕 명절에만 외아들 하나 달랑 혼자 다녀간다는 것이었다. 결혼하고 처음 얼마동안은 부리나케 드나들던 며느리가 갑자기 발길을 뚝 끊으며 이유만 늘어 가더니 최근에는 고3 엄마여서 앞으로도 당분간은 어쩔 수 없다고 했다는 것이었다. 하지만 말하기 좋아하는 마을 사람들은 풍기댁과 며느리의 숨어 있는 알력 때문이라며 흉을 봤다. 풍기댁은 벌컥 화를 내며 장황하게 며느리 자랑을 늘어놓았으나 마을 할머니들은 하나같이 돌아서서 입만 삐죽이 내밀었다. 도무지 이해가 가지 않는다는 것이었다.

아들 내외가 차에 오르다 말고 다시 안동댁에게로 다가왔다.

"어머니 고마워요."

"고맙기는……. 부모 자식 간에 고마울 일 뭐 있겠나. 고맙기로는 내가 더 고마울 뿐…."

안동댁을 꼭 안아 주는 아들 내외의 가슴이 너무 따듯해서 안동댁은 또 한 번 찔끔 눈물이 솟구치는 것을 억지로 참았다.


2


읍내를 출발해서 산아래 마을인 가리점을 왕복하는 마지막 시내버스가 손님들을 내리고 다시 시내를 향해 돌아갔다. 미니슈퍼를 지키고 있는 안동댁의 하루도 저물어 문 닫을 시간이 임박해 왔다. 산동네에 해가 기울면 어둠은 빠른 속도로 다가온다. 혹 누군가가 여기 이 미니슈퍼에 들러 소주잔을 기울이지 않는 한 미니슈퍼는 문을 닫아야하는 시간이었다. 멀리 마을과 마을사이 골짝으로 어렴풋한 가로등이 희미하게 빛났다.

버스에서 내린 몇 안 되는 손님들이 산아래 마을로 모두 뿔뿔이 흩어진 뒤 도시사람 냄새가 물씬 풍기는 노인 한분이 슈퍼 안을 기웃거렸다. 뭘 찾는지 안동댁은 궁금했으나 필요하면 들어와서 골라 사겠지 싶어 모른 체 그대로 자리에 앉아 있었다. 유리창 너머로는 어둠이 점점 더 짙어지고 있었다. 노인이 슈퍼 문을 밀고 슬그머니 안으로 들어섰다. 어디서 많이 본 것도 같은 사람이었지만 그 동안 한두 번 다녀간 손님이겠거니 싶었다. 노인은 진열대 앞을 서성거리며 기웃거리더니 오징어포와 소주 한 병을 집어 들고 계산대 앞의 안동댁에게로 다가왔다.

"혹시 안동댁이라고 ……?"

안동댁을 바라보며 말을 건네 오던 노인의 눈이 휘둥그레 커졌다.

"……아! …… 맞구면!"

"……? 아~!"

노인과 얼굴을 마주한 안동댁도 화들짝 놀라고 말았다. 노인은 옹니 최씨였기 때문이었다. 어떤 말부터 어떻게 해야 할지를 몰랐다. 이 나이에도 반가운 사람을 만나면 가슴이 붕클해 온다는 것도 신기했지만 이 사람이 반가운 건 또 뭔 일이란 가 싶었다.

"오랜만이네! 정말 오랜만이야!"

옹니 최씨가 다시 말을 건넸다.

"그러네요. 그런데 여기는 어떻게……?"

안동댁은 일부러 건성대답을 하며 슬며시 의자를 옮겨왔다. 옹니 최씨는 많이 늙어보였다. 그런 옹니 최씨의 얼굴을 보며 안동댁은 갑자기 관심도 없던 자신의 얼굴이 어떤가가 궁금해졌다.

'나도 무척 늙어 보이겠지?'

무척 많이도 반갑다는 옹니 최씨의 시선을 의식하며 안동댁은 잠깐 동안 가슴이 팔딱팔딱 뛰었다.

"커피라도 한 잔 내 올까요?"

서먹해 지는 순간을 메우려고 안동댁이 주방 쪽으로 돌아서자 옹니 최씨는 강하게 손을 내 저으며 만류했다.

"여기서 그냥 이 오징어포에다 소주 한 잔 해도 될는지……?"

계산대 옆에 놓인 탁자위에 오징어포 비닐포장을 찢어 놓으며 옹니 최씨는 안동댁의 눈치를 살피는 것 같았다.

"괜찮지요. 괜찮구 말구요."

안동댁이 소주잔을 몇 개 꺼내 왔다. 탁자에 마주 앉아 한잔씩의 소주를 따르고 나자 옹니 최씨가 말을 이어갔다.

"내 죽기 전, 한 번만이라도 안동댁 당신을 꼭 만나 봐야겠다 싶어서……."

"……그게 뭔 소리라여. 아니 무슨 소용이 있을 것 같아서라요."

소주 한잔을 꼴깍 삼킨 옹니 최씨가 다시 말을 이었다.

"죽기 전 안동댁 당신을 만나 미안하다는 한마디 말이라도 꼭 해야 할 것 같아서……"

"……미안 할 거 없수다. … 누구의 죄도 잘못도 아닌 운명이외다."

옹니 최씨는 단도직입적으로 이야기를 이어갔다.

"민서어멈의 강짜를 못 말리고 당신을 떠나게 한 내 큰 잘못을 당신 죽기 전에 꼭 사과해야 한다는…… 그렇지 않으면 내 편히 눈감을 수 없을 뿐더러……."

옹니 최씨가 또 한 잔의 소주를 꼴깍 삼켰다.

"당신을 찾기 위해 백방으로 수소문했지요. 너무도 찾기 힘들어 못 찾으려냐 했는데 이렇게 만날 수 있게 된 것만도 하나님께 감사드리고 싶네요."

"모두 지나간 이야기입니다. 당신 원망해 본적도 없으니께 사과할 일도 미안해 할 일도 없습니다."

사실이 그랬다. 그동안 옹니 최씨는 물론 민서어멈도 원망 한 번 해본적 없는 안동댁이었다. 이 모든 게 자신의 운명인 것을 스스로가 풀어나갈 인과응보의 매듭이라고만 생각했었다.

"언제 바깥양반이 돌아올 지도 몰라 바깥양반 없는 틈에 뜬금없이 이렇게라도 두서없이 지껄이는 겁니다."

호랑이도 제 말하면 나타난다더니 그때 안동댁의 남편인 김노인이 슈퍼 문을 열고 들어섰다.

"이제 오는 거유. 고생 많으셨수."

안동댁이 일어서며 반겨 맞았다. 옹니 최씨도 엉거주춤 일어서며 김노인을 마주했다.

"앉으셔요. 앉으서……"

김노인은 그냥 소주 한잔 하는 손님이려니 하는 모양이었다.

"우린 신경 쓰지 마시고 천천히 한잔하셔요."

가게 안쪽으로 들어간 김노인이 대충 씻고 다시 가게로 돌아왔다. 그 동안 안동댁은 물론 웅니 최씨는 꿀 먹은 벙어리가 되기나 한 것처럼 침묵만 흘렀다.

"저어기 주인어른……."

웅니 최씨가 김노인을 불렀다. 소주 한잔 같이 마시자는 것이었다. 김노인은 손사래를 쳤지만 웅니 최씨는 기어코 김노인을 탁자 앞에 앉혔다.

"어디서 오셨수? 얼굴이 익지 않은 분이셔서……?"

"…… 저 말입니까? ……말씀드리면 쉽게 아실 거요. 저하고 통화도 했지 않으십니까?"

"…… 통화를 했다구요? 누구시더라……?"

김노인이 소주잔을 들어 홀짝 마시고 다시 잔을 채워 웅니 최씨에게로 내밀었다.

"……저 안동댁을 찾던 사람입니다."

"……아!"

순간 전화에 대고 안동댁을 찾아야 하는 애타는 사연을 구구절절 풀어놓던 어떤 노인에 관한 기억이 번쩍 뇌리를 스쳐 지났다. 김노인이 웅니 최씨의 손을 덥석 잡았다.

"잘 오셨수. 안 그래도 내 이제나 저제나 하던 중이었수."

웅니 최씨를 반기는 김노인의 표정이 진지했다. 무슨 영문인지 도대체 짐작이 가지 않았다. 서로 잘 알고 있던 사이란 말인가? 안동댁은 어리둥절했다. 밖은 이미 칠흑처럼 어두워졌고 슈퍼앞마당의 가로등 하나만 희미하게 빛나고 있었다.

3

　김노인이 옹니 최씨의 전화를 받은 날은 지난 일요일이었다.

　오늘이 금요일이니 겨우 닷새 전의 일이었다. 마침 무료한 시간이어서 잘못 걸린 전화가 아닐까 하면서도 심심풀이 삼아 응대해 주던 참이었다. 시답잖은 놈 귀신 씨나락 까먹는 소리하고 있다는 생각이 들었지만 그래도 건성건성 재미삼아 대답했다. 이장인 김노인에게 안동댁이라는 할머니가 그 동네 사느냐고 물어보는 평범한 전화였는데 안동댁이 이동네에 산다고 하자 갑자기 안동댁에게 지대한 관심을 보였던 것이었다. 듣다 보니 이게 뭔 소린가 싶어 은근히 신경이 곤두섰다. 상대는 진지한 톤으로 왜 안동댁을 찾아야 하는지를 설명하기 시작했다. 몰래 스스로 집을 나간 본처인 안동댁을 죽기 전 딱 한번만이라도 꼭 만나야 하며 만나면 반드시 머리 숙여 용서를 구해야만 편히 눈감을 수 있다는 이야기였다. 다리에 힘도 점점 떨어져 이러다 바깥출입이 불가해지면 영영 찾아 나설 수도 없을 것 같아 초조하다는 이야기도 덧붙였다. 길게 통화하는 사람이 질색인 김노인이면서도 아주 길게 통화했다. 건성 건성이던 김노인의 가슴이 찡했다. 애틋한 옹니 최씨의 사연을 듣다보니 이미 하늘나라로 간 마누라의 모습이 떠오르기도 했다. 어쩌면 안동댁을 위해서라도 좋은 일이라 생각이 들자 김노인은 쾌히 승낙했고 속히 찾아오라며 채근까지 했다.

　통화할 때의 이미지대로 책임감이 강해 보이는 착하게 늙어가는 노인이었다. 이제 얼마를 더 살다가 죽어갈지도 모를 두 노인네는 서로의 이야기에 쉽게 공감했다. 사과하고 용서 받아야한다는 옹니 최씨의 염원은 아내에게 못해 준 일만 떠오르는 김노인의 후회와 일맥상통하는 건지도 몰랐다.

"자 일어서 안으로 듭시다. 여기 이 불편한 자리보다 안으로 들어 편하게 더 이야기 합시다"

김노인이 서둘러 가게 문의 셔터까지 내리고 망설이고 있는 옹니 최씨를 안으로 끌고 들어갔다. 안동댁은 담담하게 두 노인의 이야기를 듣기만 했다.

"여보! 손님 저녁대접은 해야 하지 않겠소. 이 산촌에 반찬 없는 밥이라도 한 끼 함께 합시다."

그냥 이대로 조금만 더 앉았다가 돌아가겠다는 옹니 최씨를 한 번 더 채근하며 김노인은 안동댁을 돌아봤다. 안동댁은 아무런 대답도 없이 주방 쪽으로 향했다.

"우리집 원래의 내 본처는 10년 전 위암으로 먼저 하늘나라로 갔소."

소주병을 거실 탁자 위에 놓고 마주한 김노인이 먼저 말문을 열어 서먹한 분위기를 풀어 나갔다. 아내를 선산 양지바른 곳에 묻어주고 나서야 살아생전 못해 준 일들이 주마등처럼 떠오르더라고 했다. 날이 갈수록 새록새록 후회와 회한의 시간을 보내며 홀로 찔끔찔끔 눈물도 많이 흘렸다는 이야기로 말문을 이어갔다. 다행히 동네 이장을 맡고 있어 이장회의 차 면사무소에 가는 날이면 눈여겨 봐 두었던 안동댁의 식당부터 들렀고 삼고초려보다 더한 노력으로 안동댁을 만난 이야기까지 소상하게 털어 놓았다. 전처에게 못해 준 많은 아쉬웠던 일들을 이 안동댁에게는 꼭 해주고 싶다는 심중의 이야기도 덧붙였다. 옹니 최씨가 그렇게도 보고 싶었던 안동댁이라면 김노인 역시 안동댁은 소중한 영원한 반려자라는 것을 은근슬쩍 강조하기도 했다.

"당신이 한 번 만이라도 보고 싶다는 것은 충분히 이해하지만……."

김노인이 말끝을 흐리고 있는 중에 주방의 안동댁이 저녁준비가 다

됐음을 알리며 김노인을 불렀다.

산촌의 반찬은 푸짐했다. 고추장에 묻어 두었었다는 더덕지의 향이 입안을 맴돌아 코까지 번져 왔다. 옹니 최씨는 연신 반찬 칭찬을 했다. 김노인이 덩달아 맞장구를 쳤다. 이미 두 병의 소주를 나눠 마신 노인네들이 저녁상도 물리지 않은 식탁에서 다시 소주 한 병을 더 땄다. 옆에는 여분의 소주 몇 병이 더 놓여있었다.

"민서어멈이 노망이 났어."

옹니 최씨가 안동댁에게 민서어멈 이야기를 꺼냈다.

"가끔 큰 엄마가 보고 싶다고 해……. 정신이 살짝 돌아올 때는 많이 잘못했다고 잘못을 사과하고 싶다고도 하고……."

"잘못한 것도 사과할 일도 없네요."

안동댁은 담담하기만 했다. 이제 그만 돌아가야겠다고 일어서는 옹니 최씨를 술이 거나한 김노인이 붙잡았다. 시간은 이미 자정을 훌쩍 넘고 있었다. 이상한 자격의 손님이지만 손님과 주인이 의기투합해 지껄이는 푸념은 엉뚱한 곳으로 비화했고 대화의 중심에서 밀려난 안동댁이 드디어 앉은 채로 졸기 시작했다. 눈치를 챈 옹니 최씨가 자리에서 일어섰다. 현관문을 열자 초저녁에는 별이 총총하던 하늘이었는데 비가 내리고 있었다.

"이제 이 나이에 뭐 부끄러울 게 있겠소? 우리 저 안방 하나밖에 없는 단칸방이지만 여기서 살짝 눈 부치고 내일 새벽 첫차로 떠나슈. 지금은 모든 차편이 다 끊어져 없을 거요."

콜택시를 불러 떠나겠다는 옹니 최씨를 김노인은 또 한 번 더 만류했다.

김노인이 자리를 깔았다. 안동댁은 몹시도 난처해했으나 김노인의 의사를 거스르지는 않았다. 안동댁은 김노인을 가운데로 밀어 넣었다. 옹니 최씨와 자신은 김노인을 중심으로 각각 반대편에 누어야 할 것 같아서였다. 술이 좀 과한 탓인지 김노인은 안동댁이 가운데서 자야한다고 했다. 김노인의 이야기라면 절대적으로 순종적이던 안동댁이 벌컥 화를 냈다. 주춤하던 김노인이 술김이어서인지 고집을 피기 시작했다. 이 나이에 기껏 손잡고 자는 것이 행복일진대 그까지 것 양 손잡고 하룻밤 잔다는 것이 대수냐는 것이었다. 입장이 더 곤란해 진 옹니 최씨가 일어서서 주춤거렸다. 난처해 진 안동댁은 더 소란해 지는 것이 두려워 가운데 자리에 눕기로 했다. 아무리 배려를 하고 친절을 배푼다 해도 너무한다는 생각이 들었지만 안동댁은 그냥 김노인이 하자는 대로 하기로 했다. 하기야 두 노인네 모두 남성 구실은 못할 거라는 것을 충분히 알고 있긴 하지만 그래도 이건 아니다 라는 생각이 계속 머리를 맴돌았다.

"이번이 마지막이요. 다시 당신이 찾아온다면 그때는 안면몰수하고 반대 할 거요. 만남 자체만도 안 된다는 거란 말입니다."

김노인이 잠꼬대처럼 중얼거렸다. 거나하게 취한 옹니 최씨는 이미 잠들었는지 아무런 대꾸도 하지 않았다. 하지만 안동댁은 쉽게 잠들지 못했다. 쏟아지던 졸음이 막상 자리를 깔고 눕자 오히려 눈이 말똥거리기 시작했다. 어느 한쪽을 보고 눕기도 곤란해서 똑바로 누어 천장만 쳐다보고 있었다. 허리에 좀이 쑤셔 어느 쪽으론가 돌아눕고 싶어졌지만 어느 쪽을 향해 돌아 누어야할지가 고민이었다. 허리가 점점 더 아파오자 결국 안동댁은 김노인을 향해 돌아 누었다. 술을 제법 많이 마신 탓인지 뒤편의 옹니 최씨가 코를 달달 골았고 김노인마저 이내 따라 코골이를 시작했다.

옹니 최씨가 심한 갈증을 느끼며 눈을 떴을 때는 아직도 캄캄한 새벽이었다. 깊은 잠에서 깨어나 눈을 뜨고 주위를 살폈으나 여기가 어딘지를 쉽게 알 수가 없었다. 어둠속에서 낯선 물체들의 윤곽이 조금씩 들어나자 그제야 옹니 최씨는 어젯밤의 일들이 어렴풋이 머리에 떠올랐다.

무엇보다도 김노인의 배려가 고맙다는 생각부터 들었다. 찬찬히 주위를 살펴보던 옹니 최씨는 바로 옆에 잠들어 있는 안동댁을 발견하고는 화들짝 놀랐다. 곤히 잠든 안동댁의 한쪽 팔이 자신의 허리에 얹혀 있는 것이었다. 살며시 안동댁의 팔을 들어 내리고 살그머니 일어났다. 그동안 미안하고 또 미안했던 안동댁이 이런 좋은 사람을 만나 잘살고 있는 모습을 본 것만으로도 마음이 푹 놓였다. 살금살금 자리에서 일어나 밖으로 나왔다. 비가 갠 맑은 새벽 공기가 훅 스쳐와 가슴을 시원하게 훑고 지났다. 옹니 최씨는 정신을 가다듬으며 읍내를 향해 난 큰길을 따라 조심조심 걷기 시작했다. 중간에 택시를 만나면 다행이고 읍내까지 걸어간대도 그게 무슨 대수인가 싶었다.

"김노인, 참말로 고맙수."

옹니 최씨는 혼잣말로 중얼거렸다.

"그리고 안동댁, 너무도 죄스러웠던 내 진심이 조금이라도 당신에게 전해 졌다면 그것도 참 고마운 일이요."

"잘 살고…… 잘 지내시유, 안동댁!"

서쪽 하늘의 샛별이 아직도 반짝반짝 빛나고 있었다. ♠

┌─ 저자 프로필 ─

**이재욱**

1947년생 충북 단양 출신 / 1962년 충청일보 신춘문예 소설입선(학생부) / 1963년 충청일보 신춘문예 동화당선(학생부) / 2006년 부천 신인문학상(부천문화재단) / 소설집 『귀천의 길목』 한국소설가협회 간 / 장편소설 『아버지의 가슴앓이』 시한울 간 등이 있음.

부천소설가협회회장 / 복사골문학회 주부토 소설동인 / 한국소설가협회 회원 / 한국작가회의 부천지부장(010-6351-2595/이메일 1947wook@hanmail.net)

# 香水

이준옥

고추장독과 간장독의 뚜껑을 벗겨 볕을 쪼이기 위해 흰 망사보를 덮으며 노 여사는 베란다 너머로 아파트 광장 길을 향해 자주 고개를 뺐다.

이상하다, 웬 이발을 이리도 오래한담.........

낮잠을 잔 후 머리를 자르겠다고 나간 남편이 거의 세 시간이 지나도록 오지 않는 것이 이상했다. 아파트 광장에서 아이들 노는 와자한 소리가 무색할 정도로 개나리는 노랗다. 허리를 펴 톡톡 두드리곤 깊게 숨을 들이마시니 개나리가 가슴속으로 들어와 온 몸이 노래지는 것 같다.

나이 오십이 넘으니 계절이 바뀔 때마다 젊었을 때 느끼지 못하던 감사와 경이를 느끼게 된다. 젊었을 땐 그저 바뀌는 계절을 무심히 넘기며 자신의 젊음에 스스로 매료되어 바뀌는 계절이 젊음의 악세사리 같았다. 그러나 나이가 드니 꽃잎 한 송이 열리는 것조차도 숙연해진다. 내년에 내가 또 이 계절을 맞을 수 있을까 싶은 생각이 들면 하루가 애틋하다. 우울해지는 이유이기도 하다.

내 젊음은, 내 탄력 있던 피부는 모두 자식에게 빨리고 뺏기어 이젠 허엏게 각질이 일어나는 피부만 남았어.

잠시 우울에 빠지다가 노 여사는 몸을 홱 돌려 다시 활기차게 방으로 돌아왔다.

노란 샤쓰 입은 말없는 그 사내가 어쩐지 나는 좋아.

라디오의 볼륨을 올려놓고 앞과 뒤가 비슷하게 된 몸체를 이리저리 둘러보는데 뾰뾰뾰뾰~ 벨이 울린다.

듣기 싫은 저놈의 인공 종달새 소리.

문을 연 노 여사는 잠시 눈이 크게 떠져 입이 벌어졌다.

「옴마야, 당신.......당신.....시상에......시상에 머리가 그기 뭐라예. 망측시러버라. 당신 나이가 지금   인 줄 압니꺼? 자식하고 메느리 앞에서 우예 그 머릴 보일라꼬 그라요. 이 양반이 늦바람이 났나? 틀림 없는 기라, 누요? 대체.」

앞 뒤 두서없이, 처음엔 말이 막혔다가 한번 말문이 열리자 노 여사는 정신없이 젊은 새댁 같은 목청으로 남편 을 쏘아댔다. 지난 3개월간 머리를 자르라자르라 해도 이 핑계 저 핑계 대며 통 이발관을 안 가기에 저이가 머리에 부스럼이라도 났나 싶어 남편이 잠든 사이 살짝

머리를 헤쳐 보기까지 했다. 그러나 머릿속은 부스럼은커녕 머리카락이 빠져 걱정이라는 푸념을 하면서도 아침저녁 감아대는 남편의 습관 탓에 깨끗했다. 있다면 흰머리가 좀 더 늘은 것 뿐 이었다.

저이가 아주 머리가 파뿌리가 되려나,

유난히 희어지는 남편의 머리와 자신의 검은머릴 비교해 보며 그렇게 생각했을 뿐이었다 그러던 사람이 오늘 낮 난데없이 이발을 하고 오겠노라며 나간 것이다. 그런데 그 머리 모양이라는 것이 막내인 대학 2학년 아들 녀석과 같은 스타일의 귀 밑 단발이 아닌가. 놀라움은 곧 의아함으로 바뀌어 노 여사는 가슴이 울렁였다.

남편은 얼굴과 체격이 보기 좋은 편이라 지금도 노 여사 또래에선 한 번쯤 힐끔 쳐다보고 젊은 여성들 사이에선 멋쟁이 신사로 생각될 정도인 것이다. 물론 그것은 겉모양만 그렇다.

거기다 히끗히끗한 머리를 단발로 자르니 이것은 신사도 신사려니와 무도장 출입이 잦았던 그 구역질 나는 한마음 사진동호회의 나쾌한 이 갑자기 노 여사의 머릿속에 떠올랐다.

생뚱맞게 까맣게 잊고 있던 그 놈의 나쾌한이 갑자기 와 생각은 나고 지랄이고. 지랄이.

순전히 저 머리 때문인기라.

한동안 노 여사는 사진 동호회에 가입을 하여 들로 산으로 사진기를 턱하니 을러메고는

쫓아다닌 적이 있었다. 말 그대로 쫓아 다녔다는 표현이 옳았다. 갑자가 아파트 단지의 여자들이 우르르 백화점 문화교실로 몰려다니며 시를 배운다, 수필을 배운다, 그림을 그린다, 기타를 배운다, 문화춤을 배운다, 하며 배우는 귀신이라도 씌었는지 모두들 어느 날 갑자기 교양부인으로 돌변하여 온 아파트는 교양부인으로 넘쳐나기 시작했다. 그러다 아파트는 시인과 수필가와 화가와 춤꾼으로 넘쳐나서 활자와 물감과 자이브의 음표들이 부글부글 끓어대는 것이 아닌가 걱정이 될 정도였다.

노 여사는 도대체 시를 어떻게 배워서 쓰며, 수필을 어떻게 배워서 쓰며, 그것이 가갸거겨 마냥 자꾸자꾸 쓰고 배우면 되는 것인지 아리송하였다. 그런 것은 방문을 꼭꼭 닫고 입술을 잘근잘근 깨물어 가며 혼자서 해야 하는 것이 아닌가 하는 생각도 들었고, 시대가 바뀌었으니 없는 게 없는 백화점에서는 시인과 수필가와 예술가가 되는 방법도 파는구나 하는 생각도 들었다. 어쨌건 우리 반도 여성의 피엔 허난설헌과 신사임당과 황진이의 피가 뒤엉켜 면면히 흐르고 있으니 따지고 보면 시를 쓰

고 그림을 그리고 문화 춤을 추는 것이 이상할 것도 없었다. 본시부터 그 기질이 피 속에 흐르고 있다 해도 그다지 틀린 말은 아니다. 단지 멍석을 펴 주는 이가 없어서 스스로들 멍석을 편 셈이라고나 할까.

각설하고 노 여사는 그 교양부인의 대열에서 도태 될까 봐 전전긍긍하며 여기저기를 기웃거렸는데 시는 무슨 소린지 잘 모르게 말을 줄이는 것이 어려웠고, 수필은 또 밥 먹고 똥 싸며 살아가는 짤막한 얘기를 사족을 붙여 길게 늘이는 것이 어려웠다. 그렇다면 소설가는 대단한 엿장수다. 조정래 라는 작가가 쓴 태백산맥이라는 소설을 애면글면 하며 읽었는데 골자는 전쟁이 나서 같은 민족끼리 서로 총질을 해대다가 종내에는 결국 남북으로 갈라졌다는 단 한 줄이었다. 그런데 그 사람은 장장 열권이라는 분량으로 늘려서 노 여사는 그걸 읽느라 막말로 눈알 빠질 번 하였다. 눈알만 빠지는 게 아니라 밥을 태우고 아까운 소불고기를 태워서 온 집안에 노린내가 며칠간이나 진동을 하였다. 그걸 읽고 나서 노 여사는 소설 쓰는 사람들이 징그러워졌다.

어쩌면 단 한 줄의 내용으로 열권의 책을 만든다냐. 소설가 머릿속엔 무슨 태엽이 감겼나 그래서 소설을 쓸 때는 그 태엽이 풀리면서 거기서 얘기가 좔좔 나오나.

문화 춤은 또 엉덩이를 돌려댈 자신이 없었다. 가르치는 선생의 엉덩이와 젖가슴이 따로따로 움직이며 흔들리는 것을 보다가 노 여사가 기껏 생각해 낸 것이라곤

아따 서방이 꽤나 좋아 허겠다. 밤에 저렇게 서방 밑에서 흔들어 대든. 이것이 전부였다.

마침내 노 여사는 교양부인의 대열에서 도태되지 않고 그 무리에 끼어서 갈 수 있는 걸 찾아내는데 성공하였다.

그것은 사진이었다.

노 여사 생각에 사물을 렌즈 속에 잘 가두어서 찰칵 소리가 나도록 셔터만 누르면 되는 일은 식은 죽 먹기보다 쉬울 것 같았다. 그것은 시처럼 줄이지 않아도 되었고, 수필처럼 늘리지 않아도 되었으며, 문화 춤처럼 가슴과 엉덩이를 따로 따로 돌리지 않아도 되었다.

드디어는 노 여사도 교양부인 대열에 합류하게 된 것이다. 그런데 가만히 보니 교양부인이 되기 위해서는 베레모가 필요했고 머리를 뽀글뽀글 볶으면 안 되었다. 나이에 관계없이 대부분 단발이었다. 오죽하면 사진작가라는 늙스그레한 남자 나쾌한 이도 단발이면서 그 단발 위에 쥐색 베레모를 항상 삐딱하니 올려놓고 다니고 있었다. 그 뿐이 아니었다. 교양부인이 되기 위해선 만만찮은 대가를 지불해야만 했다.

돈. 시간. 상식. 지식. 이것저것 아는 체를 하려면 꾸벅꾸벅 졸면서 안 읽던 생소한 책도 읽어야 했다. 지오그래픽지가 어쩌구 저쩌구 하며.....

그러나 노 여사는 비싼 일제 카메라도 사고 머리도 여고를 졸업한지 삼십 여 년 만에 단발로 기르고 초록색 베레모도 샀건만 어느 날 갑자기 교양부인 노릇을 그만하고 그냥 장독 뚜껑이나 부지런히 열었다 닫았다 하는 생활로 다시 되돌아가겠노라고 무슨 양심선언 하는 쓸개 빠진 정치인 흉내를 내서 가족을 또 다시 어리둥절하게 하였다.

노 여사가 교양부인 노릇을 그만 두게 된 것은 순전히 그 나쾌한 때문이었다.

처음 한마음 사진 동호회의 회장이 남자며 그 이름이 나쾌한 이라고 해서 웃음을 참느라 혼났는데 그의 단발머리와 그 위에 얹힌 뚜껑인 쥐색 베레모 그리고 검은 뿔테 안경은 노 여사의 웃음을 앗아갔다.

그는 벌써 무늬 자체가 예술이었다. 무늬자체가 예술인데 그 속은 얼마나 더 예술일까. 하긴 나쾌한의 속을 버선 속 마냥 까뒤집어 볼 수도 없으니 그 속이야 예술인지 거름덩인지 알 수 없는 노릇이었다.

그 무늬 자체가 예술인 나쾌한과 칼국수 집으로 찻집으로 몰려다니며 예술을 논하는 일은 노 여사에게 새로운 세상을 맛보게 해주었다. 더구나 서로 노 작가, 한 작가, 최 작가....하며 불러주는 호칭도 맘에 들었다.

이봐, 망구. 거기 재떨이 좀 가져와.

하며 할망구를 줄여 부르는 남편과 나쾌한과는 정말이지 그 격이 다르게 느껴져 나쾌한을 바라보는 노 여사의 눈은 점점 촉촉해져 갔다. 그래서 한마음 사진 동호회 회원과 뒤풀이로 무도회장까지 가고 처음 가본 무도장에서 나쾌한 이가 문화 춤도 예술적으로 춘다는 새로운 사실을 알게 되었으며 모든 게 예술적인 나쾌한이 손을 잡고 몇 번을 당겨주는 대로 노여사도 돌았다.

사진 동호회에서는 무슨 일이건 엄머, 예술적이야. 이 한마디면 통과통과였다.

칼국수의 바지락도 엄머, 예술적이야. 가끔 마시는 일동 막걸리도 엄머, 예술적이야.

좀 괜찮다 싶은 사람도 엄머, 예술적이야. 이 한마디면 통과통과였다.

노 여사는 그 예술적이란 말이 이 해가 되지 않아서 간헐적인 두통을 앓았다. 대체 그 예술적이란 말은 구체적으로 어떤 경우인가.

그녀는 혼자서 장독 뚜껑을 여닫으며 엄머, 예술적이야. 빨래를 널며 엄머, 드럽게 예술적이야. 목욕탕에서 전투적으로 때를 밀며 엄머, 예술적이야. 하고 혼자 중얼거려보며 정신이 오락가락 하는 여자 마냥 혼자 킥킥 웃었다. 자신도 언제 다른 사람 마냥 그 소릴 입 밖에 내서 큰 소리로 말해보나 싶어서였다.

아, 노 작가. 소질 있어. 내가 개인교습 해줄까.

나쾌한 이 노 여사를 한번 빙글 돌리고 자신의 앞으로 당기더니 노 여사의 귀에 대고 콧김을 뿜으며 은근히 속삭이는 바람에 노 여사의 가슴은 터질 듯이 벌렁거렸다. 결혼 후 외간 남자 품에 안겨보는 것이 오십 평생에 처음이기 때문이었다. 결혼 전도 물론 노 여사는 제대로 연애 한 번 못해보고 무슨 포목점에 진열된 이불감 팔려 나가듯 선을 보고 선택 당해 한 결혼이었다. 가슴이 언뜻언뜻 나쾌한 이와 스칠 때마다 노 여사의 젖꼭지가 곤두서는 바람에 노 여사는 목덜미까지 빨개졌지만 무도장의 조명은 그것을 감추어 주었다. 대체 자신의 젖꼭지가 이렇게 곤두서는 게 얼마 만이던가.

집구석에 붙박이장마냥 버티고 있는 그놈의 영감탱이. 겉은 멀쩡하지만 전립선으로 오줌줄기가 실낱처럼 가늘어진지가 벌써 언제던가. 예술이란 이렇게 무디어졌던 어디에 쓰는 물건인지 조차 때로는 잊고 그게 거기에 달렸는지 조차도 가끔은 잊었던 젖꼭지도 곤두서게 하는구나. 예술이란 실로 오감을 자극하는 아주 찌릿한 것이로구나.

실지로 노 여사는 지르박과 부르스를 나쾌한 이에게 개인 교습을 받아 볼까 생각한 적도 있었다. 그러다 그 생각을 접은 것은 동호회의 손섭섭이 귀띔해 준 말 때문이었다.

언니, 조심해. 나쾌한 저 놈이 언니 나이 또래 킬러야. 글쎄 거기다 링까지 박았다잖아.

어데다 뭘 박았다꼬?

언니 ,작게 좀 말해. 링링링.

링이 우쨌다꼬? 귀걸이 말이가?

노 여사의 말에 손섭섭은 가소롭고 갖잖고 등신 같은년 이라는 표정을 띠면서도 입으로는

아이구 내 복장이야 내가 말을 말아야지. 그런데 이 언니가 이렇게 오밤중이어서 도대체 이 험한 세상 무슨 재주로 헤치고 여기까지 왔을까. 귀걸이가 아니고 거기다 고리를 했데.

그러더니 노 여사가 영 못알아 듣자 노 여사의 귀를 잡아 다녀  속말로 일러주었다. 노 여사는 그만 놀라서 자신도 모르게 소리를 지르는 바람에 손섭섭이에게 팔뚝을 있는 대로 꼬집혔다

뭐라꼬? 그라믄 거기다 귀고릴 했단 말이가? 아니제 그건 귀걸이가 아니고 뭔 고린고?

노 여사의 말에 모두들 허리가 꺾어지도록 웃어 댔지만 노 여사는 아랑곳 않고 중얼거렸다.

옴마야, 참으로 얄궂데이. 예술가는 역시 다른 기라 거가 까지 예술적으로 신경쓰느만 억수로 피곤하게 사네. 그냥 삼신할미 주신대로 살끼지. 예술가 남편 안 두길 진짜 잘했고만.

교양부인의 대열에 끼니 참으로 온갖 교양을 두루두루 쌓게 되었다. 역시 예술이란 좋구나.

종내에 노 여사는 예술이란 결코 어려운 게 아니고 별것도 아니라는 생각까지 하게 되었다. 이렇게 우르르 몰려다니며 세를 과시하고 떠들고 서로 작가라고 불러주면 그게 예술이고 교양이지 뭐 예술에 그렇게 주눅 들 필요 없다는 결론까지 내리게 되었다.

어느 정도 교양부인의 노릇에 푹 빠져 예술도 슬슬 싫증 날 때쯤 한마음 사진 동호회에선 섬으로 촬영을 하러 가게 되었는데 누드 촬영이었다.

누드를 사진집으로 보기만 하였지 촬영은 처음이라 노 여사는 영 뒤숭숭하였다. 자신이 비로서 진정한 예술을 하는 것 같은 생각도 들었고 과연 같은 여자끼리 벌거벗은 여자를 찍을 수 있을지도 걱정되었다.

석양을 등지고 바위에 실오라기 하나 걸치지 않고 허리를 뒤틀고 앉아 있는 나체를 보았을 때 노 여사의 충격은 컸다. 다른 사람들은 각도를 잡는다. 빛의 방향이 어쩐다. 뒤의 배경이 어떻다 하며 좋은 자리를 잡아야 한다고 법석을 떠는데 노 여사는 그 나신의 뒤틀린 허리에서 눈을

뗄 수가 없었다.

그 여자의 뒤틀린 허리 마냥 어디에서부터 그 여자의 인생은 뒤틀렸단 말인가. 바닷바람 때문에 여자의 젖꼭지는 새까맣게 돌출 되어 성나 있었다. 아이를 낳고 젖을 빨린 젖꼭지였다. 어느 남자에게 사랑이란 이름으로 물렸을 것이고 그 남자의 아이에게 생명수 마냥 달디 단 뽀얀 숯을 먹였을 그 아름다운 검은 열매.

그것은 더 이상 신비스럽지도 아름답지도 않았다. 뒤틀어진 허리 밑의 아랫배도 아이를 품었던 배였다. 열달 동안 그 깊은 비밀의 방에 따뜻한 물을 가득 채워 하나의 벌레에 지나지 않았을지도 모를 그 유기체를 품어 생명체로 탄생시킨 거룩함이 아니었다.

바위 위에 앉아 허리를 뒤틀고 바닷바람에 성난 젖꼭지를 매달고 고개를 뒤로 젖히고

있는 모델은 더 이상 예술이 아니었다. 삶에 지친 한 여자일 뿐이었다.

다리를 좀 더 벌려봐. 세워봐. 음모 위에다 그 장미꽃을 올려나 봐. 유두에 그 모형 나비를 올려나 봐. 옳지. 그래 그거야. 나이스. 굿 검은 음모와 빨간 장미꽃의 조화라.......

이게 예술이란 말인가. 예술이란 말만 붙이면 어떤 행위던 거부권을 행사하지 못하고 보거나 참여하거나 들어야 하는가.

옛날에는 예술의 종류나 내용이 간단하여 어렴풋이 아는 척이라도 할 수 있었는데 요즘에 와서는 듣도 보도 못한 예술의 종류와 내용이 많아져서 이 세상에는 두 부류의 사람만이 존재하는 느낌이다. 예술가와 그냥 사람. 이러다간 그냥 사람보다 예술가가 더 많아질지도 모른다. 하물며 머리 자르는 미용사도 헤어 디자이너라고 하며 예술가 냄새를 풍기니까. 노 여사 생각에 미용사라고 하면 그 격이 떨어지고 헤어 디자이너라고 하면 그 격이 올라가는 것처럼 생각하는 세상이 우스울 따름이었다.

미용사도 머리를 잘라야만 돈을 받고 헤어 디자이너도 머리를 잘라야만 돈을 받을 수 있건만 왜 세상 사람들은 그다지도 호칭에 민감한 걸까. 스님 하면 존경이 담긴 호칭으로 알고 중 하면 낮추어 부르는 걸로 아는 것과 다를 바 없다. 사실은 스님이라는 호칭보다 중이라는 호칭이 맞는데도 말이다.

예술에 대한 거부권을 행사하게 되면 어떻게 되는가. 예수가 사생아라고 말하면 일언지하에 마귀가 씌인 사탄으로 몰려 사탄아 물러가라라는 소리와 함께 덧씌운 마귀를   는다며 몰매를 때려도 더 이상 부연설명을 할 기회조차 얻지 못하고 그 매를 감내 해야 하듯이 그래서 누군가 맘속으로 어떻게 남자도 없이 성령으로 아이가 생길 수 있을까 하는 의혹이 마음속에 있어도 아무도 입 밖에 내지 못하듯이, 예술을 이해하지 못해도 이해하는 척 기를 써야 하는가.

그런 생각이 들자 앞에서 연신 셔터를 눌러대며 예술을 하는 나쾌한을 더 이상은 참을 수 없어서 노 여사는 냅다 카메라 가방으로 나쾌한 의 머리를 후려쳤다. 나쾌한 은 모델의 다리 사이에 얼굴을 푹 박으며 고꾸라졌다. 나쾌한 의 어이쿠, 소리와 함께 아직 교양부인이 되고 예술인이 되려면 멀고 먼 노 여사의 울음 섞인 목소리가 석양 물드는 바닷가에 길게길게 울려 퍼졌다.

나쾌한 이 개자식 예술을 팔아 사기를 치는 놈. 과연 니가 예술을 알아. 니가 사진작가면 내는 이놈아 사진의 신 노 정순 인기라. 나쾌한 이 사기꾼 놈아.

노 여사의 그 동안 쌓아왔던 교양과 예술은 한 순간에 와르르 무너져 바닥으로 곤두박질치고 예술의 현장은 엉망이 되어 버렸다. 예술의 내공이 부족한 탓이었다.

내는 마 이런 게 예술이라믄 차라리 예술 안하고 무식하게 살란다. 예술이 밥 먹여 주는 것도 아이고 지금까지도 예술 모르고 잘 살았구마.

울음 섞인 소리를 남기고 노 여사는 미련 없이 교양부인과 예술을 동시에 내팽개치고 뒤돌아섰다.

노 여사가 잠깐의 교양부인과 예술가 생활을 통하여 깨달은 것이라곤 예술가는 사람들의 정신에 교묘히 최면을 걸어 사기를 치는 고등 사기 집단이며 세상에는 무슨무슨 작가가 수 도 없이 많으며 널린 게 작가라는 사실이었다. 그런데 또한 그 작가라는 것은 누가 붙여주는 것인지 노 여사는 끝내 알지 못하고 그 세계를 떠나서 가끔은 그게 아쉬웠다.

예술 세계를 떠나 그냥 사람으로 돌아온 노 여사는 빈둥빈둥 어두운 구석만 찾아다니는

바퀴벌레 마냥 완전 놀새가 되어 세상 구석을 헤집고 다니며 야인의 생활에 흠뻑 빠져 대만족이었다.

그러다 얼마 전 일을 겪고는 노 여사 생각에 예술하는 작가들에게 뺏지를 달아주면 좋을 것같다는 생각을 하게 되었다. 그 생각이 스스로 만족스러워 노 여사는 역시 자신은 밥만 먹고 똥만 싸는 그냥 사람은 아니라며 스스로를 대견스럽게 여겼다. 예를 들면 시인은 펜. 화가는 붓. 소설가는 잉크병에 펜이 꽂힌 모양. 사진가는 카메라. 작곡가는 콩나물. 이런 식으로 나라나 협회에서 뺏지를 나누어 주어 달고 다니게 하면 그냥 사람들이 그 뺏지를 보고 그 예술가가 어떤 예술을 하는지 단번에 알수 있으며 그냥 사람들이 예술가를 존경까지는 안 하더라도 면전에서 최소한의 예의는 가출 것 아닌가. 더러 예술가들 중에는 정말 자신을 드러내지 않고 일본 막부 시대의 닌자 처럼 사람들 사이에 숨어서 아주 없는 듯이 조용히 사니 예술이 뭔지 모르는 사람들은 종종 실수를 하기 마련이다.

가령 지난번만 해도 그렇다.

노 여사와 그냥 사람인 여자 넷이 경복궁에서 가을 햇살을 즐기며 수다를 떤 적이 있었다. 그러다 우연히 같이 간 일행 중 시 쓰는 친구를 둔 한 사람이 나랏님도 없는 곳에서는 흉을 본다는 말을 증명이라도 하듯이 시인 친구 흉을 보기 시작하였다.

글쎄 낼모레면 나이 육십인데, 지가 무슨 소녀라고 레이스 못 입어 죽은 귀신 붙었는지, 레이스 달린 브라우스, 레이스 달린 치마, 레이스 달린 식탁보, 레이스 달린 커튼, 레이스에 뒤덮여 산다니까.앞머리는 댕강 잘라서 이마에 붙이고 뒷머리는 또 어깨까지 길렀어요. 전설의 고향이 따로 없어. 얼굴은 주글주글한데 또 루즈는 꼭 그 나이에도 핑크색만 발라요. 그 뿐인 줄 아니. 음악은 무슨 바이얼린 연주곡이라나 그걸 제일 좋아한다는데, 아휴 나는 들어보니 꼭 그 월하의 무덤에 관 뚜껑 열리는 소리 같아서...이미자 가 그저 좋지. 그 목소리 꺾어질 때 죽여주잖아.

야, 시로 국을 끓일 수 있냐, 밥을 지을 수 있냐. 그거 왜 쓰느라고 그렇게 끙끙댈까....

응, 요즘 또 책값은 또 좀 비싸. 집었다 하면 파란거 한 장이야.

그럼 다른 거 다 오르는데 책값인들 안 오르려고. 그래야 그 사람들도 아파트도 사고 차도 굴리지. 너만 아파트 사고 너만 차 굴리면 되냐.

나 같으면 차라리 그 돈으로 삼겹살을 사다 구워 먹겠다.

아유 책 그거 읽어봐야 별거 아냐 .이 나이에 머리만 아프지.

정말이지 어떤 건 읽어보면 종이 값이 아까운 것도 있더라.

그나마 예술 세계를 쪼끔 접해본 노 여사는 속으로 그냥 사람인 여자들을 비웃었다.

무식한 것들. 그저 돈 밖에 모른다니까. 돈. 돈. 돈. 그렇다고 돈이나 벌었으면 내가 비웃지나 않지. 그 나쾌한 이 놈만 아니었어도 나는 아직 교양부인의 대열에 있으면서 제법 예술의 경지에 다달았을텐데. 오늘만큼 그냥 사람인 너희들이 가여워 보인 적이 없구나.

그 시인 친구를 흉보는 그냥 사람인 여자는 한때 남편의 펼쳐놓은 일이 기울어 그 펼쳐 놓았던 일을 접는 바람에 빛도 안 드는 지하 셋방에서 누렇게 뜬 얼굴로 산 적이 있었다. 더구나 그냥 사람인 여자의 남편은 그 와중에도 정액을 여기저기 흘리고 다녀 그 여자는 그때 사면초가에 방패도 없이 서 있는 그런 형국이었는데 그때보다도 시인 친구를 흉보는 지금이 훨씬 더 가여워 보였다. 측은한 마음으로 시인 친구 흉을 보던 여자를 바라보고 있는데 옆 벤치에서 갑자기 그녀들 사이로 새로운 낯설은 목소리가 끼어들었다. 그건 운전의 끼어들기와는 아주 다른 것이었다. 끼어들기를 한 사람은 아주 준수하게 생긴 젊은 남자였다. 사실 옆에서 조용한 저음의 말소리가 들리기 전에는 거기 사람이 있는지도 노 여사 일행은 몰랐다. 그는 그림자처럼 거기 있었던 모양이었다.

시로 밥도 못 짓고, 국도 못 끓이지만, 삭막한 마음에 풀잎이 자라게 하지요. 가뭄이 들어 쩍쩍 갈라진 땅에 비가 내려 마침내는 그 갈라진 대지를 치료하듯이 말예요. 시란 바로 이 뜰의 저 주목나무 같은 것입니다. 육과 영의 산소이거든요. 그 시인을 너무 미워하지 마세요. 자신의 세계에 깊이 파묻혀 사느라 세상의 다른 것을 모르는 여리고 순수한 마음을 지닌 사람들이 시인이랍니다.

시인 친구의 흉을 보던 그냥 사람인 여자는 그 만 귀밑까지 빨개졌다. 그러면서 한 마디 하는 것을 잊지 않았다. 그래야 귀가 덜 빨개지는 것처럼.

아니, 젊은 남자, 왜 남의 말을 엿듣고 그래? 첩자처럼

그러자 그냥 사람인 다른 한 여자가 자신의 유식을 드러내기 위하여 얼른 거들었다.

얘, 요즘시대 첩자가 어디 있니 그건 삼국시대에나 있었지. 요즘은 스파이야. 스파이.

아, 스파이든 첩자든 그게 그거지 화장실이    간 이고, 뒷간이 화장실인 것처럼.

실랭이 하는 일행이 무색해 노 여사는 젊은 남자를 향하여 물었다.

그대도 그러면 시인?

노 여사의 질문에 젊은 남자는 말없이 자신의 품에서 책 한 권을 꺼내주고 표표히 사라졌다. 그는 슈퍼맨처럼 나타났다가 소림사 중처럼 사라졌다.

책을 펴보니 표지 안에는 그의 사진이 실려 있었다 .

그리고 이런 시가 있었다.


기상대에서 알리는 말씀
-이진우-


내일은 오늘과 다른 날이 될 것입니다.
새벽부터 짙은 안개를 동반한 슬픔이 전국을 뒤덮게 되겠습니다.
이 슬픔은 하루 종일 영향을 미치겠습니다.
동틀 무렵에는 슬픔 사이로 간혹 햇살을 동반한 기쁨도 보이겠습니다.
그 기쁨은 차가운 대륙성 고기압을 동반하겠으나
생활에 그다지 영향을 주지는 못하겠습니다.


대체적으로 내일은 예년보다 슬픈 만큼 춥지는 않겠습니다.
그러나 슬픔으로 인해 우울증에 걸릴 위험이 높다고 합니다.
한편으로는 계속된 기쁜 날씨에
식상한 마음을 치유하는 데 도움이 되리라고 전망됩니다.
슬픔에 지친 분들은 외출을 삼가 하시고

기쁨이 지겨운 분들은 가벼운 마음으로 외출하시기 바랍니다.

내일 해 뜨는 시각은 슬픔이 제 풀에 잠깐 꺾일 때이며
해 지는 시각은 슬픔이 기쁨으로 바뀌는 때입니다.
모처럼 별탈없는 하루 되시기를 바랍니다.

이 상은 아직 살아 있는 사람들의 기상대에서 알려 드렸습니다.


어머, 너는 대체 이 시가 이해가 가니.
제목 좀 봐 기상대에서 알리는 말씀이래. 그러면 일기예보잖아. 호호호.
내일은 어쩐다네. 호호호
노 여사는 호호거리는 그냥 사람인 여자들을 보며 예술을 모르는 가여운 육 과 영들고 다니는 것이 참으로 피곤하게 느껴졌다. 그리고 그 순간만큼은 예술을 우습게 여겼던 자신도 잠깐 짧게 반성하였다.
그 사건 후 노 여사는 예술가들에게 뺏지를 달게 했으면 어떨까 하는 생각을 하게 된 것이다. 그렇다면 최소한 있는데서 흉을 보지는 않고 몰래몰래 숨어서 흉을 볼 것 아닌가. 하긴 그냥 사람들의 흉을 두려워하면 예술가 노릇 못할 터였다. 원래 모난 돌은 정을 맞고, 숫아 오른 것은 이목을 끌기 마련이며, 앞서가는 것은 앞서 가는 그 길이 옳다고 증명되기까지는 여러 사람을 혼란에 빠뜨려 지탄을 받기 마련 아닌가.
어쨌거나 노 여사의 교양부인 생활은 예술가라고 불리기도 전에 누드 촬영지 에서 나쾌한 의 뒤통수를 후려치는 그걸로 끝이었다. 그 후로 교양과 예술에 대한 관심은 노 여사의 머릿속에서 사라졌다. 그게 벌써 3

년 전의 일이니 노 여사가 교양부인에서 그냥 사람으로 돌아 온지도 꽤된 셈이다. 그러나 인간이란 아주 간교해서 자신의 인생에서 발생하는 어떤 사건이건 사건의 진행을 자신에게 합당하게 진화 시켜나가는 능력이 누구에게나 있다. 노 여사는 특히나 그 쪽 방면의 능력이 뛰어난 여자였다.

아파트의 많은 여자들이 꾸준히 교양부인 노릇을 하여 그림전시회를 연다, 사진전시회를 가진다, 시집을 낸다, 수필집을 낸다. 바쁘게 자기네들끼리 꽃다발을 주고받고 하며 점점 교양을 높여 가건만 노 여사는 길 가다 단발머리에 베레모를 얹은 늙수그레한 남자만 봐도 그만 저기 예술가 나으리 또 한 명가네, 싶어 전날 먹은 짠지 쪽이 곤두서려 하였다. 예술 한다고 오두방정을 떨던 나쾌한 그 놈도 고혈압 때문에 쓰러져 그 좋아하는 예술도 못하고 예술 하느라 돌보지 않은 마누라는 다른 예술 하는 놈과 붙어 다닌다는 풍문이었다. 참 세상은 정말이지 유행가 가사를 빌리지 않더라도 요지경이었다.

그 후로 노 여사는 가끔 혼자서 볕 좋은 베란다에서 아파트 광장을 내려다 볼 때면 그 바닷바람에 까맣게 곤두섰던 여자의 젖꼭지가 생각나 가슴이 뭉긋해지며 눈가가 젖어와 숙연해지곤 하였다.

산다는 건. 그래, 치열 한 거야. 목구멍이 포도청 이래잖아. 그 여자도 그 여자의 포도청 때문에 거기 나왔을 거야. 아니면 사랑하는 사람이 불치의 병에 걸려 치료비가 필요했거나. 사랑하는 사람의 포도청과 치료비를 위해 옷을 벗는다. 그건 멋지다.... 책임질 줄 안다는 거 희생한다는 거 그거 아무나 못하거든. 산다는 건 그래 때로는 만인 앞에서 벌거벗어야 할 정도로 치열한 거야. 신의 아들로 이 땅에 왔건 사람의 아들로 이 땅에 왔건 그건 중요치 않아. 산다는 건 예수가 십자가에 매달리는 그 순간만큼이나 치열한 거야. 그가 누구인가가 중요 한 게 아니고 누군가를 위해 희생을 택한 그 십자가의 매어달림이 중요한 거야 .

노 여사는 스승도 없이 스스로 점점 똑똑해지고 있어서 머리를 두드리면 머리에서 석왕사 상좌 스님이 치는 목탁 소리가 났다. 똑, 따라라리 하면서.

어쩌면 노 여사가 내린 결론은 정말이지 올바른 것인지도 몰랐다.

아이 반듯하게 키우고, 남편 와이셔츠 보얗게 빨아서 칼날같이 다려 입히고, 새벽에 일어나 돌솥에 따끈따끈한 밥 짓고 ,된장찌개 보글보글 끓여 가족을 먹이고, 그 돌솥밥과 된장찌개로 인해 아무리 지독한 독감이 와도 가족이 아무도 독감이 걸리지 않고 희부연한 얼굴로 편안히 잠드는 것이야말로 진정한 예술이라는 것이 노여사가 내린 결론이었다. 그런 의미에서 노 여사는 장차 문화예술훈장 후보예술인이었다. 노 여사가 짓는 돌솥밥은 인사동의 제일 맛있다는 돌솥밥 보다도 맛있었고, 된장찌개를 맛본 이웃들은 그 맛을 잊지 못하여 노 여사 집을 기웃거렸고, 와이셔쓰를 노 여사만큼 보얗게 빨고 칼날 같이 다리는 여자는 아마 없을 터였다. 그걸 깨달은 후로 노 여사는 더 이상 아파트의 교양부인들을 부러워하지도 않았으며 오히려 은근히 그들을 깔보기까지 하고 언제부터인가 고개를 바짝 처들고 다니는 습관까지 생겼다.

앞 집 여자가 이번에 낸 시집이라며 시집을 가져다주었을 때도

홍, 된장찌개 하나 맛깔스럽게 못 끓이는 주제에...

옆 동 여자가 그림 전시회 팜플렛을 가져다주었을 때도

홍, 남편 와이셔츠 하나 반듯이 못 다려 후줄근히 입혀 보내는 주제에....

뒷 동의 여자가 문화 춤 발표회가 있다며 초대장을 가져다주었을 때도

홍, 애는 맨 날 인스턴트만 먹여 감기를 달고 사는 주제에...

하며 교양부인들을 우습게 보는 새로운 경향이 생겼다. 노 여사의 그 새로운 경향이 어떤 방향으로 갈지는 좀 더 많은 시간이 흘러 봐야 알 수

있을 터였다.

한 인간의 인생에 있어서 모든 일은 시행착오를 거치기 마련이니까.

어찌되었건 노 여사의 짧은 예술생활에 종지부를 찍게 한 나쾌한의 머리 스타일로 머리를 자르고 온 남편을 보며 노 여사는 눈빛이 싸늘해졌다.

이 인간도 예술 할라꼬 그라나. 예술 그거 별것도 아이고 암 것도 아인데. 괜스리 정신만 산란스럽고, 분주하기만 하지. 이 인간도 예술 한다꼬 무도장 들락거리며 교양 쌓으러 다니는 여자들 손잡아 줄라꼬 그라나. 오줌줄기는 가늘어져 전립선인 주제에. 나하나 제때 딱딱 못 맞추는 주제에.

화장대 뒤의 싸늘한 노 여사의 눈치를 아는 둥 모르는 둥 거울을 보던 남편은 돌아서서 노 여사를 끌어당겨 거울 앞에 세웠다.

이봐, 임자 나도 늙었어.........그렇지? 우리가 언제 이렇게 늙었을까...... 머릴 이렇게 자르고 들어오기가 쑥스러워 요 앞 다방에 한참 있었지!

처연한 그 말에 노 여사의 송곳 같던 마음은 스르르 풀어지며 알듯 한 비애로 바뀌었다. 아마 얼마 전 노 여사가 햇볕이 드는 마루에서 거울을 들여다보며 자신의 주름살에서 느꼈던 바로 그 허무, 그것을 남편도 느꼈던 모양이다. 그때 노 여사는 가슴이 짠해서 젊은 여자 같은 화장을 해보지 않았던가, 주책없이......

때 따라 들어온 며느리와 아들은 탄성을 올렸다.

아버님 진작 그렇게 하실 걸 그러셨어요.

아버님 아주 보기가 좋으십니다. 어머님도 어떻게 머릴 좀 바꿔 보세요.

노 여사는 다시 실쭉한 기분이 되었다. 기원에 가 보겠다고 남편이 나가자 노 여사는 화투로 오관을 떼다가 손이 자꾸 틀려 거울을 보았다. 눈가와 입가의 잔주름. 거뭇거뭇한 기미와 주근깨. 그리고 낮 동안을 간장독, 고추장독과 씨름한 덕에 거칠은 손에선 찝찔한 간장 냄새가 나는 것 같았다. 벌떡 일어난 노 여사는 목욕 도구를 챙겨들고 목욕탕으로 향했다.

뜨거운 물에 몸을 담그며 평소엔 그 빛깔이 웬지 싫어 들어가지도 않던쑥탕이라는 푸르스름한 물에도 들어가 보고 제 손은 됐다 뒀에 쓰러고 비싼 돈 내고 때 민다고 때를 미는 여자들에게 눈 흘기던 때와는 달리 오늘은 등도 맡겼다.

살살 좀 미소. 살살⋯⋯늙으니 원 피부도 더 약해지는지, 그라다 껍질 벗겨지겠다카이.

팬티 바람으로 씩씩대며 때를 미는 여자를 올려다보았다. 여자가 움직일 때마다 가슴과 뱃살이 출렁거리며 춤을 춰서 노 여사는 슬며시 웃었다.

발그레해진 볼에 로션을 듬뿍 바르며 노 여사는 자신이 한 십년쯤은 젊어 보인다는 생각으로 스스로를 위안하였다.

체, 문디 니만 청춘인 줄 아나, 나도 가꾸면 청춘이라꼬, 나도 가꾸면 아직은 그래도, 쳇.

순간 노 여사는 교양부인 노릇을 그만 둔 것을 또 다시 잠깐 후회하였다. 교양부인 노릇을 할 땐 그래도 유행에 뒤쳐지지 않으려고 옷과 화장에 제법 신경을 썼었는데 미련없이 그만 둔 뒤로는 다시 부수수한 일상이 되어 버렸다. 남편의 히끗히끗한 단발을 떠 올려 보며 노 여의사의 입은 다시 삐죽이 돌아갔다.

노 여사는 시집올 때 갖고 온 손경대를 앞에 놓고 꼼꼼하고 정성스럽게 은은한 저녁 화장을 시작했다. 경대 속엔 노 여사의 주름진 얼굴에 겹쳐져 시집 올 때 팽팽하던 정순의 얼굴이 겹쳐진다. 노 정순, 지금은 노 여사. 화장을 끝낸 노 여사는 이리저리 모습을 살펴보고 만족한 웃음 끝에 언젠가 딸에게 뺏어 놓았던 향수병 뚜껑을 처음 열어 딸이 일러준 대로 귀에 한 방울 콕 찍어 발랐다.

기원에 나간 남편은 열 시가 넘었는데도 돌아오질 않는다. 노 여사는 아파트 곳곳에 환히 밝혀진 꼭 배추 같은 가로등을 내려다보면서 괜히 장독 뚜껑을 열었다 닫았다 한다.

이 문디 술에 쩔어 들어옴 우짜꼬 . 에이, 무심한 영감탱이.

거울을 보며 루즈가 퍼져 보이는 입 언저릴 다시 다듬는데 벨이 울린다. 남편에게선 톡하니 알콜 냄새가 풍겨왔다.

여즉 기원에 있었우?

어울리지도 않는 간사스런 서울 억양을 써보며 다정을 떨어보지만 남편은 뚱하니 방으로 들어가며 말을 뒤에다 남길 뿐이다.

어- 추씨하고 바둑둬서 내가 이겼지. 그래서 추씨가…….

당신이 언제 바둑 둬서 진 적 있남? 맨 날 이겼다카지

이불을 펴며 남편이 자신의 얼굴을 볼 수 있도록 얼짓거려도 남편은 반응이 없다.

왜 이불을 이리 깔아? 당신은 저 쪽이잖아

베개를 나란히 놓자, 나이 들어 자리를 따로 펴기 시작한 것을 남편은 지적한다. 불이 꺼졌다. 노 여사는 그러나 이불 위에 오두마니 앉아 신방 첫날처럼 족두리를 벗겨주길 기다리는 자태로 앉아 있다. 어두워서 다행이라는 생각도 들었다. 웬지 자꾸 목젖이 아파오고 낮에 목욕탕에서 등을 민 돈이 아깝게도 생각되었다.

무심하고 야속한 양반. 야속하고 무심한 양반!

용기를 내어 남편의 옆구리를 흔들었다.

저저……무슨 냄새가 나는 것 같지 않아예?

냄새, 무슨 냄새?

남편은 축농증 증세와 술끼가 범벅 된 코를 킁킁 거렸다.

음, 그러고 보니 당신 이 또 안 닦았군. 당신 왜 사람이 그래? 늙어 갈수록 게을러져. 요즘 자주 저녁에 이 안 닦는 것 같더군 . 젊을 땐 안 그렇더니.

돌아눕는 남편의 등 뒤로 베개를 힘껏 집어 던지며 노 여사는 소리쳤다.

향수 냄새와 이 안 닦은 냄새도 분간 몬하나? 이 문디 같은 인간아!

욕실로 달려간 노 여사는 힘껏 수돗물을 틀어 놓고 귀를 씻기 시작했다. 세면대로  이름도 모르는 불란서제 향수 냄새와 함께 오랜만에 노 여사가 기대했던 뜨거운 밤이 속절없이 흘러 내려가고 있다. 노 여사는 그 세면대 속으로 빨려 들어가는 속절없는 뜨거운 밤을 내려다보며 중얼거렸다.

아, 아, 참말로 예술을 모르는 인간하고 살 부비고 사는 건 인내가 필요한기라. 하믄. 인내가 필요하고 말고. 그래도 예술을 쪼매라도 아는 내가 우예든동 이핼 해야지 우짜겠노.

┌ 저자 프로필 ─

**이준옥**

경기도 양평 출생 / 제1회 전태일문학상 수상 / 19회 복사골문학상 소설부분 특별상 수상 / 복사골문학회 주부토 소설동인 회장 / 부천소설가협회 회원 / 한국작가회의 회원

나는 필경 저 먼 우주 어느 곳에서 온 나그네일 것이다. 나그네는 이 아름다운 자연에서 살며, 살아내며, 사랑하며 내가 떠나 왔던 우주를 향해 한 발 한 발 다가가고 있다. 나그네로서 이곳의 여행을 끝내고 돌아 가는 날 나는 후회를 남기고 싶지 않다. 행복한 나그네였다고 말하고 싶다. (555lyj@hanmail.net)

# 강남상파

**이휘용**

1

"형, 강남시민 됐다며? 축하해. 드디어 입성하셨구만."

회사 근처 호프집에서 만난 고등학교 후배 K. 그가 나를 반갑게 맞았다. 웃음이 나왔다. 후후. 입성이라니. 강남 이사한 게 뭐 그리 대단한 일이라고. 나는 그저 가벼운 인사치레로 받아넘겼다. 그리고 그의 손을 잡았다. 얼마만인가. 1년은 된 것 같았다. 반가운 마음에 그의 손을 꽉 잡았다.

막 자리에 앉으려는 순간 P도 도착했다. 고등학교 동기다. 고등학교 때부터 어울려 다녔으니 벌써 30년이 됐다. 오랜만이었다. 2년은 된 것 같았다. 그 새 늙었다. 머리가 빠지고 허예졌다. 주름도 늘었다. 날렵한 몸매에 운동이라면 못하는 게 없던 그였다. 하지만 이제 50이다. 세월이 유수 같다는 말을 다시 느꼈다. 씁쓸했다.

그는 통 크고 시원시원한 성격이다. 그래서일까. 일찍 사업에 뛰어들었다. 처음에는 잘 어울려 보였다. 하지만 쉽지 않았던 것 같다. 그 사이

사업을 접은 게 여러 번이다. 안타까웠다. 그런데 얼마 전 또 사업을 접었다고 한다. 상황이 좋지 않았을 것이다. 그럼에도 여전히 거침이 없었다. 그런 그를 보니 막혔던 가슴이 트이는 것 같았다. 기분이 좋아졌다. 함박웃음을 지으며 그의 손을 꽉 잡았다.

"그래, 반갑다. 입성은 잘 하시고?"

허허. 그런데 그도 똑같은 소리를 했다. 입성, 입성, 입성. 그 말은 그들에게만 들은 게 아니었다. 이미 몇 차례 같은 말을 들었다. 처음 한 두 번은 별 생각 없었다. 하지만 몇 번 더 듣고 보니 이상하다는 생각이 들었다. 왜 사람들은 강남에 이사 간 걸 입성했다고 할까. 그 의문은 꽤 오래 갔다. 쉬 사라지지 않는 뽀루지처럼 성가셨다.

P와 K. 그들과는 아주 친한 사이였다. 아무리 바빠도 1년에 몇 번은 꼭 만났다. 저녁도 먹고 술도 먹고 집에도 갔다. 그런데 몇 년을 보지 못했다. 만나자는 걸 차일피일 미뤘다. 먹고 살기 바빴던 데다가 일도 잘 안 풀리니 시간 내는 게 부담스러웠던 것 같다. 그러다 만났던 것이다. 반가운 마음에 시간 가는 줄 모르고 떠들었다.

두 시간쯤 갔을 것이다. 맥주 몇 잔이 돌고 한두 번씩 화장실을 다녀오니 술기운이 올랐다. 얼굴은 점점 붉은 빛을 띠기 시작했다.

후배 K의 눈빛도 바뀌고 있었다. 도발적인 눈빛이었다. 평소에는 말이 별로 없는 선한 친구다. 헌데 주사가 있다. 술만 먹었다 하면 성격이 까칠해진다. 그리고는 위아래 가리지 않고 시비를 건다. 그게 단점이다. 그 때문일까. 대기업에 다니다 두 번인가 회사를 옮기더니 지금은 아주 작은 중소기업에서 일하고 있다.

"형 돈 많이 벌었나봐. 이제 부자네, 강남부자. 축재 노하우 좀 알려 줘. 혼자만 재미 보지 말고."

시비조였다. 갑자기 술이 깨는 듯했다. 그의 말에는 진심과 비아냥거림이 뒤섞여 있었다. 이 친구 또 시작이군. 술이 많이 들어가면 그의 주사는 한도 끝도 없다. 부자는 염병, 다 빚이야. 이렇게 말하려 했다. 하지만 입을 다물었다. 행여 말싸움의 빌미라도 줄까 걱정됐다. 차라리 화제를 바꾸는 게 좋겠다는 생각이 들었다. 바로 이때 P가 끼어들었다.

"아니야, 희진이는 본래 부자였어. 그저 뒤늦게 강남부자 대열에 합류한 것뿐이라고."

아니, 이 친구까지. P의 말에 더 기분이 나빠졌다. 한 마디 확 쏘아붙이고 싶었다. 하지만 곧 마음을 고쳐먹었다. 한편으로 그를 이해할 수 있을 것 같았기 때문이다.

P는 사려 깊은 친구다. 술자리가 험악해질 때면 종종 위트 있는 얘기로 분위기를 바꾸기도 한다. 여느 때 같으면 P는 절대 그런 식으로 말하지 않았을 것이다. 하지만 그의 상황이 좋지 않았다. 얼마 전 집을 줄여 서울 근교 어딘가로 이사 갔다는 얘기를 들었다. 대학 다니는 딸아이가 휴학을 했다는 얘기도 나돌았다. 그러니 강남으로 이사한 친구에게 마음이 편치 않을 수 있었다. 껍데기는 돈 좀 있어 보였을 테니 말이다. 나는 가급적 P의 심기를 건드리지 않으려 애썼다.

그러나 K는 집요했다.

"형, 이번 무상급식투표, 했어, 안 했어? 했지?"

그가 이번에는 느닷없이 무상급식투표 얘기를 꺼냈다. 질문 의도가 뭔지 알 것 같았다. 강남 사니 부자요, 부자이니 전면 무상급식에 반대하는 투표를 했을 것이라는 논리였다. 나는 슬슬 부아가 치밀어 오르기 시작했다. 왜 나를 자꾸 궁지에 몰아넣으려 하는 걸까. 도대체 내가 투표를 했거나 말거나 무슨 상관이란 말인가. 투표를 했다고 하던 안 했다고 하던 그가 또 다른 곤란한 질문을 할 게 뻔했다.

K의 질문에 난감해 할 무렵 이번에는 P가 다시 한 번 심기를 건드렸다.

"했겠지. 강남 사시는데."

어처구니가 없었다. 나는 전면 무상급식에 찬성했던 사람이다. 그래서 투표를 했다면 아마 그쪽에 표를 던졌을 것이다. 그런데 전면 무상급식을 원하면 투표하지 않는 게 좋다는 얘기가 나왔다. 그래? 핑계 김에 투표를 하지 않았다. 그러니 할 말이 많았다. 야, 나도 무상급식 찬성한다고! 이렇게 말하고 싶었다.

하지만 입 밖으로 나온 말은 그게 아니었다. 그렇게 말하면 그들은 또 새로운 이유를 대고 나를 공격할 것 같았다. 무척이나 조심스러웠다. 그러다 결국, 내 말은 아주 작게 쪼그라들고 말았다. 무슨 잘못을 저지른 사람처럼.

"나도 투표 안 했어……."

그 뒤에는 강남 사는 사람도 10명 중 6, 7명은 투표 안 했으니 강북하고 별 차이가 없다는 말도 덧붙이고 싶었다. 그런데 K가 말을 끊었다.

"어, 그럼 강남좌파야? 리무진 좌파? 행복한 좌파? 등 따사롭게 살면서 가난한 사람을 위해 살아가는 휴머니스트? 그런데, 형, 강남좌파는 그런 데서 한계가 분명한 거야. 배부른 사람은 절대 배고픈 사람을 이해 못하거든."

그는 나를 옷감 자르듯 단숨에 '강남좌파'로 재단했다. 한 마디 설명도, 핑계도 필요 없었다. 리무진 좌파에 행복한 좌파라 했다. 배고픈 사람을 이해하지 못하는 배부른 사람이라는 말까지 들었다. K는 내가 고민을 털어놓는 몇 안 되는 후배였다. 그런 그가 그렇게까지 얘기하다니. 갑자기 섭섭한 마음이 들면서 서글퍼졌다.

그런데 P는 한 술 더 떴다.

"아니야, 희진이는 보수야, 보수. 보면 모르냐? 아마 투표는 귀찮아서 안 했을 걸."

P의 그 말이 내 마음에 쐐기를 박았다. 거기에 마음 한쪽을 결박당한 뒤로 나는 미동조차 할 수 없었다. 그들도 내가 별로 유쾌하지 않다는 사실을 알아차렸을 것이다. 그런데도 연 이어 곤혹스러운 질문을 던지며 나를 괴롭혔다. 서울시장은 누구를 찍었느냐, 지난 대통령 선거에서는 누구를 찍었느냐, 어느 당을 지지하느냐…… . 혹독한 사상 검증을 받는 느낌이었다.

이후 나는 아무 얘기도 하지 않았다. 호프집에서 나올 때까지 꼭 필요한 말 외에는 거의 한 마디도 하지 않았을 것이다. 한 잔 더 하자고 했지만 이삿짐 핑계를 대고 도망치듯 그들을 떠나버렸다. 그 날 모임은 거기서 그렇게 끝이 났다.


2


한두 주 지난 뒤였을 것이다. 이사한 것도 한 달 가까이 됐을 때였다. 나는 겨우 동네를 익히고 주변에 뭐가 있는지도 확인할 수 있었다. 대학 후배 H에게서 연락이 온 것은 그 무렵이었다. 저녁 한 번 하자는 것이었다.

그를 알게 된 건 한 모임에서였다. 같은 대학을 나왔다고는 하지만 그와 나는 처지가 많이 달랐다. 그는 돈 많은 사업가였다. 겉모습만 봐도 알 수 있었다. 몸에 걸친 것 중 명품 아닌 것이 없었다. 몇 년 사이 몇 대의 차를 바꿨는데 모두 고급 외제차였다. 내로라하는 중견기업 오너의 둘째 아들인 데다 사업도 잘 됐으니 한편으로 당연해 보였다.

처음에는 뭔가 서먹서먹했다. 그런데 가까워졌다. 언제부터인지는 잘 모르겠다. 몇 달에 한 번은 꼭 만나 거나하게 취할 때까지 술을 마셨다. 특별한 일이 없어도 한 달에 한 두 번은 꼭 안부전화를 주고받았다. 그게 10년이 넘었다.

나는 그가 좋았다. 무엇보다 독립심이 강하다는 게 마음에 들었다. 일찌감치 아버지와 형의 그늘에서 벗어나 직장 생활을 했고 자신의 지식과 경험만으로 벤처기업을 창업했다. 아버지와 형에게 손 벌린 적 없다는 게 그의 자랑이기도 했다.

군이 착한 일을 하려는 것도 좋았다. 그는 1년에 몇 차례 보육원을 갔다. 해외 빈곤아동 여러 명을 후원하기도 했다. 나도 그를 따라 보육원을 간 적이 있었다. 그날 그는 보육원을 찾은 많은 사람에게 흔쾌히 저녁을 샀다. 보기 좋았다. 부자는 가난한 사람을 도와야 한다는 얘기를 들을 때면 가끔씩 후배지만 존경스러운 마음까지 생긴다.

"형님, 드디어 넘어 오셨군요, 축하드립니다."

강남 한 복집에서 만난 그도 얘기를 '강남'에서 시작했다. 그는 내가 강남으로 이사했다는 사실에 상당한 동질감을 갖는 것으로 보였다. 나를 대하는 태도도 한층 살가웠다. 집도 가까워졌으니 자주 보자고 했고 한강변에서 자전거를 타자고도 했다. 얼큰한 복찜에 소주가 들어가니 분위기는 더욱 좋아졌다. 사업, 회사, 아이들……. 얘기는 끝이 없어 보였다.

술이 꽤 돌고나서였다. 느닷없이 그가 물었다.

"그런데, 형, 형은 오른쪽이야, 왼쪽이야?"

그 얘기를 듣는 순간 정신이 번쩍 들었다. 그와의 관계에서 단 한 번도 생각해 본 적이 없는 주제였다. 후배는 그저 후배일 뿐이다. 오른쪽이면 어떻고 왼쪽이면 어떤가. 그런데 그는 그것을 따지고 있었다. 혼란스러웠다. 혼잡한 기차역에서 길을 잃은 아이 같았다. 몇 주 전 P와 K를 만났을 때처럼 또 당혹감이 느껴졌다.

나는 답을 하지 않았다. 피했다. 술자리에서 친한 후배와 할 얘기는 아니라는 생각이 들었다. 그런 얘기 해 봐야 뭐 하겠는가 말이다. 자칫 분위기만 나빠질 수 있다는 생각이 들었다. 정치나 사회에 대한 얘기는 아예 입 밖에 내지 않으려 애썼다.

시간이 또 갔다. 술이 더 올랐다. 혀가 조금 꼬부라졌고 얼굴에서 뜨끈뜨끈한 기운이 돌았다. 왼쪽이니 오른쪽이니 하는 얘기는 식탁에서 치워버린 빈 그릇처럼 사라진 것 같았다. 하지만 아니었다. 시간이 꽤 간 뒤 그가 또 묻는 것 아닌가. 이번에는 왜 답을 안 하느냐는 핀잔까지 더해졌다. 아무래도 답을 피하기 어려워 보였다.

하지만 진짜 싫었다. 오른쪽이니 왼쪽이니 하는 얘기로 왜 친한 사람들끼리 얼굴을 붉히느냐 말이다. 그래서 내가 되레 따져 물었다. 그게 왜 중요한데? 그러자 그가 기다렸다는 듯 바로 답을 했다. 그와 나 사이에 마지막 장벽이 있는지 없는지 확인하기 위한 것이라고 했다. 내가 또 물었다. 그게 어떻게 벽이 될 수 있지? 그가 또 즉답을 했다. 자기 경험상 그게 인간관계에서 가장 중요한 벽이더라는 것이었다.

이후 그가 말이 많아지기 시작했다. 나이 들어 뒤늦게 잔소리꾼 된 할아버지 같았다. 고장 난 카스테레오처럼 목소리 톤도 높아졌다. 그러다 시간이 조금 더 가니 아예 화난 사람 말투가 되고 말았다.

"있는 사람이 세금 더 내 없는 사람 돕자고? 그게 되겠어?"

평소 차분했던 그였다. 말도 많지 않았다. 하지만 그날은 달랐다. 조금 상기됐고 말도 많아졌다. 말투마저 변했다. 학생에게 일장 훈시를 하는 선생님 같았다. 있는 사람이 없는 사람 돕는 건 당연하다고 했다. 하지만 강압적인 세금은 곤란하다고 했다. 돕고 싶은 사람은 각자 도우면 된다는 것이었다.

그는 특히 세금 얘기를 많이 했다. 상속세, 법인세, 소득세, 종부세, 이런 건 팍팍 낮춰야 해, 그런 세금을 줄여야 부자들이 돈을 쓰고 경제가 살아나는 거야……. 세금에 대한 부담이 큰 것 같았다. 나는 문득 그가 버는 수입과 내는 세금이 얼마나 되는지 궁금해졌다. 조심스럽게 그의 눈치를 보며 물어볼 기회를 살폈다. 하지만 끝내 묻지 못했다. 그가 생각지도 못했던 또 다른 질문을 던졌던 탓이다.

"형, 정체가 뭐야? 혹시 내 얘기 듣고 속으로 욕하는 거 아냐?"

정체라고 했다. 흠칫했다. 급기야 나는, 나 자신을 감추고 남을 속이는, 그런 사람 취급을 받기에 이른 것이다. 그것도 친한 후배에게. 말이 지나치다는 생각이 들었다. 속에서 알 수 없는 불쾌감이 올라왔다.

나는 그와 터놓고 지내는 사이였다. 왼쪽이든 오른쪽이든 툭 까놓고 얘기할 수 있었다. 그런데 내게는 그게 없었다. 난 솔직히 말했다. 나, 그런 거 없어. 이쪽이든 저쪽이든 맞는 얘기도 있고 틀린 얘기도 있잖아. 그렇게 말하며 나는 그 난처한 상황을 모면하고 싶었다.

하지만 그의 반응은 뜻밖이었다. 그가 나를 비난했다. 기회주의자라 했다가 어줍지 않게 휴머니스트 흉내를 낸다고도 했다. 너무 나이브한 것 아니냐는 말까지 들었다. 그리고는 내게 또 한 차례 설교를 했다. 복지사회가 되면 형이나 나 같은 사람 다 망하는 거야, 정신 차려…….

이렇게 말한 그가 또 세금 얘기를 했다. 상속세에 종부세에 법인세에 부유세까지. 부유세 얘기를 할 때는 특히 흥분해 있었다. 흔들리는 빨간 천 앞에 선 황소 같았다. 그가 말하는 내내 그의 관자놀이에는 선명한 핏줄이 서 있었다.

형이나 나 같은 사람. 이 말이 유달리 내 머릿속을 헤집고 들어왔다. 그는 자신과 나를 동급으로 봤던 것이다. 하지만 그건 착각이었다. 난 부자가 아니다. 강남에 집을 얻기 위해 적지 않은 빚을 졌다. 산 것도 아니고 전세였다. 이사 온 지 얼마 되지도 않았는데 다음 계약 때 올려줘야 할 전세 값을 걱정해야 할 처지였다.

직장이 있으니 그나마 다행이었다. 그게 없었다면 현실은 훨씬 암담했을 것이다. 그러나 직장도 내 평생을 책임지지는 않는다. 이제 50이니 몇 년 더 다닐 수 있을지 그조차 알기 어려웠다. 노후를 걱정해야 하는 처지였다. 그런데 몇 백억 자산가인 그가 '우리'라고 불렀다. 그것이 바로 '강남'이 주는 효과였을 것이다.

다행히도 오른쪽, 왼쪽 얘기는 그 정도에서 멈췄다. 얘기가 더 진행됐다면 기분이 상할 수도 있었을 것이다. 대신 그는 강남 신입생인 내게 참고가 될 만한 얘기를 해 줬다. 물가가 비싸니 장은 강북 갈 때 보라 했고, 기름 값도 비싸다며 셀프 주유소가 어디 있는지 알려줬다. 강남 이미지가 좋지 않으니 잘 처신하라는 말은 조금 놀라웠다. 시기와 질투, 미움을 받을 수 있다는 얘기였다. 자신도 어쩌면 그래서 강북으로 이사를 갈지 모른다고 했다.

그와 헤어지기 직전이었다. 내가 제안을 하나 했다. 왼쪽이니 오른쪽이니 그런 거 신경 쓰지 말자고 했다. 아무러면 어때, 사람 좋으면 되는 거 아냐? 이렇게 말했다. 그도 알았다며 고개를 끄덕였다. 그의 말이 진심인지 알 길은 없었다. 하지만 그렇게 믿었다. 마음이 편안해졌다.


3


강북. 마포. 내가 살았던 곳이다. 아파트 아닌 빌라였다. 사람들은 흔히 빌라보다 아파트를 선호한다. 하지만 난 빌라다. 같은 값이면 더 넓은 공간을 쓸 수 있어 좋다. 지난 번 빌라도 널찍하니 살기 편했다.

아이 학교가 가까웠다는 것도 좋았다. 학교까지 걸리는 시간은 10분. 아이는 늦잠을 자고도 여유를 부렸다. 준비물을 가져가지 않아도 괜찮았다. 점심시간에 살짝 집에 다녀 갈 수 있었기 때문이다. 언덕배기 위여서 차도 별로 없었으니 초등학교 아이 키우기에 딱 좋았다.

사람냄새도 물씬 났다. 오래된 시장이 있었고 여기 저기 허름한 미용실에 이발소도 있었다. 현대식 편의점에 밀려 거의 사라진 구멍가게도 있었다. 오고가며 사람들의 정감을 느낄 수 있는 동네였다. 게다가 조금만 가면 홍대였다. 먹을 것도 볼 것도 많았다. 주말이면 아이와 함께 문화생활 즐기는 재미가 쏠쏠했다.

물론 문제가 없었던 건 아니다. 특히 집에 비가 들이쳐 애를 먹었다. 비가 많이 오는 날이면 벽을 타고 온 빗물이 벽지를 적셨다. 처음에는 아내도 아이도 집을 잘못 골랐다며 불만이 많았다. 하지만 이 역시 손을 보니 문제가 없었다. 나는 열심히 문틈을 때우고 기울어진 창문을 바로 세웠다. 그러자 더 이상 비가 들이치지 않았다.

그런데 이사를 했다. 그것도 낯설고 먼 곳 강남으로. 집도 동네도 모두 정이 들었다. 아이도 아내도 나도 번거롭고 힘든 이사를 모두 꺼렸다. 하지만 어쩔 수 없다는 생각이 들었다. 아이가 초등학교 3학년 때 이사를 와 고등학교를 한 학기 마치고 떠났으니 만 6년을 살았던 집이었다.

이사는 전적으로 아이 교육 문제였다.

초여름이었다. 아이가 고등학교 올라가 한 학기를 거의 마칠 무렵이었다. 정글에서 우기를 맞은 듯, 창살 같은 빗줄기가 몇 시간을 뿌리더니 잠시 그쳤던 그 날. 나는 또 조금씩 비가 들이치는 베란다 창문을 살펴보고 있었다. 그때였다. 아내가 나를 불렀다. 먹구름마냥 얼굴을 잔뜩 찌푸리고 있었다. 난 어머니께 곧 야단맞을 아이처럼 거실 소파에 앉았다.

아내는 한 성깔 하는 여자다. 욱하는 성질머리가 있어 가끔은 무섭기도 하다. 예쁘장한 외모와 전혀 어울리지 않는다. 대학 때는 학생운동도 열심히 했다고 들었다. 하지만 이념 때문이라고 생각한 적은 없다. 전두환, 노태우의 독재에 화딱지가 나 머리 처박고 죽도록 '군부독재 타도'를 외쳤을 것이다.

그러나 그도 어느새 40대 중반이었다. 성깔도 누그러들 나이였다. 웬만해서는 화난 표정을 보기 어려웠다. 그런데 그날은 달랐다. 표정이 영 시원치 않았다. 팔짱을 낀 채 죄 없는 탁자만 노려보고 있었다. 무서운 눈빛이었다.

"애 담임선생님 만났어."

아이 문제였다. 덜컥 겁부터 났다.

"SKY대학은 어려울 것 같다네. 반에서 1등 해봐야 가기 힘들다는 거야. 어떻게 생각해?"

올 것이 왔다. 근처 고등학교에서 이른바 명문 대학을 간다는 것은 가뭄에 콩 나기를 바라는 것과 다름이 없었다. 한 두 학교를 빼면 전교에서 2, 3등은 해야 가능하다고 했다. 아이가 아예 공부를 못하면 포기했을지도 모른다. 하지만 성적이 꽤 좋았다. 학군 좋은 곳에서 그 정도 등수면 좋은 대학에 갈 수 있다는 생각이 들었다.

"글쎄……"

말꼬리를 흐리며 조심스럽게 의중을 살폈다. 부닥치지 않으려면 그게 최선이었다. 무슨 얘기를 하고 싶은 걸까, 내가 무슨 얘기를 해 주면 좋아할까…….

"이 동네에서는 어딜 가나 마찬가지 같아."

그 얘기를 듣는 순간 아내의 속마음을 알아챌 수 있었다. 이제 고 1이야, 이번 여름방학을 놓치면 마지막 기회마저 잃는 게 아닐까……. 그런 생각을 하는 게 틀림없어 보였다. 같이 산 게 20년이다. 웬만한 건 눈치로 알아챌 수 있었다.

난 일찍부터 아이를 생각한다면 이사를 가야 한다는 입장이었다. 세상이 바뀌었다. 어디 사느냐가 대학 가는 데 중요했다. 어처구니없었지만 그게 현실이었다. 그 동안 아내도 아이도 이사 가는 걸 싫어 해 그냥 있었을 뿐이다. 그런데 이제 아내도 현실을 인정하게 된 것이다.

거기에 생각이 미치자 나는 결론을 내릴 수 있었다. 결단의 어투로 아내에게 말했다.

"이사 가지 뭐. 더 이상 미루지 맙시다."

그 말에 여전히 팔짱을 풀지 않은 채 앉아 있던 아내가 고개를 끄덕였다. 내 말에 동의한다는 의미였다. 그렇게 해서 우리는 이사를 결심하게 됐다. 원치 않는 이사였다.

후보지는 세 곳이었다. 목동, 노원, 그리고 강남이었다. 학군으로만 따지면 우열을 가리기 어려웠다. 하지만 강남으로 결정했다. 전적으로 지리적인 이유였다. 집사람과 내 직장이 모두 시내 한 복판이어서 노원과 목동은 너무 멀었던 것이다. 자연스럽게 우리는 강남을 알아보기로 했다.

문제는 돈이었다. 있는 돈 없는 돈 다 끌어 모아 봤다. 지은 지 오래된 30평형 대 아파트 전세는 가능했다. 하지만 마땅한 게 없었다. 주말이면 하루에 두 세 곳을 다녔다. 그래도 조건 맞고 마음에 드는 집을 찾지 못했다.

시간에 쫓겼다. 주어진 시간은 방학 한 달 반. 결국 우리는 원치 않는 집을 얻을 수밖에 없었다. 40평형대의 크고 비싼 아파트였다. 단 한 번도 생각해 본 적 없었던 집이었다. 그야말로 울며 겨자 먹기였다. 우리는 적지 않은 빚을 졌고 그 빚은 우리 부부에게 엄청난 부담이 됐다.

어쨌거나 그렇게 우리는 강남으로 이사를 왔다. 더위가 한창 기승을 부리던 8월 초였다. K와 P를 만난 것은 이사를 온 지 보름쯤 지난 뒤였다. 그런데 남의 속도 모르고 입성이니 부자니 강남좌파니 쓸데없는 얘기를 늘어놓았다. 화가 치밀지 않을 수 없었다.

처음 몇 달 동안 우리 세 식구는 쉽지 않은 적응기간을 보냈다. 학교에서는 진짜 이사 온 것인지 확인이 필요하다며 짐도 풀지 않은 아파트를 찾아왔다. 8월 중순 언제인가는 주차장에 물이 차 난생 처음 수해라는 것을 겪기도 했다. 집사람은 비싼 물가에 넌덜머리를 냈고 아이는 아이대로 학교도 학생도 학원도 모두 강북이 더 좋다며 불평불만을 늘어놓았다. 참으로 정신없이 보낸 몇 달이었다.

이사 온 직후 나의 혼란을 더욱 부추긴 사건이 있었다. 서울시가 무상급식 여부를 시민에게 묻겠다며 주민투표를 결정했던 것이다. 날짜를 8월 말로 잡은 이 투표는 전국적으로 뜨거운 관심을 불러 일으켰다. 여당과 야당은 물론 대한민국의 내로라하는 보수·진보 논객들이 총출동했다.

하지만 나는 솔직히 그 사안에 불만이 많았다. 시장, 시의원이 하는 일이 뭔가. 시민이 뽑아줬으면 대표권을 갖고 알아서 결정을 해야 하는 것 아닌가. 민의(民意)는 여론조사를 통해 하면 빠르고 간편하게 알아볼 수 있다. 그런데 왜 투표를 하게 해 시민들을 성가시게 만들고 편을 가르느냐 말이다.

회사를 오가며 보게 되는 현수막은 끔찍했다. 표현이 너무 살벌했다. '무상급식, 세금폭탄 날아온다', '편 가르는 나쁜 투표 거부하자', '전면 무상급식, 연간 3조, 나라재정 거덜 난다', '나쁜 투표 No, 못된 시장 Out!'. 정말 무시무시한 얘기들 아닌가? 야당은 아예 투표를 하지 말라고 시민을 부추겼다. 표에 목숨 건 정치인들은, 아스팔트에서 스멀스멀 피어오르는 한 여름 열기보다 더 짜증이 났다.

이상한 투표였다. 누군가를 뽑는 것도, 무엇인가에 대해 찬성하거나 반대하는 것도 아닌, 투표 자체를 하느냐 마느냐의 이상한 투표. 시장이 강남주민에게 큰 기대를 걸고 있다는 언론보도를 보며 나는 다시 한 번 혼란을 느꼈다. 시장이 나와 내 집사람을 믿고 투표를 밀어붙인다는 얘기 아닌가. 가끔 회사가 너만 믿는다는 등 너스레를 떨며 난처한 일을 맡길 때가 있다. 시장의 얘기를 들었을 때 받은 느낌, 바로 그것이었다. 참으로 이상한 경험이었다.

그런데 투표 후가 더 가관이었다. 정말 놀랐다. 대부분의 언론이 강남, 강북은 물론 구별 투표율까지 계산하는 것 아닌가. 몇몇 언론은 동별 투표율까지 집계해 보도했다. 강남, 서초, 송파 등 이른바 강남 3구의 투표율이 높았고 강북에서도 동부이촌동 등 부자동네의 투표율이 높았다는 것이다. 이를 두고 한 신문은 버젓이 '계급투표'라는 단어를 제목으로 달았다. 계급? 그건, 내 기억으로는 90년대 들어 없어진 말이었다.

단지 강남에서 산다는 이유만으로 나는 꼼짝없이 부르주아 '계급'이라는 명찰을 달고 사는 꼴이 됐다. 사람들은 나를 부자로, 우파로 볼 것이다. 말 한 마디 잘못하면 보수꼴통으로 부를지도 모를 일이었다. 정반대일 수도 있었다. 사회가 좀 바뀌어야 할 부분이 있다는, 당연하고 뻔한 얘기라도 할라치면 사람들은 나를 강남좌파로 몰아붙일 수도 있지 않은가. 투표를 안 했으니 더 그럴 수 있다. 내게 맞지 않는 옷을 입혀놓고 보기 좋다며 사라고 강요하는 백화점 점원의 말만큼 불편했다.


4


어느새 11월이었다. 이사 온 지도 두 달 가까이 지났다. 살림도 어느 정도 정리됐고 동네도 익숙해지기 시작했다. 대로변에는 오가는 행인을 고무공처럼 찌그러뜨리는 고층건물이 즐비했다. 하지만 뒷골목으로 들어오면 얘기가 달라졌다. 강남도 사람 사는 동네인 게 맞긴 맞다.

무엇보다 시장이 있다는 게 반가웠다. 작기는 해도 그게 어딘가. 시장 안에는 구닥다리 정육점이나 미용실도 있었다. 서 너 평 되는 정육점 안에는 허름한 간이 온돌 위에 낡아빠진 이불이 아무렇게나 너부러져 있었고, 수없이 칼에 두들겨 맞은 흰색 도마에는 깊은 웅덩이가 파여 있었다. 그 웅덩이 안에는 세월의 고뇌가 담긴 잔주름이 셀 수 없을 만큼 많았다. 한 오래된 미용실의 다갈색 비닐 의자는 한 눈에도 싸구려로 보였다. 10년은 된 듯 군데군데 칠까지 벗겨져 있었다. 정육점 한쪽에 붙은 고급 룸살롱이 조금 생소할 뿐 내부는 마포에서 본 익숙한 풍경들이었다.

금요일 저녁이었다. 산책을 했다. 가을의 정취를 느끼고 싶었다. 길도 익힐 필요가 있었다. 헐렁한 운동복 차림이었다. 집 근처를 한 바퀴 도는 것이니 당연했다. 하지만 골목만 벗어나면 번화가였다. 행인들이 이상하게 보지 않을까 걱정이 됐다. 불편했다. 이사 오기 전에는 꿈도 꾸지 못했던 일이다.

문득 '입성'이라는 단어가 떠올랐다. 입성. 그래 사람들은 강남을 성(城)으로 생각하는 것이다. 보이지 않는 거대한 벽으로 둘러싸인 성. 사치스러운 외벽의 호텔, 화려한 인테리어의 백화점, 명품으로 도배한 전시관, 차체보다 마크를 앞세운 외제차들. 강남의 성을 지키는 파수꾼들은 외부인들의 입성을 쉬 허락하지 않는다.

몇 년 전만 해도 나는 강남 오기를 몹시 꺼렸다. 10년 된 고물차를 끌고 강남에 온다는 것은 잠옷 바람으로 시내 호텔을 드나드는 듯 창피하고 불편했다. 한 이태리 식당 앞에 차를 대고 발레 파킹을 할 때였다. 젊은 주차 요원이 내 차를 보고는 피식 웃으며 거칠게 대했다. 그것은 지금도 내 뇌리 한편에 불쾌한 기억으로 자리를 잡고 있다.

그런데 내가 이곳에 왔다. 갑자기 사람들의 시선이 바뀐 것을 느꼈다. 보수 아니냐는 것이다. 강남에 사니 부자요, 부자니 보수라는 논리였다. 그게 아니라고 말하면 새삼 왼쪽이냐고 물었다. 그것도 아니라면 면박을 줬다. 당신 도대체 뭐야? 사상검증을 받는 느낌이었다. 이사 오기 전만 해도 그런 일은 없었다.

갑자기 정체성의 혼란이 왔다. 그전까지만 해도 나는 그런 생각을 심각하게 해 본 적이 없었다. 나는 그냥 나일뿐이었다. 그런데 의문이 들었다. 나는 도대체 무엇인가? 보수인가 진보인가? 오른쪽인가 왼쪽인가?

어느새 50이 됐다. 그 나이에 이념적 사춘기를 앓고 있다는 생각이 들었다. 사람들은 내게 어느 한 쪽을 선택하게 만든다. 이도저도 아니라면 허울 좋은 '중도'라는 이름표를 달아 준다. 싫다. 나 자신을 알고 싶었다. 도대체 나는 무엇일까. 오른쪽인가, 왼쪽인가? 나는 산책을 하며 이 문제를 하나하나 따져 보기로 했다.

무상급식 투표부터 시작했다. 나는 투표를 안 했다. 그럼 왼쪽인가? 그건 아니다. 왜냐하면 나는 서울시장 투표 때 여당 후보를 찍었기 때문이다. 그가 표방하는 '디자인 서울'이 마음에 들었다. 대통령 선거도 생각해 보았다. 나는 DJ 찍고 노무현 찍었다. 그렇다면 또 왼쪽이다. 하지만 지난번에는 이명박을 찍었다. CEO 대통령이 경제를 살릴 것으로 보았다. 나는 오른쪽이었다가 왼쪽이었다가 한 것이다.

햇볕정책은 좌우를 구분하는 또 하나의 잣대라고 한다. 그건 어떤가. 처음에는 좋은 정책이라고 생각했다. 어려운 북한주민을 돕겠다는 데 나쁠 게 없었다. 하지만 이내 마음을 바꿨다. 북한이 주민에게 갈 쌀을 빼돌려 군량미로 비축하고 핵실험을 한다는 것 아닌가. 손바닥도 마주쳐야 소리가 나는 법이다. 북한 정권은 햇볕정책을 실패한 정책으로 만든 것이다.

주적? 난 당연히 북한이라고 생각한다. 우리에게 총구를 겨누고 연평도를 포격하고 적화통일을 외치는데 우리 적이 누구겠는가 말이다. 6·25? 그것도 당연히 남침이다. 그걸 북침이라고 보면 그건 제 정신이 아니다. 하지만 그렇게 생각하는 사람이 있다 해도 크게 문제될 건 없다.

그렇게 생각하는 사람, 해변에서 주운 모래 한 줌에 불과할 테니까 말이다. 마이클 잭슨이 살아있다고 믿는 사람, UFO를 타봤다고 주장하는 사람도 있는 게 세상 아닌가.

여기까지 생각하고 보니 나는 이른바 '종북좌파'는 확실히 아닌 것 같았다. 좌파? 그 역시 아니었다. 그렇다면 보수? 그것도 아니었다. 당연히 보수꼴통도 아니었다. 그럼 뭐지? 기회주의자? 이상주의자? 이도 저도 아니었다. 기회주의자이기에는 너무 둔하고 이상주의자이기에는 현실의 무게를 너무 무겁게 느꼈다.

나는 그저 큰 잘못 없이 반듯하게 살고 싶은 소시민일 뿐이다. 이 세상에서 오른쪽이냐 왼쪽이냐가 뭐가 그렇게 중요하다는 말인가. 난 늘 그렇게 생각했다. 하지만 난 안다. 이렇게 생각하는 사람들에게는 설 자리가 없다. 사방이 적으로 둘러싸인 사회. 단순해야 싸우기가 쉽다. 오른쪽이냐, 왼쪽이냐. 피아(彼我)의 구분이 없다면 전장에서는 혼선이 빚어질 게 뻔하다.

어느 쪽이든 사람들은 확신에 차 말을 한다. 위로 올라갈수록 그런 말을 하는 사람이 많다. 그런 이들을 볼 때마다 혀를 내두르게 된다. 인간이 내일은커녕 한 시간 뒤도 모르는데 어떻게 확신을 가질 수 있다는 말인가. 그러니 그 '말'은 그저 '말'에 그치는 경우가 많다.

그럼에도 많은 이들이 그 '말'에 넘어간다. 그래서 확신에 찬 리더들에게는 자기들만의 영토와 권력이 생긴다. 그들은 그 '말'로 자기만의 나라를 건설하는 것이다. 국민과 영토와 주권이 있는 나라. 그리고 그 나라들끼리 치고받는다. 이기면 번성한다. 져도 상관없다. 영토는 작아지고 국민은 수가 줄어도 남은 자들은 더욱 강성해진다. 그러니 싸우고자 하는 욕망은 더욱 커진다.

난 거기에 동참할 수 없다. 그러고 싶지도 않다. 그 어느 쪽도 전적으로 옳은 건 아니다. 난 세상에 외치고 싶다. 나는 오른쪽도 왼쪽도 아니야! 중간도 아니야! 왜 나를 줄 하나 찍 긋고 어느 쪽엔가 서라는 거지? 세상에는 왼쪽이 맞는 것도 있고 오른쪽이 맞는 것도 있다. 왜 모두들 진실을 외면하는 거지? 하지만 나는 이 말을 어디서고 해 본 적이 없다. 일부러 돌을 맞을 필요는 없지 않은가.

걸은 지 한 시간은 됐을 것이다. 어느새 집 앞이었다. 어느 정도 결론도 낸 것 같았다. 난 오른쪽도 왼쪽도 아니다. 중도도 아니다. 나는 그저 나일뿐이다. 누가 뭐라고 하든 그렇게 살면 되는 것이다. 집에서 나올 때보다 몸도 마음도 한결 가벼워진 것 같았다.

이런 생각을 하며 막 아파트 단지 안으로 들어갈 때였다. 뒷주머니에 꽂혀있던 핸드폰이 움직였다. 핸드폰을 꺼냈다. 문자가 왔다.

010-xxxx-4017

아내였다. 심부름 문자였다. 들어올 때 콩나물 한 봉지 부탁한다는 내용이었다. 요즘 들어 아내의 심부름 부탁이 부쩍 늘었다. 예전 같으면 싫었을 것이다. 하지만 나이 50이 되니 그런 마음도 사라졌다. 내가 아내를 위해 뭔가 해 줄 수 있는 게 어딘가. 그런 생각이다.

문자를 확인한 뒤 핸드폰 폴더를 접는 순간 또 문자가 왔다.

010-xxxx-0217

이번에는 아이였다. 빵이 먹고 싶다며 빵 사달란다. 웃음이 나왔다. 아이만 생각하면 웃음이 나온다. 빵 아니라 뭐든 사주고 싶다. 무리했지만 강남으로 이사한 것도 잘한 일이라는 생각이 들었다. 아이에게는 좋은 기회가 될 수 있을 것이다. 이런 생각을 하며 다시 발걸음을 제과점과 슈퍼마켓으로 옮겼다.

5


일주일 쯤 지난 뒤였다. 토요일 오후였다. 막 점심을 먹고 TV 앞에 앉아 있었다. 과일접시를 들고 오는 아내가 수박씨 내뱉듯 툭 말을 던졌다.

"강남으로 이사 온 뒤 무슨 얘기 못 들어?"

속으로 뜨끔했다. 혹시 아내도 나처럼 곤혹스러운 질문을 받지는 않았나 해서다. 다행히 그건 아니었다.

아내는 며칠 전 한 모임에 갔다가 겪은 얘기를 했다. 강남으로 이사를 했다는 말을 들은 한 동료가, 짜증 섞인 목소리로 대뜸 당신 같은 사람이 강남을 가면 어떻게 하느냐고 했단다. 나도 그 모임의 성격은 대충 안다. 아내가 대학 시절 학생운동을 하며 알게 된 사람들의 모임이다. 그중에는 아예 시민단체로 빠진 사람도 적지 않다고 들었다. 당연히 '왼쪽'을 자처하는 사람들이다. 그런데 '당신 같은 사람'이라니……. 그게 뭘 의미하는 것일까.

"진보가 왜 부르주아 집단에 들어갔느냐는 얘기 아닐까?"

염병. 욕지기가 튀어 나올 뻔한 것을 간신히 참았다. 내가 그냥 살고 싶으면 사는 거지. 왜들 그렇게 말들이 많을까. 강남이면 어떻고 강북이면 어떤가. 산속이면 어떻고 무인도면 어때. 내가 여기 살고 싶으면 여기 살고 저기 살고 싶으면 저기 사는 거지. 과일을 입에 문 채 눈은 TV를 향하고 있었지만 머릿속은 전혀 그렇지가 않았다. 뭔가 자꾸 말하고 싶어졌다.

아내는 또 뭔가 생각이 났는지 총알처럼 질문을 던진다.

"그런데, 당신은 오른쪽이라고 생각해, 왼쪽이라고 생각해?"

뭐? 밖에서 들은 질문을 집에서도 듣고 말았다. 도대체 세상이 왜 이렇다는 말인가. 부부가 토요일 오후에 점심을 먹은 뒤 TV 보면서 과일

깎아 먹고 있는데 아내가 남편의 이념적 성향을 묻는다. 세상에 이런 나라도 있다는 말인가. 어이, 마누라. 나? 나는 이 세상에서 오른쪽도 왼쪽도 아니야. 그럼 중도냐고? 그것도 아니야. 나는 그냥 나야. 왼쪽 말이 맞으면 왼쪽 말이 맞다 하고, 오른쪽 말이 맞으면 오른쪽 말이 맞다 하지. 속은, 뚜껑 닫힌 주전자 안에서 막 끓기 시작한 물처럼 부글거리고 답답했지만 나는 여전히 TV에서 눈을 떼지 않았다.

그러자 아내가 또 한 마디 툭 던진다.

"참, 당신은 보수지. 옛날부터 나랑 잘 안 맞았잖아."

아내는 과일 껍질을 담은 접시를 들고 일어서며 주방을 향해 갔다. 난 속으로 말했다. 야, 내가 왜 보수야? 난 보수도 아니고 진보도 아니라니까……. 하지만 마음속에서 맴돌던 이 말은 끝내 목구멍을 넘지 못했다. 그래, 그깟 일로 언성 높일 게 뭐 있어, 그냥 넘어가자, 넘어 가. 나는 집사람이 방에 들어갈 때까지 TV에서 눈을 떼지 않았다.


6


덜거덕 소리에 눈을 떴다. TV를 보다 소파에서 그만 잠이 들었던 것이다. 재빨리 시계를 봤다. 6시 30분이었다. 학원에서 돌아온 아들 녀석은 그렇지 않아도 저녁 준비를 하고 있는 엄마에게 배고프다고 칭얼대고 있었다. 나는 행여 마누라한테 잔소리를 들을까 냉큼 일어나 저녁 식사 준비를 도왔다. 삼겹살 굽고, 김치 볶는 일은 내 일이다.

토요일 저녁은 대부분 가족이 함께 식사를 한다. 이 녀석. 듬직하니 마음에 든다. 빚까지 내며 이곳에 온 것도 다 이 녀석 때문이다. 다행히 아이는 그럭저럭 적응하고 있는 것으로 보였다. 처음 성적은 진도가 안 맞았다며 기대에 미치지 못했는데 기말 시험은 잘 볼 수 있단다. 학원에서도 우등생 반으로 옮겼다는 얘기를 들었다. 친구도 생긴 것 같아 다행이었다. 먼저 동네에서는 틈만 나면 친구들과 어울리던 녀석이 처음 여기 와서는 침울해 있었다. 요즘은 표정도 밝아졌다.

아이는 어느 틈에 밥 한 공기를 후딱 비웠다. 밥을 더 달라고 엄마에게 밥그릇을 넘기며 녀석이 엄마를 바라봤다.

"엄마, 그런데 좌빨, 수꼴이 뭐야?"

흡. 하마터면 밥이 목에 걸릴 뻔 했다. 좌빨? 수꼴? 아니, 저 녀석은 어디서 저런 얘기를 들은 것일까. 갑자기 화가 치밀었다. 아, 이제 고등학교 1학년짜리까지 난리다. '빨'이니 '꼴'이니 하는 단어는 그 자체만으로도 어감이 좋지 않다. 나는 아예 귀를 막고 싶었다.

밥을 푸던 아내의 똥그래진 눈이 내 눈과 마주쳤다. 아내도 내 눈을 그렇게 보았을 것이다. 밥그릇을 건네주는 잠깐 사이 아내는 무엇인가를 생각하는 눈치였다. 쓸 데 없는 소리 하지 말고 밥이나 먹어. 이렇게 말 해 주고 싶었지만 아내는 그게 아니었다. 아내는 한껏 부드러운 눈길로 아이를 보았다.

"으음, 그건 말이지, 좌파 빨갱이, 수구꼴통이라는 말의 약어인데, 좌파 진보와 우파 보수를 낮춰 부르는 거야. 그런 말은 귀담아 들을 거 없어. 좋은 말 있으니까 나쁜 말 쓸 필요 없잖아."

친절도 하다. 저 여편네, 속으로는 불이 나고 있을 텐데 미소까지 짓네. 이런 생각이 들었다. 그런데 아이는 그칠 줄 몰랐다.

"그럼, 엄마, 좌파는 다 빨갱이고 우파는 다 수구꼴통이야? 마포 애들은 나보고 강남 갔으니 부자라며 수꼴 아니냐 놀리고, 여기 애들은 내가 강북에서 왔으니 좌빨 아니냐고 놀려. 엄마, 나는 우파야 좌파야?"

이 정도면 이제 아내도 한계에 도달했을 것이다. 표정이 굳어지기 시작했다. 그래도 말은 여전히 자상했다. 너는 아직 어리니까 그런 거 없어,

좋은 거 아니니까 다른 애들이 그렇게 놀려도 대응할 거 없고. 나는 들은 척 만 척 밥을 먹고 있었지만 아내는 화를 꾹꾹 눌러 담고 있을 게 뻔했다.

그런데 이 녀석, 이번에는 나를 향했다.

"그럼 아빠는 우파야, 좌파야?"

또 그 질문이었다. 친구와 후배들에게 들었던 질문, 그날 오후에는 마누라한테 들었는데, 저녁에는 고 1짜리 아들한테 듣는다. 돌아버릴 것 같았다. 야, 아빠는 좌도 우도 아니야. 그냥 아빠일 뿐이라고! 속으로는 이렇게 외치고 있었지만 아내는 또 엉뚱한 소리를 했다.

"으음, 아빠는 보수니까, 우파겠지."

아내는 아이에게 당연하다는 듯 말했다.

뭐? 갑자기 화가 치밀었다. 나 보수 아니라니까! 이렇게 외치고 싶었다. 하지만 또 참았다. 그런 문제로 밥상머리에서 화를 낼 수도 없었다. 나도 집사람처럼 부드러운 아빠가 되고 싶었다.

"아빠는 말이지, 보수도 우파도 아니야. 엄마가 잘못 알고 있어. 으음, 아빠는, 그러니까……."

여기까지 말한 나는 순간 고민에 빠졌다. 이 녀석 보수나 우파가 아니라면 좌파냐고 물을 게 뻔했다. 그래 분위기도 바꿀 겸 좀 재미나게 말해 보자. 이런 생각이 순식간에 머리를 스치고 지나갔다.

"아빠는, 그러니까, 으음, 후파야, 후파. 뒤에서 앞에 가는 사람이 왼쪽에 있는지, 오른쪽에 있는지 잘 살펴보는 거지. 그러면서 너무 왼쪽에 있거나 오른쪽에 있으면 그러지 말라고 알려 주는 거야. 아빠는 후파야, 후파. 너도 후파 해."

후파. 재미난 표현이었다. 흡족했다. 이 정도면 순간적인 기지도 훌륭하다는 생각이 들었다. 잘 했어. 느긋한 마음으로 여유를 부리려는 순간이었다. 아내의 날카로운 목소리가 쇠꼬챙이처럼 내 귓속을 파고들었다.

"여봇! 후파가 뭐야, 후파가. 애 기죽일 일 있어? 남들 뒤나 쫓아다니라는 거야 뭐야? 뭐 다른 거 없어?"

아내의 큰소리에 화들짝 놀란 나는 또 한 번 기지를 발휘해야 했다. 그것은 오랜 시간 아내와의 싸움을 피해온 내게 습관처럼 굳어진 반사행위였다.

"야, 그래, 후파 하지 마. 별로 안 좋다. 남들 뒤만 쫓아다니는 거 같잖아. 으음 ⋯ 그래, 기왕이면 전파해라, 전파. 왼쪽, 오른쪽에 있는 사람을 리드하는 거지. 리더가 되는 거야. 아니, 아니다. 상파하자, 상파. 그래 상파가 좋겠어. 그런 사람들 리드할 필요도 없어. 그냥 위에서 바라보고 있는 거야. 이 사람은 어디로 가고, 저 사람은 어디로 가는지 다 보고 우리는 하늘 위에서 꿋꿋하게 우리 길을 가는 거지. 상파, 그래 그게 좋겠다."

상파? 그래, 그 말이 더 좋게 들렸다. 위에 있다니 조금 건방지게 들릴지도 모르겠지만, 뭐, 어차피 남들이 알아들을 수도 없는 말 아닌가.

"아빠, 그럼 우리는 상파야? 강남 사니까, 강남상파겠네."

아이도 만족스럽게 받아들였다. 아내의 표정도 조금 밝아진 것 같았다. '상파'라는 단어가 맘에 들었나 보다. 어쨌거나 나는 성공한 셈이었다. 가족 모두를 즐겁게 했으니 말이다.

강남상파. 내가 들어도 좋았다. 직선 하나 찍 그려놓고 왼쪽, 오른쪽, 중간 운운하는 거 얼마나 1차원적인가. 상파. 3차원적인 개념이라 더욱 마음에 들었다. 아내와 나, 그리고 고등학교 1학년짜리가 저녁식사 자리에서 나눈 이념논쟁은 이렇게 끝났다. 해피하게.

그날 밤. 잠자리에 들기 전 문득 요즘 애들이 이념에도 관심을 갖나 궁금해졌다. 인터넷을 검색해 보았다. 좌빨, 수꼴. 검색어를 치니 여러 개 글이 화면에 떴다. 그 중 고등학생이 쓴 글 하나가 눈길을 끌었다. 순진해 보이는 한 학생의 질문. 그 글을 읽는 순간 웃음보가 터지고 말았다.

푸하하하하……. 그러나 … 한참을 웃고 난 후 기분은 무척이나 씁쓸했다.


좌빨, 수꼴이 뭐죠?[1]

비공개 / 답변 1 / 조회 18,079


올해 고등학생 되는데 좌빨, 수꼴? 잘 모릅니다.

좌빨은 좌파고 수꼴은 우파인가요?

그리고 좌파는 빨갱이에요? 빨갱이가 왜 한국에 있나요 북한에 있어야 하는 거 아니에요?

우파는 한국인이에요?

공산주의가 북한이고 자본주의가 한국인데 공산주의는 무슨 나쁜 짓을 했길래 빨갱이라고 욕먹나요?

저번에 광우병 같은 거가 간첩이 한 선동이라는데 어째서 선동인가요?

광우병으로 요번에 사람 죽었다는데 광우병이 구라는 아니잖아요?

김대중, 노무현이 나쁜 짓 했나요? 했다면 어떤 나쁜 짓이에요? 김대중은 누군지 잘 모르겠고 노무현은 맨날 욕먹었던 거 같은데...(제 친구들도 놀다가 좀 호구짓 하면 저놈 노무현같네 이러고 놀았음).

마지막으로 지금 이명박 정부에 조금이라도 불평 가지고 있으면 좌빨인가요? 주변에서 물가니 뭐니 하면서 이명박 까서 저도 모르게 조금 싫어하게 됐음... 그럼 저도 빨갱이에요?


내공 30 겁니다.

제가 너무 무식한 거 같아서 비공개 할게요.

---

[1] '네이버지식인'에 실린 한 고등학생의 글을 조금 손 본 것이다. 이 글은 2011년 1월 12일 새벽 0시4분에 올린 것으로 돼 있다.

고등학생이 '좌빨'과 '수꼴'을 묻는 나라, 정부에 불만이 있으면 자신이 빨갱이냐고 궁금해 하는 나라. 정말 이상한 나라다. 나는 문득 불안한 마음에 잠자리에 들려는 아이를 불렀다. 강남상파라는 말 있잖아, 맞는 말이기는 한데, 밖에서는 그런 얘기하지 마. 건방지다 할지도 몰라. 왕따 당할지도 모르고. 알았지? 그리고 아빠가 이런 말 했다고 엄마한테 얘기하지 마. 아빠, 또 혼난다. 알았지? 나는 이 말까지 한 뒤에야 안심하고 잠자리에 들 수 있었다. 세상이란 참으로 이상하게 돌아가는 곳이다.

┌ 저자 프로필 ┐

**이휘용**

61년생 / 고려대 사회학과 졸 / 고려대 사회학 · 경희대 행정학 박사 / 현 을지대 외래 교수 / 2013 한국소설가협회 주관 '한국소설 신인문학상 수상' / 한국소설가협회 회원 / 부천소설가협회 회원

(jkrepo@naver.com)

# 까만 실크 스카프

최명희

의사의 입에서 췌장암 말기라는 말이 조심스럽게 흘러 나왔을 때, 김 정배는 갑자기 자신이 앉은 자리가 수십 미터 땅 속으로 빨려 들어가는 것 같았다. 체중이 좀 줄기는 했지만 그리 큰 걱정을 하지 않던 그가 오 줌마저 며칠간 계속해서 탁해지자 병원을 찾았던 것이다. 삼 년 전 아내 가 천국으로 먼저 가기는 했지만 자신이 이렇게 빨리 뒤따라가리라고 는 전혀 예상하지 못했다. 자신의 늙음에 대해 크게 의식하지 않고 살아 온 정배는 자신의 나이 고작 칠십 둘이라고 생각했다. 정배는 목회자로 서 평생을 살아왔다. 자신의 입으로 전파한 교리대로 하자면 그의 죽음 은 고통스러운 세상을 영원히 하직하여 영광의 주님이 계신 천국으로 돌아가는 축복의 길이어야 한다. 그러나 막상 그의 앞에 버티고 선 죽음 은 상상할 수 없는 공포의 블랙홀일 뿐이었다. 그것은 호흡과도 같았던 기도습관조차 낯설게 만들어 버리면서  세상의 모든 의미를 완벽하게 빨아들였다. 마치 팽팽하게 움직이던 공기인형에서 공기가 빠진 것처 럼, 정배의 몸이 침대 위로 쓰러져 내렸다. 어쩌면 다시 끌어올리기 힘들어 보일만큼 그의 눈꺼풀이 무겁게 내려앉았다. 끝도 모를 허공에 서 있다는 생각을 하는 순간 까만 실크 스카프가 그의 영혼을 덮어버렸다. 그것으로부터 벗어나려고 몸부림치는 바람에 정배는 침대에서 벌떡 일어났다. 온 몸이 땀에 젖었다. 죽음과 마주한 그에게 가장 먼저 손을 내민 것은 은혜로운 주님도, 먼저 주님 곁으로 간 사랑하는 아내도 아니었다. 반세기 가까운 세월에 바래지고 찢겨져 흔적조차 없을 것이라고 생각했던 그것이, 기억의 저장고에 걸린 채 여전히 펄럭이고 있다는 것을 알아차리자 그의 두려움은 세월의 두께만큼 부풀어 올라 가늘어진 생명줄을 휘감고 말았다. 까만 실크 스카프 위로 떠오르는 얼굴은 마지막으로 본 창백한 피상규의 얼굴이었다. 정배가 한평생 다른 사람들을 기만하고 살아왔다 할지라도 마지막 한 사람, 정배 자신만은 기만할 수 없을 것이라고 그 얼굴은 말하고 있는 듯 보였다.

집들은 산허리를 끼고 줄줄이사탕처럼 이어져 있다. 산비탈에 지어진 동네를 따라 자연스럽게 만들어진 길이 중심이 되어 낡은 집들은 좁은 골목을 형성하며 때로는 이마를 맞대기도, 때로는 틀어져 있기도 하다. 누군가 먼저 터를 잡고 앉으면 그냥 자신의 집이 되었던 가난한 그 시절의 집들은 옹기종기 지겹도록 정겹게 엉켜 있다. 비좁은 골목들은 한 사람이 지나가면 마주 오는 사람은 옆으로 비켜서야만 할 만큼 비좁았다. 그 길을 따라 오르면 비슷하게 고만고만한 애환들이 저절로 들릴 것만 같다. 그렇게 사람들은 울타리도 없이 서로의 원망과 아픔과 사랑을 주고받으며 동질감을 함께 키워냈을 것이다.
김정배는 주소를 들고 마치 바위틈에 붙은 거북손 같은 동네의 골목길을 이리저리 묻고 물어 돌아다니는 중이다. 낮이라 그런지 길에 보이는 사람들이라고는 김정배보다도 더 나이가 든 노인들뿐이다. 그렇게 한나절을 헤맨 끝에 현관문이 곧 대문인 어느 집 앞에 드디어 멈춰 선다. '고중석'이라는 문패가 자신이 찾는 집이라는 것을 확인시켜준다. 인기척이 없는 것으로 보아 이 집도 역시 아무도 없는 것 같다. 하긴 이 시간에 집에 있다면 그것이 더 이상할 것이다. 정적만이 모두 일터로 나간 동네를 지키고 있다. 돌아다니느라 다리에 힘이 빠진 정배는 시멘트로 어설프게 만들어진 현관입구의 계단에 털썩 주저앉는다. 얼마못가 시멘트 바닥에서 올라오는 냉기가 몸속으로 파고든다. 그는 자리에서 일어났다. 엉덩이에 묻은 흙을 털어내고 있는데 꺾어진 골목에서 나타난 노파가 그 모습을 보고서 말을 건다.

"뉘십니까? 고씨네 손님인교?"

그 말에 정배는 속내를 들킨 사람처럼 흠칫 놀라며 말을 더듬는다.

"아. 예……, 그게"

한나절 열심히 찾아다니던 모습과는 사뭇 다르게 그는 조금은 당황스러워 보인다.

"고씨 친척 되는교?"

"아, 그게 아니고요… 뭘 좀… 전할 것이 있어서요."

노파는 확인이라도 하려는 듯이 그를 살피더니

"낮에는 집에 없지요. 가게로 가야 만날 수 있십니더."

"아 그렇습니까?"

"저 아래 지하철역에서 장사합니더."

"저….무슨 가게를 하는지요?"

"도장 팝니더. 아 그리고 열쇠도 깎는다카데예."

"감사합니다."

정배는 감사의 인사를 정중하게 하고 발걸음을 옮긴다. 노파는 호기심 어린 눈으로 그를 보고 서 있다. 골목이 꺾이는 곳에서 정배는 뒤를 돌아보다가 아직도 자신을 바라보고 서있는 노파를 보자 속내를 들킨 사람처럼 움찔한다. 꼬불꼬불한 골목길을 따라 지하철이 있는 중심 도로로 나왔다. 현기증이 나는지 이마에 손을 갖다 올린 정배의 몸이 아주 짧은 순간 앞뒤로 미세하게 흔들린다. 어지러움을 가라앉히려는지 주변을 살피던 정배는 사람의 출입이 많아 보이지 않는 건물 입구에 살며시 앉는다. 지하철 몇 번 출구로 들어가야 힘들이지 않고 가게를 찾을 수 있는지 궁리를 하던 그는 여러 개의 지하철 입구에 눈길을 가져간다. 기운이 좀 되살아나는지 자리에서 일어나서 사람들의 출입이 제일 많아 보이는 입구를 향해서 천천히 발걸음을 옮긴다. 지하로 밀려드는 물살 같은 사람들의 흐름에 합류된 정배는 지하철 계단을 따라 휩쓸려 들어간다. 사람들의 흐름에 묻혀 무심히 지나치려던 그는 지하철 계단 중간에서 걸음을 멈춘다. 계단 옆구리 안쪽으로 붙은 아주 조그마한 여분의 공간이 가게였다. 열쇠복제와 도장이라는 문구가 보인다. 주인으로 보이는 한 남자가 도장을 파느라 정신을 집중하고 있다. 누군가 꽤 비싼 도장을 주문했는지 남자는 광석으로 된 재료에 이름을 새기는 중이다. 몰두하고 있는 남자의 모습이 꽤나 진지하다. 도장이 완성되고 남자는 광석에서 밀려져 나간 부스러기들을 솔로 깨끗하게 털어낸다. 일이 끝나자 고개를 든 남자는 손님이 기다리고 있다는 것을 알아차린다.

"뭘 하시려고요?"

비로소 도장집 주인과 얼굴을 마주한 정배는 그가 고중석이라는 것을 첫눈에 알아본다. 정배의 얼굴에 가벼운 경련이 일어난다. 고중석은 장승처럼 굳은 채 서 있는 정배를 약간은 의아하게 쳐다보다가 흩어진 도구들을 정리하면서 다시 말을 건다.

"손님, 도장 파 드릴까요? 열쇠 만들어 드릴까요?"

그 때서야 정신이 돌아온 정배는

"아, 예……, 도장 하나 부탁합니다."

"어디에 쓰실 겁니까?

말을 못 알아듣은 사람처럼 서 있는 정배에게 고중석은 눈빛으로 대답을 요구한다.

그때서야 정배는 정신이 드는지

"아, 아 저 저 인감도장으로 해야 되겠네요."

"그러면 좀 좋은 재료로 하셔야 하는데……. 어떤 것으로 해 드릴까요?"

"…… 음…… 저 방금 전에 한 그거 좋아 보이던데……"

"아 광석으로요? 그러시면 여기 성함을 적어 주시고요. 시간이 좀 걸리는데 어디 다녀오시겠습니까? 아니면 여기 조금 앉아서 기다리셔야 하는데요."

"여기 앉아서 기다리지요."

고중석이 가리키는 의자에 가서 앉은 정배는 작업에 몰두하고 있는 그를 본다. 하얀 피부와 또렷한 이목구비, 깊고 맑은 눈매에서 기품이 느껴진다. 하지만 핏기가 없는 얼굴과 힘없는 목소리가 그의 몸이 건강하지 못할 것이라는 짐작을 하게 한다. 그런 고중석을 보는 정배의 표정은 내면에서 복잡하게 얽히는 감정이 그대로 배어나와 고통스럽게 어둡다. 그 자리에 계속 있는 것이 괴로웠던지, 정배는 고중석에게 양해를 구하고 가게를 나온다. 비교적 조용해 보이는 커피 전문점을 찾아 우유 한 잔을 주문한 정배는 구석 의자에 몸을 기댄 채 눈을 감는다. 훤칠한 큰 키에 또렷하고 균형 잡힌 이목구비, 깨끗한 피부를 가진 것은 물론 범접할 수 없는 기품까지 갖춘 피상규를 떠올리는 정배의 감긴 두 눈 위로 가는 힘줄이 선명하게 드러나며 움푹 패인다. 그는 그렇게 자신의 잔인한 과거의 잔상인 피상규의 허상과 마주 앉았다.

피상규는 사람들이 솔밭이라고 부르는, 아름드리 소나무 100여 그루가 우거진 동네 끝자락에 솔밭에 살았다. 상규네가 동네사람들과 거의 내왕이 없는 것은 그렇게 동네에서 떨어져 있어서이기도 했겠지만 사실은 피상규의 집안 내력이라고 알려져 있었다. 피상규의 아버지는 그의 부모님이 병명을 알 수 없는 병으로 모두 일찍 돌아가시는 바람에 고아로 자랐다. 그러나 많지는 않지만 부모가 남긴 전답에 농사를 지을 수 있어서 크게 궁핍하지 않았다. 동네에 떠도는 이야기에 의하면 상규 아버지는 사내구실을 못한다는 소문이 허다했다 그런데 어느 날 읍내의 한 기생이 그의 아이라며 핏덩이나 마찬가지인 아기를 놓고 가버렸는데, 그 아기가 바로 피상규라는 것이다. 진짜 자기 아들이라서 그랬는지 아니면 소문대로 생산능력 없는 그가 업둥이를 고맙게 여겼는지는 몰라도 아이는 그의 삶의 전부가 되었다. 지극정성으로 키워낸 아들은 어릴 때부터 영특하고 인물이 남달리 훤했다. 공부를 잘해서 초등학교에서부터 줄곧 일등을 도맡아 하는 바람에 그의 어두운 전설조차 지워주는 듯 했다. 더욱이 서울의 유명 대학에 합격해 어렵게 자신을 키워온 아버지에게 톡톡히 효도를 하였다. 많은 또래 여학생들의 흠모의 대상이 되었던 것은 말할 것도 없다. 그를 흠모하는 여학생들 가운데 자신의 완전한 사랑임을 확신했던 아내 재영이가 있다는 것을 정배는 상상조차 하지 못했다. 왜냐하면 정배의 사랑은 신이 내린 특별한 선물이어야 했기 때문이다. 물론 정배가 생각하는 완전한 사랑은 혼자만의 전유물이었지만 그 사실을 전혀 인정하고 싶지 않았다.

정배의 조상들은 초기 기독교 교인들로서 사비를 들여 고향 땅에 교회를 세울 만큼 열렬한 신앙인들이었다. 정배 역시 신앙심이 깊었지만 그가 목사가 된 것은 자신의 의지보다는 부모님들의 의지가 더 크게 작용했다. 아내였던 유재영의 집안 역시 같은 신앙을 가진 그 마을의 토박이 사람들이어서 두 집안은 가족같이 지냈다. 고등학교 일학년 정배가 햇살이 따사로웠던 오월의 교회마당을 잊지 않았다. 교회 고등부 학생들과 건너 마을에서 일어난 불난 이야기를 하고 있을 때 당시 열 살이던 재영이가 사촌언니를 따라와서 그 무리에 끼어 있었다. 화재이야기 도중에 재영이가 사촌언니에게 엉뚱한 질문을 했다.

"언니야! 불이 나면 하늘과 땅이 맞붙는다 하던데 정말 그래?"

아이들에게서 들은 무서운 불이야기를 언니 오빠들이 하자 두려워진 꼬마 재경이가 언니한테 확인하는 것 같았다. 그 말을 듣고 있던 정배 친구들이 껄껄거리며 웃자 놀림감이 되었다는 생각이 들었는지 재영이가 언니 뒤로 숨었다. 같이 웃던 정배가 그 모습이 하도 귀여워 친구들을 향해 한마디 했다.

"야, 너희들 재영이 어리다고 너무 깔보지 마. 재영이가 크면 나하고 결혼할 수도 있어. 자 봐. 쟤가 스무 살이면 난 스물일곱 살이야. 우리는 겨우 일곱 살 차이라고." 친구들도 그럴 수 있다고 동의를 하면서 웃었다. 그 농담은 정배에게 잠재된 어떤 것을 끌어올렸다. 늘 재영을 귀여워하던 정배였지만 그때부터 재영은 그에게 남다른 의미로 다가왔다. 정배가 신학대학을 졸업하고 첫 부임지를 고향의 교회로 선택한 것도 결국은 재영이 때문이었다. 그가 돌아왔을 때 고등학교 졸업반이었던 재영은 더 이상 앙증맞게 귀엽던 소녀는 아니었지만 교복도 그녀의 매력적인 미모를 다 감추지 못했다. 그런 재영의 모습은 정배에게 감탄과 설렘과 확신을 선물하여 그의 귀향을 더욱 값지게 했다. 그러나 그것은 결국 환상속의 그대일 뿐이라는 것을 아는 데 그리 많은 시간이 걸리지 않았다.

재영이와 피상규의 사랑을 동네에서 제일 먼저 알게 된 것은 정배였다.

기차를 타러 읍내에 가는 사람들은 신작로를 이용하지만 읍내에 볼일이 있는 사람들은 일 미터 폭의 오솔길을 걸어 다녔다. 그 길이 읍내로 가기에는 조금은 더 가깝고 차들이 다니지 않아 먼지가 없었다. 수많은 세월동안 사람들의 발걸음들에 의해 반질반질해진 길은 비가 내려 흙탕이 되지 않는 이상 사람들의 사랑을 받았다. 그 길을 따라 읍내로 가면 강을 지나는 철길을 만난다. 강은 읍내로 가는 오솔길과 조금 떨어져 있어서 철길 다리에는 사람들의 왕래가 거의 없었다. 간혹 겁 없는 사춘기 학생들이 담력 자랑하느라고 철길 다리를 경쟁 삼아 건너기도 했다. 그러나 시간을 알 수 없는 화물열차가 언제 지날지 모르는 철길은 접근 금지 구역이었다. 그러다보니 어른들은 아이들이 그 근처에 모이기라도 하면 너나 할 것 없이 야단을 쳐서 쫓아 보냈다. 해질녘에 자전거를 타고 읍내에 볼일을 보고 돌아오던 정배는 두 학생이 위험한 철길을 따라 걸으며 장난을 치고 있는 것을 멀리서 보았다. 이놈들 어서 집으로 가라고 한마디 할 요량으로 그는 자전거를 철길 쪽으로 돌렸다. 가까이 가보니 그들은 중학생들이 아니라 고등학생으로 보였다. 그것도 남학생하나 여학생하나였다. 무서워하는 여학생에게 손을 잡고 천천히 철길 다리를 건너던 남학생이 장난 끼가 발동했는지 잡은 손을 놓아버리고 철길다리 사이 안전구멍 속에 숨어버렸다. 의지하던 손을 놓친 여학생이 본능적으로 철길 아래 시퍼런 강물을 보게 되자 공포에 떨면서 '까악'소리를 질렀다.

"오빠 오빠 그러지마 나 떨어질 것 같애 무서워"

하는 소리에 남학생이 웃으며 안전구멍에서 다람쥐처럼 튀어 올라 와 다시 손을 잡았다. 여학생은 목소리에 원망을 가득 담아 앙탈을 부렸다.

"오빠 미쳤나봐 나 떨어져 죽는 줄 알았단 말이야"

남학생이 웃으며 여학생의 몸을 감싸고 조심스럽게 다리를 건넜다. 그 여학생의 목소리가 정배에게 너무도 익숙했다. 그것이 재영이라고 생각하는 순간 정배의 자전거는 심하게 비틀거리며 논두렁으로 쳐 박힐 뻔 했다. 자신의 천사라고만 생각했던 재영이가 다른 남자의 품에 안길 수 있다는 것을 지금까지 단 한 번의 상상조차 한 일이 없었던 정배였다. 그에게 재영이는 솜털이 뽀송뽀송한 탐스러운 소녀였지만 아직은 참을성 있게 기다려야 했다. 자신을 잘 따르고 신앙심도 깊은 재영이에게 가장 가까이 있는 사람은 자신일 것이라는 근거 없는 자신감이 정배를 심하게 안심시켰던 것이다.

그런 그에게 두 남녀의 사랑은 깊은 배신감으로 자리했다. 그러나 정배의 마음을 재영이가 알 리 없었다. 아마 조금이라도 눈치를 챘다면 그녀는 그에게서 더 멀어지고 말았을지도 몰랐다. 재영에게 정배는 하나님의 종으로서 의지하고 존경할 수 있는 목사님이었을 뿐이다. 반짝이는 유리알 같은 첫사랑으로 눈부신 재영의 세월과 먼지 폴폴거리는 신작로 같은 쓸쓸한 정배의 세월은 그렇게 교차되었다.

상규는 예상대로 대학을 갔지만 형제들이 많은 재영은 고등학교를 졸업하고 집에서 살림을 했다. 그 당시만 해도 여자가 고등학교를 나온 것도 흔한 일은 아니어서 그 마저도 감사할 따름이었다. 재영과 상규가 어떤 약속을 하였는지 정배로서는 알 길이 없었다. 다만 상규가 서울로 간 이후에도 여전히 밝은 재영의 모습에서 둘의 사랑이 변하지 않았을 것이라고 집작할 수 있을 뿐이었다. 그러나 정배는 상규와 재영이 떨어져 있다는 것만으로도 조금은 안심이 되었다. 재영이 하나님이 자신을 위해 예비하신 선물이라면 반드시 자신에게 다시 돌아올 것이라는 믿음만은 변하지 않았다. 그의 믿음을 확인이라도 시켜주려는 것이었을까? 상규가 폐결핵이라는 진단을 받고 고향으로 내려온 것은 대학교 이학년 여름 방학 때였다. 언제나 소문은 빠른 법이다. 상규는 이미 병이 깊어

치료는 물론 요양이 긴급하다는 것이었다. 그것은 곧 현실로 드러나 상규는 그해 대학으로 복학할 수 없었을 뿐만 아니라 영원히 대학으로 돌아가지 못했다. 사람의 마음이란 참으로 간사해서 그렇게 멸시하고 싶어 하던 상규 아버지였지만 그의 아들이 워낙 뛰어난 모습을 보이자 그를 대놓고 무시하던 사람들조차 그에게 함부로 하지 못했다. 그러나 그 부자에게 어두운 그림자가 드리우자 동네 인심은 금방 얕은 속내를 드러냈다.

그날은 교회가족인 김약국 집에서 모를 내는 날이었다. 김약국이 목사님께서 오셔서 한 해 농사 잘 되라고 축복기도도 해주시고 농번기의 특별한 점심도 같이 하자고 하여 정배도 그 자리에 있었다. 일꾼들은 점심을 먹으면서 농주도 같이 마셨다. 그때 상규 아버지도 김약국내 논 옆에서 자신의 논에 물을 대고 있었다. 농군들 중에 한 사람이 상규아버지를 보고 이리 와서 막걸리 한잔 마시라고 권했다. 상규아버지는 고개를 들고 흐르는 땀을 닦으며 고맙다는 인사를 하며 손사래를 쳤다.

"아이고 어서들 드세요. 저는 괜찮아요."

"아, 그러지 말고 한 잔 하고 가세"

그러는 모습을 아까부터 아니꼽게 보고 있던 한 남자가 벌떡 일어섰다. 먹던 막걸리 잔을 바닥에 내려치면서 하는 말이

"아, 참, 술맛 떨어지네."

먼저 오라고 말을 건 낸 사람이 놀라 수습하려고 급히 나섰다.

"이 사람이 무슨 말을 그리 함부로 하나?"

"아 씨발 이 마을 사람들 모두 폐병 걸려 죽이고 싶어서 그러나? 어디서 전염병환자를 불러요 부르긴."

말리던 남자가 성질내는 남자의 팔을 잡아끌면서

"자네 말이 좀 심하네. 술기운이면 그만 진정하고 앉게나."

그러자 남자는 아주 잘됐다는 식으로 더 열을 내서 떠들어 댔다.

"말이 심하다니? 아니 내가 못할 말 했어요? 양심이 있으면 벌건 대낮에 저렇게 돌아다녀도 되는 거야? 이동네 사람들이 좋아서 암말하고 있으니까 미친 자식 맘대로 돌아다니네. 아 씨팔 이 동네는 법도 없나?"

그러고는 담배를 피워 물면서 논 옆에 붙어 있는 바위 쪽으로 걸어갔다. 그 순간 저쪽 논바닥에서 상규아버지가 뛰기 시작하더니 그 남자를 쫓아갔다. 손에 들고 있던 삽으로 남자를 내려치려하자 사람들이 소리를 질렀고 그 소리에 남자가 뒤를 돌아보았다. 그러나 돌아서는 남자의 배를 상규아버지가 재빠르게 발로 차버렸다. 남자는 그대로 뒤로 넘어졌다. 뻗어버린 남자의 뒤통수에서 피가 콸콸 쏟아진다. 뒤에 있는 바위에 제대로 머리를 박아버렸던 것이다. 읍내에 있는 병원으로 환자를 옮겼으나 이미 피를 너무 많이 쏟은 상태라 숨을 거두고 말았다. 그렇게 상규아버지는 살인자가 되어 버렸다. 상규아버지가 그렇게 제 정신을 잃고 흥분한 모습을 동네 사람들은 처음 보았다며 입을 모았다. 온갖 멸시를 참아 오던 상규아버지였지만 자신의 금쪽같은 아들이 그런 멸시를 당하는 건 참을 수 없었을 것이라고는 동정여론도 일었다. 아들에게 살인자의 자식이라는 씻지 못할 치욕을 안긴 죄책감 때문인지 상규아버지는 감옥에서 얼마를 견디지 못하고 심신쇠약으로 숨을 거두고 말았다.

상규아버지가 죽었다는 말이 나 돈지 며칠 후 재영이 부모님이 급하게 목사인 정배를 집으로 불렀다. 재영이를 어떻게 했으면 좋겠느냐는 것이었다. 아버지를 잃은 상규가 말문을 닫고 완전히 다른 사람으로 변해버리자 안타깝게 지켜보던 재영이 상규와 사랑하는 사이라는 것을 부모님께 밝히고 결혼을 하겠다고 선언을 했다는 것이다. 재영이의 부모님들이 받은 충격은 청천벽력과도 같았다. 뿌리도 알 수 없는 살인자의 아들, 이미 병든 몸으로 아무런 희망도 없는 놈에게 시집을 가겠다고 고

집을 부리는 딸을 그냥 내버려 둘 부모는 없을 것이다. 재영이 아버지는 이미 딸을 뒷방에 가두고 자물쇠를 채워버렸다. 정배는 자신이 잘 설득해 보겠다며 갇혀 있는 재영을 목사관으로 데리고 왔다. 재영도 막무가내인 부모님보다는 오빠와 같은 젊은 목사님이 자신을 좀 더 이해해 줄 것이라 믿었는지 순순히 따랐다. 재영은 상규가 삶의 의욕을 잃고 모든 것을 포기한 사람 같다며 결혼을 해서 자신이 돌보지 않는다면 죽거나 폐인이 될 것이라고 했다. 그러나 정배는 현재 상규의 모든 상황을 볼 때 결혼은 상규에게 더 부담을 줄 수도 있다고 설득해 보았지만 재영의 생각은 확고했다. 상규를 살릴 수 있는 사람은 현재 자신뿐이며, 상규가 없으면 자신도 살 수 없다며 재영은 울었다. 상규를 향한 재영의 한마디 한마디가 정규의 심장에 다시는 빼지 못할 못을 박고 말았다. 그 누구에게도 표현할 수 없었던 정배의 고통은 얼핏얼핏 드러났다. 하지만 재영은 오빠가 자신의 아픔을 공감하는 것이라고 오해하면서 정배에게 더 깊은 믿음을 가졌다. 정배는 부모님과 상규를 만나 잘 해결해 볼 것이니 걱정하지 말라고 그녀를 안심시켰다.

상규를 만나고 온 정배가 재영이게 삼일 뒤 저녁 일곱 시에 읍내다방에서 상규를 만나 떠날 수 있을 것이라는 소식을 전했다. 재영은 너무 감격한 나머지 정배를 껴안고 고맙다며 행복한 눈물을 흘렸다. 가슴에 안긴 재영의 머리에서 정배는 풀내음 맡았다. 시들어가던 재영의 몸과 마음은 순식간에 생기를 피워 올랐다. 기다림을 향한 긴 삼일을 보낸 재영이 약속된 장소에 한달음에 달려간 재영은 끝내 상규의 모습을 볼 수 없었다. 절망감에 비틀거리던 재영이 달빛도 버린 차가운 강둑에서 강물처럼 울었다. 정배는 그 모습을 멀리서 모두 지켜보고 있었지만 전혀 가까이 가지 않았다. 이제는 그녀가 자신에게 와야 할 차례라고 정배는 생

각했던 것이다. 그러나 정배가 재영의 임신사실을 알았을 때 그는 솔로
몬의 지혜가 아닌 악마의 지혜를 선택하고 말았다.

　정배는 적당한 집을 물색해서 임신한 재영이 산달을 채울 수 있도록
했다. 재영의 첫 출산은 난산이었다. 죽음의 고비에서 아이를 출산했던
그녀는 정신을 잃었다. 정배는 산파에게 미리 수소문해 둔 아이 없는 가
난한 고만실씨에게 갓 태어난 고중석을 안겨 보냈다. 피중석이었어야
할 아이는 그렇게 고중석이 되었던 것이다. 정배는 정신을 차린 산모에
게는 사산이라고 거짓말을 했다. 정배가 재영이와 결혼을 하겠다고 했
을 때 재영의 부모는 감동해서 눈물을 보였다. 이미 딸에 대해 부모도 못
한 일들을 모두 정배가 처리해 주었던 것만으로도 보답할 길이 없었다.
재영의 부모는 구세주를 만났다는 듯이 딸을 시집보냈다. 헌신적인 정
배의 사랑은 깊은 상처로 굳게 닫혔던 재영의 마음빗장도 풀게 했다. 그
러나 정배의 드러나는 사랑의 순도가 높을수록 그 배면에 남겨진 증오
의 에너지들은 위험하게 응축되어갔다. 자신의 사랑이 훼손당했다는 것
을 안 순간 정배의 마음의 호수는 이미 결빙되어 버렸다. 얼음바닥 같은
마음의 경계면에 의해 사랑은 영혼으로 투과되지 못한 채 반사되어 버
렸던 것이다. 짙은 어둠 속에 남겨진 그의 내면은 이성의 옷을 벗는 시간
이 오면 완전히 짐승으로 변했다. 밤에 아내를 안을 때면 돌변한 정배
는 과거의 남자인 상규를 연상하며 육체적으로 정신적으로 그녀를 학
대했다. 심지어 자신의 첫 아이를 낳았을 때도 그 놈의 씨일지도 모른다
면서 괴롭혔다. 정배는 자신의 완전한 사랑에 지울 수 없는 흠집을 낸 재
영이 미치도록 증오스러웠다. 증오심은 이미 정배를 완전히 지배했지만
정작 정배는 그것을 증오라고 인식하지 못했다. 정배는 오히려 더럽혀
진 사랑을 위한 세례의 행위라며 자신의 행위를 정당화했다. 그가 생각

하는 사랑이란 자신이 재영을 버리지 않는 한 완전한 것이었기 때문이다.

상규가 다시 나타난 것은 바로 그 무렵이었다. 무엇 때문에 돌아왔다고 본인은 단 한마디도 안했을 것이지만 동네 사람들은 모두 자신들의 추측으로 많은 말들을 만들어냈다. 재산을 정리하기 위해서 왔다는 사람이 있는가 하면 다시 살기 위해 들어왔다는 사람도 있고, 재영을 데리러 왔다는 사람도 있었다. 상규가 돌아오는 바람에 제일 긴장한 사람은 다름 아닌 정배였다. 그는 아내에게 아무런 말도 하지 않았다. 그러나 그것은 재영에게 더욱 강력한 공포를 불러 일으켰다. 폭발할 것 같은 긴장감을 이기지 못한 재영이 집을 나가버렸다. 상규의 출연 때문에 신경을 곤두세우고 있던 정배는 아내가 없어진 것을 알고 온 동네를 찾아 헤매다 드디어 철길을 떠올리고 그것으로 달려갔다. 정배의 예측은 명중했다. 우연이었는지 약속된 것이었는지 정확하지 않지만 재영과 상규는 그들이 놀던 철길 다리 위에서 있었다. 아마도 둘은 서로의 그리움에 젖어 추억의 그 장소에 갔을지도 모른다. 두 사람은 몇 년 만에 만났지만 너무도 변해버린 서로의 모습에 말을 잃었는지 바라만 보고 서 있었다. 상규의 병은 이미 너무 깊은 상태에 있어서 밖으로 보기에도 완연한 환자였다. 그렇게 그들은 조금은 어색하게 조금은 낯설게 서로를 바라봤다. 재영은 떨리는 목소리로 상규를 향해 말했다.

"왜 그렇게 갔어야만 했어?"

상규는 대답 없이 바라만 보고 있었다. 재영은 거칠게 차오르는 울음을 터뜨렸다. 그것은 상규에 대한 연민과 자신의 삶에 대한 분노일지 모른다고 정배는 생각했다. 입안에 울음을 가득히 담은 재영이 다시 통한의 목소리를 끌어올렸다.

"왜 그렇게 가버렸어야만 했냐고 묻잖아"

안타까운 상규가 그녀를 위로라도 하려는지 한 발 그녀에게로 다가서

는 순간

언덕 아래에 몸을 낮추고 있던 정배가 목사라는 신분의 페르소나를 단숨에 벗어 던지고 야수의 이빨을 거침없이 드러내며 아내 앞으로 다가갔다. 정배를 본 재영은 하얗게 질려버렸다. 정배의 손에 잡히는 것보다는 차라리 죽음을 택하리라 생각했는지 정배의 손이 그녀에게 닿으려는 순간 수 미터 철길다리 아래 강물로 뛰어내렸다. 그것을 본 상규는 재영이를 따라 강물에 뛰어 들었다. 상규의 목에 엉성하게 둘려져 있던 까만 실크 스카프가 풀려나 잠시 허공을 맴돌았다. 그리고 얼마나 지났을까 상규는 재영을 안고 물 위로 떠올랐다. 병약한 상규가 재영을 물위로 올린 것은 기적이었다. 정배는 물속으로 헤엄쳐가서 상규에게 안긴 재영을 빼내어 강둑으로 끌어내었다. 힘이 다 빠져버린 상규가 강물에 휩쓸려 내려가면서 가라앉는 것이 보였지만 정배는 외면했다. 상규의 시신은 일주일 후에 강 하구에서 발견되었다.

재영이는 살아났지만 한동안 사람을 알아보지 못할 정도로 앓았다. 의식을 찾은 이후에는 지난 과거의 일들이 깨끗하게 비워진 것처럼 보였다. 완전히 다른 사람이 되어버린 그녀는 목회자 부인으로서 교회 일에 그 누구보다도 헌신적으로 몰두하며 평생을 살았다.

정배는 자신의 유일한 재산인 중형아파트를 피상규의 아들이자 아내 재영의 아들인 조중석에게 유산상속을 마쳤다. 그것을 완벽하게 마무리해 준 것은 물론 고중석이 파준 인감도장이었다. 이 일을 결심하게 되면서 정배는 자신에 의해 강제 입양된 고중석을 한번이라도 봐야 만 할 것 같았다. 뿌리 채 뽑혀 처절하게 왜곡된 삶을 살아가는 고중석의 인생을 그는 철저하게 외면해 왔다. 그를 만나는 일은 곧 자기 행위의 잔인한 질곡을 고스란히 거슬러 오르는 괴롭고도 고통스러운 과정이었기 때문이다.

그러나 그의 내면의 소리는 그것을 실행할 것을 완강하게 주장했다. 길에서 우연히 마주쳤다고 하더라도 정배는 고중석을 알아보았을 것이다. 고중석은 그만큼 피상규를 닮아 있으면서도 아내 재영의 모습도 함께 가지고 있었다.

암세포가 온 몸에 꽃을 피울 무렵 정배의 외관은 빠르게 변해갔고 그는 병원침대와 하나 되었다. 강력한 진통제 덕분에 역습당한 통증으로부터는 몸은 안정되어 갔지만 그의 흐릿해진 정신은 의식과 무의식의 경계가 모호해진다. 그런 정배에게 핏기 없던 고중석의 얼굴과 쓸쓸한 상규의 마지막 얼굴이 교차로 오버랩 되면서 자신의 굴절된 사랑이 만들어 낸 비열했던 한 순간으로 돌아간다. 상규를 설득시켜 재영과 떠나게 해 주겠다던 정배는 솔밭에 있는 상규의 집으로 갔다. 당신이 정말로 재영을 생각한다면 조용히 이 마을에서 사라지는 것이라고 상규를 협박했다. 그 말을 차마 부정할 수 없었던 상규는 그렇게 한 많은 고향과 사랑하는 재영을 떠났다. 상규가 떠나갔다는 것을 확인시켜주기 위해 정배는 재영을 다방으로 보냈던 것이다. 호흡조차 고르지 않는 정배는 누군가에게 그 일에 대한 해명이라도 하는 사람처럼 거무죽죽한 선의 형태로만 남은 입술이 자꾸만 꿈틀거렸다. (끝)

┌─ 저자 프로필 ─

**최명희**

부산 출생 철학과 / 자아초월심리학 전공 / 복사골문학회 주부토 소설동인 / 저서 〈붓다심리학 제1권, 자아로 보는 붓다 심리학〉

# 기도

———

**최희영**

　약속이나 한 듯 한숨과 탄식이 교차했다. 더러는 아쉬워 더러는 기다렸다는 듯이. 병 문안객들이 썰물처럼 병실을 빠져나갔다. 환자들은 온몸의 촉수를 곤두세워 그들이 남겨놓은 흔적을 찾아 빛을 잃은 병실을 배회하기 시작했다.

　명철도 실눈을 뜨고 병실 움직임을 살폈다. 맞은편 2호 환자의 마른기침 소리가 들렸다. '물수건이라도 입에 물고 있을 일이지.' 며칠째 듣는 기침 소리다. 3호와 4호 환자는 창문을 향해 누워 있었다. 환자복 소매 끝이 걷혀 있는 게 잠들지 않았을 게 분명했다. 혹시 올지도 모를 행운을 잡으려 기도를 하는 게 분명해 보였다. 명철은 보조 침대에 누운 간호인을 살폈다. 잠자리가 불편한지 코 고는 소리가 불규칙하게 들렸다. 좁은 침대에 뚱뚱한 몸을 실었으니 그럴 만도 했다. '조금씩 처먹지.' 사타구니를 더듬었다. 입원하기 전만 해도 한 달에 두어 번은 팬티를 들어 올리던 놈이 고개를 숙이고 있었다. '간호사가 발기부전약이라도 주사한 건가?' 입원하기 전만 해도 아내가 집을 비우면 아랫도리를 까놓고 용두

질도 했던 터에 혹시 하는 의심을 감출 수가 없었다. 퇴원하면 열심히 산책할 거라 다짐했다. 2호 환자의 잔기침 소리가 심해지기 시작했다. 그 아내의 움직임이 병상 커튼에 조심스럽게 투영되었다. 예사롭지 않은 움직임이었다. 명철은 이불로 얼굴을 덮었다.


　명철은 간호인의 호들갑에 실눈을 떴다.
　"어휴 냄새!"
　동트기 전인지 병실은 어둑했다. '누가 오줌이라도 지린 건가?' 지난밤 수상쩍은 기침을  했던 2호 환자를 건너다보았다. 그는 보름 전에 입원했는데 병이 차도가 없는지 그의 아내가 대소변을 받아 내는 것을 여러 번 본 적 있었다. 2호 환자가 사고를 친 것 같았다. '기저귀라도 채울 것이지.' 어려 보였는데 안쓰러웠다.
　간호인들이 며칠째 갈아입히지도 않은 속옷을 세탁실로 나르는가 하면 물수건으로 환자 얼굴을 닦기도 했다. 그들의 환자가 오줌을 지린 게 보호자에게 발각되면 한순간에 일자리를 날려버릴 수도 있을 터, 환자가 청결하다는 것을 보호자에게 보여주는 것만 그들의 관심이었다. 환자 불편보다 보호자에 더 민감한 치들이었다. 명철의 간호인 역시 더하면 더했지 덜하지는 않았다. 그녀는 병상 밑에 구겨두었던 속옷가지를 들추어내 병실 밖으로 나가는 게 보였다.
　'나쁜 년! 그러면 그렇지 네년이라고 별수 있으려고.' 명철은 코웃음을 날렸다.
　배식하는 아주머니가 병실 문을 열었다.
　"아침 식사시간입니다."
　평소 두 손을 배꼽에 대고 다소곳이 앞으로 인사하던 배식 아주머니가 명철 병상 앞에서는 고개를 돌렸다. 감기라도 걸린 걸까. 예의 바른

게 마음에 들었다.

멀건 흰죽이 식판에 올려졌다. 무슨 일인가? 어제 저녁 때 식욕이 없어 한 술도 뜨지 않았던 것을 간호인이 일러바친 것 같았다. 그렇다고 흰죽에 김치 두어 조각이라니, 딴청을 부리고 있는 간호인이 보였다. 욕이라도 한 바가지 해주고 싶었지만, 그나마 간장에 참깨 몇 알 띄운 게 다행이었다. 도대체 굶겨 죽일 셈인가. 간호인 냉장고에서 꺼내온 도시락을 명철 식판 옆에 보란 듯이 나란히 놓았다. 쇠고기 장조림에 김치볶음, 아내가 준비한 반찬이 분명해 보였다. 아내가 오기만 하면 당장 쫓아버릴 거라 다짐했다.

명철은 실눈으로 병실 살피기를 좋아했다. 편하기도 하지만, 눈을 크게 떠야 할 이유도 없었다. 실눈으로도 병실에서 일어나는 모든 일을 충분히 살필 수 있기 때문이기도 했다.

병실 문이 열렸다. 병 문안객이 찾지 않는 시간이었다. 병실 환자들은 찾아올 사람이나 있는 것처럼 일제히 출입문을 바라보았다. 어디서 본 듯한 사람들이 병실 출입문을 들어서고 있었다. 처제들이었다. '아내는 어디 가고 처제들만 왔지?' 맥이 풀렸지만, 그래도 좋았다. 혹시나 싶어 실눈을 좁혀 자세히 살펴보았으나 틀림없는 처제들이었다.

"아버지 큰딸 정애 왔어요."

잘못 들었나? 명철은 귀를 의심했다.

"큰딸 왔다고요, 아버지!"

왜 아버지라 부르지 잘못 들었나?

오래전, 장가를 들었을 때 어린 처제가 둘 있었다. 장인어른이 일찍 돌아가셨기 때문이었는지, 처제들은 명철을 아버지처럼 따랐던 기억이 났다. 그럼 그렇지 형부를 못 알아볼 리 없지, 그래도 형부를 아버지라 부르는 것은 옳지 않다는 생각을 했다. 처제들이 농을 하고 있다는 생각이 들었다.

"아버지 정숙이에요, 둘째에~, 알아보겠어요?"

"……."

명철은 반쯤 세워진 침대에서 실눈으로 열심히 처제들을 관찰했다.

큰 처제가 침대 끝자락을 붙들고 울먹이자 작은 처제는 돌아서서 어깨마저 들썩이며 훌쩍거리고 있었다. 병상에 있는 형부가 안쓰러울 수도 있을 것 같았다. 명철은 처제들에게 건강하다는 것을 보여 주고 싶어 가슴을 폈다. 그리고 팔을 머리 위로 올리려는데 링거 걸이가 넘어져 링거병이 깨지고 말았다. 주사기를 역류한 선혈이 손등을 타고 내렸다. 간호인이 명철을 침대로 밀었다. 명철도 엉겁결에 간호인을 되받았다. 간호인이 나가떨어졌다. 병실은 갑자기 아수라장이 되어버렸다. 처제들은 울고불고 야단이었다. 어디서 왔는지 남자간호사들이 명철의 사지를 잡아 눌렀다. 명철은 있는 힘을 다해 남자간호사에 대항했다.

"이놈들이!"

명철은 얼굴에 핏대를 세우며 버둥거렸으나 남자간호사들의 완력을 당할 수가 없었다. 당직의사가 명철 팔뚝에 주삿바늘을 찔렀다. 싸늘한 이물감이 구석구석 실핏줄을 틀어막고 있었다. 이를 악물며 이물감을 밀어내려 애썼으나 헛일이었다.

"할아버지 힘이 장산데요!"

남자간호사들의 말소리가 들려왔다.

명철은 온몸에 힘이 빠져나가는 것을 느꼈다. 힘 못 쓰는 주사를 놓은 게 분명했다. 처제들의 울음소리가 몽롱하게 귓전에 들려왔다. 명철은 몸을 부르르 떨었다.

산골짜기를 걷고 있었다. 날씨가 제법 풀렸는지 개울물 흐르는 소리가 들렸다. 산 까치가 후드득거리며 마른 가지 사이로 길을 만들었다.

아내를 찾았다. 분명히 같이 온 것 같았는데 보이지 않았다. 어디를 갔을까? 오른편 능선을 올라가면 아버지 산소가 있었다. 지난 추석 이후 처음이라는 산소에 들러야겠다는 생각을 했다. 아랫배가 뻐근해 왔다. 오줌이라도 누면 편해질 것 같았다. 주위를 둘러보았다. 아무도 보이지 않았다. 바지춤을 내리고 개울물에 오줌을 시원하게 배설했다.

"야! 이놈 뭐하는 거야!"

아버지 고함소리가 들렸다. 뒤를 돌아보았다. 아버지는 보이지 않고, 등 뒤에서 간호인 구시렁거리는 소리가 들렸다.

"엉덩이 드세요?"

어떻게 된 걸까.

간호인이 이불을 젖혀놓고 환자복 바지를 벗기고 있었다.

'이년이! 무슨 짓을 하는 거야' 아무리 간호인이라도 그렇지 명철은 다리를 오므렸다.

"다리 벌리세요."

간호인은 명령을 하고 있었다.

'이 년이 미쳤나!' 명철은 뒤척이는 척 엉덩이를 뒤틀었다. 완강한 힘이 다리를 눌러왔다. 반대쪽으로 뒤틀었다. 마찬가지였다. 이번에는 절대로 질 수가 없었다. 다시 용을 쓰려는데 간호인 단호한 목소리가 다시 들려왔다.

"손자에게 이를 거예요."

간호인이 '손자'라는 말에 명철은 맥이 풀렸다. '오줌을 지린 건가?' 믿기지가 않았다. 정황을 모르니 따질 수도 없었다. 힘을 써봐야 간호인의 억센 힘을 당할 방법도 없어 보였다. '어차피 엎질러진 물, 에라 모르겠다.' 명철은 아예 가랑이를 벌려 버렸다. 한참 뒷정리를 하던 간호인이 명철에게 귓속말을 했다.

"샤워하러 가세요."

"……?"

무슨 꿍꿍이인가? 명철은 간호인이 의심스러웠다.

간호인이 휠체어를 끌고 와 사람들 앞에서 호들갑을 떨었다. 환심이라도 사야 아내가 오면 몇 푼이라도 더 받을 수 있을 게 아닌가, 잔머리 굴리는 간호인이 못마땅했다. 아내에게 절대 속지 말라고 명철은 일러둘 참이었다.

샤워실 문 닫는 소리가 들렸다. 간호인은 명철의 환자복 상의를 벗기더니 바지도 벗길 태세다. 한 손으로 바지춤을 부여잡고 발끝에 힘을 주었다.

"한 손으로 바지 벗을 수 있겠어요?"

차분한 간호인 목소리에 명철은 그녀를 바라보았다. 목을 가로지른 두꺼운 주름살, 영락없는 돼지 꼴의 간호인이 정말 싫었다. 패악질을 해도 차라리 아내였으면, 지금은 할망구가 다 되었지만, 쭉 뻗은 아내의 목선만큼은 정말 아름다워 간호인과는 비교도 되지 않았다.

"바지 벗겨 드릴 테니 발 드세요."

"……"

간호인의 수상한 행동에 명철은 사타구니를 손으로 가렸다. 볼품없이 쪼그라든 성기위로 듬성한 음모가 고스란히 노출됐다. 수년 전만 해도 수북했는데. 간호인이 명철의 손을 들어 올리고 샤워기로 물을 뿌렸다. 등줄기를 따라 물살이 느껴졌다. 양팔에 힘을 넣었다. 예전만 같지 않아도 간호인이 아내였다면, 입술이라도 훔치고 싶었다.

신혼 초에는 회사에서 파김치가 되어 집에 돌아오면 아내는 샤워를 시켜주곤 했는데 자식들이 한둘 태어나면서 그런 호사는 없어졌어도 명철에게는 아름다운 추억이었다.

"다리 더 벌리세요."

간호인의 비아냥거리는 목소리가 들렸다. 섹스라도 하자는 건가? 그녀의 목소리가 어쩐지 놀려먹으려는 것 같아 명철은 편치 않았다. 아내가 오기만 하면 당장 쫓아버릴 수 있을 텐데. 명철은 다리를 벌리고 엉거주춤 엉덩이를 들어 올렸다. 항문 주위로 간호인의 거친 손길이 움직이는데도 비누 향은 향긋하게 콧구멍을 파고들었다. '이 년이 제대로 물질을 해야 할 텐데.' 엉덩이를 좌우로 실룩거렸다. 간호인의 손길이 매섭게 사타구니를 훑어나갔다.

샤워를 해서인지 기분이 개운했다. 간호인은 타월을 명철 어깨에 걸쳐주고 휠체어를 준비하고 있었다.


주치의가 거들먹거리며 병실을 들어왔다. 인턴과 간호사도 그의 뒤를 따랐다. 그는 대뜸 명철의 눈을 뒤집고는 이마에 손바닥을 얹었다. 늘 있는 일이긴 해도 불쾌하기는 마찬가지였다.

명철은 실눈으로 주치의와 간호사를 번갈아 보았다.

"할아버지 좀 어때요?"

간호인을 바라보며 물었다.

"여전히 그렇습니다."

주치의의 생뚱맞은 질문도 그렇지만, 돼지 같은 몸뚱이를 비틀며 대답하는 간호인의 꼴은 더 가관이었다.

무언가 열심히 적던 간호사가 대답했다.

"열은 많이 내렸습니다."

"혈압과 당뇨 수치는?"

주치의의 여전히 거만한 목소리로 물었다.

"정상으로 내려왔습니다."

다소곳한 간호사의 대답이 마음에 들었는지.

"할아버지, 괜찮아지실 거예요."

주치의는 큰 병이라도 치료한 듯한 목소리로 명철을 향해 말했다.

'그럼 괜찮지.' 도대체 제까짓 놈이 하는 게 뭔지, 혈압과 당뇨 수치만 내리면 다 괜찮은 건가 '미친놈' 처음부터 혈압과 당뇨는 문제도 없었는데. 도대체 주치의는 이해할 수 없는 말만 지껄이는 게 한심해 보였다.

명철은 아들이 의사가 되길 바랐다. 머리도 꽤 괜찮았고 학교 성적도 좋았던 편이여 의대 지망하기를 바랐다. 그런데 무슨 천문학을 한다며 물리 대를 가고 말았다. 이럴 때 아들놈이 의사였으면 '저런 건방지고 쓸모없는 주치의 놈은 보지 않아도 될 텐데.' 그때 아들을 더 다그치지 않았던 게 후회가 됐다.

주치의가 간호인을 병실 밖으로 불러 이야기를 하는 게 명철의 실눈에 잡혔다. '아내는 어디 가고 간호인과 상의를 하지?' 간호인이 혹시 의사에게 병세의 차도가 없다고 하면 어쩌지 명철은 가슴이 갑갑했다. 4호 환자도 의사가 보호자를 찾아 병실 밖에서 무슨 이야기를 주고받은 뒤 퇴원하는 것을 본 적이 있어, 퇴원절차에 대한 이야기일 거라 짐작은 됐지만, 간호인이 의사에게 거짓말을 할 수 있을 것 같아 아내에게 간호인에게는 아무 말 말고 주치의와 먼저 면담하라고 일러두는 게 좋을 것 같았다. 아내가 준비한 도시락도 챙겨 먹는 간호인을 도무지 명철은 믿을 수 없었다.


아내는 여전히 나타나지 않았다. 무슨 일이 있는 것일까? 그래도 그렇지 평생을 먹여 살려 놓았건만 영감이 입원해 있는데 얼굴 한 번 디밀지 않는 게 괘씸했다. '아내가 오면 간호인부터 갈아치워야지.' 간호인에게 아무리 돈을 많이 준다 해도 아내만이야 할까.

보조침대에서 졸고 있는 간호인이 명철의 실눈에 잡혔다. 무릎에 올려놓은 성경이 금방이라도 떨어질 것 같았다. 간호인이 꼬꾸라지는 꼴을 보고 싶었다. 명철은 배 위에 걸쳐진 이불을 걷어내고 오른발을 보조 침상을 밀어버렸다.

"어쿠!"

짧은 비명이 들려왔다. 병실바닥에 떨어진 간호인은 여전히 잠에서 헤어나지 못한 채 졸고 있었다. 고소했다. 명철은 침상 위로 다리를 올려놓고 잠든 간호인의 움직임에 집중했다.

"할머니!"

아들과 손자 목소리가 들렸다.

"아이고! 우리 손자 왔어요."

'아니 저 미친년! 남의 손자를 안고 지랄이야!' 졸고 있던 간호인이 손자를 어르고 있었다. 어이가 없었다. 명철은 간호인이 자리를 비우기만 하면 아들에게 간호인을 갈아치우라고 말할 참이었으나 간호인은 자리를 비우기는커녕 오히려 아들 귀에다 무어라 귓속말을 소곤대고 있었다. 아부를 떨고 있을 거라 생각했다.

무릎에 앉아 재롱을 떨던 엊그제 같은데 벌써 초등학교 졸업할 나이가 됐다. 손자가 보고 싶어도 영어학원이네, 바이올린 학원이네 하며 며느리가 손자를 집으로 데려오지 않는 게 못마땅했지만, 별수 없는 노릇이었다. 명철은 실눈을 뜨고 손자를 바라보았다. 눈에 넣어도 아프지 않을 것만 같은 손자가 금방이라도 가슴에 안고 볼이라도 비비고 싶을 만큼 명철의 망막을 가득 채워왔다.

"할아버지?"

손자가 다가오는 게 보였다.

"할아버지 아프셔 가까이 가지 마라."

간호인이 음흉한 목소리로 손자를 제지하고 있었다. 기가 찼다. 도대체 누가 아프다는 건가. 아들과 명철을 번갈아 흘끔거리던 간호인의 속셈은 뒷돈을 챙기려는 수작인 게 분명했다.

명철은 침상 끝에 우두커니 서 있는 손자를 실눈으로 바라보았다. 안아보고 싶어도 간호인이 자리를 비우기 전에는 별도리가 없었다.

아랫도리가 축축했다. 땀이 찬 것일까? 사타구니를 더듬었다. 축축하다. 손끝을 코로 가져갔다. 지린내가 쏟아졌다. 역겨웠다. 용을 약간 썼을 뿐인데……. 침대 시트를 더듬었다. 비닐을 깔아 놓았는지 매트리스가 매끄럽다. 엉덩이를 들었다. 이불 들리는 소리가 유난히 크게 들렸다. 숨을 몰아쉬며 주위를 살폈다. 멀뚱거리던 손자도 돌아간 모양이었다. 팬티를 허리춤 아래로 밀어 내렸다. 팬티 감출 곳을 찾았다. 마땅한 곳이 생각나지 않았다. 주사기 호스를 잡아당겼다. 링거 걸이와 거리를 좁힐 요량이었으나 손등에 통증만 왔다. 오른발을 침상 밑으로 내려 바닥을 더듬었다. 물컹한 물체가 밟혔다. 간호인의 배를 밟은 것 같았다. 짧은 비명이 허공을 갈랐다. 가슴을 쓸어내렸다. 몸부림치는 척 다리를 병상으로 올렸다. 이마에 식은땀이 흘렀다. 뒤룩거리며 걷던 간호인이 생각났다. 보지 않아도 비디오였다. 명철은 팬티를 침대 밑으로 밀어 넣었다. 간호인이 완전히 잠들기를 기다릴 참이었다. '돼지 같은 년, 잠이나 빨리 자지' 침대에 누워 버릴 곳을 생각해 보았다. '화장실 쓰레기통이면 감쪽같을 것 같은데.' 눈꺼풀이 자꾸 내려왔다. 눈을 홉뜨며 눈꺼풀을 밀어 올렸다.

"할아버지~."

간호인의 짜증스러운 목소리가 잠결에 들렸다. 무슨 일일까? 명철은 실눈을 하고 눈동자를 굴렸다. 간호인이 침상 커튼이 걷더니 명철이 덮고 있던 이불을 느닷없이 홀렁 젖혔다. 반사적으로 다리를 오므렸다. '이년이!' 소리를 지를 뻔했다.

"할아버지 말씀을 하셔야지 감춰놓으면 어떻게 합니까?"

"……."

구린내가 얼굴을 덮쳤다. 침대 밑에 밀어 넣었던 팬티가 사달이 난 것 같았다. 간호인이 잠들기를 기다린다는 게 잠이 들었던 모양이었다. 조금만 더 참았더라면 화장실 쓰레기통에 버릴 수 있었는데. 명철은 잠든 척 하는 도리밖에 없었다. 간호인은 쉼 없이 잔소리를 뱉어내며 명철의 사타구니 구석구석을 훑어내고 있었다. 명철은 간호인이 굴리는 데로 몸을 맡겨두었다. 간호인 손이 사타구니 깊숙이 왔다. 명철은 새우등처럼 등을 오그리며 버텼다.

"가만히 계세요, 일어나신 거 다 알고 있습니다."

"⋯⋯."

젊었을 때 밤새 술 마시고 새벽에 사우나 들러 때밀이에게 몸을 맡겼던 게 어디 한두 번이던가. '에라! 모르겠다. 눈을 감은 채 다리를 쫙 벌렸다. 한참을 구시렁거리던 간호인이 가랑이 사이에 기저귀를 채우고 있었다. '이 년이 정신 나간 거 아냐!' 명철은 다리를 버둥댔으나 간호인의 힘을 당하기는 무리였다. 남들이 보는 것도 아닌데. 아무려면 어때, 밤새 칙칙했던 것보다야 훨씬 나았다.

입원하기 전날 똥 지린 팬티를 휴지통에 버렸는데 그게 아내에게 들켜버려 온종일 잔소리를 들었던 기억이 났다. 설마, 아내에게 일러바치지는 않겠지. 그날은 재수가 없었던지 저녁에는 화장실 문턱에 걸려 넘어져 병원 신세를 지게 되었지만, 아무튼 아내에게 일러바치지만 않아도 다행이었다.


링거에서 약물이 떨어지는 소리가 일정하게 들려왔다. 이런 적막함이 싫었다. 모든 것을 가느다란 탯줄에 맡겼던 어머니 뱃속이 이랬을까. 소름이 돋을 것 같았다. 그때도 실눈을 뜨고 세상을 보았을 거다.

명철은 실눈을 하고 병실을 살폈다. 2호 병상 환자의 앓는 소리가 병실 바닥으로 깔려왔다. 젊은 놈이 무슨 병이 걸렸기에 하나도 받아내기 어려운 링거를 네 개씩이나 달고 다니는지 안쓰러웠다.

명철은 지금까지 한 번도 병원에 입원한 기억이 없었다. 가지 않았다는 게 오히려 맞을지도 몰랐다. 쉼 없이 달려온 시간. 주먹을 쥐었다. 어깻죽지만 들썩거릴 뿐 팔 근육의 움직이지 않았다.

명철은 커튼을 조여 오는 희미한 소리에 집중했다. 2호 환자 숨소리가 명철의 귀를 거칠게 후벼 팠다. 잠시 후, 그의 아내의 다급한 발걸음 소리가 병실 밖으로 빠져나가고 간호사들의 움직임이 소란스럽게 들렸다. 2호 환자의 숨소리는 신음으로 바뀌고 있었다. 이동식 침상 바퀴 구르는 소리가 들렸다. 명철은 더욱 2호 환자 움직임에 집중하려 했으나 금세 조용해지고 말았다. 그의 아내 판단이었는지 의사의 강요였는지 알 수 없지만, 2호 환자는 힘쓰지 못하는 주사를 맞았을 게 분명했다.

선택은 항상 어려울 때 강요받는다.

고등학교를 졸업할 무렵이었다. 아버지는 농사짓기를 원했고 명철은 대학진학을 원했다. 결국, 아버지를 속이고 대학진학을 했던 기억이 났다. 턱걸이로 합격하기는 했어도 지금 생각하면 어려운 순간이었다.

2호 환자의 아내도 의사의 강요에서 벗어날 수 없었을 터, 최선이든 차선이든 어차피 결정은 그녀의 몫이었을 터였다.

병실 문이 열렸다. 2호 환자가 병상에 던져졌다. 금방이라도 주검으로 변할 것 같았다. 파랗게 질린 그의 아내 뒤로 의사가 거만하게 들어왔다. 양옆에 인턴과 간호사를 배석시키고 군사재판이라도 하듯 의사는 2호 환자 아내에게 '수술은 잘되었으니 걱정하지 않아도 된다.'라고 했다. 명철은 의사의 진실이 무엇인지 확인하고 싶었다. 그들은 진실인지 거짓인지 알 수 없는 모호한 말만 한다는 것쯤은 알고 있었다. 이를테면, '걱정하지 마세요.'라든지 '수술은 잘되었습니다.'라는 말들이다. 2호 환자는 거의 주검에 가까운 데 수술이 잘됐다는 게 말이나 되는 소린가.


　주치의 목소리에 명철은 실눈을 떴다. 간호인이 보이지 않았다. 언제나 장승처럼 주치의 옆에 서 있던 간호인이 보이지 않고 아내가 서 있었다. 어디에 갔을까? 아내가 간호인의 정체를 알고 아버렸을까? 그렇다면 다행이었다. 어디에 있다 지금에야 왔는지, 아무튼, 아내의 목소리가 반가웠다.

　"많이 좋아졌습니다."

　그러면 그렇지 처음부터 나빴던 게 아니고 네놈이 이 지경으로 만들었을 테지. '바보 같은 의사 놈이 별걱정을 다 하네.'

　"며칠 더 경과를 지켜본 뒤 퇴원 하셔도 될 것 같습니다."

　"네~, 선생님 감사합니다."

　'감사는 무슨 감사.' 아내의 다소곳한 말투가 마음에 들지 않았다.

　주치의의 말은 계속되었다.

　"천연 식품으로는 노루궁둥이버섯을 드시게 하면 지금보다 나지기는 어려워도 진행속도는 늦출 수가 있을 겁니다. 물론 환자 체질마다 다르긴 합니다만."

　"네~, ……."

　아내의 목소리가 다시 들렸다.

　"노루궁둥이버섯에서 발견된 NGF(신경세포 증식인자) 합성 촉진물질인 헤리세논과 에리나신이 뇌를 활성화한다는 사실도 밝혀졌고요."

　주치의가 무슨 말을 하고 있는지 명철은 도무지 이해할 수가 없었다.

　"어디 잘 아시는 데라도……."

　아내의 목소리는 점점 기어들어 가고 있었다.

　"퇴원하셔도 좋아지기는 어려울 겁니다."

　"……."

아내는 말이 없었다.

"엄마 나가서 얘기 해. 아버지 가끔 정신이 돌아올 때도 있어요, 들으시면 어떻게 할려고."

딸아이의 목소리다.

"돌아오기는 뭐가 돌아와, 제 마누라도 알아보지 못하는데."

볼멘 아내의 목소리가 들렸다.

"그래도 요."

딸아이의 자신 없는 목소리가 목구멍으로 말려들어 가고 있었다.

"따님 말씀이 맞습니다, 정신이 왔다 갔다 할 수도 있습니다."

주치의는 도무지 이해할 수 없는 말만 지껄이고 있었다. 누가 몹쓸 병이라도 걸린 걸까? 그러니 집에도 갈 수 없다고 하지 않는가. 명철은 2호 환자 대한 이야기일 거라 생각했다. 그의 아내가 자리를 비우면 명철의 간호인이 의사와 가끔 이야기하는 걸 들은 적이 있었다.

2호 환자의 숨소리가 거칠게 커튼을 흔들었다. 죽을병은 아닌 것 같았는데 의사가 수술이 잘못한 게 틀림없었다. 아내가 말하지 않았던가. 정신이 왔다 갔다 한다고, 의사도 양심은 있을 게 아닌가. 보호자에게 직접 말하기 어려울 수도 있었을 터, '나쁜 놈들 아무리 어려운 말이라도 그의 아내에게는 직접 말해주어야지.' 2호 환자 아내의 훌쩍거리는 소리가 들려왔다.


2호 환자가 보이지 않았다. 밤새 앓아대더니 심해진 건가. 중환자실이라도 간 건가. 퇴원했을 리는 없고. 명철은 2호 환자처럼 아무것도 못 하면 큰일이란 생각이 들었다. 퇴원할 때를 대비해 무릎을 구부려보았다. 뻐근했다. 무릎 구부리기를 몇 번 반복하고 두 팔을 머리 위로 올리고 깍지를 끼고 힘 있게 비틀어 보았다. 괜찮았다. 퇴원하면 매일 아침 공원을 산책할 거라 마음먹었다.

"아버지 저 왔어요."

아들 목소리다. 손자와 며느리 모습도 보였다.

"주무시는 것 같습니다."

뒤이어 간호인의 목소리가 들렸다. 명철은 간호인이 맘대로 지껄이는 게 맘에 들지 않았다. 아들 옆에는 간호인이 여전히 장승처럼 서 있었다. '저년은 눈치도 없는 건가?' 가족이 왔으면 적당히 핑계로 자리를 피해줘야 하는 게 도리일 터인데 도대체 눈치가 없어 보였다.

"아버님 저 알아보겠어요?"

명철은 고개를 끄덕거렸다.

"아버님 괜찮으신 거죠?"

며느리가 간호인에게 말했다. 마치 뭔가 새로운 것이라도 발견한 듯한 목소리다.

"그냥 왔다 갔다 해."

간호인의 목소리다. '아니 저 미친년! 똥 몇 번 치워주더니만 아예 제 맘대로 지껄이고 있었다.'

"할아버지 샤워하러 가셔야죠?"

명철은 실눈을 떴다. 커튼을 걷는 간호인이 보였다. 햇살 아래에서인지 검게 거슬려서인지 간호인은 초췌해 보였다.

"일어나세요, 다 가고 아무도 없어요."

간호인은 명철이 깨어 있는지 아닌지를 귀신처럼 알고 있었다. 명철은 모르는 척 상체를 움직였다. 간호인의 손이 명철의 등을 감싸 안았다.

"간호사에게 주사기를 빼 달라고 했으니 조금만 기다리세요."

간호인은 명철의 귀에다 소곤거렸다. 갑자기 친절한 간호인이 더럭 겁이 났다. 목욕 몇 번 시켜주고 엄청난 돈을 요구하는 건 아닐까. 아내에게 미리 알려주었어야 했는데 알려주지 못한 게 마음에 걸렸다. 2호 환자 아내는 남편 간호에 지극 정성인데 이 여편네는 도대체 가물에 콩 나듯이 보이니 오기만 해봐라! 욕이라도 몇 바가지 퍼부어야 속이라도 편할 것 같았다.

간호사가 주사기를 뽑기 시작했다. 가슴이 후련했다. 이대로 퇴원했으면 좋으련만.

명철은 퇴원을 생각했다. 손자를 안으려면 수염부터 먼저 깎는 게 순서일 게다. 손자가 수염을 싫어했던 기억에 턱수염을 만져보았다. 거칠한 느낌이 손등에 전해졌다.

다리에 힘을 잔뜩 주고 병실바닥을 디뎠다. 휘청거렸다. 간호인이 명철을 잡아 휠체어에 앉혔다. 낮인데도 샤워장은 조용했다. 다른 환자들이 이른 새벽에 샤워한 걸까. 샤워실 문 닫는 소리가 들렸다. 샤워기 물이 뿌려졌다. 간호인은 온도를 맞추는지 샤워기에 몇 번이나 손을 댔다 뺐다 반복하고 있었다. 명철은 다리가 휘청거렸던 일이 생각나 엉거주춤 일어나려는데 간호인은 명철의 허리를 껴안고 팔을 어깨에 둘렀다. 휠체어가 빠져나가자 구린내가 발버둥을 쳤다. 명철은 숨을 멈추고 손으로 링거 걸이를 잡았다.

"할아버지, 오늘이 마지막이에요, 깨끗이 씻어 드릴 테니 다리 벌리세요."

'이 년이 이제는 마누라 행세를 하는 게 아닌가.' 간호인은 조용조용 말했으나 다리를 벌리지 않으면 쥐어박을 태세다. 명철은 다리를 벌리고 엉거주춤 쭈그려 앉았다. '네년이 어디까지 오만할 수 있는지 보자' 명철은 기회가 오기를 기다렸다. 등 뒤에서 물길 쏟아지는 소리가 들렸다. 간호인이 비누칠을 하기 시작했다. 거칠한 손길이 명철의 사타구니에 다가왔다. '이때다!' 명철은 간호인을 밀어 넘겼다. '제 년이 아무리 힘이 세다 해도 이번에는 안 될 것이다.' 간호인 넘어지는 소리가 둔탁하게 들렸다. 명철은 있는 힘을 다해 간호인 목을 눌렀다.

"아이고 영감이 사람 죽이네."

"이 년이!"

적반하장이지 누굴 죽인다는 건가.

"이놈의 영감이 미쳤나."

간호인이 악을 써댔다.

"아이고!"

간호인은 놀란 눈으로 명철을 올려다보며 눈에 핏대를 세웠다.

명철은 계속해서 간호인 목을 눌러댔다. 간호인의 버둥거리는 모습이 눈에 들어왔다. 명철은 고소했다.

"나쁜 년."

남자간호사들이 몰려와 명철의 손목을 간호인으로부터 떼어냈다.

명철은 분을 삭이지 못한 채 씩씩댔다. 간호인은 명철을 밀치고 샤워실 문밖으로 기어나가고 있었다.

사람들이 수군거리는 소리가 들렸다. 명철은 그제야 벌거벗고 있다는 것을 알았다. 손으로 사타구니를 가렸다. 명철에게 옷을 주섬주섬 던지던 간호인이 돌아앉아 눈물을 흘리고 있었다. 어디서 본 듯한 익숙한 모습이었다.

"아이고 저 영감 집에 가기는 걸렀네."

"그래도 집으로 가야지요."

무슨 말들을 하는 건가.

"저렇게 힘센 사람을 어떻게 간호해요."

"할머니가 그동안 얼마나 고생을 했는데."

"그런 말 말세요, 요양원으로 모시는 게 맞지요."

명철은 이해할 수가 없었다. 간호인이 마지막이라는 말에 분이 반이

나 풀려, 이번만 잘하면, 아내에게 간호비도 제대로 주라고 말해야겠다는 생각을 했는데.


아버지 고함에 명철은 뒤를 돌아보았으나 아버지는 보이지 않고 어머니가 웃고 있었다. 명철은 어머니에게 다가가려 발걸음을 옮기다가 그만 발을 헛디디고 말았다. 명철은 깜깜한 절벽 밑으로 한없이 떨어지고 있었다. 뭔가 잡아야 살 수 있을 텐데.

"영감."

아내가 흔들어 깨우고 있었다. 오랜만에 들어보는 아내의 목소리였다. 며느리 목소리도 들렸다.

명철은 실눈을 떴다. 하얀 가운을 입은 아들이 보였다.

"어머님, 어느 정도 치료가 됐으니 오늘 퇴원하셔도 될 것 같습니다."

'언제 아들이 의사가 됐지?' 명철은 이해할 수가 없었다.

아내의 한숨 소리가 들렸다.

집으로 가면 그만일 텐데 무얼 망설이지, 명철은 망설이는 아내를 이해할 수 없었다. 다리 근육이 부실한 건 열심히 운동하면 금방 좋아질 테고.

아들은 계속 말을 하고 있었다.

"요즘은 좋은 시설이 많습니다. 이번처럼 어머님께서 고생하시지 않으셔도 되고요."

"집으로 모셨으면 좋겠는데 저번처럼 완전히 정신이 나가 버리면 혼자 감당하기가 어려울 것 같아서……."

"엄마! 무슨 소리야 그래도 집으로 모셔야지!"

딸년의 앙칼진 목소리가 명철의 귀를 후볐다. 도무지 아내가 무슨 말을 하고 있는지 알 수 없었다. 집으로 갈 수 없다는 말인가, 간호인을 찾았다. 보이지 않았다. 그러면 지금까지 간호한 사람이 아내였단 말인가.

그럴 리가……, 꿈이라도 꾸었단 말인가. 말도 안 되는 소리다. 40년을 함께 살아온 아내를 모를 수 있단 말인가. 그럴 리가 없었다. 그러니까 나는 나을 수 없는 병이고, 집으로 갈 수 없다는 말인가?

조용했다. 모두가 돌아간 것 같았다. 보조 침상에 앉아 있던 아내가 초췌한 모습으로 명철에게 말했다.

"똥이 마려우세요?"

아내의 눈에 눈물이 맺혀 있었다.

명철은 돌아누웠다. 그리고 하나님에게 기도했다. 한평생 종교를 가져본 적이 없지만, 기도를 들어줄 것 같았다.

"하느님! 저는 아무것도 할 수가 없습니다. 심지어 40년을 같이 살아온 아내와 가족조차 기억할 수 없습니다. 하나님 저는 어떻게 해야 합니까?"

명철은 잠시 숨을 멈추고 아내를 돌아보았다. 아내는 병원 창문을 하염없이 바라보고 있었다.

"하나님! 저를 데려가 주십시오."

명철은 여전히 실눈으로 병실 출입문을 감시하고 있었다.

병실에는 3호 환자도 4호 환자도 그리고 2호 환자는 물론 그의 아내마저 보이지 않았다.

┌ 저자 프로필 ─

**최희영**

울산출생 / 소설가, 시인 / 월간 한맥문학 시부분 신인상 / 한양대학교 산업대학원 졸업 / 주부토 소설동인, 부천소설가협회회원 / 시집 〈장미와 할아버지〉출간 / 현 삼환기업 해외사업본부 재직

# 거미

---

### 황인수

1.

빈 집의 불빛으로 그대를 부르리라 가발을 벗어들고 찾아온 첫겨울 그해 관목 숲속에서 암호로 살아 오르고 다시 낡은 감탄사로 지은 목재 나루터 다방 유리창마다 흔들리며 번지는 욕망의 성에를 늦게 도착한 때 묻은 不眠 한 장으로 깨끗이 닦아주리라[1]

눈을 뜨고 있지만 아무 것도 보이지 않는다. 어둠 때문이다. 줄곧 두 귀를 곤두세우고 있지만 사람 소리는 들리지 않는다. 빈 집이기 때문이다. 그의 집. 눈이 가려져 보지는 못했지만 엘리베이터를 타고 한참 올라온 것으로 보아 그의 집은 공중에 있는 게 분명하다. 찬바람이 일고, 냉기가 감도는 집. 감히 내가 이렇게 생각해도 되는 건지 모르지만 언제 어떻게 스러질지 모를 위태로운 집.

행복이라는 눈 먼 곤충 한 마리가 걸려들어 퍼덕거리기를 고대하며 지은 거미의 집. 그래서 견고함을 보장한다고 하지만 흔들리는 집. 있어

---

1) 정영길의 시 '꿈속의 세바스챤 중에서

도 없는 것 같은 집. 웃음소리가 사라진 집. 아이가 없는 집…….

익숙하지만 낯선 그의 집, 그의 침실 침대 밑에 내가 누워있다. 또깍또 깍 장난감 병정처럼 일정한 보폭으로 벽시계에서 걸어 나온 초침소리가 어둠과 적막의 틈새를 비집고 들어가 방안의 빈 곳을 차곡차곡 메운다. 그 빽빽하고 견고한 공간 어디에도 스며들지 못하는 나의 숨소리만 울 림으로 돌아올 뿐.

침대의 밑과 내 얼굴과의 거리는 기껏해야 한 뼘이다. 나는 반듯이 누 워 정면을 바라보고 있다. 침대가 무너지기라도 한다면 나는 그대로 압 사할 것이다. 침대는 무거운 돌로 만들어져 있기 때문이다. 별이 다섯 개, 장수 돌침대. 돌. 석관. 내가 죽으면 들어가 누울 관 속의 어둠도 이 런 빛깔일까? 돌 위에 눕는가, 돌 아래 눕는가? 삶과 죽음의 차이는 결국 돌의 어느 위치에 누워 있는가에 달려있는 셈이다.

나는 동쪽으로 머리를 두고 있고, 몸을 오른쪽으로 세 바퀴 굴리면 침 대 밑에서 나올 수 있다. 아직까지 1시간 정도의 여유가 있으므로 나는 자유롭게 뒹굴어도 되고, 이 세상에서 가장 편한 자세로 있을 수도 있으며, 이 집안의 어디에라도 돌아다닐 수 있다. 하지만 나는 굳이 침대 밑을 고 집하며 누워있다. 그것이 오히려 편하다. 나도 모르는 사이에 침대 밑이 라는 공간과 반듯이 누운 자세에 익숙해졌기 때문이리라. 바닥엔 담요 가 깔려 있고. 나는 그 담요 위에서 옷을 벗은 채로 누워 있다. 몸을 가능 한 한 따뜻한 상태로 유지하고 있어야 하므로 전기담요를 두르고 있다.

이제 얼마 후면 그가 그의 와이프와 함께 이 집으로 올 것이다. 그는 당당하게 내가 누워있는 이 방으로 들어와 옷을 갈아입고, 그의 와이프 를 침대 위에 누일 것이다. 오늘은 그들에게 아주 특별한 날이니까. 그 래서 나에게도 매우 중요한 날이니까.

오늘밤 단 몇 분의 거사(擧事)를 위해 그와 나는 지난 한 달 동안 얼마나 많은 땀을 흘리고 노심초사를 했던가?

허공에 집을 짓고 걸려들 먹이를 기다리며 한쪽 구석에 몸을 숨긴 거미처럼 빈 집의 한 모퉁이 어둠 속에 누워서 나는 기다리고 있다, 한 치의 오차도 없이 이루어져야 할 절묘한 타이밍. 나의 차례를.

오늘밤이 지나면 이제 더 이상 빈집의 불빛으로 외쳐 부르지 않아도 행복이 내게 올 수 있을까? 나는 과연 흔들리며 번지는 욕망의 성에를 깨끗하게 닦아낼 수 있을까?

마른 침을 꿀꺽 삼키고 난 뒤에도 한참동안 목젖이 제자리로 돌아오지 못한다.


2.

굴복하여라 빈 가슴이여. 돌아와 떨어진 눈물로서 그대를 부를 수 없고 그대가 눈물로서 우리를 부를 수 없다. 가장 낮은 곳으로 그대의 자음이 지워지고 아직 쓰여 지지 않은 모음이 불안하게 따라와 누울 때 이마를 마주대고 구원의 고통을 나누는 말 황량하다……[2]

그를 만나기 전까지 나는 그랬다. 사막처럼 말라가고 있었다. 가진 것이라고는 빈 가슴뿐. 어디로 가야할지, 또 어떻게 살아가야 할지 그저 막막하기만 했었다.

"우리 집은 안 돼."

제대를 열흘 앞두고 마지막 휴가를 나왔을 때 형은 상처를 도려내듯 단칼에 나를 잘라냈다.

"고시원이든, 찜질방이든 거처 마련해 놓고 복학할 때까지 알바 좀 뛰어. 이제 니 길은 니가 알아서 가. 이 돈은 학비에 보태고…… 미안하다."

형이 건네준 봉투 한 장을 쥐고 집을 나섰던 나였기에 그를 만난 건 순

---

2) 정영길의 시 '날개도 없이 공중에 사는 거미는 행복한가' 중에서

전히 행운이라고 할 수 밖에 없었다. 최소한 내가 해야 할 일이 생겼고, 갈 곳이 정해졌기 때문이었다.

휴가의 대부분을 나는 PC방에서 보냈다. 컵라면을 후루룩거리면서, 인스턴트 커피를 마시면서. 눈은 총알이 쏟아지고 폭탄이 터지는 컴퓨터 화면을 바라보고 있었지만 머릿속은 여러 가지 생각들로 얽혀 있었다.

"우리 집은 안 돼."

나는 형의 말을 곱씹어 보았다. 형의 집이 비좁아서도 아니고, 형이, 또는 형수가 나를 싫어해서도, 졸업할 때까지의 뒷바라지가 힘에 겨워서가 아님도 나는 안다. 형과 나만의 비밀. 민재를 지키고 싶은, 민재를 나에게 빼앗기고 싶지 않은 형의 욕심 때문이리라.

"우리 집은 안 돼"라는 그 말을 듣는 순간 나는 갑자기 온 몸에 힘이 빠져 나가는 것 같았다. 신생아실에서 단 한 번 보았을 뿐, 민재가 태어나자마자 입대했던 나는 2년 가까이 지난 지금까지 민재를 휴대폰 속의 희미한 사진으로 밖에 보지 못했다. 휴가를 나올 때마다 형수가 민재와 함께 친정에 가고 없었기 때문이었다. '이번에는 볼 수 있겠지'라는 야무진 기대는 번번이 깨졌다. 하지만 난 민재가 보고 싶다고, 민재를 데려오라고 부탁할 수도, 떼를 쓸 수도 없는 처지였다. 민재는 엄연히 형수가 낳은 형의 아들이니까. 나는 물풍선처럼 부풀어 오른 허전함만 가슴에 품고 부대로 돌아가야 했었다. 생각해 보면 그것이 형의 계획에 의한 의도적인 도피였음을 그땐 몰랐었다.

PC방 맨 구석자리에 처박혀 앉아 민재 또래 남자 아이의 옷들을 이것저것 클릭하면서 하루를 보내고, 3, 4세 아동의 양육과 행동특성 등의 정보를 제공하는 육아카페를 방문하면서 또 하루를 보내고, 제대 후 복학하기 전까지 무슨 일을 할까 생각하며 잡코리아, 사람인, 알바몬, 파인드잡 등 구직사이트를 뒤지면서 이틀을 보냈다. 그리고 여러 게임 사이트를 전전하면서 닷새째를 담배연기에 젖어 보내던 오후에 나는 낯선 남자에게서 걸려온 전화를 받았다.

남자의 목소리는 조심스러웠고, 그는 말을 조금 더듬었다.

"육아카페… 게시판에 올린 글을 보고 전화… 드렸습니다."

육아카페? 게시판? 순간 나는 딱밤을 한 대 맞은 것처럼 정신이 번쩍 들었다. 엊그제 호기심 반 기대 반의 마음으로 올렸던 글을 보고 남자가 전화를 한 것이었다. 잠시 잊고 있었지만 사실 나는 그 글을 올리는 순간 만큼은 상대방이 꼭 전화해 주기를 간절히 바랐었다. 고대하고 소원했던 일이 이루어질 것 같은 예감과 일말의 불안감이 함께 뒤엉킨 묘한 흥분 때문에 가슴이 두근거리기 시작했다.

"스물다섯 살, A형, 178cm, 대학생…… 확실하죠?"

"예, 지금 휴학하고 군 복무 중인데, 10일 후면 제대합니다."

나는 PC방 문을 밀고 나와 층계참으로 내려서며 침착하게 대답했다.

"지금 그럼 부댄가요?"

"아니요, 휴가 중이고, 내일 귀대합니다."

"아, 다행입니다."

"……."

"내일 잠깐 만났으면 하는데 시간 가능한가요?"

"예, 괜찮습니다."

남자는 내일 오전 10시에 소망역 3번 출구 뒤편에 있는 대중목욕탕에서 만나자는 말을 남기고 전화를 끊었다. 왜 하필 목욕탕이냐고 묻고 싶었지만 나는 참았다. 내 몸을 확인하고 싶기 때문일 거라고 생각했고, 그렇다면 굳이 안 될 이유도 없으며, 그렇게 해서라도 계약이 된다면 내가 손해 볼 일도 없을 것 같았다. 그리고 어차피 모든 열쇠는 그가 쥐고 있고, 그의 요구가 까다로울수록 거기에 대한 대가도 더 커질 테니까 말이다.

다음날, 나는 정각 10시에 소망역 3번 출구 뒤편에 있는 목욕탕으로 갔다. 밖에서 보는 것보다 목욕탕은 넓고 사람도 붐볐다. 이런데서 어떻게 그를 찾지? 나는 일단 휴게실로 들어갔다. 그의 얼굴은 모르지만 이곳저곳을 기웃거렸다. 그도 나를 잘 모를 테니까 기웃거리는 내 모습을 보면 아는 체를 해 올 것이라고 생각했다. 하지만 사람들은 내게 무심했다. 아마도 내가 찾는 그는 없는 것 같았다. 수면실에도 가보고 탈의실도 살펴보았지만 그로 여겨지는 사람은 없었다.

'속은 건가? 괜히 시간만 낭비하는 거 아냐?.'

어쩐지 일이 잘 풀린다 했어, 결국 누군가의 장난에 놀아났구나, 라고 생각하니 나 자신이 한심하다는 생각이 들었다.

'그래, 내가 허튼 꿈을 꾼 거야. 그 일이 그렇게 쉬우면 누구나 돈을 벌겠다고 달려들겠지? 세상이 그렇게 호락호락하겠어?'

나는 자조하면서, 속을 때 속더라도 전화나 한 번 해보자. 하고는 주머니에서 휴대폰을 꺼냈다. 그때 문자메시지 하나가 도착했다. 그가 보낸 것이었다. 갑자기 일이 생겨 늦을 것 같다며 목욕을 하고 있으면 자신이 1시간 이내에 도착하겠다는 내용이었다. 나는 안도의 숨을 내쉬었다. 한 시간이 아니라 열 시간도 기다릴 수 있겠다고 생각했다. 그가 오는 것이 확실하기만 하다면.

나는 옷을 벗고 욕탕으로 들어가서 온탕에 몸을 담갔다가 습식 사우나와 건식 사우나를 오가며 땀을 빼고 원적외선이 쏟아지는 황토 수면실에 누웠다.

그는 믿을만한 사람일까? 공연히 돈 욕심 부렸다가 영화에서처럼 엉뚱한 사건에 얽히고 휘말려 망신당하는 건 아닐까?

기본 천만 원에다가 성공할 경우 천만 원을 더 준다는 것은 상당히 좋은 조건임에 틀림없다. 거기에 한 달 간 숙식까지 제공한다니……. 이건 분명 모 아니면 도, 행운 아니면 사기 둘 중의 하나다. 하지만 설령 내가 사기를 당하는 한이 있더라도 이번 기회를 놓쳐서는 안 된다는 생각이 들었다. 어떻게든 이 거래를 성사시켜야만 한다, 어떻게든……. 민재에 게 멋진 장난감과 옷을 사주고, 다음 학기 등록금과 집 문제를 해결하려 면 이 방법밖에는 없다. 나는 눈을 감았다. 붉은 불빛이 눈꺼풀 위로 쏟 아지니 어둠마저 붉은 빛이다. 그 어둠 위로 민재의 얼굴이 떠오른다. 신 생아실 유리벽 안에서 하얀 강보에 쌓인 채 눈을 감고 세상모르고 자던 민재. 그 조그만 입술을 오물거리면서 눈썹을 찡그리기도 하고, 웃기도 하던 갓난 아기 민재. 견물생심. 애시당초 민재를 보지 않았다면……. 그랬다면 군 생활 2년 동안 하루도 빠짐없이 휴대폰 속에 저장되어 있는 민재를 열어보는 일은 없었을 것이다. 그리움 따위는 없었을 것이다. 시 간이 지날수록 나는 민재의 아빠가 되고 싶었다. 내가 민재의 아빠라고 주장하고 싶었다. 그러나 포기해야 한다. 포기해야 옳다. 굴복하라, 빈 가슴이여. 돌아와 떨어진 눈물로써 그대를 부를 수 없고 그대가 눈물로 써 나를 부를 수 없으니…….

민재에 대한 생각을 털어내려고 나는 눈을 떴다. 그리고 찬물로 샤워 를 하고 휴게실로 나왔다. 로션을 바르고 옷을 입으려 할 때 나는 다시 그의 전화를 받았다.

"장정현씨, 감사합니다. 정현씨는 바로 제가 찾고 있던 사람입니다. 외모 상으로는 그렇습니다. 이제 제가 구체적으로 정현씨한테 제안을 하려고 하는데요, 지하철역 7번 출구 옆에 있는 공원으로 오십시오."

"저를 만나지도 않고 어떻게 제 외모를……."

"정현씨 옆에서 목욕을 했으니까요. 정현씨가 알면 저를 의식할까봐 몰래 정현씨를 지켜봤습니다. 죄송합니다. 암튼 1차 합격입니다."

3.

긴 벤치의 양 끝에 그와 내가 앉아있다.

나는 고개를 젖혀 하늘을 향해 눈을 감고 있고, 그는 검은 색 썬글라스를 쓴 채 땅바닥을 내려다보고 있다. 둘 중의 한 사람이 갑자기 벤치에서 일어난다면 다른 한 사람은 벤치와 함께 우당탕 넘어질지도 모른다.

그와 나는 벌써 10분 째 같은 거리를 유지하면서 말없이 앉아있다.

어떤 제안이든 빨리 말해 주었으면 좋으련만 그는 똑같은 자세로 땅바닥만 바라보고 있을 뿐이다. 내가 생각하는 것보다 복잡하거나 실행하기 어려운 일인가? 그래서 내가 거절할까봐 조심스러운 것일까? 다른 건 몰라도 그는 지금 두려울 것이다. 일면식도 없는 나에게 자기 자신의 치부를 말해야 하고, 그것을 돈으로 해결해야 할 수 밖에 없다는 자괴감 때문에 그는 망설이는 것이리라. 저렇게 자신의 얼굴을 진한 색안경으로 가린 것만 봐도 알 수 있다.


형도 그랬었다. 인적이 드문 수목원으로 나를 불러낸 형도 본론을 말하기까지 한 시간 넘게 뜸 들였었다. 마음의 결단을 내렸지만 과연 자신의 판단이 옳은 것인지 되묻고 또 결단과 감행으로 인해 혹여 누군가에게 폐를 끼치고 피해가 되는 일은 아닌가? 하는 것들을 생각하고 또 생각했으리라. 그러나 무엇보다 자신의 제안이 받아들여지지 않는다면 어떻게 할까? 하는 두려움이 가장 컸을 것이다.

형은 검푸르러진 입술을 더듬거리며 말문을 열었었다.

"정현아, 미안하다. 근데 이 길 밖엔 다른 길이 없구나."

메타세쿼이아 줄기를 따라 올라가던 형의 시선이 다시 내게 오기까지 한참이 걸렸다.

"나하고 같이 병원에 좀 가야겠다. 넌 그냥 내가 부탁하는 일만 해 주고 오면 돼."

나는 잔뜩 긴장한 얼굴로 형의 얼굴을 똑바로 쳐다보았다. 형의 입에서 무슨 말이 튀어나올지 조금은 두렵고 불안했다.

"니 형수가 알면 안 되는 일이야."

그 말을 들었을 때 나는 갑자기 가슴이 덜컹 내려앉았다. 짧은 순간이지만 뭔가 불길한 느낌이 엄습해 왔다. 내가 형에게 장기라도 이식해야 하는 걸까? 그래서 형이 이렇게 어렵게 말을 꺼내는 것일까? 건강해 보이는 형이 무슨 중병에라도 걸렸단 말인가?

어리둥절해 앉아있는 내게 옆걸음으로 다가온 형이 내 어깨를 감싸안으며 말했다.

"내가 어디가 아파서 그런 게 아니라…. 아이 때문에……. 난 니 형수한테 문제가 있는 줄 알았어. 그래, 니 형수한테도 문제는 있지. 나팔관 한쪽이 막혀서 임신이 잘 안된대. 그게 전부인 줄 알았어. 근데 더 큰 문제는 나한테 있었고, 난 그걸 최근에 알았어. 니 형수는 아직 몰라. 그리고 끝까지 니 형수는 몰랐으면 좋겠어. 내가 무정자증이라는 걸……."

'그래서 결혼한 지 5년이 지났는데도 형과 형수한테 아이가 없었구나. 맞벌이해야 하니까 일부러 피임하는 줄 알았는데 사실은 아이를 무척 기다렸구나.'

"무정자라니, 내가 씨 없는 남자란다. 이걸 니 형수가 알아 봐라, 나 창피해서 못산다."

지난 달 형 집에서 있었던 친목 모임 때 돌, 백일 지난 아이들을 데리고 온 친구들 앞에서 형의 얼굴이 유독 어두워 보였던 이유가 그거였구나. 얼마나 고민하고 낙심했으면 그 새 저렇게 수척해졌을까?

형이 세상에서 가장 불행한 사람처럼 느껴졌다. 아이를 가질 수 없다니……. 형이.

이젠 애를 가져야 할 때가 되지 않았느냐는 친척과 지인들의 말을 들을 때마다 "때가 되면 들어서겠죠."라는 한 마디로 일축하면서도 자신감 넘치던 형이 그날은 왜 그렇게 작고 측은해 보이던지…….

"많이 생각해 봤다. 이게 옳은 일인지, 그른 일인지……. 그런데 어차피 인공수정할 거라면 모르는 사람의 정자를 빌려 낳느니 네 도움을 받는 것이 낫겠다는 결론을 내렸다. 윤리적, 도덕적, 법적으로 문제 될 소지가 있을 수는 있겠지만 너와 나만 아는 일이라면 세상의 눈치를 보지 않아도 될 것 같구나."

나는 잠시 머릿속이 혼란스러웠다. 아무리 형제라지만 이 부탁을 받아들여야 하는지 말아야 하는 건지 선뜻 판단을 내릴 수 없었다.

"예전에 종가집에서 대가 끊기면 동생의 아들을 데려다 대를 잇곤 했으니 이것과 그것이 다를 게 뭐니? 하지만 낳아서 기르다가 정든 제 자식 보내려면 마음도 아프고 힘들겠지만……. 그래서 이 방법이 최상이라고 생각했어."

형은 나의 망설임에 쐐기를 박듯 얼른 한 마디 덧붙였다.

"병원에 오기 전에 한 가지 해야 할 것이 있어. 활동성이 좋은 정충을 얻으려면 시술 3~4일 전에 정액을 한 번 배출하는 게 좋다는 구나. 오늘이 좋을 것 같은데……."

형이 엄지손가락만한 크기의 메모리스틱을 내 손에 쥐어주었다. 집으로 돌아와 컴퓨터에 연결해서 열어보니 그 속엔 동영상 두 개가 있었다. 야한 동영상.

'ㅋㅋ, 형도 참, 이런 건 얼마든지 다운받을 수 있는데…….'

사흘 후 나는 형이 일러준 종합병원으로 갔다. 형이 형수와 함께 담당 의사를 만나고 있을 때 난 A병동 뒤편을 서성이고 있었다. 형수가 인공수정 시술을 받기 위해 절차를 밟고 있는 동안 형으로부터 연락이 왔다.

나는 형이 기다리고 있는 남성의학실 룸으로 들어갔다. 형의 얼굴에 말로 표현하기 어려운 수많은 감정들이 교차되고 있었다.

"정현아, 잘 할 수 있지?"

형이 뚜껑이 있는 작고 투명한 유리병을 탁자에 내려놓으며 말했다. 그 유리병 위엔 견출지가 붙어있었고, 거기엔 "장동현"이라는 형의 이름이 쓰여 있었다.

"잘 안되면 여기 잡지도 있고, 이 컴퓨터를 이용해. 도움이 될 거야. 끝나면 문자 보내."

형이 내 등을 두드리고는 후다닥 룸 밖으로 나갔다.

나는 문을 잠그고 방을 한 바퀴 휙 둘러보았다. 방이라고 말하기엔 너무 작은, 그냥 칸막이로 나누고 문을 달아낸 좁은 공간에 지나지 않는 룸의 한쪽 면에는 세면대가 있고, 그 위에 물비누와 페이퍼 타월이, 그 아래에는 휴지통이 놓여 있었다. 맞은 편 벽 앞에는 평상처럼 생긴 길고 좁은 침대가 놓여 있었고 그 침대 끝에서 50센티미터 정도 앞쪽에 컴퓨터한 대가 수납장 위에 올려 있었다. 컴퓨터 앞에는 자판이, 옆에는 마우스와 스피커가 놓여 있었고, 그 뒤 벽면에는 컴퓨터 사용에 대한, 좀 더 자세히 말하면 동영상 플레이어 작동에 대한 메모와 A4용지를 빼곡히 메운 안내문이 붙어 있었다. "동영상을 보신 후 꼭 끄고 나오세요." 푸른 색지 위에 붉은 글씨의 의미가 무엇인지 나는 옆에 있는 안내문을 읽고서야 깨달았다.

안내문에는 정액을 채취하는 방법과 주의사항에 대해 적혀 있었다. 안내문 옆에는 가로, 세로 30cm정도의 사각형 홀이 있었다. 두꺼비집이나 수도계량기함 크기의 그 홀 위에는 "받으신 후 실험관을 이곳에 넣고 벨을 눌러주세요"라는 글귀가 있는 것으로 보아 채취된 정자가 그 홀을 통해 실험실로 바로 가는 모양이었다.

좁고, 낯설고, 텅 빈 방에 홀로 남겨진 나 ……. 황량하고 어색한 이 기분을 어떻게 설명할 수 있을까? 온통 각지고 딱딱하고 차가운 느낌의 이 좁은 방, 아니 의학실에서 나는 마치 임상실험용 동물처럼 야동이라는 발정제를 이용해 정액을 방출해 내야 한다. 나는 침대에 털썩 앉았다. 그리고 잠시 눈을 감고 호흡을 가다듬었다.

　　'형이 얼마나 간절했으면 내게 이런 부탁을 하겠는가? 내가 아니면 누구도 들어줄 수 없는 부탁이다. 형을 위한 일인데 뭐. 얼마든지 할 수 있어. 해야만 해.'

　　나는 컴퓨터를 켰다. 동영상 플레이어를 클릭한 후 화면을 최대화 시켰다. 나는 A4용지의 안내문을 다시 한 번 훑어보고는 아랫도리를 벗고 세면대로 가서 손과 생식기를 물비누로 씻은 후 침대 앞으로 갔다. 화면 가득히 포르노 영상이 펼쳐지고 동물적인 본성에 의해 반응하는 몸의 세포들이 서서히 감각을 세우며 일어서기 시작했다……. 그리고 마침내 나는 조그만 진공 유리병 속에 나의 정충들을 가뒀다.

　　의학실에서 실험실로 이동한 나의 정자들은 불순물과 염증세포를 제거하고, 운동성이 좋은 정자 부유액으로 만들어 지기 위해 배양액으로 여러 번 세척된 후, 주사기가 연결된 이식관을 통해 형수의 몸속으로 들어가리라.

　　착상이 제대로 되지 않으면 두세 번 더 올 수도 있다는 형의 우려와 번거로움을 나는 말끔히 해결해 주었다. 내 정자는 형수의 자궁 속에 안착했고 10개월 후 형과 나만이 아는 출생의 비밀을 간직하고 민재는 태어났던 것이다.


　　이제 나는 이 남자의 소원을 이루어 주어야 한다. 그러면 그는 내게 거금을 줄 것이다. 그러고 보면 하늘은 참 공평하다. 능력 있고 잘생긴 사람에게 한 가지 정도의 능력을 슬쩍 감춰놓고 안 주는 걸 보면 말이다.
그에게도 정자를 주지 않았나 보다. 그러니 백주 대낮에 부끄러워 썬글
라스를 쓰고 그것을 달라고 나를 만나러 왔겠지. 나는 가진 자요, 그는
내 것이 필요한 자다. 나는 떳떳하다. 그가 내 맘에 안 들면 안 줄 수도
있다. 하지만 난 지금 가졌다고 허세를 부릴 입장은 아니다. 나도 그에
게 필요한 것이 있으니까.

"난,"

그가 드디어 입을 열었다.

"인공수정을 원하지 않아요."

나는 그의 얼굴을 쳐다보았으나 그의 눈동자가 어디를 보고 있는지 알
수가 없었다. 그의 동공은 검은 유리알 속에 감춰져 있었기 때문이었다.

"나는 당신을 원합니다."

"……."

"당신이 직접 내 역할을 해 주세요. 그러면 내가 병원에 가는 번거로
움도 없을 것이고, 또 내가 아이를 가질 수 없는 사람이라는 사실을 와이
프와 가족들도 눈치 채지 못할 거예요. 그렇게 해 줄 수 있나요?"

"그게 무슨……."

"당신이 내 와이프와 직접 성관계를 해서 임신을 시키는 겁니다. 걱정
하지 마세요. 와이프는 당신이 당신이라는 걸 모를 테니까. 내가 하라는
대로만 하면 됩니다. 계약이 이루어지는 날부터 당신은 내가 되는 겁니다.
할 수 있겠어요?"


4.

군대라는 속박으로부터 벗어나 자유인이 된 나는 열흘 전에 앉았던
그 벤치에서 그를 다시 만났다. 여전히 검은 안경으로 자신의 얼굴의 반

을 가리고 나왔지만 그의 얼굴은 여유롭고 밝아 보였다. 심지어 그는 반가움의 표시로 내게 악수를 청해왔다. 하지만 내 마음은 다소 경직되어 있었다. 형에게 그랬던 것처럼 그냥 정액만 제공하면 되는 것이라면, 설령, 두 번이든 세 번이든 그의 와이프가 임신할 때까지 인공수정에 협조하는 조건이라면 즐거운 마음으로 군 생활을 마무리할 수 있었을 것이다. 그런데 직접적인 성관계를 통해 임신을 시키라니, 그것도 그의 와이프를 감쪽같이 속여서……. 그것이 제대하는 날까지 나를 망설이게 했다. 보통의 의뢰자라면 아무리 절박하게 임신을 원하더라도 가능한 한 피하고 싶은 방법이 그것일 텐데……. 물론 내가 야비하거나 젯밥에만 눈이 어두운 대리부라면 망설임 없이 흔쾌히 그 제안을 수용하였으리라. 하지만 나는 그것이 부담스러웠다. 그 속에 혹시 보이지 않는 어떤 함정이라도 숨어 있는 건 아닌지 의심스러웠다. 그가 5백만 원을 선 입금 하지 않았다면 그를 만나기 위해 그 자리에 다시 나가지는 않았을 것이다.

그가 내 손을 잡은 채로 벤치에 앉았다. 그를 따라 나도 앉았다. 그는 내가 나와 준 것에 대해 몹시 고마워하는 것 같았다. 계약금을 입금했지만 내가 나오지 않을 수도 있다고 그는 생각했는지도 모른다. 그는 이번이 처음이 아닐 지도 모른다. 그의 얼굴은 웃고 있지만 썬글라스에 가려진 눈빛은 어디를 보고 있는지, 무엇을 생각하고 있는지 알 수 없다. 썬글라스. 난 갑자기 가슴이 답답해져 왔다. 입술. 그를 바라보고 있지만 그의 얼굴은 보이지 않고 그의 입술만 움직이고 있었다.

"잘 생각했습니다. 보상은 충분히 하겠습니다."

"이제부터 제가 어떻게 해야 하는 거죠?"

여기까지 온 바에야 더 이상 지체해야 할 이유는 없다고 생각했다. 빨리 일을 끝내는 것이 상책이었다.

"좋습니다. 마음의 결정을 내린 것 같으니 저와 함께 장소를 옮겨서 자세한 이야기 나누기로 하지요."

공원에서 길가로 나왔다. 그는 16층짜리 건물의 오피스텔 706호로 나를 데리고 올라갔다.

"이 곳이 장정현씨가 한 달 동안 머물 곳입니다. 맘에 들지 않아도 어쩔 수 없습니다. 여기에 있는 모든 것들과 빨리 친해져야 합니다."

"친해져야 한다구요?"

그런데 썬글라스를 좀 벗어 주면 안 될까요? 라는 말을 하고 싶었지만 나는 참았다. 그도 나에 대해서 아는 것이 별로 없겠지만, 아니 속속들이 알고 싶지 않겠지만 굳이 자신의 신상을 나에게 공개하고 싶지 않을 거라는 생각이 퍼뜩 들었기 때문이었다. 얼굴을 다 보여주고, 자신의 이름을 밝혀서 그에게 이로울 일은 별로 없을 것 같았다. 자기의 와이프와 외간 남자의 성관계를 통해서 아이를 가져보겠다는 남자가 뭐 그리 떳떳하다고 곧이곧대로 자기를 까발릴 것인가? 썬글라스를 벗지 못하는 이유가 바로 거기에 있으리라.

"여기에 있는 가구와 집기는 모두 내가 살고 있는 집의 것과 같은 것이구요, 배치 또한 내 집과 같습니다. 침실과 거실, 화장실의 구조도 같습니다. 내일 입실 이후부터는 여기에 있는 이 옷을 입으세요. 제 것과 똑같은 것입니다. 속옷도 마찬가지구요. 화장품, 비누, 샴푸, 면도기……. 머리와 손톱의 길이까지 저와 같아야 합니다. 내일부턴 나와 똑같은 음식을 먹어야 하고 운동도 같이 해야 합니다."

그가 방문을 열었다. 넓고 큰 2인용 돌침대가 한눈에 들어왔다. 방문 옆으로 화장대와 문갑이 기역자로 침대의 윗부분과 연이어 배치되어 있었고, 침대 아래쪽에는 장롱이, 그 옆에는 원탁과 2개의 의자가 놓여 있었다.

"잠은 침대 밑에서 자야 합니다. 익숙해지기 위해섭니다."

침대에 걸터앉아서 그는 나에게 내일부터 당장 실행해야 할 몇 가지를 사항을 일러주었다. 가장 시급한 것이 금연이었다. 그의 와이프가 담배냄새에 극도로 민감하기 때문이며, 술도 맥주 캔 1개 이상 마셔서는 안 되는데, 그건 좋은 씨앗을 위해서도 필요한 것이므로 명심해 달라고 요청했다.

그는 거실로 나가서 소파 위에 놓여있던 가방 속에서 탁상용 캘린더를 꺼냈다. 그리고 10월 8일을 손가락으로 짚고 한 장을 넘겨 11월 7일을 가리키면서 이 기간 동안에는 그와 함께 피트니스 클럽에 운동하러 갈 때 외에는 외출할 수 없다고 덧붙였다.

까다로운 조건이 있을 거라고 생각하지 않은 건 아니지만 금연에 외출금지라니……. 과연 내가 이 미션을 잘 수행해 낼 수 있을지 나는 잠시 고민했다.

그러는 사이 그가 안주머니에서 볼펜을 꺼냈다. 그는 캘린더의 10월을 펼치고는 12, 16, 20, 24에 차례로 동그라미를 친 뒤, 28이라는 숫자 위에다 큰 동그라미를 여러 번 두르고 별을 세 개나 그렸다.

"이날이 D-데이입니다. 임신확률이 가장 높은 날이죠. 이날을 위해서 우린 최상의 컨디션을 만들어야 합니다."

건강하고 활동성이 좋은 정자를 만들기 위해서는 3~4일에 한 번씩 정액을 배출해야 하는데 그날이 12, 16, 20, 24일임을 잊지 말고, 잘 안되면 자신이 도와주겠노라고 그가 말했다. 전자는 이미 알고 있는 사실이지만, 잘 안되면 그가 뭘 어떻게 도와주겠다는 것인지 선뜻 이해되지 않았다.

캘린더를 탁자 위에 세워놓고 일어선 그는 내 손을 잡고 욕실로 갔다.

전신거울 앞에 나를 세운 그는 거울 속에 비친 나와 자신의 모습을 한참동안 바라보더니(아마 그랬을 것이다. 썬글라스를 쓰고 있어 확언키는 어렵지만), 갑자기 자켓과 셔츠를 벗고 내게도 벗으라고 했다.

나는 모자를 벗고, 점퍼와 셔츠를 차례로 벗었다. 거울 속에 그와 나의 상반신이 비쳤다. 그의 상체는 군대를 막 제대한 나보다 훨씬 근육이 많고 탄탄해 보였다. 그가 허리띠를 풀고 바지와 속옷도 벗어버렸다. 그리고 나를 향해 돌아섰다. 벗으라는 뜻이었다. 나는 좀 당황했지만 이내 옷을 모두 벗고 거울 앞에 섰다. 거울 속에 비친 그와 나의 모습은 어딘지 닮아 있었다. 키도 거의 같았고, 체형이나 피부색도 엇비슷했다. 복부와 허벅지에 군살이 그보다 많은 것이 좀 아쉽긴 했지만 그다지 나쁘진 않았다, 목욕탕에서 1차 면접을 본 이유가 자기를 대신할, 자신과 가장 닮은 사람을 찾기 위해서였음을 나는 비로소 깨달았다. 거울 속에 있던 그가 갑자기 사라졌다. 내 등 뒤로 갔기 때문이었다. 등 뒤에서 그가 손을 뻗어 내 가슴을 만졌다. 잔소름이 끼쳤다가 금세 사라졌다.

"이 털을 없애야 합니다. 제모제를 바르고 한 시간 후쯤 물로 헹구면 저절로 없어질 겁니다."

가슴에 있던 그의 손이 배로 내려갔다.

"저와 함께 운동을 하면 일주일 내에 군살이 빠질 겁니다."

그의 손이 배꼽 아래로 내려갔다. 그는 어느새 내 물건을 쥐고 있었다.

"문제는 이겁니다. 최대한 부풀었을 때도 내 것과 비슷해야 하는데……. 아무리 어둠 속이라도 와이프는 내 것에 익숙해져 있을 테니까요……. 좀 민망하긴 하지만 세워보겠습니다."

그는 내 등 뒤에서 능숙한 솜씨로 내 물건을 일으켜 세운 다음 거울 속으로 다시 들어왔다. 그의 물건도 세워져 있었고, 그의 얼굴엔 미소가 번지고 있었다.

그가 나를 덥석 끌어안으면 말했다.

"행운의 여신이 이번엔 날 돕고 있는 게 틀림없습니다. 장정현씨를 믿습니다. 내 와이프를 속여 주세요. 단 한 번의 관계로, 완벽하게."

5.

오피스텔에서 나온 뒤 나는 예고 없이 형 집에 갔다. 다행히 형이 없었다. 솔직히 나는 그 점을 노렸던 것이다. 제대 날짜를 형에게 하루 뒷날로 알려주었었다. 그래야만 형이 형수와 민재를 빼돌리지 않을 테니까. 계약금으로 받은 돈을 찾아 민재의 옷과 장난감을 사고, 형수에게 줄 가방도 하나 샀다. 초인종을 누르니 형수가 나와 문을 열어 주었다. 민재가 아장아장 따라 나와 형수의 무릎을 잡고 섰다. 나는 선물 꾸러미를 내던지다시피 하고 민재를 안아 올렸다. 또랑또랑한 눈으로 대체 넌 누구냐는 듯이 나를 쳐다보고 있는 민재의 뺨에 입을 맞추면서 나는 민재에게 말을 걸었다.

"민재야, 삼촌이야. 삼촌. 오랜만이지? 태어나는 날 보고 오늘이 두 번째 보는데, 기억나? 삼촌이라니까."

민재는 내가 낯설기만 한지 그저 바라만 보았다.

"민재가 아직 말을 못하나 봐요?"

선물 꾸러미를 풀어 가방을 살펴보던 형수가 웃음 가득한 얼굴로 내게 말했다.

"이제, 엄마 아빠 맘마 쉬, 그런 말 밖에 못해요. 그러고 보니 오늘이 삼촌이 처음으로 조카를 안아보는 날이네요? 민재 많이 컸죠? 민재야, 삼촌이 선물 사왔네? 돈도 없을 텐데 왠 선물을 이렇게 많이 샀어요?"

민재가 태어나기 전까지 도련님이라 부르던 형수가 삼촌이라는 호칭을 너무 자연스럽게 사용하고 있었다.

"민재 태어나서 처음 사주는 선물인데 그 정도는 해야죠?"

형과 형수의 사랑을 듬뿍 먹고 쑥쑥 자라고 있는 민재의 모습은 바라보는 것만으로도 행복한데 이렇게 품에 안고 입 맞추고, 눈 맞추며 말 걸고 있으니 나는 가슴이 벅차올랐다. 민재는 따뜻하고, 부드럽고, 향기롭고,

깨끗하고, 귀여움 자체였다, 눈에 넣어도 아프지 않겠다는 말을 비로소 나는 이해할 수 있었다.

형수가 차려준 밥을 어디로 먹었는지, 후식으로 내온 과일의 맛이 어땠는지 기억나지 않을 정도로 나는 민재만 바라보았고 틈틈이 카메라에 담느라 여념이 없었다. 그런 나를 보면서 형수가 말했다.

"삼촌이 아이를 이렇게 좋아하는 줄 몰랐어요. 민재 키우면서 문득문득 삼촌 생각 많이 했어요. 이상하게 민재가 형보다 삼촌을 더 많이 닮은 것 같더라구요. 임신했을 때 삼촌을 미워하지 않았는데, 하하하, 왜 임신했을 때 누군가를 미워하면 아이가 그 사람 닮는다잖아요."

"……."

"삼촌도……. 농담이에요. 지금은 꿈만 같아요. 저한테 이렇게 예쁜 아기가 생길 거라고 꿈도 꾸지 못했거든요."

"형수 축하해요. 맘고생 많이 하다가 얻은 아인데……. 축하한다는 말도 제대로 못한 것 같아요."

형이 돌아온 건 소파에 앉아서 내가 민재를 재우기 위해 우유를 먹이고 있을 때였다. 민재는 아직도 우유병을 물어야 잠드는 습관이 있다고 했다. 형의 얼굴은 술기운으로 벌겋게 물들어 있었다. 민재를 안고 있는 나와 눈이 마주친 형의 미간이 심하게 일그러졌다.

"너 왜 왔어? 제대는 내일 아니었어?"

나를 바라보는 형의 눈빛은 적의로 가득 차 있었고, 목소리는 몹시 퉁명스러웠다.

"…… 어, 형, 내가 날짜를 잘못 계산했더라구."

나에게 다가온 형이 내 손에 들려 있던 우유병을 빼앗고, 곧이어 민재를 낚아채 갔다. 막 잠이 들려던 민재가 짜증을 내며 울려하자 형은 형수에게 민재를 안기며 가서 재우라고 했다. 형의 행동이 평소와 달랐기 때문에 나는 당황했고, 형수 또한 조금 놀라는 눈치였다. 민재를 받아 안고 형수는 형의 팔을 붙들며 나무라듯 말했다.

"이 이가 왜 이래? 삼촌이 우리 민재를 얼마나 끔찍이 생각하는 데……."

"끔찍이?"

나를 쏘아보는 형의 눈빛이 번쩍 빛났다. 그와 동시에 형의 손이 거칠게 내 뺨에 와 부딪쳤다.

"오지 말라고 했지. 우리 집은 안 된다고 말했잖아."

나보다 더 놀란 사람은 형수였다. 잠시 할 말을 잃고 있던 형수가 형을 향해 소리 질렀다.

"당신 취했어? 미쳤어? 아니 삼촌이 뭘 그렇게 잘못했다고 때려? 때리기를……. 잘못한 일이 있어도 그렇지 어떻게 동생을 그렇게……. 아니, 삼촌이 여기 말고 갈 데가 어디 있다고 오지 말라는 거야?"

형수는 한 팔로 민재를 안고 한 손으로는 형을 저지하면서 내게 말했다.

"삼촌, 오늘 이 사람 안 좋은 일 있었나 봐요. 얼른 피하세요."

핑 돌아 맺혔던 눈물 한 방울이 뚝 손등으로 떨어졌다. 나는 뺨을 어루만지면서 문밖으로 나왔다. 엘리베이터 속 거울에 비친 내 모습이 초라하게 느껴져 차마 바라볼 수 없었다. 두 눈에서 눈물이 주르르 흘러내렸다.


6.

나는 정확하게 오후 3시에 그의 오피스텔에 도착했다. 사실 2시 5분에 그곳에 도착했지만 정확히 3시까지 오라는 그의 요청에 따라 공원에서 배회하다가 올라와 휴대폰 시계가 정각 3시를 가리킬 때 오피스텔의 초인종을 눌렀다. 그가 웃음 띤 얼굴로 문을 열어 주었다.

"생각보다 소심한 성격이군?"

그가 흰 셔츠의 소매를 걷어 올리고 나를 쳐다보며 말했다. 그는 여전히 썬글라스를 쓰고 있었다. 그의 눈빛을 피하기 위해 고개를 조금 숙였다.

"오해하지 마. 와줘서 고맙다는 뜻이니까."

그는 내 옆구리에 팔을 두르고 소파로 나를 데려가 자기 옆에 앉혔다. 그러고 보니 그는 내게 반말을 하고 있었다. 싫지는 않았다.

"하루 이틀 볼 사이도 아닌데 편하게 불러도 되지?"

'이메일을 주고받고, 전화 음성으로 만났고, 직접 대면해서 이야기도 했고, 목욕도 같이하고 볼 거 다 본 사인데……. 그래도 되겠죠. 그런데 얼굴은 모르네요, 그 썬글라스 때문에.'

나는 그의 썬글라스가 적잖이 거북스러웠다. 그와 나 사이에 벽이 있는 것 같은 느낌이 들었고, 그의 눈빛을 읽을 수 없는 게 여간 불편한 게 아니었다.

그가 썬글라스를 벗지 않는 이유는 아마 언젠가 우연이든 필연이든 어느 길거리, 어느 공원에서 만났을 때, 그의 모습을 내가 알아볼 것이 두렵기 때문이리라.

"네가 그 놈이구나. 애 낳을 능력은 없는데, 돈은 있고, 그래서 내 정자를 빌려간 놈. 아내에게 들키기 싫어서 머저리 같이 외간 남자를 한 달 동안이나 먹이고 입히고, 재워가며 심지어 돈까지 얹어주고 제 마누라와 합방까지 시킨 얼빠진 놈이구나."라고 속으로 흉이라도 볼까봐 그것이 두려워서 그러는 것이리라.

형처럼 애써 얻은 아이를 내게 빼앗길 것이 두려워서 그럴 수도 있겠지. 어느 날 갑자기 나타나서 '저 애는 내 아이야' 하고 친권을 주장하며 돈을 요구할 지도 모른다는 생각 때문에 얼굴을 보여주지 않으려는 것일 지도 모른다. 얼굴뿐이랴. 이름이 무엇이고, 어디에 사는지, 무슨 일을 하는지…… 밝힐 수 없으리라.

하지만 아니다. 난 절대 아니다. 그를 욕하거나 흉보지 않을 것이다. 잊으리라. 잊어 줄 것이다. 그가 저 썬글라스를 벗어던지고 내 앞에 민낯을 공개한다고 해도 나는 그의 얼굴을 본 순간 기억하기 전에 바로 잊어버릴 것이다. 그의 목소리도, 그의 몸짓도, 그의 약점도…….

그는 얼마나 가련한 사람인가?

자기 자신을 인정하지 못하고, 자기를 속이고, 남을 속이면서 욕망 하나를 이루려 애쓰는 그는. 설령, 그 욕망이 이루어진다 해도 그것이 언제 들킬까 염려하고 노심초사하며 살아갈 그는. 아니, 그에게는 아이가 전부가 아닐 지도 모른다. 더 큰 무엇인가를 얻거나 잃지 않기 위해서 아이가 필요한 것일지도 모른다. 그에게 있어 아이는 그저 큰 야망을 위해 필요한 하나의 도구나 수단에 지나지 않을 지도 모른다. 나는 또 얼마나 한심한 족속인가? 그런 그에게 돈을 받고 그의 인생극장에 엑스트라로 출연해서 어설픈 연기를 하고 있는 나는. 그는 언젠가 깨닫겠지? 이 모든 것이 부질없었음을. 한 순간의 오판이었음을. 물거품 같은 욕망이었음을.

"마음의 준비 단단히 하고 왔지?"

그가 내 어깨 위에 손을 올려놓으며 물었다.

"네. 그런데 제가 뭐라고 부를까요? 형이라고 할까요?"

"그냥 스티브라고 불러. 세례명이 스테파노거든."

그에 대해서 한 가지 알았다. 그가 천주교 신자라는 걸.

"하지만 지금은 아니야, 옛날에 성당 다닐 때 이름이야."

그가 쓸 데 없이 자신을 노출했다고 생각했는지 그렇게 한마디 덧붙였다.

스티브……. 스티브 잡스 애플, 스티브 오스틴 6백만 불의 사나이, 스티브 맥퀸 빠삐용……. 스티브들은 강하다. 그도 강할까? 그를 그냥 '스티브'라고 부르기엔 뭔가 허전하다. 늘 썬글라스를 쓰고 있으니까 스티브 썬글라스? 스티브 썬, 썬 스티브, 좋아, 썬 스티브! 센스티브……. 그래,

그는 예민한 사람일 것이다. 상처받기 싫고, 남에게 자기의 상처를 보이고 싶지 않은 사람. 또 그는 세심한 사람, 더 나아가 치밀한 사람일 것이다. 다른 남자와 섹스를 하게 하면서도 그 남자가 자기 자신인 것처럼 느끼도록 가슴털과 머리카락, 심지어 손톱의 길이까지 와이프로 하여금 눈치 채지 못하게 하려는……, 센스티브한 썬 스티브.

그는 침대가 있는 방으로 나를 데리고 갔다. 창문이 짙은 녹색의 커튼으로 가려져 있었다. 학교 강당이나 음악실, 군대 교육장 등에서 영화를 볼 때 빛을 가리기 위해 치던 커튼 색이었다. 커튼 하나 바꿨는데 방의 분위기는 어제와 사뭇 달랐다. 아늑하고 편안하기보다는 다소 침침하고 우울한 느낌이 들었다. 침대의 높이도 올라가 있었고, 하얀 시트도 바닥에 거의 닿을 정도로 길게 늘어져 있었다. 그리고…… 침대 위에 속살이 비치는 연분홍색 잠옷 차림의 여자가 누워있었다. 실물 크기의 여자 인형이었다. 인형을 발견하고 흠칫 놀라는 나를 보며 그가 말했다.

"저 인형을 내 와이프라고 생각하면 돼. 와이프가 저렇게 누워 있을 거야. 그러면 침대 밑에서 대기하고 있던 그대가 침대 위로 올라가면 되는 거지. 무슨 말이냐 하면, 10월 28일 9시에 나는 와이프와 함께 외식을 하고 들어올 거야. 그리고 곧바로 2세를 갖기 위한 작업을 시작할 거야. 1차 공격으로 내가 와이프를 반 기절 시켜 놓고 침대 밑으로 내려갈 테니까 대기하고 있다가 잽싸게 올라온 그대가 2차 공격하면 되는 거지. 작업 직전에 미량의 수면제 탄 물을 먹일 거니까 와이프는 금세 잠들 거야. 혹시라도 와이프가 눈치 채지 못하도록 커튼도 바꿔놨고, 전등도 모두 끌 거야."

"……아, 참으로……."

황량하다고 말할 뻔 했다.

그러니까 나는 한 달 동안 이곳에 머물면서 저 인형이 누워 자고 있는 침대 밑에서 잠을 자며 어둠과 친해지는 연습을 하고, 12 · 16 · 20 · 24

일에 수음을 해서 건강하지 못한 정자를 배출해 내고, 아침저녁으로 운동해서 그와 똑같은 몸매와 피부를 만드는 것은 물론, 그가 사용하는 샴푸와 화장품을 써서 체취도 같도록 하면 되는 것이었다. 금연 금주하고, 그가 마련해 준 음식을 섭취하여 건강한 씨앗을 준비하고 있다가 그가 갈아 놓은 밭에 씨만 뿌려주고 내려오면 되는 것이었다. 이렇게 간단하고 어렵지 않은 일을 한 달 동안 준비하고 연습시켜서라도 아이를 갖고 싶은, 아, 센스티브한 썬 스티브.

그와 나는 침대 밑으로 들어가 누웠다. 방바닥이 차갑기도 했지만 돌침대 밑이라서 그런지 냉기가 감돌았다. 보일러를 돌리거나 전기장판을 깔지 않으면 10분도 견디기 어려울 것 같았다. 침대 앞의 유리탁자와 그 위에 놓인 물병과 유리컵, 그리고 화장대 위의 화장품과 티슈, 문갑 위에 오디오와 스피커 위치까지 자기의 침실과 똑같이 세팅하면서 그는 자신도 어제부터 적응훈련을 시작했다고 말했다.

내일 아침 7시에 운동해야 하니 6시 반에는 일어나야 한다고 말하면서 그는 신을 신었다. 침대 위의 인형은 1차 배출시 필요할 것 같아서 준비한 것이니 미리 사용해서는 안 된다는 것과 꼭 침대 밑에서 자야 한다는 것을 재차 강조하고 그는 돌아갔다.

나는 침대에 몸을 던져 인형과 나란히 누웠다. 거실 벽에 붙어 있는 삿갓 쓴 전등으로부터 나온 불빛이 열려진 방문으로 들어왔지만 커튼이 드리워진 침실은 어둡고 적막했다. 또깍 또깍 또깍- 시계 바늘을 돌리며 걸어오고 있는 어둠의 발자국 소리. 어둠은 순식간에 내 눈꺼풀 위에 내려와 있었다. 나는 가슴 위에 포개 얹었던 두 손과 팔을 양 옆으로 벌렸다. 왼팔이 인형의 가슴에 닿았다. 풍만하면서도 물컹한 감촉이 팔뚝에 느껴졌다. 나는 짚이는 대로 인형의 여기저기를 주물러 보았다. 부드러운 옷감 밑으로 잡히는 인형의 팔다리는 바람이 조금 빠진 풍선처럼 물렁거렸다. 나는 몸을 한 바퀴 굴려 인형 위에 엎드렸다. 그리고 인형을 꼭 끌어안았다. 인형의 허리는 한 줌 밖에 되지 않았다. 그 빈약한 허리를 안고 있는 내 모습이 몹시 우스꽝스러울 것 같았다. 나는 얼른 몸을 뒤집어 반듯이 누웠다. 인형이 내 가슴 위로 올라왔다. 나는 있는 힘을 다해 인형을 끌어안았다. 울컥 외로움이 밀려왔다. 누군가를 이렇게 으스러지도록 안고 싶다는 생각이 밀물처럼 밀려왔다. 누군가를 이렇게 꽉 안아본 기억이 없다. 외로움이 뼛속 깊이 사무쳤다. 나는 있는 힘을 다해 인형을 내 가슴으로 잡아당겼다. 민재가 들어왔다. 내 품속으로 민재가 들어와 푹- 안겼다.……. 형의 얼굴이 떠올랐다. 교통사고로 같은 날 돌아가신 부모님을 대신해 중학교 때부터 나를 보살펴 준 형. 형한테 맞은 뺨이 아직도 얼얼했다. 뺨 안쪽 벽이 어금니와 부딪쳐 찢어졌기 때문이었다.

나의 어떤 행동이 형을 화나게 했을까? 열등감 때문이었을까? 형으로서, 아버지 같은 존재로서 나를 키워온 형. 뭐 한 가지 나보다 못할 게 없는 형이 아이를 낳을 수 없다는 사실을 유일하게 알고 있는 내게 느끼는 사내로서의 열등감, 자괴감 같은 것? 그래서 나를 보면 그 열등감이 기억나고, 그것을 상기시켜 준 내가 밉고, 나를 미워할 수밖에 없는 자신이 싫어서 화가 나고, 그래서 그 화풀이를 나에게 했던 걸까?

그렇다면 나는 형 앞에 다시는 나서지 말아야 한다. 형이 나를 미워하다가 민재를 자기 자식이 아니라고 미워하고 괴롭힐지도, 그래서 형은 더 불행해 질지도 모른다는 생각이 불현듯 스쳐갔다.

뒷주머니에서 나는 휴대폰을 꺼내어 민재의 사진첩을 열었다. 한 장 한 장 불러내어 확대 했다가 축소도 했다가 하면서 나는 민재의 사랑스런 모습을 눈 속에, 가슴 속에 꾹꾹 눌러 넣었다.

7.

아이가 태어나고 성장하는 동안 그는 그 아이의 행동과 마음씨를 하나하나 지켜보면서 생각할 지도 모른다.

'그래, 너의 아비를 닮았구나. 그래서 따뜻하구나, 영민하구나.'

하지만 반대로

'내 씨앗이 아니라서 어쩔 수 없구나. 근본은 못 속인다니까.'

하고 생각할 지도 모른다.

아이를 바라보면서 그가 '내가 겪은 너의 아비도 참 좋은 사람이었지. 착하고, 겸손하고, 배려심 많고, 신중한 사람이었지'하고 나를 기억해 준다면 아니, 그렇게 기억하도록 나는 노력하고 싶다.

내가 보유하고 있는 유전자도 아이에게 전해지겠지만 이와 함께 현재 나의 모습 또한 훗날 아이에게 투영되고, 성장 과정에 반영될 것이다. 나로 인해 태어난 아이가 행복할 수도 있고, 불행해 질 수도 있다. 부모의 사랑을 받지 못하고 자란다면 그 아이는 잘못된 출생으로 인한 연속된 불행의 전철을 밟으며 일생을 살지도 모른다.

'임신만 되면 나의 의무는 끝이다. 아이가 태어나서 어떻게 자라든 나와는 무관하다. 그건 이미 내 영향권을 벗어난 일이다. 나는 거기까지 책임져야할 의무가 없다'는 생각도 해 보지 않은 것은 아니다. 하지만 그때 나의 뇌리에 민재의 모습이 떠올랐다. 나의 씨앗이 어딘가에 뿌리내려 잘 자랄 수 있도록 조금 애쓰는 것, 그 정도는 나의 의무이다. 나는 이번 프로젝트의 성공을 위해 최선을 다할 것이다. 또 그런 모습을 그에게 보여줄 것이다. 아, 나는 얼마나 멋진 대리부인가?

딩동 딩동~

초인종이 울렸다. 그때 난 컴퓨터에서 새로운 게임을 다운 받고 있는 중이었다. TV에서는 이번 주말에 내장산 단풍이 절정을 이룰 것이라는 소식을 전하고 있었다. 그가 올 시간이 아니었다. 그는 초인종을 누르지 않는다. 6시 20분에 그가 온다. 그와 함께 옆 건물 지하 식당가에서 저녁을 먹은 후 옷을 갈아입고 헬스클럽에 가야 한다. 그런데 지금은 5시. 누굴까?

나는 걸쇠를 걸어놓은 상태에서 문을 열었다. 한 뼘 정도 열린 공간에 낯선 사내가 서 있었다. 사내가 안쪽을 힐끗 쳐다보고 나서 나를 찬찬히 뜯어보며 물었다.

"어? 사장님이 아니네? 사장님 안 계세요?"

모자를 눌러쓰고 있고, 밝은 빛을 등지고 서 있어서 사내의 얼굴이 뚜렷이 나타나지는 않았지만 30대 중반쯤으로 보였다.

"……."

"여기, 윤기준 사장님 안 계세요?"

"누구신데요?"

"아, 나 이 오피스텔 관리인이에요."

"그런 분 안 계십니다. 나중에 다시 한 번 오세요."

사내가 뭘 더 물어보려 했으나 나는 문을 닫았다. 낯선 사람에겐 말을 아껴야 한다는 걸 난 알고 있다.

'윤기준?'

나는 돌아서며 사내의 말을 되뇌어 보았다.

그, 썬 스티브의 이름이 윤기준인가? 사장님이라고?

"탕탕"

문 두드리는 소리와 함께 사내의 목소리가 다시 들려왔다.

"잠깐만요. 같이 사는 사람의 이름도 모른다니 말이 됩니까?"

"글쎄, 아직 안 오셨다니까요."

나는 문을 열지 않고 바깥에 대고 말했다.

"좀 전에 로비에서 만났는데 잠깐 들어가서 기다리면 안 될까요?"

"6시 20분쯤에 다시 오십시오."

하지만 사내는 포기하지 않았다.

"윤사장님 하고 어제 미용실 같이 가신 분 맞죠?"

나는 대답하지 않았다. 그의 이름이 윤기준인 게 틀림없나 보다. 알고 싶지 않은 사실을 두 가지나 알게 된 셈이다. 그래도 난 스티브가 좋다. 어제 그와 함께 미용실에 갔었던 건 사실이다. 그와 나는 똑같은 스타일, 똑같은 길이로 머리카락을 잘랐다. 내 머리카락이 짧았기 때문에 나는 그냥 다듬는 수준에서, 그는 내 머리카락 길이에 맞추기 위해서 제법 많은 양을 잘라내야 했다. 그는 미용실에서조차 썬글라스를 벗지 않아 옆 머리 깎을 때 미용사의 눈총을 받았었다.

"……."

"두 분이 아침마다 헬스클럽에 같이 가는 것도 봤어요."

나는 잘못한 것도 없는데 공연히 가슴이 철렁하였다. 누군가에게 감시를 당하고 있는 건 아닌가 하는 생각이 불현듯 스쳤기 때문이었다. 나는 문틈 가까이에 입을 갖다 대고 사내에게 좀 큰 소리로 말했다.

"관리인이시면 사장님 전화번호가 있을 거 아닙니까? 급하신 것 같은데 전화해서 계신 곳을 찾아가시죠."

그 이후 사내의 목소리는 더 이상 들리지 않았다.

그리고 그날, 그는, 스티브는 오피스텔에 오지 않았다. 전화도 없었고, 관리인이라는 사내를 만났을 거라는 생각 때문에 나도 굳이 그에게 전화를 하지 않았다. 혼자 밥 먹고 운동했다. 그런데 그가 없는 저녁시간은 무척 길게 느껴졌다.

8.

나는 내가 불편하다. 내 것이 아닌 것은 불편하고, 때로는 나조차도 내 것이 아닐 때가 있다. 그의 속옷을 입고(사실 나는 사각보다 삼각이 좋다), 그의 향수와 로션을 바르고(내 취향이 아닌 향기를 계속 맡고 있으려니 머리가 띵 할 때도 있다), 그가 먹는 것과 똑같은 음식을 먹고, 같은 치약으로 이를 닦으며 그의 허울을 쓰고 살고 있기 때문이다.

내 것이 아닌 것……. 이 집의 모든 것은 내 것이 아니다. 그러므로 아무리 익숙해도 이곳은 낯설다.

침대 위에 누워 있는 저 여자. 저 인형도 내 것이 아니다. 아무리 껴안고 뒹굴어도 정들지 않는 여자. 남의 여자. 그의 와이프를 대신하는 여자. 저 여자는 나를 지켜보고 있다. 불쾌한 여자, 위험한 여자.

인형이 누워있는 침대로 그가 나를 데리고 갔다.

"오늘은 내 와이프의 사용법에 대해서 얘기하겠다, 알겠나?"

그가 교관 흉내를 내며 장난스럽게 말했다. 귀여운 썬 스티브. 말없이 누워만 있는 인형보다는 몇 마디나마 말을 섞는 그에게 정이 들었을까? 그를 귀엽다고 생각하다니……. 안 될 말이다. 썬글라스를 쓰고 팬티를 입은 그가 팬티만 입고 있는 나에게 말했다.

"침대에 올라가서 인형 위에 푸시 업 자세를 취한다, 실시."

나는 인형 위에 엎드려뻗쳐를 했다.

"두 다리를 모아 쭉 뻗은 상태에서 단지 엉덩이만 상하로 움직여야 한다. 내 와이프의 사용법 첫째, 신체 어느 한 곳이라도 접촉하지 않아야 한다. 물론 내가 안 보니까 만질 수도 있겠지만, 평소와 좀 다른 행동을 한다면 아무리 졸음에 겨운 와이프라 할지라도 의심할 수 있기 때문이다.

'당신, 웬일이야? 안하던 짓하고' 하면서 말을 시키기라도 한다면 대책이 없다. 그리고 둘째, 작업 중에는 절대 말을 해서는 안 된다. 알았나?"

"옙."

나는 훈련병처럼 짧게 대답했다.

"셋째, 키스도 안 된다."

나는 인형의 얼굴을 내려다보았다. 인형을 자세히 보는 건 처음이었다. 얼굴의 형체가 있고, 눈·코·입·귀가 그 위에 조잡하게 그려져 있었는데 유독 입술만 두툼했고 붉은 색이어서 도드라져 보였다. 키스하고 싶은 마음이 전혀 들지 않았다.

"넷째, 내 와이프가 절정에 이르면 그대의 등을 할퀴고 머리카락을 잡아당길 수도 있다. 그래도 움직여서는 안 된다. 자세를 그대로 유지하면서 더 날렵하게 공격해라. 그러면 곧 와이프는 항복할 것이다."

나는 자세를 풀고 인형 앞에 앉았다. 그리고 그에게 물었다.

"제가 먼저 끝나면 어떡하죠?"

그가 나를 쳐다보며 씩 웃었다.

"5분도 못 버티나?"

"그게, 그때그때 달라서……."

"푸하하~"

그가 큰 소리로 웃고 나서는 한결 유쾌해진 목소리로 말했다.

"걱정할 것 없다. 수면제를 조금 더 넣으면 되니까."

그의 말대로라면 이 프로젝트에서 나의 임무 수행 시간은 고작 5분 정도인 셈이다. 그가 침대로 올라오더니 내 앞에 누웠다. 그리고 내 팔을 잡아당기면서 말했다.

"지금부터 실습이다."

그는 자기와 자기 와이프가 어떻게 섹스를 할 것인지 직접 보여주겠다면서 좀 전에 인형을 상대로 연습한 것과 같이 자기를 대상으로 실습을 하라고 명령했다.

나는 그의 위로 올라갔다. 어깨 넓이로 팔을 벌리고 엎드려 두 다리를 뻗었다. 그는 나를 올려다보면서 말했다.

"자, 시작. 엉덩이를 움직인다, 실시!"

나는 눈을 꽉 감고 엉덩이를 위 아래로 움직이기 시작했다. 그가 자신의 아랫도리를 내게 밀착해 왔다. 그가 신음 소리를 내기 시작했다. 그 소리가 너무 낯설고 어색해서 웃음이 날 뻔했다. 그의 손이 내 등을 어루만지고, 내 머리카락을 쓰다듬었다. 나의 운동이 조금씩 격해지자 그의 신음도 커지기 시작했다. 그는 내 귓불을 만지작거리기도 하고 엉덩이를 움켜쥐면서 '더 깊이'라는 말을 신음으로 뱉어내기도 했다. 나는 몸이 뜨거워지기 시작했다. 팔이 아프고 허리께가 뻐근해지니 땀이 배기 시작했다. 그래도 나는 눈을 질끈 감고 계속 엉덩이를 움직였다.

'이게 지금 뭐하는 짓인가? 하늘에서 엄마 아버지가 내려다보고 혀를 차시겠다. 어디 할 짓이 없어서…… 하고 말이야. 하지만 엄마 아버지, 영화 촬영할 때 배우들도 이렇게 한답니다. 처음 보는 남녀가 옷 홀랑 벗고 많은 사람들 앞에서 사랑하는 척 연기를 하는 거죠. 어떤 배우들은 실제로 정사를 하기도 한답니다. 그런 영화로 시작해서 유명해 진 배우들이 꽤 많아요. 그에 비하면 저는 양반 아닌가요? 보기 민망하면 눈 좀 감고 계세요. 저도 눈 꽉 감고 있답니다.'

나는 좀 더 속도를 냈다. 달아오르는 흥분과 쾌감을 견딜 수 없다는 듯 그는 상체를 일으켜 내 뺨에 자신의 얼굴을 비비기도 하고 혓바닥으로 턱과 목 언저리를 핥기도 했다. 그의 숨이 뜨거웠다. 그의 입술이 내 입술에 닿았다. 굳게 다문 내 입술을 열던 그가 내 엉덩이와 허리를 두 팔 다리로 꽉 휘감으며 괴성에 가까운 큰 신음을 내더니 일순간 모든 동작을 멈췄다. 그리고 잠시 후 스르르 그는 내게서 팔과 다리를 풀며 떨어져 나갔다. 그의 거친 숨이 잦아들 때까지 나는 꼼짝 않고 같은 자세로 엎드려 숨을 가다듬었다.

"잘했어. 내 와이프가 내게 했던 그대로를 그대에게 재연한 것이다. 와이프가 그대를 휘감고 잠시 동작을 멈출 때 쯤 사정하면 된다. 잘 조절하도록 해, 그래서 인형이 필요한 거야, 알았나?"

대답 대신 눈을 떴을 때 이마에 맺혔던 땀 한 방울이 그의 턱 위로 떨어졌다. 나는 팔을 굽혀 그의 턱으로 입술을 가져갔다. 그의 턱에 내 입술이 닿으려는 찰라 그가 나를 밀쳐냈다. 그 바람에 나는 침대에 벌렁 누웠고, 그는 벌떡 일어나 앉은 자세가 되었다.

"내 와이프한테 그런 감정이 들어 있는 행동은 금물이야. 그대의 접촉을 허락한 곳은 오직 여기, 이거 하나 뿐임을 잊지 마. 알았나?"

그가 내 사타구니에 손을 얹으며 말했다.

"그러고 보니 오늘은 오래된 씨앗을 버리는 날이군. 지금 어때? 내가 도와주고 싶은데."

그가 내 팬티를 벗기기 위해 달려들었고 나는 시트를 휘감으며 몸을 웅송그렸다.


9.

언제부턴가 오전 11시는 내게 가장 편한 시간이 되어 있었다. 운동 끝내고 샤워하고 나와서 커피 한 잔 마시는 시간. 나는 친구 몇몇과 돌아가며 통화를 하고 있었다. 친구들은 내가 한 달 간의 일정으로 배낭여행을 떠난 것으로 알고 있다. 그래서 가끔 이 시간에 걸려온 전화를 받으면 내가 어디에 있고, 무엇을 먹었는지 궁금해 하는 그들에게 나는 거짓말로 여행지와 그곳 음식들을 말해야 했다. 내가 한참 삼천포에 대해 인터넷에서 본 것들을 얘기하고 있을 때 초인종이 울렸다. 나는 서둘러 전화를 끊고 문 앞으로 다가갔다.

"집 좀 보러 왔어요."

여자 목소리였다. 나는 잠시 생각했다. 며칠 전에 관리인이 다녀가고, 그날 저녁 그가 여기에 오지 않았다는 것을……. 그의 신변에 무슨 문제가 생긴 것인가? 집을 내놓다니……. 처음 듣는 소리였다. 아무리 그가 자신을 밝히고 싶지 않은 사람이라지만 집을 사고파는 건 작은 일이 아닌데……. 센스티브한 썬 스티브가 이런 문제를 나에게 말하지 않을 리 없다. 설령 그런 일이 있다면 그는 자신이 직접 그들과 통화를 하고 데리고 와서 안내할 사람이다.

그런데 그에 대한 나의 이런 가당치 않은 신뢰는 무엇이며 어디에서 연유하는 것인가? 나도 모르게 나의 입가에 자조의 미소가 물렸다.

안쪽에서 아무런 반응이 없자 다시 벨소리가 나고 이번에 남자의 소리가 들려왔다.

"관리인입니다. 안에 계시면 문 좀 열어 주세요. 잠깐 구경 좀 하겠습니다."

며칠 전에 왔던 관리인의 목소리는 가늘고 높은 톤이었는데, 이번 관리인은 중저음으로 나이든 사람의 목소리였다. 관리인이 몇 사람이나 되기에 번갈아 가며 찾아오나? 하긴, 이 높은 건물 지키고 관리하려면 여럿 필요하겠지. 관리인과 같이 왔다? 그러면 집을 구경하러 온 게 확실하다. 나는 대답 대신 소파로 와서 탁자 위에 놓여 있던 휴대폰을 들었다. 그리고 최신기록에서 그의 번호를 찾아 통화버튼을 눌렀다. 사실 내가 그에게 거는 전화는 이번이 처음이었다. 늘 그에게서 걸려왔고, 난 늘 받기만 했기 때문이었다.

통화연결음이 흘러나온다. 그가 있는 곳에서 출발해서 내게로 밀려오는 베토벤 바이러스의 두 소절이 끝나갈 무렵에 그가 전화를 받았다.

"스티브, 집을 보러 왔다는데, 어떻게 할까요?"

그는 잠시 생각에 잠긴 듯 말이 없었다. 그 침묵의 시간이 무겁게 느껴졌다. 그러나 그는 이내 밝은 목소리로 말했다.

"집 내놓은 일 없으니까 문 열어 줄 필요는 없고, 707호와 집구조가 같으니까 그 쪽에 부탁하라고 해."

나는 다시 문 앞으로 갔다. 밖에서 그들이 문을 두드리면 그의 말을 그대로 전하려고 했는데 한참을 기다려도 소리가 들리지 않았다. 나는 빼꼼히 문을 열고 밖을 내다보았다. 아무도 없었다. 결코 문이 열리지 않을 것이란 걸 알고 서둘러 포기한 것 같았다.

그날, 여느 날과 달리 5시에 그가 왔다. 그에게서 술 냄새가 났다. 그가 소파에 앉으며 탁자 위에 술병이 든 비닐봉지를 올려놓았다.

"어때? 오늘 나하고 한 잔, 괜찮지? 괜찮아, 내가 허락하는 거니까."

그가 소주병과 맥주병을 꺼내더니 병뚜껑을 서로 맞물려서 술병을 땄다. 종이컵 두 잔에 각각 소주 반을 따르고 나머지 부분을 맥주로 채운 후 잔 하나를 내게 건네면서 그가 말했다.

"소주는 너무 독하고, 맥주는 싱겁고……. 이게 딱 좋아. 자, 건배!"

그와 나는 단숨에 한 잔을 비웠다.

"정현, 그대는 왜 나한테 아무 것도 묻지 않지? 궁금한 거 없어?"

"예."

"그래? 좀 서운하네, 나한테 그렇게 관심이 없다니……. 그냥 우리는 의뢰인과 대리부, 그 이상도 그 이하도 아닌가?"

나는 말없이 그의 잔에 소주와 맥주를 반반씩 부었다. 이럴 땐 그냥 아무 말도 하지 않는 게 상책이다. 형 집에 더부살이하면서 눈칫밥을 먹다보니 눈치밖에 없다고 말하면 너무 과장일까? 정자 하나 빼고 다 가진 사람일 것 같은, 완벽주의자일 것 같은 그가 낮술을 마셨다는 건 뭔가 골치 아픈 일이 생겼다는 뜻이다. 그러니 이럴 땐 그의 말을 들어주는 것만으로도 위로가 될 거라는 걸 나는 알고 있었다.

"그대는 말이 별로 없어. 참, 재미없는 친구지. 그렇지만 그 침묵 속에 무얼 숨기고 있는 것 같지는 않아. 그게 맘에 들어."

그가 술잔을 들며 계속 말을 이었다.

"그런데 말이야, 내가 저질 사기꾼, 협잡꾼 놈들한테 당한 생각만 하면 아직도 치가 떨려."

그의 목소리가 조금 높아졌다. 화가 치미는지 취기가 오른 때문인지 술잔을 비운 그의 얼굴이 벌겋게 물들었다.

"사람의 약점을 이용해서 돈이나 뜯어내려는 그런 나쁜 놈들……."

그는 취한 게 틀림없다. 평소의 그답지 않았다.

"정현, 사내가 사내구실을 못한다는 게 얼마나 견디기 힘든 고통인지 그대는 모르지? 돈, 명예 그런 게 다 무슨 소용이야? 씨앗 하나만 못해……. 감추고 싶었어. 내가 그런 사람이란 걸. 아니 인정하고 싶지 않았어. 지금도 그래. 그래서 와이프를 속이려고 그대와 함께 이렇게 모의 작당하고 있는 거구. 내가 한심하지?"

나는 대답 대신 술잔을 비웠다. 그가 내 잔을 채워주고 내가 다시 그의 잔을 채웠다.

"그래서 썬글라스를 못 벗겠어. 이해해줘."

그가 썬글라스를 벗지 못하는 이유가 나 보기 창피해서가 아니라 자신에게 부끄럽기 때문이라는 걸 나는 알게 되었다.

그는 나에게 고맙다고 말했다. 경원하는 눈빛으로 그를 바라보지 않아서 고맙고. 썬글라스 때문에 잘 보이지 않았을 텐데 항상 자기의 눈을 바라봐 줘서 고맙다고 했다. 아무 것도 묻지 않아서 정말 고맙다고, 진심이라고 말했다.

술기운 때문이었을까? 형의 얼굴이 그의 얼굴 위에 겹쳤다. 민재의 얼굴도 떠올랐다. 가슴 한쪽에 숨어있던 아픔 주머니 하나가 톡 터지면서 코끝으로 찡하게 밀려왔다. 여태까지 살아오면서 한 사람한테 고맙다는 말을 이렇게 많이 들어본 적은 없었다.

"한 가지 부탁이 있는데, 나 오늘 여기서 자고 가면 안 될까? 와이프가 친정 가서 내일 오는데 썰렁한 집에 혼자 눕기가 좀 그래서."

"스티브 집에서 스티브가 자겠다는데 누가 뭐랄 사람 있나요?"

"그런 뜻이 아니고……, 나 오늘 위로 받고 싶다고, 위로!"

그는 벌떡 일어나서 옷을 훌훌 벗고는 침대 밑으로 들어갔다.

인형은 침대 위에서, 그와 나는 침대 밑에서 잤다.


10.

드디어 그날이 왔다. 기다리던 날은 더디 오는 것 같다가도 어느 순간 성큼 다가와서 설레게 하거나 긴장케 한다.

평소처럼 6시 20분에 그는 오피스텔로 왔고, 기다리고 있던 나는 그와 함께 오피스텔의 주차장으로 내려왔다. 그는 운전석에 앉았고 나를 그 옆자리에 태웠다. 그의 차에 오르자마자 내 눈은 검은 안대로 가려졌다. 이동 시간은 20분 정도 걸린 것 같지만 그가 어떤 경로를 거쳐서 어디로 왔는지 나는 알 수 없었다. 단지 엘리베이터를 타고 올라왔으므로 고층 아파트라는 것만을 짐작할 뿐. 아쉽게도 이 건물의 엘리베이터는 목적 층에 도착했을 때 '5층입니다, 10층입니다'하고 알려주는 엘리베이터가 아니라 '딩동' 소리만 내는 것이어서 내가 몇 층에 있는지 알 수 없었다. 오는 동안 그는 한 마디도 하지 않았다. 긴장이 되었을 것이다. 두렵기도 하고, 과연 연습한 대로 내가 잘 해낼지 걱정도 되었을 것이다. 들키지는 않을까? 조마조마하고, 만약 모든 사실을 그의 와이프가 알게 될 경우의 대응방법도 궁리하고 있었을 것이다. 오늘 밤이 제발 무사하기를,

오늘의 거사가 성공하기를 간절하게 빌고 있을 그. 수많은 생각과 감정들로 가득 찬 가슴이 너무 버거워서 그는 아무 말도 할 수 없었을 것이다. 나 역시 긴장되기는 마찬가지였다. 아무리 연습하고 대비했지만 막상 눈앞에 닥치고 보니 가슴이 떨리고 입안이 자꾸 타들어가는 것 같았다.

그의 집에 도착한 후 그가 내 눈에서 안대를 벗겨 냈을 때 내 눈에 들어 온 그의 집을 보고 나는 내가 머물던 오피스텔과 너무나 똑같은 광경에 놀랐다. 아니, 감탄했다는 표현이 더 옳을 것이다. 물론 그가 말해서 이미 알고는 있었다. 오피스텔의 가구와 집기는 모두 그가 살고 있는 집의 것과 같은 것이라고 했던 그의 말. 거실과 침실의 구조, 가구의 배치, 여러 소도구들도 모두 오피스텔에서 보던 것 그대로였다. 오피스텔을 그대로 옮겨 오면서 조금 확대해 놓은 것 같은 느낌이랄까? 오피스텔에 있는 것인지, 그의 집에 온 것인지 잠시 헛갈리기까지 했다. 하지만 눈에는 익은 것들이지만 내 촉각은 좀 다르게 반응했다. 이상하게 낯설었다. 오피스텔에 갔던 첫날 그가 했던 말이 떠올랐다.

"여기에 있는 모든 것들과 빨리 친해져야 합니다."

색, 모양, 크기, 구조……. 모든 것이 같은 데도 오피스텔의 것은 익숙한데, 그의 집은 낯설었다. 그는 처음부터 알고 있었을까? 내가 이렇게 낯설어 할 거 라는 걸? 그가 내 양 어깨에 손을 얹으며 9시쯤 돌아올 거라고 말했다. 내 손을 잡고 두 번 툭툭 두드리던 그의 표정이 그리 밝지 않았다. 긴장했기 때문이리라.

그가 나간 뒤 나는 욕실로 갔다. 샤워를 하고 바디로션을 정성껏 바른 다음 향수를 살짝 몸에 뿌렸다. 그리고 곧바로 그의 방 침대 밑으로 들어갔다. 그곳이 이 집에서 가장 편한 곳이었다.

나는 형과 함께 갔었던 병원의 남성의학실을 떠올렸다. 좁고 차갑고 낯선 방과 딱딱한 느낌의 집기와 도구들……. 이 방도, 이 침실도 나에게는 거기와 다를 게 없었다. 냉기가 감도는 방. 타인의 방. 아무리 익숙해도 낯선 방. 임상실험용 동물처럼. 발정유도제를 맞고 교미를 위해 대기하고 있는 암컷에게 사랑도, 욕정도, 그 무엇도 다 버리고 단지 번식이라는 한 가지의 목적을 위하여 소용되어지는 종돈, 종우로서 나만 이 순간 존재하고 있는 것이다.

짙은 색의 커튼으로 창을 가린 침실, 불이 꺼진 방, 침대 시트가 바닥까지 닿아 있기 때문에 빛도 들어오지 않는 침대 밑은 내가 눈을 감고 있는 것인지 뜨고 있는 것인지 잘 알지 못할 정도로 어두웠다.

그 어둡고 은밀한 곳에 나는 한 마리 거미처럼 몸을 웅크리고 있었다.

거미. 노래 잘하는 여자 가수의 이름 중에 거미가 있다. 왜 하필 많고 많은 이름 중에 거미라고 이름 붙였을까?

소리오행으로 풀이하면 거미의 '거'에서 'ㄱ'은 木(나무)이고, '미'에서 'ㅁ'은 水(물)이다. 水生木, 相生의 이름이다.

지주(蜘蛛). 거미 지, 거미 주. 언젠가 TV에 한 중소기업 대표와 그의 회사를 소개하는 프로그램이 방영되었는데 그 회사의 이름이 蜘蛛였다. 회사이름에 대해 묻자 경영자는, 거미는 모성애가 아주 강한 벌레로서. 거미의 어미는 알을 제 몸 속에 낳는데 이는 부화된 새끼들에게 독립할 힘이 생길 때까지 제 몸을 뜯어먹게 하기 위해서라고 하였다.

거미. 허리에서 뻗어 나온 8개의 얇고 뾰족한 다리와 분비물에 젖어 미끈하고, 피막이 발달하여 탄력 있는 검은 색의 배를 가지고 있는 절지동물.

햇빛이 들지 않는 그늘에서 거의 움직이지 않고 있다가 촉각이 매우 예민한 섬모를 이용해 재빠르게 도망치는 거미.

거미는 해충을 잡아먹기 때문에 인간에게 매우 이로운 생물이다. 그럼에도 불구하고 많은 사람들은 거미를 징그럽고 혐오스러운 생물로 취급한다. 우리 인간들 중에도 거미와 같은 사람이 존재할 것이다. 알고 보면 참 착하거나, 좋거나, 도움이 되는 사람인데 그 반대로 인식되고 취급받는 사람들……. 나는, 대리부는 어디에 속하는 사람일까? 거미 같은 사람일까? 거미에게 잡아먹히는 해충 같은 사람일까?

제대를 며칠 앞둔 어느 날, 초소 뒤에서 담배 피우다가 우연히 초소지붕 끝에 낙엽 하나가 걸려있는 걸 보았다. 담배 연기를 후-하고 내뿜었는데 돌돌 말린 그 낙엽 속에서 숨어 있던 거미 한 마리가 뛰쳐나오더니 잽싸게 달아나는 것이었다.

이 순간 왜 그 거미의 모습이 떠올랐는지 알 수는 없지만 예고 없이 나에게 들이닥칠 위기 상황이 발생한다면 나의 도망치는 뒷모습도 그 거미와 다를 바 없으리라.

거사 도중에 갑자기 그의 와이프가 '너 내 남편 아니지?'하며 벌떡 일어나 대낮같이 불을 밝혀 버리면 나는 어떻게 해야 할 것인가? 거미가 가장 무서워한다는 벌. 그의 와이프가 큰 땅벌로 변해서 찌른 강력한 독침 한 방을 제대로 맞고 나가떨어지는 것은 아닐까?

나는 갑자기 머리위로 밀려오는 열을 식히기 위해 침대 밖으로 얼굴을 내밀었다.


11.

보았다 어둠의 얼굴 한 자락씩 지워지는 벌판에서 서로가 어둠으로 죽지 못하고 빛의 그림자로 일어서는 마지막 몸부림까지. 얼마나 파고 내려가야 빛을 만날 수 있을지? 불안한 것은 모두 어둠 속에 숨어 있을 뿐...[3]

이제 그와 그의 와이프가 문을 열고 들어올 것이다. 내가 침대 밑 어

---

3) 정영길의 시 '벌판에 서서' 중에서

둠 속에 몸을 숨기고 누워 있는 이 방으로. 그들은 이 방에서 오늘 거룩한 프로젝트 하나를 수행해야 한다. 하지만 그것은 나 없이 절대 성공할 수 없다. 그는 그 사실을 알고 있지만 그의 와이프는 모르고 있다. 그녀는 끝까지 몰라야 한다. 세상도 몰라야 한다. 죽을 때까지 이 비밀을 지키는 것. 그와 나의 굳은 약속이다. 그의 발소리, 그의 목소리. 미세한 그의 소리 하나하나도 놓치지 않으려고 나는 내 청각의 모두를 그에게 집중하고 있다.

두 사람이 들어온다. 그들은 침대 옆에 유리탁자를 사이에 두고 앉는다. 그들은 저녁으로 먹은 전복죽과 호박죽에 대해서 이야기한다.

"너무 맛있어서 두 그릇이나 먹었더니 아직도 배가 안 꺼졌어."

여자의 목소리가 명랑하다. 왠지 친숙한 목소리다. 형수의 목소리와 비슷하다. 아니, 결혼한 여자의 목소리는, 특히 남자와 함께 있을 때 여자의 목소리는 대부분 그런지도 모르겠다. 애교, 추파, 매혹과 같은 낱말들을 떠오르게 하는 목소리. 그가 그녀의 배를 만지는지 여자는 질겁한다.

"아, 간지러워~"

교태가 흐르는 목소리. 그렇게 말하면서 어떤 표정, 어떤 눈빛으로 그를 쳐다보았을지 상상해 본다.

"우리 체인점 중에 월 매출이 제일 높은 집이야. 무엇보다 분위기가 좋잖아. 점장 나이가 고작 스물아홉인데 아주 수완이 좋아."

"자기처럼?"

"어, 하하……. 물 한 잔 줄까?"

그가 거실로 나가 정수기에서 물을 받으며 와이프를 향해 묻는다.

"찬물? 더운 물?"

"미지근하게 줘."

저 물에 미량의 수면제가 들어가겠지? 물병에다 물을 받아 거기에도 수면제를 넣겠지? 그는 아주 자연스럽고 태연하게 작전을 수행하고 있다. 와이프에게 물을 가져다주고 그는 샤워를 하러 욕실로 들어간다. 그 사이 그의 와이프가 방 밖으로 나갔다가 무엇인가를 가지고 들어와 유리탁자 위에 내려놓는다. 그 물체는 병인 것 같다. 유리와 유리의 부딪침. 두 개의 유리잔을 내려놓는 소리도 들린다. 그렇다면 그것은 와인일 것이다. 스위치를 껐다 켜는 소리가 들리고 침대 밑으로 들어온 불빛이 붉고 어두워진 것으로 보아 무드 등을 켠 것 같다. 그가 욕실에서 나오는 소리가 들리고 코에 친숙한 샴푸와 비누와 스킨로션의 냄새가 밀려온다. 이번엔 그의 와이프가 욕실로 들어간다.

그가 화장대 앞에서 드라이어로 머리를 말리고 탁자로 다가가 의자에 앉는 소리가 들린다. 유리탁자 위에 놓여 있는 와인 병을 기울여 잔에 따르는 소리, 그리고 꿀꺽 한 모금 마시는 소리. "캬- 와인 맛 좋다."하고 짐짓 큰 소리로 말한다. 침대 밑에 내가 있는지 확인하고 싶었던 것이고, 바야흐로 때가 왔으니 바싹 긴장하라는 뜻이리라. 내가 침대 다리를 두 번 두드린다. 그건 알았다는 신호이다. 곧이어 색소폰 연주곡이 방안에 잔잔히 울려 퍼지고 옷을 입는 소리, 무엇인가 만지는 소리가 들리지만 음악 소리에 묻혀 분간하기는 어렵다. 잠시 후에 그의 와이프가 욕실에서 나와 의자에 앉는다.

"와인 어때? 이거 아주 비싼 거야."

"응, 몇 모금 마셨는데 향도 좋고, 맛도 좋아. 당신도 한 잔 할 거야?"

"오늘은 안 돼. 중요한 날이잖아."

"한 잔 정도는 괜찮은데, 좋아, 그럼 당신은 물로……. 건배!"

잔 부딪치는 소리, 잔 내려놓는 소리가 차례로 들린다.

"자, 그럼 지금부터 기다리고 기다려 온 합궁식을 시작하겠습니다. 신부, 제 팔에 안기시죠."

그가 일부러 흠- 소리를 내며 와이프를 번쩍 안는다. 그의 와이프가 까르르 웃는다. 두 사람이 침대에 눕는다. 나는 가슴이 두근거리기 시작한다. 내 차례가 점점 다가오고 있기 때문이다. 나는 옆으로 돌아누우며 큰 숨을 들이마셨다가 천천히 내뱉는다.

Kenny G의 소프라노 색소폰 연주곡 Going home이 조용히 흐르고 있을 뿐 침대 아래로는 아직 어떤 반응이 오지 않는다. 지금은 한창 서로에게 문을 열기 위해 준비하는 시간이기 때문이다. 이제 곧 음악 소리가 멎을 것이다.

"집중이 안 돼. 음악 좀 꺼 줘."

그가 유리탁자 위에 있는 리모컨을 잡기 위해 침대 아래로 한 발을 내려놓았을 것이다. 그리고 음악 소리가 사라지고 그는 이불을 잡아당겨 덮으며 와이프에게로 다가갔을 것이다. 우리는 거기까지 연습을 했으니까.

하지만 그 다음부터는 모른다. 그가 와이프와 어떻게 사랑을 나눌 지에 대해선 말 한 적이 없고, 연습도 한 적이 없기 때문이다. 그건 순전히 그의 몫이고 그의 역할이다. 나는 2차전의 마지막 부분을 그와 연습한 대로 연기하면 된다. 그는 지금 자신의 역할을 충실히 수행하고 있는 것 같다. 분위기가 점점 달아오르는 것이 느껴진다. 그와 와이프의 신음 소리가 서서히 내 귀에 들려오기 시작한다. 나는 턱밑까지 전기담요를 끌어당기고 침대 위에서 일어나고 있는 상황을 떠올린다. 긴장을 해서 그런 건가? 내 몸에서는 아직 반응이 없다. 그와 연습할 때는, 그가 와이프의 신음을 흉내 내며 나를 껴안았을 때는 웃음이 나면서도 온 몸이 반응을 했는데……. 지금 바로 한두 뼘 거리를 두고 그와 그의 와이프가 정사를 벌이고 있는 현장의 소리를 생생히, 낱낱이 들으면서도 내 몸에서는 별 반응이 일어나지 않고 있는 것이다. 나는 갑자기 초조해 지기 시작한다. 그가 침대에서 내려오고 내 차례가 되었는데, 그래서 그의 와이프 위에 엎드려 있는데 내 물건이 그의 와이프를 거들떠보지도 않겠다고 버틴다면 이를 어떻게 해야 할 것인가? 물론 이럴 경우를 염려해 대비해 두지 않은 것은 아니다.

그가 1차전에서 와이프를 충분히 감동시켜 와이프가 황홀경에 빠져 있을 때 슬쩍 화장실에 갔다 오는 척 하며 침대 밑으로 들어가고, 그가 화장실에 갈 때 이미 침대 밑을 나와서 대기하고 있던 내가 2차전을 치르기 위해 침대 위로 올라가야 할 때, 만약 자신이 없거나 이상이 발생하면 그의 손이나 다리를 잡아 신호를 보내기로 한 것이다. 그럴 경우 그가 다시 침대 위로 올라가서 마무리하고, 다음 배란일에 맞춰 재 시도하기로 했지만 이것은 어디까지나 최후의 방법일 뿐이라고 그가 강조했었다.

그가 흥분을 못 참겠다는 듯 짧게 내뱉는 소리들이 왠지 어색하게 느껴진다. 그의 와이프도 약간 오버하고 있는 것 같다. 연습할 때 그가 흉내 내던 소리보다 높고 컸다. 서로를 핥고 쓰다듬고 뒤척이고 있지만 뭔가 어색한 분위기 속에서 그들은 느낌 없는 감탄사만 연발하고 있을 뿐 본 게임을 시작하지 못하고 있는 것이다. 내가 침대 밑에 누워 있다는 사실을 인식하기 때문에 그도 긴장이 되는 것일까? 아무리 그가 침착한 척 하려 해도 누군가가 지켜보고 있다고 생각하면 부자연스럽고 위축되기 마련 아닌가? 지금쯤이면 돌침대가 출렁거리고 온 방안이 격렬하게 요동쳐야 될 땐데…….

'와이프가 1차로 오르가즘에 도달하고, 그 여운에 잠겨 몽롱해져 있을 그 때쯤이면 서서히 졸음이 밀려올 것이므로 와이프는 누가 누군지 잘 구분하지 못할 것'이라고, 그러니 '긴장하지 말고, 서둘지도 말고, 겁먹지도 말고, 연습한 대로 하면 된다'고 했던 그의 말을 떠올린다. ……. 병원의 의학실에서 보았던 동영상의 내용을 떠올려 본다. 형이 건네준 메모리 스틱 속에 숨어 있던 야동의 내용도 상기해 본다. 그러나 아무 것도 기억나지 않는다. 큰일이다. 그런데 갑자기 방안이 조용해진다. 숨소리만 들린다. 점점 커지는 숨소리. 그의 코고는 소리가 들려올 뿐 방안은 한동안 정적이 감돈다. 어떻게 된 일일까? 서로 절정을 향해 치달으며 내뱉는 끈적끈적한 신음과 거칠고 더운 숨소리로 가득해야 할 이 방에 코고는 소리가 요란하다니.

문 여는 소리가 들리고 불이 켜진다. 침대 시트 밑으로 스며드는 붉고 어두운 빛. 조심스럽게 침대를 향해 걸어오는 발자국 소리.

"드디어 골아 떨어졌군."

남자의 목소리다. 말투에 조롱이 섞여 있다.

"야, 너까지 자면 어떻게 해. 정신 차려."

낮은 톤이었지만 날카로웠다.

침대 위로 한 발을 올려놓고 남자가 그의 와이프의 뺨을 찰싹인다. 아마 그랬을 것이다. 그의 와이프가 반응하지 않는 것 같다. 아마도 수면제가 든 물을 마셨기 때문이리라. 그렇다면 그는, 스티브는 왜 잠들었단 말인가? 자신이 탄 수면제물을 일부러 마셨을 리는 없는데……. 그리고 이 정체불명의 남자는 도대체 누구란 말인가? 남자가 뭔가를 들어 올리더니 침대 밑으로 밀어 넣는다. 시트를 몸에 감은 그, 스티브다. 그의 반토막은 침대 밑으로 들어와 있고, 상반신은 침대 밖에 있다. 스티브가 깊은 잠에 빠져 있다. 오 마이 갓.

남자가 탁자 위 와인병에서 포도주를 따라 여자에게 가져가서 먹이는 것 같다.

"야, 이거 마셔. 물병에는 수면제를 탔을 테니 이 와인 한 잔 마시고 분위기 한 번 잡아 보자. 우리 아기 만드는 날, 자면 안 되지."

남자가 여자를 일으켜 와인을 먹인다. 꼴깍꼴깍 액체 넘기는 소리가 들린다. 한 손으로 여자의 어깨를 잡고 다른 한 손으로 들었던 술잔을 탁자 위에 내려놓는 남자-이건 보지 않고도 충분히 상상할 수 있다- 그 남자가 다시 와인을 따르고 단숨에 들이킨다. 그러고 나서 더욱 세차게 그의 와이프를 흔들어 댄다.

우리 아기 만드는 날? 누가 누구와 함께 누구의 아기를 만드는 날이란 말인가, 오늘이? 남자는 물에 수면제를 넣은 사실을 어떻게 알고 있을까? 사전에 그의 와이프와 물에 수면제를 타기로 약속했던 것인가? 남자는 그의 와이프의 정부? 나는 잠시 혼란에 빠진다.

"선미야. 정신 차려."

그의 와이프가 계속 잠에서 깨지 않자 화가 나는 듯 남자가 버럭 소리를 지른다.

아, 이 목소리, 탁한 보이스 칼라, 쇳소리가 조금 섞인 높은 톤……. 관리인! 그렇다. 며칠 전에 오피스텔에 찾아와서 문을 열어달라던 그 목소리의 주인공. 여자…, 집을 구경하겠다던 여자의 목소리. 어쩐지 귀에 익는다 했더니, 그 목소리의 주인공이 그의 와이프?

"아~, 자기, 언제 왔어?"

졸음에 겨운 목소리로 여자가 묻는다.

"남편 재워놓고 문자 보낸다더니 자면 어떻게?, 기다리다가 무슨 일이 있나 해서 들어왔지."

남자는 다시 낮은 톤으로 말한다. 아마도 잠자고 있는 스티브를 의식한 때문이리라.

"몰라, 이상하게 자꾸 졸리네. 그런데 왜 그러고 있어. 이리 들어와 누워."

"저 양반이 자꾸 신경 쓰이네. 소파에 눕혀 놓을까?"

"신경 쓰지 마. 깊이 잠들었어. 아, 졸려. 그런데 오늘은 뭐 좋은 소식 없어? 빨리 물증 좀 찾아 봐."

"찾을 필요도 없어. 오피스텔 그 자체가 물증이야. 그 안에 들어가서 어떻게 해놓고 사는지 확인하고, 그 놈 사진 한 장만 찍으면 돼. 그런데 그 놈이 문을 안 열어 주네. 보통 내기가 아니야. 내일은 무슨 수를 써서라도 현장 확인할게."

남자가 여자에게 입맞춤하는 소리가 들린다.

"아무래도 안 되겠어. 신경 쓰여."

남자가 침대에서 내려와 잠든 스티브를 방문 밖으로 끌고 간다. 곧이어 방문 닫히는 소리. 남자가 침대로 뛰어든다.

"아, 잠깐. 나 씻고 와야 되는데, 자꾸 졸음이 쏟아져 못 일어나겠어."

"뭐 하러 씻어, 씻기는."

"그래도……. 저 사람이 만지고 그랬는데……."

"그래? 그럼 씻고 와라. 찝찝하다. 저런 변태 새끼가 만진 너의 몸. 깨끗이 씻어라. 참, 가관이더라. 둘이 머리 모양도 똑같이 하고, 딱 붙어서 운동하고 밥 먹으러 다니고……. 그것뿐인 줄 아냐? 커플룩도 입었더라. 얼핏 집안을 들여다봤는데 이 집하고 똑 같이 해놨어. 소파며, 탁자며……. 니 남편 그 놈한테 완전히 빠졌어. 빨리 증거 확보해서 이혼 소송하자구. 돈 많은 위인이니까 위자료 못준다고 하진 않겠지. 아-"

남자가 긴 하품을 한다.

"앉아 봐. 와인 한 잔 더 하고, 우리 애 만들어야지. 오늘이 오기를 얼마나 기다렸는데."

"자기야, …… 와인 마시면 안 돼……. 저 사람 재우려고…… 거기다……수면제……넣었어."

그의 와이프가 잠꼬대 하듯 웅얼거렸지만 남자는 못들은 것 같다. 이미 잠이 든 탓이다. 사방에서 코고는 소리만 들려온다.

나는 침대 밑에서 나와 탁자 옆에 벗어놓은 속옷을, 옷걸이에 걸려 있는 겉옷을 가지고 소파로 가서 그에게 입힌다. 썬 스티브. 그는 지금 썬 글라스를 벗고 있다. 눈을 감고 있어도 빛나는 얼굴. '썬 스티브, 당신의 얼굴이 이렇게 생겼군요. 맞아요, 기억해요. TV뉴스에 자주 등장하던 젊고 유능한 경영자의 얼굴. 당신이 바로 그였군요.' 나는 그의 안쪽 주머니에서 썬글라스를 찾아 그의 얼굴에 씌운다. 나는 그를 오피스텔로 데리고 갈 것이다. 그가 잠에서 깨어났을 때 목격하게 될 이 참담한 광경을 차마 그에게 보여주고 싶지 않기 때문이다. 그가 깨어나기 전에 가야 한다. 이곳이 어딘지 모르지만 소망역 3번 출구로 가자고 하면 택시가 우리를 그곳에 데려다 줄 것이다. 그런데 가기 전에 할 일이 하나 있다. 나는 침실로 들어가서 무드등을 끄고 전등을 켠다. 환하게 빛나는 불빛 아래 벌거벗은 채 누워 잠든 남녀. 나는 옷장을 열어 벗어 걸어둔 옷을 챙겨 입고, 주머니에서 휴대폰을 꺼내 카메라를 선택한다. 두 사람의 모습이 담기도록 거리조정을 하고 각도를 달리하며 여러 번 셔터를 누른다. 얼굴과 특정부분도 확대해서 몇 컷 찍는다. 이것만 있으면 저들이 감히 어쩌지 못할 것이다. 스티브. 나의 썬 스티브를. 강력한 독침 한 방을 충전한 땅벌처럼 내 몸속에서 알 수 없는 힘이 뻗쳐오른다.(끝).

〈출처 : 非具象 同人詩集 I 날개도 없이 공중에 사는 거미는 행복한가〉

┌ 저자 프로필 ─

### 황인수

시인, 소설가 / 경기 포천 출생 / 제7회 부천신인문학상 소설부문 당선 / 제1회 문예감성 신인문학상 시부문 당선 / 제32회 근로자문화예술제 소설부문 입선 / 계간 시와늪 이달의 작가상 수상 / 제2회 이해조문학상 장원 / 한국소설가협회 회원, 문예감성 문인협회 회장 / 복사골문학회, 주부토 소설동인, 부천소설가협회 회원 / 소설집 〈사랑은 누구에게도 머물지 않는다〉

# 선택

김버들

　태초에 말씀이 있었다. 그리고 동산도 있었다. 동산에는 모든 게 풍요로웠는데, 권태도 그 중 하나였다. 특히 남자의 분신쯤으로 취급 받던 여인으로서는 그 지루함을 견디기 힘들어 했다. 어차피 동산은 남자의 소유물이고, 자신은 뒤늦게 등장한 세입자 정도였으므로 그녀에게 성숙한 주인의식을 기대하기는 어려웠다. 그러니 남자가 아닌 여자가 사과를 따는 건 당연한 일이었다.

　이 사건을 두고서 세세토록 여인은 원망을 받아야 했다. 항명의 이유에 대해서는 아무도 모른다. 만약 내가 그녀였더라면, 단지 지긋지긋한 동산을 벗어나고 싶어서 그리 했겠지.

　아버지는 노했고, 연좌제를 적용하여 둘을 추방했다. 인간을 위해 세계를 창조했다고 그렇게 생색을 내시더니 사과 하나 먹은 게 뭐가 그리 대수람. 여자는 이해할 수 없었다. 남부여대의 궁핍함 속에서 여자는 생각했다. 아버지는 내게 자유의지를 주시고서는 왜 그 자유를 실현하였음에 진노하였는가? 대체 이럴 거면 왜 나를 낳았습니까, 아버지! 사과

한 알에 우리를 추방할 계획이었으면 왜 우리를 탄생시켰습니까! 당신은 전지전능하므로 오늘의 사태를 예지하시지 않으셨습니까? 오늘의 일을 미리 알고 있음에도 어제는 그리도 친절히 대해주셨던 것입니까?

여인으로서는 말문이 막힐 정도로 억울했으리라. 그녀는 자유로이 결정하고 실천했을 뿐이었다. 쓰라고 있는 자유를 썼더니 죄인이라니! 이것이야말로 함정수사가 아니고 무엇일까. 가뜩이나 무심코 상자를 열었다는 어느 여인도 곤욕을 치루지 않았던가. 그녀는 자유로써 상자를 풀어헤쳐 괴로움을 방면했다. 말하자면, 온갖 슬픔은 상자가 아닌 자유의 품 안에 도사리고 있었던 셈이다. 결국 그로인해 인간의 모든 고통은 여인 때문이라고 누대에 걸쳐 지탄받을 게 아닌가. 여인을 욕하는 인간도 항시 자유를 추구한다. 남들이 추구하는 걸 실행했더니 욕을 들어야 하네? 태초에 억울함이 있었다.

나는 페미니스트가 아니다. 다만 여인이 얼마나 억울했을 것인가를 공감해볼 뿐이다. 억울함은 나의 이야기이며, 딩동 피시방 사람들의 삶의 방식이기도 할 테니까. 그곳의 사람들도 여인처럼 온통 유죄의 인간들이다. 그들도 억울하다. 나도 억울하다. 딩동 피시방엔 억울한 사람들만 온다.

딩-동.

벨이 울린다. 111번 자리다.

"네, 갑니다!"

딩-동

"네, 잠시만요."

딩-동

"네네."

떵똥. 떵똥. 떵똥.

이런 젠장! 간다는데 자꾸 벨을 누르고 지랄이야, 라고 말한다면 난 초코송이 아저씨한테 죽임을 당할지도 모른다. 그는 은퇴한 조폭으로서 딩동 피시방을 '보호'해주는 고마운 사람이다. 무엇으로부터 무엇을 왜 보호해주는지는 설명해주지 않았다. 다만 그는 늘 무언가를 보호해왔고, 앞으로도 응당 그리 살아갈 것임을 팔뚝의 용꼬리 앞에 서약한 듯했다. 그는 짧고 굵은 하체 위에 비대한 상체가 위태롭게 얹혀 우스꽝스러워 보였다. 상체는 근육질로 우람하기보다는 지방으로 부풀린 거대한 풍선에 가까웠다. 얼굴로 말할 것 같으면 인간의 이목구비라기보다는 차라리 연탄을 음양각으로 아무렇게나 조각해놓았다고 봐야 할 것이다. 그는 피시방 식품코너에 비치된 한 봉지의 초코송이였다.

"너 이 새끼야! 왜 이렇게 꾸물거려!"

"죄송합니다. 카운터랑 멀어서요."

그는 늘 111번 자리에 앉는데, 거긴 말할 것도 없이 가장 구석진 곳에 위치해 있다. 난 초코송이 아저씨에게 갈 때마다 서울에서 아르헨티나까지 뛰어가는 심정이었다. 그가 왜 유독 111번 자리만 고집하는지는 알 수 없다. 추측컨대 남자는 반드시 숫자 1을 추구해야 한다는 호방함이 서린 것인지도 모르겠다. 혹은 112는 자신과 원한관계에 있던 번호였으므로 기피한 것일 수도 있다. 112보다는 111의 기관이 더 우위에 있으므로 그는 111번에 앉음으로써 112를 누르려 한 것일 수도 있겠다. 어쨌든 그는 항상 111번에 앉아 볼륨을 한껏 높여둔 채 슈팅 게임을 즐긴다.

"오징어짬뽕 두 개. 면 잘 익혀 오고, 콜라에 얼음 타서 와. 얼음은 3개."

초코송이 아저씨는 허리띠를 풀고, 바지단추를 끌러 놓았다. 오징어짬뽕까지 먹으면 바지 지퍼라도 열어야 하는가가 염려됐지만, 그의 주변에는 여자 손님이 앉지 않기에 문제될 건 없었다. 그는 면발의 상태에 대해서 매우 검질기게 굴었다. 그 기호를 맞추어 면을 푹 익히다보면 국물이 졸아 짜질 수도 있기에 여간 신경 쓰이는 게 아니었다.

물론 딩동 피시방엔 초코송이 아저씨 같은 부류만 오는 건 아니다. 밤에 일을 하고 아침마다 찾아와 3시간씩 꼭꼭 '오디션'을 하는 '언니', 마찬가지로 새벽에 퇴근하여 반드시 '스타크래프트' 몇 판을 하고 가는 '삼촌', 이들은 망중한을 주로 피시방의 으스름한 조명등 아래에서 보낸다. 오후가 되면 피시방은 각 급 학교의 하교시간과 맞물려 소란스러워진다. 오후 2시의 초등학생, 오후 4시의 중학생, 오후 7시의 고등학생 들은 풀어놓은 원숭이처럼 딩동 피시방을 휘젓고 다닌다. 하지만 밤 10시가 될 때마다 미성년자임을 고백하며 내일을 기약한다.

가장 눈여겨 봐야할 무리는 아무래도 두 종류로 압축된다. 하나는 20세 미만으로 추정되지만 학교에는 가지 않는 것으로 보이는 '어정쩡한 아이들'이고, 또 다른 하나는 여러모로 보나 30세 전후로 짚이지만 직장에 다니지 않는 '어정쩡한 어른들'이다.

어정쩡한 아이들은 주로 금요일에 찾아오는데, 아마 인근의 보호관찰소와 연관이 있을 것이다. 그들은 아직 미숙하였지만 용력만큼은 여느 어른 못지않았는데, 초코송이 아저씨 근처에 앉아 괴성을 지르는 것만 봐도 그 자신감을 짐작할 수 있음이다. 그들이 재떨이를 요구할 때마다 나는 미약하나마 용기를 내어 침묵으로 일관하였으나 이도 오래가지 못하였다.

어정쩡한 어른들은 대개 하루도 빠짐없이 들락거린다. 그들은 몇 가지 특징을 중심으로 또다시 세부적으로 나뉠 수 있다. 분류의 기준은 걸음걸이와 표정이다. 성큼성큼 걸으며 밝은 표정을 짓는 이들은 주로 대기인생을 사는 자들이다. 임용대기, 입사대기 등의 대기인생들은 자신의 대기만성을 자축하기 위해 피시방에 왔다가 게임에서 헤어나지 못했다. 그들은 씀씀이도 제법 커서 오징어짬뽕이나 신라면을 먹기보다는 자장면, 볶음밥 등의 제법 고가의 끼니를 즐긴다. 그럴 때마다 중국집 냄새가 딩동 피시방을 휘감는데, 이때를 기점으로 라면 주문이 밀려들게 된다.

대기인생이 달갑지 않은 이유다.

저들과 달리 수줍음이 많고, 보폭이 좁으며, 슬리퍼를 바닥에 질질 끌고서 입장하는 사람들은 개인 단위로 나타난다. 어정쩡한 아이들은 삼삼오오 무리를 지어 오고, 대기인생들도 후배나 친구를 대동하기 일쑤지만, 슬리퍼에 군용 방한복 차림인 저들은 늘 혼자 다닌다. 이들이 입장할 때마다 출입문은 매우 독특한 소리를 내곤 한다. 열릴 때는 누가 온지도 모를 정도로 고요하게 밀리더니, 닫힐 때는 신경질 가득한 종소리가 문 위에서 요란하다. 그것은 흡사, 여길 또 들어가야 하나, 하며 고민하다 슬며시 문을 밀었다가도, 또다시 오고야 말았군! 하며 출입문에 짜증을 부리는 것처럼 들렸다. 그럴 때마다 그들의 얼굴은 껌껌하게 보였는데, 그 어둠이란 것이 초코송이 아저씨의 그것과는 달리 잔뜩 전개된 먹구름에 가까웠다. 그러나 각자의 자리에 앉고서는 안색이 차츰 밝아져 비 온 후 갠 하늘처럼 맑아 보였다. 그들은 서글픈 눈으로 들어와 기꺼이 마우스를 잡고 또 다른 세계를 통치했던 것이다.

그 외에도 간혹 과제 프린트를 하러 오는 여대생, 남들이 훔쳐볼까 모니터를 아래로 숙이고서 슬쩍 이력서를 작성하는 실직자, 벽 쪽 모서리에 앉아 모니터를 자신의 몸으로 바짝 당긴 후 아이들은 결코 봐서는 안 될 영상을 보며, 그 속에 자신이 들어갈 수 없음을 한탄하는 50대 아저씨도 있다. 그의 눈빛은 아주 먼 곳을 향하듯 심원하였다. 그러나 이들은 눈에 띄지 않을뿐더러 자주 오지도 않으니 나의 관심 밖이었다.

유독 내 눈에 거슬리는 자들은 군용 방한복을 입고 나타나는 백수들이다. 그들에게 회원카드를 건네줄 때마다 영문 모를 짜증이 치밭곤 했다. 특히 냉장고와 식품코너를 어슬렁거리며 핫브레이크를 집었다가 놨다가, 다시금 천하장사를 잡았다가, 또다시 고민에 빠진 듯 새우깡 앞에서 주저하며 꼬물거리는 꼴은 내게 경멸감 같은 걸 불러일으키기까지 했다. 이 감정은 초코송이 아저씨가 면이 덜 익었음을 타박하며 나를 겁박할 때 느끼는 것과는 또 다르다. 오히려 나의 가족 중 누가 타인 앞에서 품위 없는 행동을 할 때의 불안감 같은 것이기도 했다. 혹은 허리를 숙이는 여학생의 가슴골을 친구가 간절하게 훔쳐볼 때 그의 비굴한 눈빛에서 비어지던 천박함에 대한 실망감일 수도 있겠다. 이는 '해서는 안 될 짓'이 뻔뻔스레 자행됨에 대한 책망이다. 어쩌면 그 '해서는 안 될 짓'이 내게도 발견되지는 않는가를 염려하는 신경질적 반응일 수도 있겠다. 어찌됐든 난 약간의 불안과 실망을 이유로 방한복 차림의 사내들을 경시했다.

　달이 바뀌어도 사장은 월급을 주지 않았다. 나는 사장이 치졸한 방법으로 아르바이트생들을 길들임을 진작 눈치 챘었다. 사장 말에 따르면, 처음 일하는 아르바이트생은 새로 들여온 키보드처럼 사장의 지시에 기민하게 반응한다. 그러나 두 달, 세 달이 지나면서 우리는 중고 키보드가 돼 가는데, 그럴 때마다 어김없이 근무에 태만해지거나 태도가 이지러진다는 것이다. 사장은 두, 세 달에 한 번씩 지급을 지연함으로써 아르바이트생들에게 생의 긴장감을 각성시키곤 했다. 이를 통해 사장은 돈 주는 사람으로서의 무게감을 우리 앞에서 확인시키고, 우리는 돈 받는 사람으로서의 각오를 다지게 된다. 이 경영방침 덕분에 집주인은 방세 50만 원을 독촉하며 젊은 사람이 그러면 못 쓴다고 날 힐난했다. 젊은 사람도 그러기 싫습니다, 아주머니! 라고 말하고 싶었으나 침묵은 더러 반성으로 통할 때가 있기에 참아야 했다.

　"너 내일부턴 야간 타임 뛰어라."

　사장은 일주일이나 밀린 월급을 주며 미안해하지 않았다. 그는 나의 일상이 어떻게 돌아가는지에 대해서 전혀 무관심했다. 그의 눈에는 내가 딩동 피시방만을 위해 살아가고 있는 사람으로 비춰지는 듯했다. 그는 야간 아르바이트를 하던 남학생이 군대를 갔으니 적임자는 나밖에 없다고 설명했다. 적임자가 임무를 맡지 않으면 적임자는 더 이상 적임자가 아니다. 적임자가 아닌 적임자는 불필요해질 것이므로 딩동 피시방의 식구가 될 수 없다. 그러니 다음 달 방세를 내고 싶다면 난 야간 아르바이트를 해야 한다. 시급 4,580원에 야간근로가산금이 5할 붙으니 밑지는 일은 아니었다. 법은 밥이라고 누군가가 말했었다. 맞는 말이다. 돈 주는 사장보다 활자로 된 최저임금법이 더 친근하다. 그런 점에서 난 법률가와 닮았다. 그들도, 나도 법에 의지해야 밥을 먹을 수 있다.

밤 10시가 되자 아이들의 고해성사가 이어졌고, 주간 아르바이트들도 더불어 사라졌다. 나는 냉장고 가동되는 소리를 들으며 밤의 고요함에 침잠하고 싶었다. 멀리 초코송이 아저씨의 총소리 아슴푸레하고, '아군이 사살됐다!'라는 경고음이 욕설과 뒤섞여 카운터까지 날아왔다. 58번에 앉은 중국집 배달부는 돌아갈 생각이 없고, 9번 자리의 아저씨는 오늘도 파일 속의 나오미를 꼬드겨 독수공방을 달래고 있다. 9……. 내 숨통을 조르는 숫자군.


"넌 이제 어쩔 건데?"

짐을 싸던 상규가 내게 물었었다. 그는 나와 방세를 갹출하여 같이 살고 있었다. 그러나 공무원 시험에 합격하자마자 홀쩍 떠나 버렸다. 그의 근무지는 이곳에서 그리 멀지 않았으나 한사코 나가기를 원했다. 합격하면 나갈 거면서 애초에 그는 왜 나한테 같이 살자고 했을까…. 보증금 2,000에 월세 50. 혼자 쓰든 둘이 쓰든 50만 원을 내야 한다. 상규가 나간 후에 다른 사람을 구해 봤지만, 일면식도 없는 남자와 흔쾌히 동거할 사람은 드물다. 다른 자취방을 알아봤지만, 1년 사이에 보증금이 올라 내가 가진 돈으로는 역부족이었다. 보증금 500만 원만 더 구할 수 있으면 싼 셋방으로 옮길 수 있는데, 500만 원이 없으니 월세를 더 내고 사는 수밖에 없다.

상규는 전역한 이래로 장장 6년 간 7급 공무원시험에 매달렸었다.

"나처럼 9급이나 준비하지 그러냐?"

그를 무시한 건 결코 아니었으나, 9급이라는 말은 상규를 발끈하게 만들었다.

"안 돼! 9급하면 장가 못 가! 남자는 7급이야!"

그는 마침내 남자가 되었고, 영원히 남자가 되지 못할 나를 남기고 떠났다. 50만 원이라는 살인적인 방세를 내게 짐 지운 채……. 나는 몇 년 전부터 경제적으로 독립한 상태였다. 야간 아르바이트에 동의하지 않을 수 없었다.

이 방을 떠나던 상규의 등에는 지긋지긋한 마누라를 버리고 새살림 차릴 때의 상쾌함이 묻어 있었다. 여기서 잠을 자고, 먹고, 책을 챙겨 도서관에 가고, 도서관에서 돌아와 이 방에 자고, 다시 먹고, 또 책을 챙기던 그 모든 일련의 과정이 모두 내 탓이라 생각하는 것처럼 그는 날 지겨워했다.

"잘 있어. 그리고 열심히 해. 너도 빨리 합격해야지. 뭘 그리 질질 끌어."

마지막 짐을 용달차에 실어주자 그는 저 말로써 고마움을 대신 했었다. 시동 걸린 용달차가 덜덜 떨리자, 그도 조금은 들뜬 듯했다. 그는 떠났고, 나는 휑뎅그렁해진 방의 반쪽에 남긴 먼지를 닦았다. 그 날 상규는 드디어 해방을 거머쥔 자유인처럼 보였다. 나는 자취방에 갇히는 조건으로 매달 오십만 원씩 납부하는 죄수가 됐다.

딩-동

또 벨이 울린다. 갑자기 모든 걸 확 엎어버리고 싶을 정도로 짜증이 밀려왔다.

딩-동

나는 반응하지 않았다. 그럴수록 벨소리의 간격은 좁아지다 못해 뒤엉키기까지 했다.

딩-동. 딩-동. 딩-동. 딩동동딩딩딩동동딩동딩딩.

111번 자리였다. 가야 했다.

"이 새끼야, 너 뭐한다고 이제 와?"

초코송이 아저씨는 주로 낮에 게임을 했지만, 근래 들어 낮밤이 바뀌었는지 밤에 출몰했다. 내 아르바이트 시간대를 좇아 피시방에 오는 건 아닌지 착각이 들 정도였다.

"뭐한다고 이제 왔어?"

그는 끈덕지게 내가 왜 꾸물거렸는지를 캐물었다. 오늘따라 유난스러웠다. 나는 그와 눈이 마주치지 않기 위해 눈을 내리깔았다. 그의 재떨이에는 찢어발겨진 로또가 모자이크처럼 흩어져 있었다. 800만분의 1에 들지 못했다고 내게 분풀이를 하는군.

"화장실에 가느라고요…….."

소나기는 일단 피해야 했다.

"오징어짬뽕 네 개. 면 잘 익히고, 두 그릇에 나눠서 가져 와. 사이다에 얼음 타서 두 잔. 얼음은 3개씩. 콜라 아니다. 사이다야, 사이다."

평소의 주문과 달라져서 헷갈리기 시작했다. 하지만 잘못 가져왔다가는 아저씨가 마우스 줄로 내 목을 감을지도 모른다. 키보드로 머리를 맞는 상상을 하며 오징어짬뽕을 끓였다. 순간 모멸감이 북받쳐 올랐다. 아저씨가 날 건드리면 나도 참고 있지만은 않겠노라 다짐했다. 내 나이 서른셋, 일가를 이루어도 시원찮을 판에 폐인의 라면이나 끓여야 하다니! 라면을 먹는 자가 폐인이라면, 그 라면을 끓이는 자는 무엇일까라는 생각이 문득 들었으나 더 깊이 파고들지는 않았다.

"너 거기 앉아라."

초코송이 아저씨는 비어있는 110번 자리를 가리켰다.

"네?"

"앉아서 먹으라고, 인마."

"네, 근데 뭘요?"

"이 새끼 답답하네. 라면 처먹으라고!"

그는 내게서 오징어짬뽕과 사이다를 건네받았다. 나머지는 내 몫이었다.

"너 몇 살이냐?"

아저씨는 단무지를 씹으면서 내 나이를 물었다.

"…서른셋인데요."

"그래?"

"네."

"그래."

"……."

너 올해 몇 살이냐? 삼촌이 물었었다. 서른셋인데요. 내가 답했다. 왜 아직 취직도 못했냐? 삼촌이 다시 물었다. 나는 할 말을 찾지 못했다. 올해 몇 살이십니까? 면접관은 내 이력서를 뻔히 보면서도 새삼 나이를 물었다. 서른셋입니다! 나는 짐짓 호기롭게 답했다. 꽤 많군요. 여태 무얼 하셨습니까? 그는 내 나이의 형성과정을 심문할 작정이었다. 똑같이 33이라는 숫자 앞에서 삼촌은 나의 미취업을 탓했고, 면접관은 취업할 요량을 비웃었다. 하지만 초코송이 아저씨만큼은 그래, 라고 짤막하게 답해주었다. 그는 다른 건 몰라도 숫자의 민감성에 대해서만큼은 이해하고 있는 듯했다.

"너 이제 은퇴할 때 안 됐냐?"

"네?"

"이거 하기엔 나이 좀 많지 않냐? 작년부터 여기 있던데."

"아, 네……. 그만 둬야겠죠, 곧….."

초코송이 아저씨는 더는 말을 하지 않았다. 후루룩 국물 넘어가는 소리만이 '적 매복 발견!', '전방에 수류탄!'등의 경고음 속에서 낮게 포복했다.

그의 말처럼 난 그만 둘 때가 됐다. 이 일을 너무 오래 했다. 이젠 내가 취업준비생인지, 피시방 아르바이트생인지 분간이 안 될 지경이다. 난 피시방에서 일하기 위해 태어났고, 그렇기에 앞으로도 영원히 이리 살 것만 같았다. 게임을 이유로 피시방에 빠져들든 돈을 위해 벗어나지 못하든 중독이라는 점에선 같은 게 아닐까. 닭이 먼저인가, 달걀이 먼저인가를 규명하는 건 급한 문제가 아니다. 살기 위해 일하는지, 일하기 위해 사는지를 해결하기 전까지는.

웬일인지 초코송이 아저씨는 그 후 일주일 동안 나타나지 않았다. 피시방비가 떨어져서 어디 돈 벌러 갔나보다 생각했을 뿐, 별 관심을 두지 않았다. 이 피시방엔 그런 사람들이 차고 넘치니까.

그가 없는 동안 111번 자리의 총성이 멎었지만 다른 자리들은 평소와 같았다. 갓 잠에서 깬 듯 몽롱한 표정으로 밤 11시에 나타나는 어정쩡한 어른들은 피시방 라면으로 첫 끼니를 해결했다. 그들은 다중작업에 능했는데, 왼손으로 젓가락질을 하면서 오른손으로는 능란하게 마우스를 놀리곤 했다. 라면을 다 먹은 자는 으레 담배를 문다. 분사된 연기는 창백히 부풀다가 모니터에 가로막혀 맥없이 흩어졌다. 그들의 작은 모니터 속에는 거대한 제국이 세력을 확장하고 있었고, 패권을 잡은 어정쩡한 어른은 뭇 백성의 존경을 받기도 하였다. 그 상태 그대로 행복해 보였다.

〈오랜만에 얼굴이나 보자. 퇴근 후에 내가 그쪽으로 갈게.〉

상규에게서 문자가 왔다. 그가 방을 나간 지 일 년 만이었다. 그의 직장은 여기서 지하철로 두 정거장이다. 그 동안 얼굴 안 보고 살기엔 너무 가까운 위치였다. 상규는 인근 고깃집으로 날 불러냈다. 그는 정장차림에 넥타이를 매고 있었다. 금박을 입힌 넥타이핀이 조명 아래에서 자주 반짝거렸는데, 그 때문에 그를 똑바로 바라보기가 불편했다. 하지만 그는 내가 고개를 살짝 숙이고 시선을 아래로 피하는 것에 일종의 쾌감을 느끼는 듯했다.

"공부는 잘 돼?"

"어… 뭐, 그렇지 뭐……."

상규는 생삼겹살 4인분에 복분자주 두 병을 주문하고서 슬며시 웃었다. 그는 새로 사귀게 된 여자 이야기를 쉼 없이 늘어놓았다.

"88이야."

"응?"

"내 여자친구 말이야. 88년생이라고. 그러니까 나랑 8살 차이가 나지!"

"아, 그래."

그는 여자친구의 나이가 어리다는 점에 대단히 흡족해 했다. 마치 어린 여자는 뱀파이어처럼 더는 나이를 먹지 않는다는 믿음을 가지기라도 한 듯. 뒤이어 공무원으로서 향유할 수 있는 특전과 국가를 위해 헌신할 수 있는 자부심에 대해 이야기하기도 했다. 자신은 7급 공무원이라 힘든 일은 하나도 없으며, 허드렛일은 9급들이나 하는 것이라 말할 땐 아예 호연지기까지 느껴졌다. 근래 들어 교양을 위해 독서를 풍부하게 한다고도 했다. 바쁜 와중에 읽을거리로는 명언집이 아주 효율적이라는 조언도 해주었다. 거 뭐냐, 마르크스라는 사람이 그러던데 말이지, 존재가 의식을 규정한다고 하질 않냐. 너의 지금 모습과 의식수준에 대해서 심각하게 고민해 봐야 하지 않겠어? 그는 나를 이렇게 가르쳤다.

"이번에 애인 생일선물로 명품 백을 하나 샀는데 말이야, 글쎄 그게 가격이 무려!"

그가 쌈에 싼 고기를 입에 욱여넣을 땐 돼지기름이 침 자국처럼 그의 입가를 흘러내렸다. 그는 복분자주를 모조리 비우더니 실성한 듯 배시시 웃으며 계산대로 앞장섰다.

"손님, 이 카드는 결제가 안 되는데요."

고깃집 주인은 상규의 카드를 되돌려주면서 이용한도초과라고 말했다. 상규는 다른 카드를 꺼냈으나 연이어 결제를 거부당했다. 그는 상한 복분자처럼 검붉은 얼굴로 수줍게 웃으며 나를 돌아봤다.

"됐어. 그냥 내가 낼게."

생삼겹 4인분에 추가로 2인분, 복분자주 두 병, 냉면 두 그릇, 합이 딱 9만 원이었다. 9만 원이다. 9만 원! 내가 먹은 건 2만 원 어치도 안 될 것이다. 야간 아르바이트를 해야 하므로 복분자주는 입에도 대지 않았었다. 그러나 난 하루 만에 95,200원의 지출을 해야 했다. 9만 원. 그리고 5천 200원……. 담뱃값이 오백 원 더 오르지 않았더라면 94700원만 쓸 수 있었을 텐데.

친구끼리 누가 계산하면 어때. 이렇게 말하며 내게 어깨동무 하던 상규에게서 대인 같은 면모가 풍겼다. 그는 비틀거리며 돌아갔는데, 구두의 뒷굽이 바깥쪽으로 심하게 닳아 뒤뚱거렸다.

상규를 만난 이튿날에 초코송이 아저씨가 보였다. 그는 내가 출근하기 전부터 전쟁을 치루고 있었다. 나는 라면을 얻어먹은 걸 답례하기 위해 서비스 콜라를 들고 그의 자리로 갔다. 그의 재떨이에는 희생된 병사들의 비목처럼 꽁초가 빼곡히 꽂혀 있었다. 너 재떨이 좀 갈아라, 아저씨가 말했다. 나는 콜라를 놓고 재떨이를 집어 들었다.

"형!"

돌아서던 나를 112번에 앉아 있던 어정쩡한 아이가 불러 세웠다. 그는 더러운 재떨이를 가리키며 나를 쳐다봤다. 녀석의 나이보다 두 배는 족히 될 꽁초들이 불끈 솟은 가운데손가락처럼 날 모욕했다. 밤이 이슥하여 또래들은 돌아갔지만 저 아이는 예외였다. 밤 10시 이후에 미성년자를 입장시켰다가 적발되면 오십만 원의 과징금을 내야 한다. 우리 법률은 자기책임의 원칙을 좋아한다. 그러니까 저 자식이 경찰서 생활안전계에 걸리면 그 과징금은 사장이 아니라 근무자인 내가 납부해야 한다는 말이다. 오십만 원. 너를 위해 그걸 내면 난 하마 같은 집주인에게 뭐라 말해야 하는가.

나는 망설였다. 채녈이를 바꿔주는 봉사는 얼마든지 할 수 있다. 그들에게 난 언제나 이해심 많은 좋은 형이니까. 그러나 왠지 예감이 좋지 않았다. 생활안전계의 단속이 끊긴 지 두 달째다. 슬슬 올 때가 됐다. 하지만 저 아이에게 뭐라고 말해야 좋을까. 이제 그만 집에 가라고 살살 달래볼까, 법적 근거를 들어 퇴거를 요구할까.

"형, 뭐해요?"

멍하게 서 있는 나를 아이가 재촉했다.

"저기… 밤 10시가 되면 나가야 하는 거 알지?"

내가 조심스럽게 말했다.

"네, 알아요."

그는 당연한 걸 왜 묻느냐는 듯 나를 빤히 쳐다봤다.

"그러니까 이제 나가줘야겠는데……."

나는 요구사항을 분명히 밝혔다.

"싫은데요."

그도 의사를 분명히 밝혔다.

"경찰이 올지도 몰라."

나는 공권력은 잠들지 않음을 일깨웠다.

"안 올 거예요!"

그는 낙관적이었다.

그런 식으로 몇 번의 부탁과 거절이 왕래했다. 나는 슬슬 부아가 치밀어 올랐다. 미성년자의 흡연이나 심야 피시방 출입이 나를 자극한 건 아니었다. 난 단순히 이 일로 인해 발생할지 모를 과징금 오십만 원과 실직을 염려할 뿐이었다. 내 머릿속에서 여러 갈래의 상상이 끊임없이 나타났다 사라졌다. 마침 오늘 단속이 떠서 다음 달 방세로 집주인 대신 국고를 살찌우는 끔찍한 장면, 이 일로 인해 행정처분을 받을 사장이 나를 해고할, 충분히 예측 가능한 미래가 눈앞에서 아물거렸다. 그러나 불확실한 예감만으로 확실한 위협에 도전했다가 키보드로 뺨을 맞을 확률이 훨씬 높다.

나는 갈림길 앞에 우두커니 서 있었다. 어느 길로 향하든 맹수가 득실거린다는 것을 알면서도 나는 하나의 길을 택해야 했다. 피시방 아르바이트를 계속 하든 때려치우고 제대로 된 구직활동을 하든 나는 약소하고 허약한 먹잇감에 지나지 않는 것처럼.

대체 내가 왜 이렇게 살아야 하나. 콩 심은 데 콩 난다고 했다. 내가 인생에 무얼 심어왔기에 담배연기와 소음만이 등에 업힌 귀신처럼 나를 따라다니는가. 내가 나에게 무엇을 그리도 잘못했기에 사람들은 나를 업신여기고, 저 아이조차 그리하는가. 어째서 나는 어른으로서 단 한 번도 제대로 일갈하지 못하는가. 왜 나는 일하는 '인간'임을 드러내지 못하고 '일하는' 인간으로 스스로를 전락시키는가. 나는 나를 망가뜨린 적이 한 번도 없었음에도 어째서 재떨이에 처박힌 꽁초마냥 갑갑히 구속되어야 하는가. 상규는 존재가 의식을 규정한다고 일러줬다. 그건 내게 어려운 말이다. 오십만 원이야말로 잠들어 있던 나의 의식을 일깨우고 재정립한다. 그렇다면 나는 오십만 원인가.

"너희들 몽땅 나가!"

일하는 '인간'은 112, 113, 114에게 소리쳤다. 찍, 하고 침 뱉는 소리를 신호로 아이들은 하이에나로 변신했다. 나는 근원 모를 진동을 느끼며 몸을 부르르 떨었다. 강파른 눈매 아래에서 뱀의 혀가 독설을 뿜어냈다. 나는 그 욕을 몽땅 들으며 우두커니 서 있어야 했다. 라면 먹던 98번이 이쪽을 힐끗 봤고, 나오미와 데이트하던 대머리 아저씨도 잠시 짬을 내 흥미롭게 사태를 관망했다. 쌍시옷이 내 귓전에서 붕붕거릴 때마다 정신이 아뜩하여 꿈길을 걷는 듯했다. 꿈이었으면 좋겠다고 생각했다. 이 와중에도, 혹여 얻어맞지나 않을까 걱정하는 내 자신이 하나의 악몽 같았다.

딩-동.

중국집 배달부는 출출했던지 이 와중에도 벨을 눌렀다.

"뭐가 이렇게 시끄러워!"

목표로 했던 30킬(Kill)을 완수하지 못한 초코송이 아저씨가 역정을 냈다. 흥분 상태에 있던 아이들은 초코송이 아저씨의 포효가 자신들을 향한 것이라 오해했다. 하이에나 세 마리는 기어코 수사자를 건드렸고, 30킬에 실패한 수사자는 30킬에 실패했으므로 기꺼이 도전을 받아들였다.

"너희들 몇 살 처먹었냐?"

아저씨는 아이들의 나이를 묻는 것으로써 응전의 태세를 갖추었다. 곧이어 키보드가 부서지고, 마우스 줄이 끊어졌다. 아이들 쪽에서 더러 비명소리가 터져 나왔다. 이 틈을 타 출입문이 밖으로 열리고, 군용 방한복이 계단 아래로 황급히 뛰어가는 게 보였다. 나는 그를 잡으러 가다가 114번의 발에 걸려 엎어졌다. 아이들이 뱉어놓은 하얀 가래가 내 입술과 입맞춤했다.

수세에 몰린 112는 112에 신고를 했다. 그 경솔함이 모두에게 불리할 수 있음을 그는 알지 못하는 듯했다. 지구대 김 경장과 최 순경이 하품을 하며 찾아 왔다. 112는 이마에 난 혹을 호소했고, 113은 긁힌 자국을 과장하며 보였다. 114는 딱히 내세울 게 없었던지 어이구, 어이구 하며 약자의 억울함을 하소연했다. 아저씨는 최 순경에 이끌려 순찰차에 올라탔고, 김 경장은 내가 그랬던 것처럼 아이들에게 신분증을 요구했다. 집에 두고 왔는데요, 잃어버렸는데요, 라는 변명이 공허하게 맴돌았다. 김 경장은 내일 경찰서 생활안전계로 출두할 것을 내게 요구했다. '아군이 사살됐다!', '아군이 사살됐다!' 주인 잃은 111번 자리에서 장송곡이 연이어 터져 나왔다.

아이들은 담배를 구입한 편의점으로 김 경장을 안내했다. 그 편의점에서 아르바이트 하고 있을 '또 다른 나'는 내일 경찰서에서 나와 인사할 것이다.

피시방엔 평화가 찾아왔다. 대머리 아저씨는 다시 나오미를 만나러 갔고, 구경하느라 미처 떠나지 못한 방한복들은 체념한 듯 제국을 경영하고 있었다. 나는 늘 그렇듯 카운터에 앉아 냉장고와 식품코너를 물끄러미 바라봤다. 저 많은 음료수와 과자와 라면을 몽땅 합해도 오십만 원은 되지 못할 것이라 생각하니 화가 치밀어 올랐다. 난 대체 누굴 위해 밤을 새워 라면을 끓인 것이며, 재떨이를 비웠던 것인가. 법은 밥이라고 누가 말했던가! 난 법 덕분에 시급 4,580원을 받아, 법 때문에 오십만 원을 납부한다. 법은 돈이다. 그러고 보니 또 법률가를 닮았군.

딩-동.

새벽 4시. 벨이 울린다. 난 벨소리를 무시한 채 식품코너에 나열된 컵라면을 멍하게 바라봤다. 갈증은 나지 않았지만 음료수라도 벌컥벌컥 마시고 싶었다. 냉장고 문을 열어 제일 비싼 컵커피를 내리 세 개 들이켰다. 헛배가 불러 속이 거북했지만, 이렇게라도 해야 본전을 찾을 수 있을 것 같았다. 난 앞으로 사장 몰래 음료수와 과자를 오십만 원어치 훔쳐 먹기로 작정했다. 속이 까맣게 탄 콜라병만이 나를 위로해주는 것 같았다.

너희들 나 몰래 음료수에 손대지 말거라. 사장은 늘 이렇게 주의를 줬다. 그리고 보니 그녀도 나와 비슷한 처지였군. 보되, 따지 말라! 따되, 씹지 말라! 씹되, 삼키지 말라! 대체 이런 터무니없는 명령이 어디 있을까. 약이 바짝 오른 그녀는 참다못해 반항을 했겠지. 아니, 명색이 낙원이란 곳에 맛있는 과실이 사과 말고 또 없었을까. 그러니까 그녀는 굳이 사과를 탐하여 절도를 한 게 아니다. 분한 마음에 그리 했던 것이다. 훤히 보이도록 나무를 심어놓고는 절대 손대지 말라니! 카운터 바로 옆에 냉장고를 설치해놓고 결코 문을 열어선 안 된다니!

그녀는 억울했을 것이다. 남자는 동산의 선점(先占)을 이유로 주인을 자처했다. 그러니까 그녀도 아르바이트생이었던 것이다. 남자는 갈비뼈 하나를 내주고는 거기에 살을 붙여 여자를 만들었다. 비하자면 립(rib) 스테이크였던 셈이다. 그녀는 상규를 몰랐으므로 도움 되는 말도 들어본 바 없다. 그러나 자신의 존재를 한갓 아르바이트생이나 립스테이크로 내버려두지는 않았다. 차라리 동산을 떠나는 게 낫다고 생각했다. 유일한 방법은 금기에 도전하는 것밖에 없다. 마침내 그녀는 오그린 다리를 활짝 벌려 성큼성큼 내디디며 사과나무로 다가갔겠지. 자유롭지 않으면 인간이 아니다! 최초의 인권선언이 낭독되자, 아버지는 기다렸다는 듯 번개를 치며 직장폐쇄명령을 내렸겠지.

이러니 내가 여인과 내 자신을 각각의 항에 입력하여 유비추리를 하지 않고 배기겠는가. 호랑이는 좋겠다. 상어도 좋겠다. 매도 좋겠다. 이 세계 어디를 둘러봐도 닮은꼴을 발견할 수 없는 모든 생명체는 좋겠다.

딩-동

날 기다리다 지친 군용 방한복이 또다시 벨을 누른다. 벨소리의 울림은 내 기분과 무관하다. 나는 배고픈 호랑이 앞에 선 토끼 같다.

딩-동

배고픈 대머리 아저씨도 나를 찾는다. 나는 굶주린 상어의 눈에 띈 청어 같다.

딩-동

어느새 들어온 '삼촌'과 '언니'도 덩달아 벨을 누른다. 손님 넷이 나란히 '딩-동'을 울려댄다. 저들은 남자다. 인권선언 따위엔 관심조차 없는 남자다. 하찮은 사과 대신 동산의 점유권을 선택한 남자다. 나는 아르바이트를 하므로 여자다. 여자가 립스테이크와 동일시되듯 나도 컵라면과 분리될 수 없다. 초코송이 아저씨도 알고 보면 여자다. 그는 거리낌 없이 자유를 실천했고, 그 대가로 이 딩동 피시방에서 추방됐다.

아니지, 옹졸하게 편을 갈라선 안 되지. 딩동 벨을 울리는 손님들도 모조리 여자일 수 있다. 저들에게 지켜야 할 규칙이랄 게 있는가. 충혈 된 눈을 희번덕거리며 이 시간에 아이템을 줍는 것 자체가 이미 자유임을 방증한다. 나에겐 이곳이 갑갑한 동산이지만, 저들은 각자의 동산에서 추방되어 이리로 흘러온 것일 수도 있다. 이 무슨 억울함인가! 자유로워야 인간인데, 자유로우면 사람 구실 못한다. 자유로운 인간은 실각된 인간이다.

상규는 다르게 이해해야 한다. 상규는 확실히 남자다. 그는 동산에서 이탈함을 두려워한다. 사과를 딸 용기도, 반항할 의사도 없다. 그저 그의 동산인 어느 계단 높은 국가기관에서 사무관과 주무관을 보좌하며, 9급 나부랭이를 거느린다. 상규의 존재는 상규만의 의식을 규정함으로써 그의 의식에서 자유를 앗아갔다. 하지만 상규는 행복하다. 설령 그가 뒷굽이 닳은 구두를 신고서 백화점 명품관을 수줍게 돌아다닌다고 해도 그는 행복해 보였다. 이러니 역설일 수밖에! 자유를 거부한 자는 동산에서 즐거이 누리고, 자유를 아는 이는 소외되어 황야를 방황하다니.

나는 어디쯤에 있을까. 나는 자유롭지도, 행복하지도 못하다. 나는 동산의 정주민인가, 황야의 유목민인가.

딩-동.

딩-동.

딩-동.

딩동 피시방에 딩동 벨이 울린다. 결심을 끝낸 나는 동족의 품으로 잠입했다. 그리고 사과를 따듯 마우스를 잡았다. 전방에 수류탄도 던지고, 적도 무수히 사살했다. 이로써 나는 자유인이다. 여인이 해방을 꿈꿔 사과를 깨물듯이 나도 그리하고 있다.

사장은 출근하여 진노하겠지. 나는 내쳐져 동산에서 풀려나겠지. 그리고 자유를 얻어내겠지. 한데 여인은 동산에서 쫓겨난 후 동산을 그리워했을까? 황야의 추위 속에서 거친 모래를 씹으며 동산의 훈훈함을 어찌 생각했을까? 만약 여인에게 다시 기회가 주어진다면, 그녀는 자유와 안락함 중에, 사과와 방세 중에 무엇을 택할 것인가. 초코송이 아저씨가 시간을 되돌릴 수 있다면, 그는 어찌 행동했을 것인가.

딩-동.

딩-동.

딩-동.

딩동 피시방에 딩동 벨이 울린다. 나는 즉각 자리에서 일어나 소리의 근원을 재빨리 순회했다.

"늦어서 죄송합니다. 뭐 필요한 거 있으신지요?"

┌ 저자 프로필 ┐

**김버들**

1981년생 / 소사구 심곡본동 거주 / 고려대학교 철학과 졸업. 현재 프리랜서 번역가로 활동 중 / 2013 KB창작동화제(장려상) 수상 / 제11회 부천신인문학상 소설부문 당선

# 비평과 평론

批評

민충환 · 최현규

# 어휘 탐색(3)
## ─이규희의 《속솔이뜸의 댕이》를 중심으로

민충환

1

    이규희는 1963년 「동아일보」 장편소설 공모에서 〈속솔이뜸의 댕이〉가 당선됨으로써 문단에 화려하게 데뷔하였다.

    이 소설은 전란 후 한국농촌의 절대적 빈곤 속에서 주인공인 농촌처녀 댕이가 자신의 생활터전을 굿굿이 지켜나간 삶의 기록이다. 특히 이 작품에는 향토애가 깊이 밴 토속어 표현이 많아 이 소설의 성과를 한층 높이는데 크게 기여하고 있다. 발표된 지 어언 반세기가 지난 이 소설을 예전에 받았던 감동을 돌이키며 재독하는 감회가 남다르다. (어휘풀이 내용 중 고딕체로 된 것은 작가가 손수 정리해 준 것임.)

2

**시미치를 떼다** : 알고도 모르는 체하다.

* 귀만이도 댕이 모양 온몸이 얼어드는지, 덜덜 떨고 있으면서도 시치미를 떼려고 애를 쓰는 눈치였다.

**알몸** : '재산이 전혀 없는 사람'의 비유.

* "…서울 가서 느네가 뭐 할거니? 농사짓던 사람들이…"
  "하긴, 알몸으루 어딜 간들 신통한 수야 있겠어…"

**피땀을 흘리다** : 온갖 힘과 정성을 다해 수고하다.

* "…시골 사람들이야 일년 내 피땀 흘리구 일해봤자, 입에 풀칠이나 어디 제대루 하게 되니?…"

**입에 풀칠하다** : 겨우 목숨이나 이어갈 정도로 굶지 않고 산다는 말.

* "…시골 사람들이야 일년 내 피땀 흘리구 일해봤자, 입에 풀칠이나 어디 제대루 하게 되니?…"

**비렁뱅이** : '거지'의 낮은말.

* "누가 비렁뱅이 노릇하러 서울 간다든?"

**아니꼽살스럽다** : 지나치게 아니꼬운 데가 있다.

* 귀만이도 아니꼽살스럽다는 말투였다.

**비지땀** : 몹시 힘든 일을 할 때에 쏟아져 나오는 땀.

* "…이른 봄부터 늦가을까지 흙먼지 다 뒤집어 써 가며 비지땀 흘려서 농사를 지어 줘 봐야 쌀 일곱 가마, 옷 두벌, 얻어먹는 것까지 쳐두 어림없거든…"

**농사치(農事—)** : 농사짓는 사람이 부치는 땅.

* "농사치가 너무 적은데다 토박하단 말야…"

**토박하다(土薄—)** : 땅이 기름지지 못하고 메마르다.

* "농사치가 너무 적은데다 토박하단 말야…"

**눈이 뒤집히다** : 어떤 일에 열중하여 이성을 잃을 지경이 되다.

* "(노름에)… 눈이 뒤집히게 되니까, 영 못 헤어나게 된다거든…"

**헤살짓다** : 일을 짓궂게 훼방하는 짓을 하다.

　* 어머니는 목이 찢어져라 자꾸만 불러댔다. 그 소리가 사방으로 갈라져 밤공기를 헤살지었다.

**가위** : 집을 세는 단위.

　* 동쪽 등성이를 넘어오는 길엔, 단 이 세 가위뿐인 속솔이뜸의 큰 마을, 감골 사람들이 꾸역꾸역 넘어오고 있었다.

**뜸** : ① '동네'나 '마을'을 뜻하는 말.

　　② 한동네 안에서 몇 집씩 따로 한데 모여 있는 구역.

　* 동쪽 등성이를 넘어오는 길엔, 단 이 세 가위뿐인 속솔이뜸의 큰 마을, 감골 사람 들이 꾸역꾸역 넘어오고 있었다.

**인두껍을 쓰다** : 바탕이나 하는 짓이 사람답지 못할 때 욕하는 말.

　* "말 잘 하셨수다. 이게 인두껍을 쓰구야 할 짓이우? 아쉬울 때는 구구사정을 해서 얻어다 먹구는, 싹 떼먹는 거나 일반이지 뭐유?"

**구구사정(區區私情)** : 이런저런 사사로운 사정.

　* "말 잘 하셨수다. 이게 인두껍을 쓰구야 할 짓이우? 아쉬울 때는 구구사정을 해서 얻어 다 먹구는, 싹 떼먹는 거나 일반이지 뭐유?"

**시들비들하다** : '시들부들하다(몹시 시들어서 생기가 없고 부드럽다)'의 방언.

　* 그러지 않아도 저희 어머니를 닮아 시들비들해 뵈는 간난이는 등에 업은 어린애를 추스르며 댕이 뒤로 돌아섰다.

**지리광맞다** : '지질하다(변변하지 못하다)'의 방언.

　* 간난이 어머니는 지리광맞게 고개를 꼬고 지척지척 걸어가는 딸의 뒤에 다 대고 다시 쏘았다.

**앙바틈하다** : 짤막하고 딱 바라지다.

　* 정희는 저희 아버지를 닮아 앙바틈하게 생긴 몸을 담에 잔뜩 버티어 기대고 있었다.

**사부랑거리다** : 쓸데없는 말로 방정맞게 자꾸 지껄이다.

* 정희는 아주 가볍게 사부랑거려 말했다.

**탁탁하다** : (생활이나 살림 따위가) 넉넉하고 윤택하다.

* 정희 아버지 한반장은 구두쇠로 유명하지만, 그 덕분인지 감골에서 제일 탁탁
하게 지내는 편이었다.

**드레드레하다** : 길게 드리워진 상태에 있다.

* (금분이는)… 턱에 살이 두드러져 뵈고 비집어 뜬 눈이 더 작아진 것 같아 미련
이 드레드레하고 어딘지 음침한 것 같은 얼굴이었다.

**뭉글뜨리다** : 큰 덩어리를 뭉글뭉글하게 하여 깨뜨리다.

* 하늘은 산봉우리들을 뭉글뜨리려는 듯 점점 어둡게 내리 누르고 있었다.

**까뭇하다** : 조금 껌다.

* 코밑 수염을 까뭇하게 기른 김구장만이 목을 길게 빼고 어정거리고 있었다.

**참방** : 참견.

* 줄바위에서 온 말끔하게 생긴 노파가 은근한 말소리로 참방을 했다.
* "쳇, 구장 자기는 심 상관이 없으면서 가만히나 있을 게지. 무슨 참방이람…"

**곱장리**(─長利) : 곱절로 받는 이자.

* "빚이 열댓 가마나 된다면 곱장리루 쳐서 얼말 갚아야 되는 거냐?"

**판심** : '판셈(빚진 사람이 재산을 빚준 각 사람에게 죄다 맡기어 나누어
가게 하는 일)'의 방언.

* "본전만두 열다섯 가마나 되는걸, 보리쌀 다섯 가마루 전부 갚아 버릴려구 그런
다지 뭐니. 한두 해두 아니구 몇 해씩 묵어서 늘어난 빚이라면서… 너무해, 얘."
둘의 말을 듣고 있던 정희가 억울한 모양 나서서 속닥거렸다.
"그러니까 판심이지 뭐니?"
댕이는 조그맣게 퉁겨주었다.
* "오늘 부득이 귀만이네가 판심을 하게 된 것은 여러분들과 함께 대단히 유감스
러운 일이라 생각합니다.…"

**산구렁** : '산골짜기'의 방언.

    * "참, 딱두 하시지. 오라는 데가 어디 있을 것 같아요? 조상 대대로 이 산구렁에 살던 사람들이…."

**웅절거리다** : 입속말로 혼자 자꾸 중얼거리다.

    * "에그, 살찐 것두 죄구려…"
    눈이 짓물은 간난네 뒷집 노파가 눈귀를 닦으며 혼자 웅절거렷다.

**몰풍스럽다(沒風—)** : 정이 없고 퉁명스러워 보이는 데가 있다.

    * "얘들이 미쳤니?"
    댕이는 팔꿈치로 금분이를 몰풍스럽게 쥐어박았다.

**두릿두릿하다** : 두릿거리다. 눈을 크게 뜨고 잽싸게 자꾸 이리저리 휘둘러 보다.

    * "저 사람 누군지 너 모르지?"
    발뒤꿈치를 세우고 남자들이 웅성거리는 쪽을 두릿두릿하면서 금분이 물었다.

**주악거리다** : '끄덕거리다'의 방언.

    * 댕이는 턱을 주악거렸다.

**속중** : 속종. 속종—마음속에 품은 소견.

    * "설마 그럴 리야. 자기들두 양심이 있지."
    "모르지, 사람 속중은…"

**엄동설한(嚴冬雪寒)** : 눈 내리는 깊은 겨울의 심한 추위.

    * "…이 엄동설한에 정처없이 고향을 떠나가는 귀만네를 끝으로 한번만 더돌봐 주시길 기대하는 바입니다…"

**여간하다** : 이만저만하다.

    * 보리쌀 한 주먹일지라도, 아무 노자도 마련없이 아이들을 데리고 타관으로 나가는 귀만 네에겐 여간한 도움이 되지 않을 것입니다.

**말강구** : '말감고'의 방언. 말감고—되나 말로 되어 주는 일을 업으로 하는 사람. 말잡이.

    * 보리쌀 먼지를 뽀얗게 뒤집어쓰고 말강구 노릇을 하고 있는 장정들을 우두커니

내려다보곤 하는 꿀꿀이의 시선은 황소 눈알 모양 그저 겁쟁이같이만 보였다.

**천역(賤役)** : 미천한 일.

* "…도회지 가면 천역 일 많구, 두 다리 뻗구 잘 살 줄 알지?…"

**틈서리** : 틈이 생긴 부분의 가장자리.

* 철없는 졸망구니 아이들만이 누더기 옷을 펄렁거리며 사람들 틈서리를 뛰어다니고 있었다.

**졸망구니** : 조무래기. 조무래기—어린아이를 얕잡아 이르는 말.

* 철없는 졸망구니 아이들만이 누더기 옷을 펄렁거리며 사람들 틈서리를 뛰어다니고 있었다.

**눈에 흙이 들어가기 전** : 사람이 죽어 땅에 묻히기 전.

* "봐라, 두구 봐라. 그것 떼어먹어 잘 사나? 내 눈에 흙이 들어가기 전엔 어디 얼마나 잘 사나 두구 볼 게다."

**물을 뿌린 듯이** : 시끄럽던 장소가 갑자기 조용해진 모양을 비유적으로 이르는 말.

* 인수 어머니가 물러가자, 마당은 물을 뿌린 듯했다.

**어안이 벙벙하다** : 뜻밖에 놀랍거나 기막힌 일을 당하여 어리둥절하다.

* "참으셔야죠. 그저 너그럽게 참으시는 수밖에는 도리가 없지 뭐예요." 옆에서 보고 있던 금분이 큰어머니가 어안이 벙벙해서 말을 못하는 노파를 위로해 주었다.

**휑뎅그렁하다** : 물건이 거의 놓여 있지 않아 텅 빈 것같이 매우 허전하다.

* 귀만이의 등 저쪽으로 삽짝문이 떨어져 나간 대문틀이 유난히 휑뎅그렁하게 뚫려 보였다.

**쥐 죽은 듯이** : 매우 조용히.

* 그들은 얼마 동안 그대로 서 있었다. 모두들 쥐 죽은 듯이 조용했다. 습벅거리다 : 눈꺼풀을 움직이며 자꾸 감았다 떴다 하다.

* 인수 할머니도 눈을 습벅거리면서 귀만 어머니를 쳐다보려고 애를 쓰다가 그냥 더는 말을 못하고 옷고름으로 눈시울을 닦아냈다.

**산모롱이** : 산 모퉁이의 휘돌아 가는 부분.

* 귀만네들이 산모롱이 길로 돌아가 버렸을 때, 댕이는 저도 모르게 한 걸음 뛰쳐
  나갔다.
  산모롱이 황토길도 곧 눈송이에 가리워졌다.

**희맑다** : 희고 맑다.

* 빗물에 얼룩이 진 창호지지만 부대 종이 같은 것으로 되는대로 뒤발라논 앞문
  이나 뒷문에 비기면 굉장히 희맑았다.

**터분하다** : 산뜻하지 못하다.

* 낡은 짚자리 밑에서 흙먼지가 폴싹 올랐다. 터분한 그 흙먼지 내음이 이상하게
  그녀의 코를 자극했다.

**부유스름하다** : 조금 부연 듯하다.

* 해가 아직 솟기 전의 부유스름한 하늘이 처마 밑까지 내려와 저편 들 건너 꾸불
  꾸불 돌아간 산줄기에까지 잔잔하게 펼쳐 있었다.
* 부유스름한 새벽 공기 속으로 녹아 버리듯 꿀꿀이는 재빨리 등성이를 넘어갔다.

**다보록이** : 나무 따위가 탐스럽고 소복하게.

* 댕이의 팔뚝 굵기 만한 속솔이감나무들이 마당 끝에 다보록이 엉기어 서 있었다.

**고주배기** : '그루터기(나무를 베어 내고 난 뒤 남은 밑동)'의 방언.

* 솔가리는 관솔 모양 활활 타들기 시작했다. 그러자, 그 위에 고주배기를 얹어
  불을 붙여두고, 구석으로 다시 갔다.

**앗아먹다** : 빼앗아 먹다.

* 한반장네서 돼지먹이로 가져온 거였다. 그것을 사람이 앗아먹는 것 같아 마음
  에 걸렸지만, 어떻게 하는 수가 없다고 그녀는 생각했다.

**배메기** : 소출을 임자와 반씩 갈라 갖는 것.

* 인수네 배메기 닭을 길러 주고 갓 나누었을 때는 그래도 꽤 여러 마리였었다.

**우리부리하다** : '우락부락하다'의 방언.

* "꿀꿀이? 꿀꿀이가 뭐람."
  그녀는 얼핏 그 우리부리하게 생긴 사내가 떠올랐다.

**사죽을 못쓰다** : '사족을 못쓰다(무엇에 반하거나 혹하여 어쩔 줄을 모른다)'의 방언.

　* 아무튼 아버지는 거름이라면 그저 사죽을 못쓰는 사람같다고 댕이는 생각했다.

**태기를 틀다** : '퇴기다(힘을 모았다가 갑자기 탁 놓아 내뻗치다)'에서 온, 견디기 어렵게 뒤틀리며 조여드는 걸 의미하는 방언.

　* 작년만 해도 훌렁했던 것 같은 저고리가 어떻게 된 것인지 겨드랑이가 터질 지경으로 태기를 틀었다.

**뼈품** : 뼈가 휘어지도록 들이는 수고.

　* 인제 아버지랑 제가 몇 해만 더 뼈품을 팔고 고생을 하면 지금 지고 있는 빚을 말짱 갚고 나서 또 얼마간의 땅을 마련할 수 있을 것이다.

**찐득이** : 끈끈하고 차지게.

　* 아버지의 병은 정말 완전히 가신 것일까. 그녀는 찐득이 내리누르는 의심을 털어 버릴 수가 없었다.

**포개포개** : '포갬포갬(연하여 포개거나 포개지어 있는 모양)'의 방언.

　* 아버지는 벌써 두어 두둑 남짓하게 갈아 나갔다. 포개포개 엎어진 흙덩이에 보습 자국이 반짝거렸다.

**꿍덜거리다** : '꿍꿍거리다(답갑지 않은 일에 못마땅하여 은근히 속으로 불평을 품거나 혼자 걱정을 자꾸하다)'의 방언.

　* "에구구, 왜 저렇게 서두를구…"
　　어머니는 기어코 입을 열고 꿍덜거렸다.

　* "에이 개구쟁이들, 왜 즈비끼리 못놀구…"
　　모두들 꿍덜거리면서도 그녀의 뒤를 쫓았다.

**일자무식(一者無識)** : 한 글자도 읽을 수 없을 정도로 아는 것이 없음.

　* "그저 일을 해야지. 일만 하면 굶으라는 법은 없으니까… 일자무식 한반장 네가 저꼴이 돼 가는 걸 보면 훤하지…"

**주장질하다(朱杖一)** : 몹시 나무라거나 때리는 짓을 하다.

* 며칠 전부터 그녀는 쥐가 잡히기만 하면 쟁끼한테로 가지고 와서 이렇게 주장
  질을 치곤 했다.

**더듬적거리다** : 말을 할 때 자연스럽지 못하고 자꾸 막히다.

* "구장네 개두 약 먹구 죽은 쥐를 먹었다면서요?"
  이 짧은 말을 하는 데 댕이는 몇 번이나 더듬적거려야 했다.

**노르무레하다** : 선명하지 않고 옅게 노랗다.

* 익어드는 살구 모양 노르무레해지던 동쪽 산머리가 점점 짙어져 장밋빛을 띠
  어갔다.

**자위돌다** : 과일이 익기 시작하면서 도는 빛깔.

* 햇살이 먼저 비치는 노적봉 봉우리가 자위돈 복숭아처럼 물이 들어 갔다.

**뜨클** : 나무나 억새의 줄기를 잘라내고 난 등걸.

* 올라갈 때는 항상 너무 어두워 나무에 부딪고 딩굴어져, 뜨클에 찔리게 마련이
  라고 아버지는 말했었다.

**활딱** : 남김없이 시원스럽게 벗어진 모양.

* 활딱 밝은 뒤에서야 아버지는 부랴부랴 올라가곤 했다.

**생뚱스럽다** : 보기에 생뚱한 데가 있다. 생뚱하다—말이나 짓이 앞뒤가
맞지 않고  엉뚱하다.

* "뭘?"
  고개를 외로 틀고 댕이는 생뚱스런 표정을 지어 버렸다.

**솔포기** : 가지가 탐스럽고 소박하게 퍼진 작은 소나무.

* 솔포기 위로 역시 햇볕만이 가득히 드리워 있을 뿐이었다.

**줄창** : 줄곧.

* 인제부터 줄창 들에 나가서 살아야 할 때가 왔다.

**멍텅그레하다** : '멀겋다'의 방언.

* 이 큰 짐승이 기껏 거나 푼 그까짓 멍텅그레한 물 한 통으로 배겨낸다는 것이
  용하게 여겨졌다.

**비루먹다** : 피부가 헐고 털이 빠지는 병에 걸리다.

* 인수는 그제서야 어머니의 호통에 놀란 듯 껑충 뛰기 시작했다. 비루먹은 당나귀 같았다.

**옹잘거리다** : 불평 따위를 입속말로 혼자 자꾸 작게 중얼거리다.

* "쳇, 그 잘난 아들 누가 잡아먹을까 봐."
  그녀는 얼굴이 홧홧 다는 걸 느끼며 옹잘거렸다.

**무소식이 희소식** : 〈속〉 소식이 없는 것은 무사히 잘 있다는 뜻으로, 곧 기쁜 소식이나 다름없다는 말.

* 어머니랑 귀만네 일가뻘 되는 이들은 무소식이 희소식이라고 말하지만, 아무래도 댕이는 귀만이가 의심스럽기 시작했다.

**알머리** : '맨머리'를 속되게 이르는 말.

* 오줌동이를… 시험삼아 알머리로 이고 온 것이었다.

**소담지다** : '소담하다'의 방언.

* 취 · 먹취 · 훗잎 · 노린재나물 · 괴비 · 고사리들이 소담지게 자라서 그녀들의 손길을 기다리고 있을 것이다.

**손때가 맵다** : 식물 따위를 거둔 결과가 다른 사람에 비하여 늘 좋지 아니하다.

* 나물이 크고 푸짐해서 암만 손때가 매운 사람일지라도 금방 한 바구니를 채울 수가 있었다.

**내둥** : 일삼아 이때껏.

* 내둥 서로 불러대던 별명인데 왜 별안간 그녀가 이러는 건지 알 수 없어 하는 표정이었다.

**초련** : 추수를 하기 전까지 일찍 익은 곡식이나 여물기 전에 훑은 곡식으로 양식을 대어 먹는 일.

* 저의 집은 지난가을 밭갈이를 할만한 형편이 못 되었다고 그녀는 생각 했다. 초련에 뚜드려 먹어, 얼마 안되는 가을걷이도 간신히 꾸려들였었다.

**어레미** : 밑바닥의 구멍이 굵고 큰 체.

　* 햇살이 흔들리고 있는 보리 이파리들 위로 댕이는 어레미를 잡은 길다란 팔을
　　앞뒤로 내두르며 천천히 자리를 옮겨 가고 있었다.

**산송장** : 살아 있으나 활동력이 없고 감각이 무디거나 없어져 죽은 것이
나 다름없는 사람을 비유적으로 이르는 말.

　* 그쯤 일도 못하겠다고 방에만 죽쳐 있다면 자기는 인제 산송장이라는 말밖
　　에는 못 들을 거라면서… 봉당을 내려갔다.

**잣다** : 물레 따위를 돌려 실을 뽑다.

　* 김구장네 바느질 실을 잣고 있던 어머니는 내쳐 물레질만 하고 있을 뿐 이었다.

**곤두벌레** : '장구벌레'의 방언.

　* "귀애할수록 잘 뵈야 한단 말이지, 이건 오뉴월 곤두벌레 뛰듯 하니 원…"

**일긋하다** : 한쪽으로 조금 쏠리어 비뚤어진 듯하다.

　* 금분이 쪽을 바라보는 꿀꿀이의 얼굴이 일긋해지며 손가락 같은 이빨이 환히
　　드러난 것이었다.

**밉살스럽다** : 보기에 몹시 밉다.

　* 사내들이 있는 데서는 더 별난 소리로 웃는 것만 같은 금분이가 댕이는 얄미웠다.
　　그 모양을 보고 맞웃어 주는 꿀꿀이가 못견디게 밉살스러웠다.

**부하다** : '부풀다'의 방언.

　* 얼었다 풀리어 보리 뿌리가 부하게 들떠 보였다.

**무굿하다** : '묵직하다'의 방언.

　* "댕아, 그러구보니 내가 진작 물어야 될 걸 잊어버렸구나. 아버지 인제 좀 어떠 시냐?"
　　이제까지와는 달리 무굿한 음성으로 금분이 큰아버지가 물었다.

**사위스럽다** : 불길한 느낌으로 마음에 꺼림칙하다.

　* (댕이는 아버지의 병환이) 덜한 듯하다고 말하려다가 사위스러운 생각이 들어
　　어물어물해 버렸다.

**어리벙벙하다** : 어리둥절하여 갈피를 잡을 수 없다.

　* 아버지의 병 이야기가 나오면 그녀는 이렇게 어리벙벙해지기가 일쑤였다.

**외통쟁이** : '애꾸눈이'의 방언.

 * "헤이, 저 외통쟁이네 병신 아들 구실하는군."

**어림 반푼어치도 없다** : 몹시 터무니없다.

 * "…우리 막둥이만 할려면 어림 반푼어치도 없는 놈을…"

**새뜻하다** : 예전과 달리 새롭고 산뜻하다.

 * 금분이의 남치마 노랑 저고리가 유난히 새뜻해 뵈었다.

**꽁달거리다** : '쫑알거리다'의 방언으로, 의미는 어감만큼 다르다.

 * 댕이는 저한테도 뒤떨어진 갑동이를 쳐다보고 꽁달거렸다.

**헤살하다** : 헤푸게 뿌리다.

 * "꿀꿀이두 정신을 차려야지… 그대루 돈을 헤살해서야 나중엔 논두렁 베고 눕기 꼭 알맞지…"

**논두렁 베다** : 빈털터리가 되어 처량하게 죽다.

 * "꿀꿀이두 정신을 차려야지… 그대루 돈을 헤살해서야 나중엔 논두렁 베고 눕기 꼭 알맞지…"

**아비 없는 후레자식** : 아버지 없이 자라나 버릇이 없는 사람이라는 뜻으로, 남을 욕할 때 쓰는 말.

 * "애비두 누군지 모르는 후레자식은 저래서 알아본다니까…"
   조금 전보다 더 간난이 어머니는 눈을 동그랗게 뜨고 욕설을 퍼부었다.

**이탓저탓** : 이런저런 일을 구실이나 핑계로 삼음.

 * "저런, 한창 필 나이에 웬일인구… 주려 지내니 그렇군… 이탓저탓 다 가난 탓이지…"
   간난이 어머니는 한숨까지 치쉬며 안되어 했다.

**싱구다** :

 * 그러한 아버지를 보자, 어머니는 더 힘껏 댕이의 무릎을 싱궜다.

**곤두뱉다** : 솟구어 멀리 내뱉다.

 * 아버지는 말을 마치고 머리를 쳐들어 기침을 요란스럽게 해댔다. 그러고는 가래침을 곤두뱉었다.

**쫀쫀하다** : 짜임이 톡톡하며 곱고 올이 고르다.

　* 밧줄이 너무 쫀쫀해서 말을 잘 안들었지만 그녀는 손가락이 벗어져라고 옭매  
　듭을 지었다.

**꿀 먹은 소식이다** : 감감소식. 오래도록 소식이 전혀 없음.

　* "줄을? 에그 그녀리 개, 말썽이 한 가지 더 늘었구나. 귀만넨 한 번 가더니 꿀먹  
　은 소식인 걸, 그건 왜 맡아 가지구, 에그…"

**주인 보태줄 나그네 없다** : 〈속〉 손은 항상 주인의 신세만 지게 마련이라는 말.

　* "에그, 쥔 보태줄 나그네 없다구, 이러나 저러나 그녀리 개…?"

**그녀리** : '그년의'가 변한 말.

　* "에그, 쥔 보태줄 나그네 없다구, 이러나 저러나 그녀리 개…?"

**썬들하다** : '선들거리다(조금 추은 듯한 서늘한 바람이 잇달아 불다)'의  
작은말.

　* 바람이 썬들하게 느껴지곤 했지만 밥 심부름을 하기 위해선 어쩔 도리가 없었다.

**철기** : 규칙적으로 되풀이되는 특징적인 자연 현상에 따라 일 년을 구분  
한 것.

　* 바쁜 철기로 접어들면서부터 마을 사람들은 귀만네를 아주 쉽사리 잊어 버리  
　고만 것 같았다.

**똥금** : 아주 저렴한 가격을 속되게 이르는 말.

　* "…가을엔 쌀금이 똥금이 되구, 우리 같은 놈은 쌀 한 톨 안 남았을 때서야 촉싸  
　게 올라 갈 건 뭐람…."

**촉싸게** :

　* "…가을엔 쌀금이 똥금이 되구, 우리 같은 놈은 쌀 한 톨 안 남았을 때서야 촉싸  
　게 올라갈 건 뭐람…"

**솥종고래기** : '종구라기(조그마한 바가지)'의 방언. 앞에 솥이 붙어, 솥  
안에 드는 작은 바가지를 말함. 어리지만 만만한 일손을 뜻함.

　* "…그저 끼니를 거르는 사람들이나 똑같이 콩만해서부터 솥종고래기 모양 일  
　시켜 먹느라구 자식들을 눈 하나 못박아 주구…"

**속 빈 강정** : 〈속〉 겉만 그럴듯하지 실속은 아무것도 없음을 이르는 말.

* 소문대로 김구장네는 근방에서는 첫째가는 지주였지만, 지금은 속 빈 강정 모양 아무 것도 없다는 걸 모르는 사람이 없었다.

**이마를 찔러도 피 한 방울 안 나겠다** : 〈속〉 몹시 인색하고 약삭빠른 사람을 형용하는 말.

* "그 찔러두 피가 안 나올 노랭이가 왜 우리라면 두 말 않구 장리쌀을 내주누? 신용이 있다구? 허울 존 소리지, 무슨 궁궁이속이 있는 게야…"

**장리쌀** : 장리로 빌려 주는 쌀. 장리(長利)—곡식을 꾸어주는 데 붙는, 1년에 본살의 절반이 되는 변리.

* "그 찔러두 피가 안 나올 노랭이가 왜 우리라면 두 말 않구 장리쌀을 내주누? 신용이 있다구? 허울 존 소리지, 무슨 궁궁이속이 있는 게야…"

**궁궁이속** : 아주 모를 셈속.

* "그 찔러두 피가 안 나올 노랭이가 왜 우리라면 두 말 않구 장리쌀을 내주누? 신용이 있다구? 허울 존 소리지, 무슨 궁궁이속이 있는 게야…"

**아드등거리다** : 좁은 소갈머리로 바득바득 우기며 다투다.

* "뭐가 어쩌구 저쩌구? 예펜네가 밤낮 저 모양 아드등거리니 집안이 잘돼 갈 수가 있어? 복이 들어오다가두 나가지 않겠나 생각을 좀 해보란 말야…"

**천수바래기** : 천수답(天水畓). 빗물에 의지하여 경작하는 논. 하늘바라기.

* "…땅이래야 죄 천수바래긴 데다 남같이 비료를 주나, 인젠 두엄두…"

**엔간하다** : '어연간하다'의 준말. 어연간하다—정도가 표준에 꽤 가깝다.

* "아무렴… 인제 농사꾼두 잘 살게 마련이 돼 가겠지, 쌀값두 엔간해지 면…"
* 개울 물은 엔간한 가뭄에는 마르지 않았다.

**쥐구멍에도 볕들 날이 있다** : 〈속〉 고생을 몹시 하는 사람도 좋은 때를 만날 적이 있다는 말.

* "잠자쿠 참어 봐… 쥐구멍에도 볕들 날이 있다구, 우리 땅이 달걀 노른자위같이 될 날두 있을 테니…"

**논틀밭틀** : 논두렁과 밭두둑을 따라 꼬불꼬불하게 난 좁은 길.

   \* 논틀밭틀을 마구 질러 그들은 방죽까지 다다랐다.

**먹고 죽은 귀신은 원도 없다** : 배고픔의 절망을 압축한 말.

   \* "…죽든지 살든지 그런 건 상관하지 말란 말이우, 먹구 죽은 귀신은 원두 없다
니까 죽어두 좋아 난… 고기나 한 번 실컷 포식해 보구…"
말이 끊어지고 흑 느끼는 소리가 났다.

**응글어붙다** : '엉기다(한데 뭉치어 굳어지다)'의 변형된 방언.

   \* 하늘과 들과 먼 산들이 미처 밝지 않아 한데 꽉 응글어붙어 있는 성싶었다.

**메꾸리** : '멱둥구미'의 방언.  멱둥구미─짚을 엮어서 속이 깊고 둥글게
만든 곡식을 담는 그릇.

   \* 그녀는 있는 힘을 다해서 쟁끼를 부랴부랴 메꾸리에 끌어 담았다.

**뭉글리다** : '몽글리다(여러 번 괴로운 일을 겪어 단련되게 하다'의 작은말.

   \* 밤새껏 혼자 뭉굴린 생각이 산산이 부서져 흩어짐을 느끼며, 그녀는 방 안에다
주의를 모았다.

**메공이** : 떡을 칠 때 흔히 쓰는 묵직한 나무토막으로 만든 절굿공이.

   \* 지난가을 그녀도 메공이로 그 참나무를 털어 상수리를 주워 왔는지도 알 수 없
었다.

**목사리** : 짐승의 목에 두른 굴레.

   \* 김구장네나 한반장네 개들도 아직 그 목사리를 걸지 못하고 있는 것이었다.

**나풋나풋** : 작은 것이 아주 가볍게 자꾸 움직이는 모양.

   \* 나풋나풋 올라온 이파리 밑에 요강을 기울여 오줌을 주었다.

**잦달맞다** : '잦다(졸아들어 액체가 밑바닥에 깔리다)' 의미의 방언.

   \* 내일로 미루기엔 너무 잦달맞다고 아주 끝마무리를 해주려고 했지만, 밭고랑
이 뵈지 않아 더는 일을 할 수가 없었다.

**왕체** : 어레미(바닥의 구멍이 굵은 체).

   \* 우선 짬이 생기는 대로 왕체를 들고 나가 어머니한테 둠벙새우라도 건져다 토
장국을 끓여 드려야겠다고 생각하면서, 그녀는 산비탈을 달려 올라갔다.

**둠벙새우** : 웅덩이에 서식하는 새우.

  * 우선 짬이 생기는 대로 왕체를 들고 나가 어머니한테 둠벙새우라도 건져다 토
   장국을 끓여 드려야겠다고 생각하면서, 그녀는 산비탈을 달려 올라갔다.

**손잽신** : '손버릇'이라는 의미의 방언.

  * 댕이는 쟁끼도 틀림없이 그 여우란 놈의 손잽신일 거라고 짐작을 했다.

**꺼럭** : 보리의 수염.

  * 누렇게 익은 보리밭과 아직 파란 밀밭에서마저 꺼럭이 부서지는 듯한 깔깔한
   소리가 더욱 더위를 몰아오는 것만 같았다.

**상그루판** : 절기에 쫓기는 한창 바쁜 농사 절정기.

  * 농사가 절기에 늦지 않게 서둘러야 하는 상그루판인 데다 가뭄까지 들어서 마
   을 사람들은 몽땅 쏟아져 나가 있었다.

**풋바심** : 곡식이 완전히 여물기 전에 베어서 떨거나 훑음.

  * 김구장네도 보릿고개를 못 넘겨 보리를 지레 베어다 풋바심을 해먹고 제일 먼
   저 마당질을 해치웠다.

**마당질** : 곡식의 이삭을 떨어서 낟알을 거두는 일.

  * 김구장네도 보릿고개를 못 넘겨 보리를 지레 베어다 풋바심을 해먹고 제일 먼
   저 마당질을 해치웠다.

**울며 겨자 먹기** : 〈속〉싫은 일을 억지로 함을 비유한 말.

  * 풋바심이란 누구에게나 울며 겨자 먹는 격이었다.

**끄틀** : '그루터기'의 방언.

  * 끄틀은 그녀들의 굳어진 발 밑에서 힘없이 꺾어졌다.

**곁밥** : '곁두리'의 방언. 곁두리―힘든 일을 할 때, 농부나 일꾼이 먹는 끼니
외에 참참이 먹는 음식, 새참.

  * 해가 길어지면서 일하는 집에서는 점심 전에 곁밥을 한끼 더 주었다.

**둠벙** : '웅덩이'의 방언.

  * 오늘 이렇게 더 못견딜 것 같은 것은 어제 둠벙을 푼 때문인 것 같았다.

**넘놀다** : 바람에 가볍게 흔들리다.

　　* 바람은 줄곧 남쪽에서만 불고, 하늘엔 구름 한 점 넘놀지 않았다.

**용두레** : 낮은 곳의 물을 높은 곳으로 퍼 올리는 데 쓰이는 농기구.

　　* 댕이는 용두레를 빌려다 혼자서 웅덩이를 푸려고 마음먹었었다. 그런데 어머
　　니가 말도 없이 감골로 넘어가 고리두레를 빌려왔다.

**고리두레** : 두 사람이 마주잡고 물을 퍼 올리는 농기구.

　　* 댕이는 용두레를 빌려다 혼자서 웅덩이를 푸려고 마음먹었었다. 그런데 어머
　　니가 말도 없이 감골로 넘어가 고리두레를 빌려왔다.

**별나다** : 됨됨이가 보통 것과 매우 다르다.

　　* 누렇게 시들어가는 아카시아 꽃송이엔 별나게 벌떼들이 덤벼들었었다.

**달걀 노른자위** : 가장 중요한 부분.

　　* 아버지가 늘 소원처럼 말하곤 하는 바로 그 달걀 노른자위 같은 땅이었다.

**판판이** : 늘. 온통.

　　* 마을에서 두세 집만이 끼니 걱정을 안 할 뿐, 나머지는 죄 판판이 굶는 이유가
　　그 때문이라는 것을 그녀는 알았다.

**인중(人中)** : 코와 윗입술 사이에 오목하게 골이 진 곳.

　　* 곁밥 때가 다 되어 가는지 땀이 인중을 타고 찝찔하게 흘러내렸다.

**지려감다** : '지르감다'의 방언. 지르감다─눈을 찌그리어 감다.

　　* 숨을 크게 내쉬며, 눈을 지려감고 댕이는 얼굴을 똑바로 세웠다.

**춤벙거리다** : 춤을 추듯 흔들거리다.

　　* (그녀)… 숨이 콕콕 막히고, 옆에 춤벙거리며 따라오는 그림자가 까맣게 타서
　　연기를 내는 것 같았다. 더위가 찌기 시작하는 것이었다.

**암구다** : 암내낸 짐승에게 흘레를 붙이다.

　　* 털 속에 묻힌 돼지의 분홍빛 젖꼭지를 보자, 댕이는 속에서 치밀어 오르는 울화
　　를 더는 참을 수가 없었다. 앞으로 한 달만 더 있으면 암구게 될 돼지였다.

**배알이 꼴리다** : 하는 짓이 비위에 거슬려 아니꼽게 생각되다.

* 배알이 꼴린 일꾼들은 금분이 큰집 장맛이 동네서 첫째라고 야단들이지만, 그래도 김구장네 장맛만 하려면 어림도 없었다.

**푸새** : 옷 같은 데 풀을 먹이는 일.

* 꿀꿀이는 오늘 댕이네 일을 오면서 새로 푸새를 한 무명 등걸잠방이를 갈아 입고 왔다.

**수부룩이** : 수북이.

* 잿간 앞에 수부룩이 쌓인 보리짚을 안으려다 인수가 닭들을 쫓아 장독대 앞까지 달려갔을 때였다.

**흥치렁거리다** :'흔들다'의 방언.

* 몸을 흥치렁거리며 인수는 힘없이 저희 집으로 들어갔다.

**탑시기** : '쓰레기'의 방언.

* 마당 근처는 보리 탑시기와 검불이 지저분하게 어질러졌다.

**경거니** : '건건이(간략한 반찬)'의 방언.

* "이거 경거니라곤 없어서…"

**허발하다** : 몹시 주리거나 궁하여 체면도 가리지 않고 함부로 먹거나 덤비다.

* 댕이도 허발을 해 수저를 나르면서도 자주 꿀꿀이의 수저 뜨는 모양을 눈여겨보곤 했다.

**안성맞춤** : 무엇이 어떤 경우나 계제에 잘 어울림.

* "그래, 난 처음부터 그 사람이 마음에 들더라… 엊그제 간난이 어머니두 그러더라만, 붙인 식구가 없는 사람이니 우리집 같은 집엔 안성맞춤이지 뭐냐."

**선철하다** : 시원시원하고 철저하다.

* "그러잖아두, 오늘 꿀꿀이를 보면서 귀만일 생각했다. 우리집 일을 그렇게 선철하게 보살펴 주던 모습을…"

**땀국** : 때가 낀 옷 같은 데에 흠뻑 젖은 땀.

* "벗어 줘. 겨 없으면 어떤가 뭐, 땀국이나 빼서 입는 거지…"

**다팔거리다** : 탐스럽게 길게 늘어져서 자꾸 바람에 날려 흔들리다.

* (영숙이가)… 땀에 젖은 모시적삼 위로 단발머리를 다팔거리며, 웅덩이를 건너 이쪽으로 왔다.

**다 해본 장단이다** : 과거 경력을 알 수 있다는 말.

* "어무나, 넌 그런 걸 정말 어떻게 아니?"
정희는 표정을 새로 짓고 신기한 듯 댕이를 쳐다보았다.
"그게 다 해본 장단이라는 거지 뭐야."
금분이가 댕이 대답을 가로채어 의뭉스럽게 지껄였다.

**한통속** : 서로 마음이 통하여 같이 모이는 동아리.

* 금분이랑 정희는 한통속이 되어 댕이를 떠보느라고 애를 썼다.

**텁적지근하다** : '텁지근하다'의 방언.

* 부글부글 괴어 끓는 웅덩이 물이 텁적지근했지만, 그녀는 자꾸만 물을 움켜 푸 닥지게 세수를 했다.

**푸닥지다** : 푸지다. 푸지다—매우 많아서 넉넉하다.

* 부글부글 괴어 끓는 웅덩이 물이 텁적지근했지만, 그녀는 자꾸만 물을 움켜 푸 닥지게 세수를 했다.

**지질지질** : 변변하지 못하고 몹시 보잘것없는 모양을 나타내는 말.

* 물이 시원스레 빠지질 못하고, 지질지질 흐르는 통에, 밑바닥에 찌꺼기가 켜로 앉았다.

**동동걸음** : 종종걸음. 발을 가까이 자주 떼며 급히 걷는 걸음.

* 그녀들은 서로 눈길을 맞비비며, 어쨌으면 좋을지 몰라 동동걸음을 쳐댔다.

**눈뜬 봉사** : 눈으로 보고도 알지 못하는 사람을 이르는 말.

* "어떻게들 알구 왔어, 난 몰라."
"연기 나는 걸 보구두 모르면 눈뜬 봉사게?"

**지분지분** : 짓궂은 말이나 행동으로 남을 자꾸 몹시 귀찮게 하는 모양.

* (사내들은)… 만만하게 돌아가진 않겠다는 듯 지분지분 지껄여댔지만, 댕이의 정신은 한군데로 기울여져 들어갔다.

**말만하다** : 다 컸다는 의미.

* "말 만한 것이 싹바가지 좋구나, 사내녀석들 꽁무니나 쫓아다니구."

**싹바가지** : '싹수(앞길이 잘 트일 낌새나 징조)'의 방언.

* "말 만한 것이 싹바가지 좋구나, 사내녀석들 꽁무니나 쫓아다니구."

**지지랑물** : 비 온 뒤에 썩은 초가의 처마에서 떨어지는, 쇠지랑물 같은 빛깔의 낙숫물.

* 지지랑물 떨어지는 소리만이 가볍게 쫄랑거렸다.

**밑이 구리다** : 떳떳하지 못하거나 수상한 데가 있다.

* "쳇, 자기 밑이 구리니 남두 그런 줄 아남?"
  그녀는 더럽다는 듯 외면을 해버렸다.

**지렁풀** : 흔한 잡초인데, 잎이 질겨서 그늘에 말리어, 시루밑이나 바구니를 엮기도 함.

* 지렁풀을 베어 말려둔 것으로, 가늘게 새끼를 꼬아 망을 떠 갔다.

**거무충충하다** : 꺼림칙해 보일 정도로 침침하게 거무스름하다.

* 거무충충한 감나무 가지 너머로 회색 하늘이 음울하게 몰리고 있었다.

**벌창** : 물이 몹시 넘쳐흐름.

* 아직 남아 있는 돼지 똥물이 마당으로 벌창을 했었다.

**찰람하다** : 조금만 흔들려도 넘칠 만큼 담겨 있다.

* 물이 찰람한 웅덩이엔 쪽빛 하늘이 채워져 있고,

**산 입에 거미줄 치랴** : 〈속〉 사람이 아무리 가난하더라도 먹고 살아 갈 수 있다는 말.

* "그래, 지나기들은 어떤가?"
  "뭐, 그저 그렇죠. 산 입에 거미줄이야 칠라구요…"

**배싯** : 살짝.

* 댕이는 배싯 몸을 틀어 버렸다.

**호동그랗다** : 매우 동그랗다

* "그놈은 가서 바로 없어졌죠…"
  "없어지다뇨?"
  어머니가 눈을 호동그랗게 떴다.

**사고무친(四顧無親)** : 친한 사람이라곤 도무지 없는 처지.

* "…땅파먹던 놈이야 그 패거리에 어디 어울려 낼 수가 있나요. 속은 살아 그놈
  들이랑 맞서 싸웠으니 별수 있어요. 사고무친 놈이 얻어 맞았을밖에… 그래 그게
  인줄이 되어 시름시름 앓던 끝에 그만…"

**땅파먹다** : '농부 생활을 하다'의 속된말.

* "…땅파먹던 놈이야 그 패거리에 어디 어울려 낼 수가 있나요. 속은 살아 그놈
  들이랑 맞서 싸웠으니 별수 있어요. 사고무친 놈이 얻어 맞았을밖에… 그래 그
  게 인줄이 되어 시름시름 앓던 끝에 그만…"

**인줄이 되다** : 원인의 끈이 되다.

* "…땅파먹던 놈이야 그 패거리에 어디 어울려 낼 수가 있나요. 속은 살아 그놈
  들이랑 맞서 싸웠으니 별수 있어요. 사고무친 놈이 얻어 맞았을밖에… 그래 그
  게 인줄이 되어 시름시름 앓던 끝에 그만…"

**일기죽거리다** : 이리저리 느리게 자꾸 움직이다.

* 꿀꿀이는 넓적한 등을 일기죽거리면서 어슬렁어슬렁 왔던 길을 되돌아갔다.

**명일(名日)** : 명절.

* "없는 놈이 명일은 무슨 명일…"

**도구치다** : 도랑을 파다.

* 논 가장자리로 도구쳐 논 도랑물 이끼가 좍 갈라지며, 줄 무늬진 개구리가 뛰쳐
  나왔다.

**보슬땀** : 살그머니 맺히는 이슬 같은 땀.

* 댕이는 인수를 물끄러미 쳐다만 보았다. 인수의 이마에 보슬땀이 배어 있었다.

**뱅이** : 전래되어온 무속적 풍습으로, 주술에 의해 한을 풀어내는 행위.

* "뱅이가 뭔데?"
  "미꾸릴 잡아서 눈을 꿰어 주앙에 매달아놓구 원수를 갚아달라구 비는거란다.

그럼 죄를 진 사람이 한 쪽 눈이 멀게 되지… 뱅이두 하구 넋풀이두 하겠다니까, 누구 손을 탄 거라면 찍어 낼 테지."

**소꿉동무** : 어릴 적에 소꿉질을 같이 하며 놀던 동무.

 * 소꿉동무를 잃었으니 으레 그럴 것이라고 생각하는 모양이었다.

**단걸음** : 단숨에 빨리 걷는 걸음.

 * 그녀는 단걸음에 감나무 밑까지 걸어갔다.

**우부룩이** : 풀이 한데 많이 뭉쳐나서 더부룩하게.

 * …찔레 덩굴 사이에 우부룩이 올라온 잡초를 그녀는 뚫어지게 내려다보고 섰다.

**붕긋이** : 꽤 불룩하게 나오거나 높이 솟아 있게.

 * 서쪽 산머리 위로 검은 구름이 붕긋이 얼굴을 내밀었다.

**상상봉우리** : 가장 높은 봉우리.

 * 그녀가 간신히 상상봉우리에 이르렀을 때였다. 별안간 머리 위에서 우레소리가 끓기 시작했다.

**떼구름** : 커다랗게 무리 지어 있는 구름.

 * 서쪽에서 몰려오던 떼구름이 벌써 하늘을 반이나 뒤덮어 버렸다.

**노배기** : '노박이(줄곧 계속하여 비를 맞다)'의 방언.

 * 온몸이 노배기가 되어 풀 위에 딩굴어져 있는 제 몸뚱이를 그녀는 깨닫지 못했다.

**사시나무 떨 듯** : 몸을 몹시 와들와들 떠는 모양을 비유하는 말.

 * 사시나무 떨듯 하는 몸뚱이를 두 팔로 꽉 죄어 누르고, 그녀는 먼 아래쪽을 둘러보기 시작했다.

**지질편편하다** : 울퉁불퉁하지 않고 고르고 넓다.

 * 그러다가 산줄기와 줄기 사이가 탁 트이면서 지질편편한 들이 마련되고 그 건너엔 다시 산이 시작되었다.

**들썽거리다** : 가라앉지 않고 자꾸 어수선하게 들떠 움직이다.

 * 늘 술꾼들이 들썽거리던 집이었던 때문에 더욱 쓸쓸한 느낌을 주는 듯했다.

**휑뎅그렁하다** : 비어 있어 매우 허전하다.

　　* 어머니는 딸의 더 휑뎅그렁해진 눈과 가느란 목이 보기 싫은지 눈을 돌렸다.

**누르칙칙하다** : 산뜻하지 않고 어둡고 짙은 정도로 누렇다.

　　* 언덕길엔 서리가 희끗희끗하게 깔리고, 주변의 싸리랑 박조가리 덩굴이랑 찔레잎들이 누르칙칙하게 죽어 젖어 있었다.

**싸느랗다** : 산뜻하게 차가운 느낌이 있다.

　　* 밭고랑에 듬성듬성 선 목잘린 수숫대 끝에 햇살이 싸느랗게 날리고 있었다.

**오소소** : 바람에 작은 나뭇잎 따위가 많이 떨어지는 소리를 나타내는 말.

　　* 잎이 오소소 진 콩대들이 댕이의 눈엔 살을 발라낸 뼈다귀 모양 멋없이 뵈었다.

**벼룩의 간을 내어 먹는다** : 〈속〉 '하는 짓이 몹시 잘거나 인색함'을 비웃는 말.

　　* "네가 컸다구? 말이 신통하구나…"
　　　새삼 딸을 물끄러미 보며 어머니는 웃었다.
　　　"왜?"
　　　"벼룩의 간을 빼 먹는 게 낫지…"
　　　어머니는 다시 일손을 계속했다.

**농사꾼이 굶어 죽어도 종자는 베고 죽는다** : 〈속〉 농민들이 농사 짓는 데서 종자를 잘 보관하는 것이 매우 중요함을 이르는 말.

　　* "농사꾼의 예펜네가 어떻게 먹을 걸 죄 먹구 사누… 굶어서 죽더라두 씨앗봉지는 끄리지 말구…"
　　　아버지의 음성은 엄숙하게 풀려 나왔다.

**쓴 장 도르듯 하다** :

　　* "에구, 영감쟁이 속은 뭐루 만들어졌는지… 먹을 게 없어서 집안식구는 판판이 굶구 앉았어두, 사냥해다가는 여전히 쓴 장 도르듯 하지. 일을 못하게 되더니 마음이 달떴나, 어떻게 된 게 올 겨울엔 아주 한 마리두 비치질 않으니…?"

**텁적지근하다** : '텁지근하다'의 방언.

　　* 방안의 텁적지근한 공기가 훈훈한 것 같으면서 답답하고 무엇인지 꽉 들이차서 가슴이 찌그러들 것만 같은 느낌이었다.

**안달복달** : 몹시 안달하며 들볶는 일.

　　* 어머니는 죽은 닭을 만지며, 안달복달이었다.

**게눈 감추듯** : 〈속〉 음식을 어느 결에 먹었는지 모를 만큼 빨리 먹어 버림을 이르는 말.

　　* 양념도 못해서 시커먼 김치 가닥을 그녀들은 밥 숟가락에 거듬거듬 얹어 게눈 감추듯 먹어치우곤 해 왔다.

**거듬거듬** : 대강대강 거두는 모양.

　　* 양념도 못해서 시커먼 김치 가닥을 그녀들은 밥 숟가락에 거듬거듬 얹어 게눈 감추듯 먹어치우곤 해 왔다.

**눙쳐먹다** : '눙치다(좋은 말로 풀어서 누그러지게 하다)'에서 온 방언.

　　* 노루는 김구장네로 들여가더라도 토끼 한 마리쯤 집으로 가지고 올지도 알 수 없다고 그녀는 마음을 눙쳐먹었다.

**옴닥옴닥** : '올막졸막'의 방언. 올막졸막 - 작은 것들이 고르지 않게 많이 벌여 있는 모양을 나타내는 말.

　　* (그녀는)… 안방과 건넌방 문이 번질번질하게 내리비치는 대청 아래 눈 묻은 고무신들이 옴닥옴닥 놓여 있는 봉당으로 올라갔다.

**어름어름** : 대충 우물쭈물.

　　* 장례는 마을 사람들 덕분으로 어름어름 지낼 수가 있었다.

**밑도 끝도 없다** : 앞뒤의 연관 관계가 없어 갈피를 잡을 수가 없다.

　　* 밖에 나갔던 꿀꿀이가 헐레벌떡 뛰어 들어오며 밑도 끝도 없는 소리를 불쑥 내던졌다.
　　"속솔이뜸에 흉년이 들어두 내년 댕이네 농사만은 올 농사의 갑절은 틀림없을 거요, 갑절은…"

**아닌 밤중에 홍두깨** : 〈속〉 예기치 못한 말을 불쑥하는 경우를 이르는 말.

　　* "아니, 이 사람아, 밤중에 홍두깨지, 그래 자넨 무슨 소린가…"

**나농(懶農)** : 농사짓는 일을 게을리함.

　　* "여보게, 그럼 누군 나농인 줄 아냐 자넨?"

"나농은 아니지만, 댕이 아버지모양 박토를 자기 손으로 가꾸어 보지 못하고서야 그 심정을 알 수 있을라구요."

**부손** : 화로에 꽂아두고 쓰는 숟가락 모양의 작은 부삽.

    * 한반장은 다시 놓았던 부손을 들었다.

**쌀독에서 인심 난다** : 〈속〉 곳간에 넣어 둔 쌀이 많아 자기가 넉넉하여야 남에게 인심을 쓰고 도와줄 수도 있다는 말.

    * "쌀독에서 인심 난다구 나두 그랬으면 좋겠지만…"

**치를 떨다** : 몹시 분하여 이를 떨다.

    * 두고 보자, 떠나지 않고 배겨 날 수 있나… 떠나면 이 터는 틀림없이 내꺼다, 내꺼야 한 반장의 눈초리엔 이런 말들이 가득 차 있는 것 같았다. 댕이는 치를 떨었다.

**썸벅거리다** : 눈꺼풀을 움직여 눈을 세게 자꾸 감았다 떴다 하다.

    * 돼질 가질러 왔을 때와는 정말 달라진 것 같은 그의 말에 댕이는 눈을 썸벅거렸다.

---

# [부록]
# 이규희 중 · 단편소설에 나오는 주요어휘

---

1. 배추농사

**철곕다** : 제 철에 뒤져 맞지 않다.

    * 금례는 보리쌀 삶아지는 냄새를 맡는다. 이맘때쯤의 그 냄새는 무척 철겨 웁다.

**구수므레하다** : '구수하다(맛이나 냄새가 숭늉처럼 부드럽고도 친근하다)'의 변형.

    * 이맘때쯤의 그 냄새는 무척 철겨웁다. 구수므레하면서, 그러나 어딘지 서먹하게 쓸미는 구석이 있다.

**쓸미다** : 거슬리다.

* 이맘때쯤의 그 냄새는 무척 철겨웁다. 구수므레하면서, 그러나 어딘지 서먹하게 쓸미는 구석이 있다.

**어슴푸레하다 :**

* 어슴푸레해지는 저녁의 공기를 헤치고 문득 울타리 너머 쪽에서 푸석한 음성이 들려왔다.

**푸석하다 :**

* 어슴푸레해지는 저녁의 공기를 헤치고 문득 울타리 너머 쪽에서 푸석한 음성이 들려왔다.

**삽짝 :** 잡목의 가지로 엮어서 만든 문짝.

* 정수가 삽짝 안에 들어선 듯 발자국 울림이 다가 왔다.

**형편 무인지경이다 :**

* "이 사진 거에 대믄 우리 배차는 헹펜 무인지경이여."

**일밥 :** 일하는 사람에게 먹이기 위하여 짓는 밥.

* (정수는)… 김을 매다가도 일밥을 먹으면서도… 같은 말을 되풀이 들려주곤 했다.

**똥값 :** 터무니없이 싼값을 속되게 이르는 말.

* "배차값이 똥값이 될수록 세상은 활개를 치는군, 한 시름 놓은 시민이니, 개벼워진 월급쟁이의 어깨라느니…"

**바근바근하다 :**

* 폭삭 곯아 바근바근하는 뼈를 느끼게 하던 그날 밤의 가냘픈 기침소리는 이따금 금례를 멍청하게 만들었다.

**등시울 :** 등어리의 민감한 부분.

* 금례는 등시울에 싸늘한 한기를 느낀다.

**지지랑물 :** 비가 온 뒤에 썩은 초가집 처마에서 떨어지는 검붉은 빛깔의 낙숫물.

* 한 켠에서는 실려 나가고 또 새로 들어와 쟁이는 부산스러운 가운데 썩어 무너지는 배추더미도 보인다. 지지랑물 같이 검은 물이 통로를 곤죽으로 만들고 역한 냄새는 코를 돌리게 한다.

## 2. 낭떠러지 목장

**식은 죽 먹기** : 〈속〉 하기에 극히 쉬운 일을 비유하는 말.

* 운이 좋아 젖이 잘 나오는 소만 배당이 돌아오면 두당 한 달 순이익 삼만원 정도는 된다니까 빚 갚는 것은 식은 죽 먹기라고 그들은 계산했다.


## 3. 황홀한 여름의 소멸

**사작바르다** : '사박스럽다(성질이 독살스럽고 당돌하여 함부로 내달아 간섭하기를 좋아하다)'의 방언.

* 사작바른 며느리보다 세든 여자의 태도가 더 섭섭하고 괘씸하였었는데, 방금 인애의 태도는 세든 여자의 그것 보다 더 그녀를 참을 수 없게 하였다.

**투개비** : '투성이'의 방언.

* (주미 할머니는)… 씻고 닦고 기름 투개비를 해보아도 그게 본래의 얼굴이 아니고 급한 대로 두들겨 맞춘 얼굴이라는 생각 때문에 께름칙한 마음을 털어 버릴 수가 없다.

**긴 병에 효자 없다** : 〈속〉 무슨 일이거나 너무 오래 끌면 그 일에 대한 성의가 없어서 소홀해짐을 비유적으로 이르는 말.

* "네, 시어른께서 오래 누워 계셨나보죠?"
  "그러믄요 시아버님 똥 오줌 삼년 받아 냈죠."
  "자그마치 삼년씩이나 긴병에 효자 없다는데."

**달면 삼키고 쓰면 뱉는다** : 〈속〉 옳고 그름이나 신의를 돌보지 않고 자기의 이익만 꾀함을 비유적으로 이르는 말.

* "…요즘 세상에야 어디 그렇습니까. 달면 삼키고 쓰면 톡 뱉는다구요, 아주 매섭죠, 그 영악한 계산법들이요."

**개팔자(—八字)** : 힘들여 일하지 않고 먹고 노는 사람을 비속하게 이르는 말.

* "암요, 호강이고 말고요, 조금만 어디가 어떻다 싶으면 약이다 주사다 대령이고 심지어 수의사님이 왕진을 다 오시는 걸요."
  "저런 늘어진 개팔자라더니."

**무끈하다** : '묵직하다'의 방언.

* 얼굴이라도 비칠듯 반질거리던 무쇠솥과 들면 무끈하던 사기 주발과 그 많던 놋그릇붙이들이…갑자기 생생하게 그녀의 시야로 몰려든다.

**늑늑하다** : '느끼하다'의 방언.

* 꿀물을 연상했던 물맛이 그저 맹탕이 아닌가. 맹탕일 뿐만 아니라 늑늑하고 미끌미끌하기까지 하다.

**아름아름하다** : 아리송하게 조금 보이다 말다 하다.

* 주미 할머니에게는 인애 할머니가 멀고 먼 저 하늘 끝까지 그대로 곧장 아름아름하게 걸어가고 있는 것처럼만 보였다.


## 4. 그 여자의 뜀박질은 끝나지 않았다

**늙으면 아이 된다** : 〈속〉 늙으면 말과 행동이 오히려 어린아이와 같이 된다는 말.

* 하체의 늘어진 가죽을 결결이 젖히며 다 씻어내기까지는 꽤 상당한 시간이 걸렸다. 늙으면 아기가 된다는 말이 이래서 생긴 것인가 싶다가 노인은 머리를 저었다.

**어제가 다르고 오늘이 다르다** : 변화하는 속도가 매우 빠르다.

* 어제 다르고 오늘 다르다는 말이 있듯이, 그 씻기는 일에서 노인은 자신의 쇠락을 하루하루 다르게 느끼고 있었다.

**매작지근하다** : 찬기가 가시지 아니한 채 더운 기운이 있는 듯 만 듯하다.

* 온몸의 뼈마디가 우지끈 소리를 내며 매작지근해왔다.

**든바람** : 아주 빠르게. 즉시.

* 든바람 뛰쳐 올라와 그 문을 쾅 메어붙여 닫고 사라져버린 아들의 험상궂은 표정이라니…

**회사무리** : '회삼물(석회, 황토, 가는 모래의 세 가지를 한데 섞어 반죽한 물질)'의 방언.

* 회사무리로 부어 뺀 둥그런 통이 하도 커서인지 1년 내 가도 배설물이 차오르는지 마는지 별로 표가 나지 않는 뒷간은 시골 고향집의 것에 비해 훨씬 쾌적했다.

**번차례(番次例)** : 돌려 가며 갈마드는 차례.

* 아들 내외는 번차례로 친구들을 불러들이지 않으면, 오밤중에 술이 곤드레가 되어

기사에게 떠안기다시피 해 들어오곤 했다.

**가물에 콩 나듯** : 〈속〉 어쩌다 하나씩 나타남을 비유하는 말.

　　* 그애들이… 정원에서 오다가다 가물에 콩나듯 마주치는 순간이면 반갑다고 함박웃음을 짓고 손을 흔들어 대던 모습이 노인의 눈에는 탐스런 장미 꽃송이보다 더 황홀했었기에.

**손방** : 할 줄 모르는 솜씨.

　　* 시어머니는 원래 음식과 바느질에는 손방이어서, 그 자신의 옷조차 내가 해서 바쳐야 하는 대상이었으니까.

**노박이로** : 줄곧 계속하여.

　　* 장마 속에서 온 식구가 밭으로 뛰어나가 노박이로 비를 맞으며 뽕잎을 따고.

**늘짱** : '늑장(느릿느릿 꾸물거리는 태도를 나타내다)'의 방언.

　　* 노고지리 지지배배하는 새 봄, 유난히 나른해 오는 시절에도 나는 늘짱을 피울 수가 없었지.

**지지배배** : 새가 지저귀는 소리.

　　* 노고지리 지지배배하는 새 봄, 유난히 나른해 오는 시절에도 나는 늘짱을 피울 수가 없었지.

**곁밥** : '곁두리(농사꾼이나 일꾼들이 끼니 외에 참참이 먹는 음식)'의 방언.

　　* 샛별을 바라보며 아침을 짓고, 이내 쌀 씻어서 곁밥 대기가 바빴으며.

**일밥** : 일하는 사람에게 먹이기 위하여 짓는 밥.

　　* 들에 일밥을 내가는 일은 시어머니와 심부름하는 계집애가 맡았으므로, 그 새를 놓치지 않고 나는 목욕을 했지.

**두벌대** : 두벌장대(장대석을 두 켜로 포개어 쌓아 만든 대).

　　* 두벌대가 높다란 안채 부엌 뒷문의 계단을 쏜살처럼 수도 없이 뛰쳐 내려갔다 올라와야 하고,

**천야만야(千耶萬耶)** : 가파로운 산이나 벼랑 같은 것이 천길만길이나 되는 듯 까마득하게 높거나 깊은 모양.

　　* 사람 아낄 줄 아는 집안에서, 신소설이나 읽어 가며 위함 받고 자란 막내딸이 어쩌

다 이런 천야만야 낭떠러지 같은 일의 수렁으로 떨어져버린걸까.

**아시** : '애벌(같은 일을 여러 차례 거듭하여야 할 때에 맨 처음 대강하여 낸 차례)'의 방언.

  \* 키로 까불러, 절구에 넣고 찧어서, 다시 키로 까불러 또다시 절구에 넣어 아시씰어서(찧는 것을 의미함) 먹으면 되지만, 사람을 잡는 것은 보리방아였지.

**엎친 데 덮치다** : 어렵거나 나쁜 일이 겹치어 일어나다.

  \* 엎친 데 덮친 격으로 그 애의 무덤을 산짐승이 파갔다는 날벼락 같은 동네 친척의 전갈로 가슴이 갈기갈기 찢어지는 아픔을 어른들 아래에서 드러내고 울지도 못하고 정신이나가 있을 때라, 차라리 고춧가루 방아가 나를 살려 주는 것만 같았지.

**석고대죄(席藁待罪)** : 거적을 깔고 엎드려 벌주기를 기다림.

  \* (시아버지는)⋯ 자존심이 강한 사람이라 걸핏하면 나로 하여금 밥상을 들고 사랑방 문 앞에서 석고대죄를 서게 만들지 않았던가.


5. 산수유꽃 피울 고해성사

**미얼미얼** : '건강하지 못한 모습'의 방언.

  \* 약골이어서 미얼미얼 맥을 못추는 나를 부축하다 보니, 윤섭은 늘 나의 언저리에서 맴돌게 되었습니다.

**눈썹도 까딱하지 않다** : 아주 태연하다.

  \* 윤섭은 석고상이라도 되어버린 듯 눈썹 하나 까딱하지 않고 있었습니다.

**무소식이 희소식** : 〈속〉 큰 일이나 별 탈이 없으면 굳이 기별을 하지 않으므로, 소식이 없다는 것을 좋게 풀이하여 이르는 말.

  \* 무소식이 희소식이라는 말에 의지까지 해가며, 그녀의 행복을 빌어 왔던 것입니다.

**사시장철(四時長一)** : 어느 철이나 늘.

  \* 사시장철 잠잘 줄 모르는 바람이 이 지대의 특성이니까요.

**일거수일투족(一擧手一投足)** : 손 한 번 들고 발 한 번 내놓는 따위의 모든 짓.

  \* 우리는 일거수일투족에 감시의 눈을 의식하지 않을 수가 없었습니다.

## 6. 과수원

**우부룩히** : 우부룩이. 풀 따위가 한데 많이 뭉쳐나서 더부룩하게.

* 나무 사이에 우부룩히 올라와 있는 콩밭을 긁어 주고 있던 순표는 허리를 폈다.

**응글어붙다** : '엉기다 (한데 뭉치어 굳어지다)'의 변형된 방언.

* 불볕에 탄 등줄기가 응글어 붙었는지 땡긴다.

**생뚱스럽다** : 말의 앞뒤가 맞지 않고 엉뚱한 데가 있다.

* "뉘집 딸이건 하나 후려냈으면 쓰겠는데…"
  인구는 하던 말을 중단하고 생뚱스럽게 지껄였다.

**면구적음** :

* 버릇없이 아무렇게나 지껄여대는 수작에 순표는 어느 만큼의 면구적음이 사라지고
  처음부터 툭 터놓은 사이가 된 것만 같았다.

**산말랭이** : '산등성마루'의 방언. 산등성이의 가장 높은 곳.

* 산말랭이에 있는 저의 주인집 시원한 마당을 두고, 하필 동네 복판까지 기어내려 올
  건 없지 않나 싶었다.

**시들머리스럽다** :

* 〈까짓 일은 죽자고 해서 뭘 한담....〉
  오늘 아침에도 중얼거린 말이었다. 세상이 그저 시들머리스럽기만 했다.

**화머리** :

* 순표는 생각할수록 화머리가 치솟았다.

**쥐구멍을 찾다** : 무엇에 몹시 쫓길 때에 몸을 숨기려고 애를 씀을 이르는 말.

* 순표는 쥐구멍을 찾고 싶도록 어쩔 줄을 몰라했다.

**봉투라지** :

* 먹다 버린 봉투라지 같은 색시조차 없는 마을의 술집이지만 그저 실컷 마시기라도
  해야 배길 것 같았다.

**악머구리 끓듯** : 〈속〉 많은 사람들이 시끄럽게 떠들어 댄다는 말.

* 아낙네 들은 악머구리 끓듯 손을 휘저으며 야단들이다.

**우리부리하다** : '우락부락하다'의 방언.

* 자기를 비웃는 아낙네들이, 용금을 몰아내는 마을이 갑자기 우리부리하게 달려드는 듯했다.


7. 멍석딸기술이 부어질 무렵

**찬물을 끼얹은 듯** : 소란스럽던 것이 매우 조용해짐을 이르는 말.

* 그녀가 무심히 다가갔을 때 어쩌면 그렇게 찬물을 끼얹은 듯 일제히 하던 말을 멈출 수가 있으며,

**들걷이 하다** :

* 빨래터나 우물가의 수다쟁이 여자들만이 아니라 들걷이 하던 사람들이나 마당에 한둘이 모여 섰던 남자들까지도 그녀가 가까이 스치게 되면 하던 얘기를 그치고 먼 산을 바라보거나, 슬그머니 흩어져버리는 광경들이 심상치 않았다.

**자격지심** : 자기가 한 일에 대하여 자기 스스로 부끄럽게 여기는 마음.

* 자격지심이려니 생각도 해보고, 무심해 보려고 노력도 해보지만 열 가구도 안 되는 작은 동네에서 견뎌 내기가 쉽지 않은 노릇이다.

**울력** : 여러 사람이 힘을 합하여 하는 일

* 면에서 나온 시멘트로 동네 사람들이 울력을 해서 동네 앞 길바닥과 빨래터를 다소 손질하고 회삼물을 할 때, 아버지가 나가지 않았다고 해서 두고두고 마음이 켕기고 눈치를 보게 되던 시절이 차라리 좋았던 때인 듯싶다.

**회삼물(灰三物)** : 석회, 황토, 가는 모래의 세 가지를 한데 섞어 반죽한 물질.

* 면에서 나온 시멘트로 동네 사람들이 울력을 해서 동네 앞 길바닥과 빨래터를 다소 손질하고 회삼물을 할 때, 아버지가 나가지 않았다고 해서 두고두고 마음이 켕기고 눈치를 보게 되던 시절이 차라리 좋았던 때인 듯싶다.

**눈가리고 아웅한다** : 〈속〉얕은 수로 남을 속이려 한다는 말.

* 농촌 것들 골즙 빼서 도시 것들 호강하는 셍상에 새마을 운동이고 나발이고 눈 가리고 아웅이라고 그 무렵 아버지는 노상 심통이 대단했다.

**어깃장을 놓다** : 짐짓 고분고분 따르지 않고 뻗대다.

* 아버지의 그 주장이 아주 틀리지만은 않다 싶어 정실은 고분고분 말 잘 듣는동네

사람들에 비해 어깃장을 놓는 아버지에 대해 우월감마저 없지 않았었다.

**계집과 뒷박은 내돌리면 안 된다 :**

> * "그래서 옛말이 지집이랑 뒷박은 내돌리질 말랭겨."
> "왜유? 돈을 버는디유."
> "돈이문 질여, 깨지니께 탈이지."

**얼굴에 모닥불을 끼얹듯 하다 :** 〈속〉 몹시 부끄러워 얼굴이 화끈화끈하다는 말.

> * 동네 사람들은 그런 정도의 말은 정실을 앞에 빤히 세워 놓고도 딴청을 부리며 떠들고 깔깔대기가 일쑤였다. 슬그머니 돌아서는 정실은 얼굴에 모닥불을 붓는 듯 부끄러워 어쩔 줄을 몰랐다.

**문전걸식(門前乞食) :** 이집 저집 돌아다니며 빌어먹음.

> * 문전걸식하듯 남의 집 문간을 기웃거리며 돌아다녀야 하는 젓갈장수 어머니에 대해서도… 나름대로의 자부심이 있었다.

**달챙이 숟갈 :** '오지랑숟갈' 의 방언. 끝이 오지라진 헌 숟가락.

> * 무쇠솥 누룽지를 하도 긁어 닳아빠진 달챙이 숟갈 만큼 남은 해를… 정실은 독상 받듯 혼자 바라보기가 너무나 아까웠다.

**화기애애하다(和氣靄靄-) :** 화목한 분위기가 넘쳐 흐르는 듯하다.

> * (한없이 부드러운) …그 노래 속에서 화기애애한 하나의 세계로 다시 태어나는 듯 싶었다.

**애지중지(愛之重之) :** 사랑하고 소중하게 여김.

> * 딸을 엄청 애지중지하다 보니 그런 건지 알 수 없지만… 어머니는 정실에게 젓 갈통 근처엔 얼씬도 못하게 하는 것이었다.

**흥성지다 :**

> * 동구 밖 미루나무 아래에 사람들이 흥성지게 나앉아 있던 지나간 여름밤이 되살아오며 그녀는 제 가슴속마저 횅덩그러니 비어있는 쓸쓸함을 감당하기 어려웠다.

**횅덩그러니 :**

> * 동구 밖 미루나무 아래에 사람들이 흥성지게 나앉아 있던 지나간 여름밤이 되살아오며 그녀는 제 가슴속마저 횅덩그러니 비어있는 쓸쓸함을 감당하기 어려웠다.

**기진맥진(氣盡脈盡)** : 기력과 정력이 없어져 스스로 가누지 못할 정도로 됨.

* 그 긴긴 여름 해에도 점심을 굶어 기진맥진한 어머니가 툇마루에 걸터앉자, 그만 맥을 놓아버린 일이 어디 한두 번이었던가.

**찰름찰름하다** :

* 그 노여움은 조금 전에 목격한 그 온 누리에 찰름찰름하던 멍석딸기 술 속의 풍경과 연관이 있다고 정실은 생각했다.

**면구쩍다** : 매우 면구하다. 면구하다-남을 마주 대하기가 부끄럽다.

* 어머니는 면구쩍은 듯 얼른 돌아서서 뜰로 내려와 신발을 신었다.

**되담** :

* 어머니는 기다렸다는 듯이 냉큼 정실의 입에 조개젓을 넣어주고는,
  "달지?"
  했다.
  "음 증말."
  오돌오돌한 조갯살을 씹으며 정실은 고개를 끄덕거렸다.
  "되담이란다."

**조자리** :

* 어머니의 손이 통 조자리를 잡은 걸 보고 정실은 이를 꽉 물고 통 밑을 받쳤다.

**옴닥옴닥** : '올막졸막'의 방언.

* 삽짝 저편으로 옴닥옴닥 맞붙은 마을의 집들이 저녁 연기에 자욱이 싸여 갔다.

**황황히** : 허둥지둥 매우 급하게.

* 어떤 때는 아예 비녀를 빼지도 않고 앞머리만 빗질을 하고 황황히 서둘러 나가곤 하던 어머니였다.

**잔뚝배기** :

* 밥을 잦히고 밥솥에 찐 잔뚝배기를 아궁이 불에 옮겨 놓고 나서 정실은 부엌을 나왔다.

**둠벙** : '웅덩'의 방언.

* 둠벙에다 완목은 돌팔매를 던지고 첨벙하는 차가운 감촉의 소리가 멎자 가까이 다가서지도 않고 선 자리에서 말했다.

**거북살스럽다** : 매우 거북스럽다.

  * "어떤 사람이랑 같이였어."
    꽤 거북살스러운듯 완목은 천천히 말하는 거였다.

**짯짯이** :

  * 정실은 몇 번이고 그 통들을 짯짯이 눈여겨 보았다.

**어두므레하다** : '어스레하다'의 방언. 빛살이 조금 어둑하다.

  * 나뭇잎 그림자가 출렁거리는 그 어두므레한 덩굴 위로 사람의 뒷모습이 올라왔다.

**오보록하다** : 작은 풀 따위가 한데 많이 모여 다보록하다.

  * 질경이가 길 양편으로 오보록하게 깔려 있는 지점쯤에서 정실이 다시 조심스레 고
    개턱 쪽을 올려다보았을 때, 그는 사라지고

**사위스럽다** : 불길한 느낌으로 마음에 꺼림칙하다.

  * 헌데 어머니의 헌 고무신이 제 발길에 그만 훌렁 엎어지는 게 아닌가. 사위스런 생
    각에 그녀는 얼른 고무신을 집어 바로 놓았다.

**옴팡옴팡하다** :

  * 푸른 그늘이 드리워 있는 옴팡옴팡한 발자국을 밟아 나가며 정실은 생각에 잠겼다.

**타달타달** : 타달거리는 모양. 타달거리다-좀 지친 걸음으로 날짱거리며
걷다.

  * 모녀는 꼬불꼬불한 들길을 별로 말도 없이 조그만 보따리를 손바꾸어 들며, 타달타
    달 걸었다.

**거무충충하다** : 꺼림칙해 보이도록 어둠침침한 빛을 띠고 검다.

  * 정실은 언덕길을 내려서서 보이는 거무충충한 일각문을 밀치고 들어섰다.

**든바람** : 매우 빠르게. 즉시.

  * "저런…,얼마나들 궁금했겠수. 아마 지금 학교에 가 있을 거유, 아침 먹고 든바람에
    나갔으니까…"

**돼기질** :

  * "…아시는지 모르지만, 한 번은 통을 이시다가 정신을 놓을 적도 있으시지유. 젓갈
    은 다 갯벌에 돼기질이 됐지유…"

**포르께하다** : '파르께하다'의 방언. 엷지도 짙지도 않고 알맞게 파랗다.

  * 봄바다는 버들가지에 물 오르듯 포르께했다. 그 포르께한 바다는 멀리 수박골 아주
    머니가 가리키는 통통배 한 척이 떠 있었다.

**통통배** : 발동기로 움직이는 통통 소리가 나는 작은 배.

  * 봄바다는 버들가지에 물 오르듯 포르께했다. 그 포르께한 바다는 멀리 수박골 아주
    머니가 가리키는 통통배 한 척이 떠 있었다.

**물에 빠지면 지푸라기라도 잡는다** : 〈속〉 사람이 궁지에 빠지면 하찮은

것에도 의지하려 한다는 말.

  * "엄니, 그려, 멀리 가슈…오지 말어유, 일루는 당체 오지 말어유, 잉…"
    어머니에게 하나 딸인 자기가 물에 빠진 사람이 마지막 잡으려는 지푸라기가 되는
    커녕, 잠시나마 물어뜯으며 짖어대는 낯선 개들 격이었다는 자책에 빠개리 듯 아파
    오는 가슴을 정실은 두 손으로 언제까지나 잡아뜯고 있었다.

┌─ 저자 프로필

 **민충환**

서울출생 / 문학평론가 / 고려대학교 국어국문과 졸업 / 연구서 〈이태준 연구〉
〈이태준 소설의 연구〉〈이문구 송기숙 박완서 소설어 사전〉 주해〈명전 40년〉등,
산문집〈우리는 그간 얼마나 더 행복해 졌는가〉〈백두산 질경이〉등 제8회 부천시
문화상(학술부문) 수상 / 전 부천대학교 교수

# 이문열 『金翅鳥』 論

최현규

## 1. 서론

1977년 대구 매일신문 신춘 문예에 단편 소설 「나자레를 아십니까」가 가작으로 당선되어 등단한 이문열은 어떠한 의미로든 최대의 문제 작가임에는 틀림없다. 그는 현재까지도 본의건 아니건 끊임 없이 풍성한 화제를 뿌리고 있는 작가이기도 하다. 우선적으로 1979년 「사람의 아들」로 받은 〈오늘의 작가상〉에서부터 시작하여 화려한 수상경력이 그의 위상을 말해주고 있다.[1] 그의 많은 작품들이 불어, 이태리어, 스페인어, 일본어 등으로 이미 번역되었으며 프랑스 문학 평론가인 앙드레 벨테르는 독일의 大시인 횔더린에 비견되는 경이로운 작가라고 극찬을 했다고 한다.[2]

---

1) 이문열이 받은 주요 상은 다음과 같다. 1. 『사람의 아들』 제 3회 〈오늘의 작가상〉(1979), 2. 『금시조』 제15회 〈동인문학상〉(1982), 3. 『황제를 위하여』 제3회 〈대한민국 문학상〉(1983). 4. 『영웅시대』 제11회 〈중앙문화대상〉(1987), 5. 『우리들의 일그러진 영웅』 제11회 〈중앙문화대상〉(1984), 6. 『시인과 도둑』 제37회 〈현대문학상〉(1992), 7. 〈대한민국 문화상〉(1992)

2) 90년 9월 28일자. 르몽드지. 대담 이문열 · 이위발 「작가 이문열에게 듣는다」, 김윤식 외, 『이문열론』, 삼인행, 1991, 193쪽.

이러한 성가에 걸맞게 여러 평론가들이 그를 이러저러한 측면에서 해명하고 규정하고 평가하고 비판해왔다. 우선 그의 작품들이 폭넓은 대중성을 획득하고 있다는 점에서는 거의 異論의 여지가 없을 듯하다. 스타일이나 기교에 관련된 대중성 획득에 관해서는 1, 교양주의적 특성 2, 능란한 이야기꾼의 솜씨 3, 다양한 소재 4, 현학적이기까지 한 깊이 있는 지식 5, 잘 읽히는 문장 구사 등등의 긍정적 평가가 일반적이다.[3]

그러나 그의 작가의식에 관한 고찰을 살펴본다면, 이미 잘 알려져 있다시피 상황은 달라진다. 이동하는 '낭만주의적 세계인식'을 지적하며[4] 비관적, 귀족적, 복고적 낭만주의는 우리 근현대사에 대한 비극적, 보수적 역사인식에서 기인하는 것으로 병적 비관주의에 함몰될 위험이 크다고 평가했다. 성민엽은 '개인과 자유를 향한 열망'과 '전망의 결여'로 요약했다.[5] 특히 김명인은 '보수 반동적 세계관에 상업주의적 기량을 갖춘 천박한 이야기꾼이며 이문열 문학은 탈이념, 탈역사의 전도서, 체제의 충성스런 수호자'라 비판하였다.[6] 그 외에도 '관념적 보수주의'[7], '관념 편향적 창작 방법'[8], '복고적 사대부 의식'[9] 등 신랄하게 비판받고 있으며 강준만[10]과 강준만 권상우 공저의 저서[11]는 문화권력 측면에서 고찰하여 이문열의 보수주의적 정치 성향을 비롯 문단 및 사회에 끼치는 그의 영향 등을 다양하게 조명하고 있다. 물론 '냉엄한 현실주의'[12], '점진적

3) 안남연, 「이문열에 대한 이해와 분석」, 비교한국학, 1998. 3-6쪽 참조.
4) 이동하, 「낭만적 상상력의 세계인식」, 김윤식 외, 『이문열론』, 삼인행, 1991.
5) 성민엽, 「개인과 자유를 향한 열망」, 나남, 1986.
6) 김명인, 「허무주의자의 길찾기」, 김윤식 외, 『이문열론』, 삼인행, 1991.
7) 박일용, 「관념적 보수주의 이념의 서사적 구현」, 『이문열』, 류철균편, 살림, 1993.
8) 정호웅, 「관념편향적 창작방법의 한계」, 김윤식 외, 『이문열론』, 삼인행, 1991.
9) 권순긍, 「중세 보편주의에의 향수와 신식민주의의 망론」, 『문학의 시대』 4집, 인동, 1988.
10) 강준만, 『이문열과 김용옥』, 인물과사상사, 2001.
11) 권성우 외, 『문학권력』, 개마고원, 2001.
12) 이남호, 「낭만이 거부된 세계의 원형적 모습」, 『문학의 위족』, 민음사, 1990.

개혁주의'[13] 등의 긍정적 평가도 있으나 부정적 평가에 비해서는 열세인 편이다.

　이러한 이문열이 예술가를 주인공으로 내세운 가장 대표적인 작품이라면 역시 『금시조』를 들지 않을 수 없을 것이다. 그의 장편 『詩人』 역시 예술가 소설이지만 『금시조』와는 약간 다르다. 『詩人』이 소설로 쓴 詩論, 詩人論이라고 한다면 『금시조』는 문학을 포함한 예술 일반에 관한 이문열의 사상을 개진하고 있는 소설로 쓴 예술론, 예술가론[14]이라는 점에서 둘은 성격상 차이를 보여 준다.

　「금시조」는 1981년 『現代文學』 12월호에 게재, 발표되었고, 이듬해에 제 15회 동인문학상을 수상함으로써 당시에 일단 어느 정도 객관적으로 그 수준을 평가받았다고 할 수 있을 것이다. 이 논고는 『금시조』에 나타난 이문열의 예술관 및 그 근저에 흐르는 사상을 살펴보는데 그 목적이 있다.

## 2. 본론

### 1. 『금시조』에 나타나는 추사의 예술론

　이문열은 「금시조」의 주인공 중 하나인 石潭을 통해 추사(1786~1856)의 예술론을 심도있게 펼쳐내고 있다. 즉 석담이 제자 고죽에게 가르치는 것은 추사의 기법과 예술인 것이다. 이문열은 『금시조』의 배경 사상이 되는 석담의 스승 추사 김정희에 대해 깊은 연구가 있었던 것이 확실하다. 우선 '金翅鳥'와 '石潭'의 내력이 『완당선생문집(阮堂先生文集)』[15]에 의거하고 있음을 알 수가 있다.

---

13) 신영덕, 「점진적 개혁론의 현실주의」, 『이문열』, 앞의 책.
14) 김일렬, 「근대적 예술가 정신과 중세적 예도사상」, 『이문열』 앞의 책. 95쪽.
15) 『阮堂先生文集』, 경인문화사.

일찍 법원사에서 성친왕 저하가 쓴 글씨, 刹那門 삼대자를 보니 금시조가 바다를 가르거나 향상이 물을 건너는 기세가 있어 우리 동쪽 나라에서는 열명의 석봉이라도 당할 수가 없겠으니 만약 다시 석암이나 담계의 씩씩하고 굳센 것이라면 또 어떤 모양을 하겠는가? 나도 모르게 아찔해 올 뿐이다. (嘗於法源寺 見成邸所書 刹那門三大字 有金翅劈海 香象渡河之勢 在東國十石奉不可當 若複石庵譚溪之雄强 又作何觀覺惘然)[16] (밑줄 및 강조는 인용자)

석암[17]과 담계[18]는 중국 청대의 유명 문인이다. 위 추사의 글을 생각해본다면 소설 제목인 '金翅鳥'도 그렇거니와 '石潭' 또한 바로 위에서 인용한 '석암'과 '담계'의 첫글자에서 따왔다고 보는 편이 자연스러울 것이다.

---

16) 위의 책, 「券八」, 「雜識」,

17) 석암은 劉墉 [1719~1804]의 호로 중국 청(淸)나라 때의 정치가이며 서예가이다. 자는 숭여(崇如), 호는 석암(石庵). 산둥성 [山東省] 주청 [諸城] 출신으로 동각대학사(東閣大學士)를 지낸 유통훈(劉統勳)의 장남이다. 33세 때인 1751년 진사에 급제하여, 다음해 한림원(翰林院) 학사로 들어갔으며, 그 후 태자태보, 체인각대학사(體仁閣大學士)를 거쳐 재상까지 역임하였다. 경(經)·사(史)와 제자백가(諸子百家)에 두루 통하고 시문(詩文)을 잘하였으며 특히 서법(書法)에 능하였다. 처음에는 가풍을 이어 조자앙(趙子昻)의 송설체(松雪體)를 배웠으나 후에 소식(蘇軾)·동기창(董其昌)의 서체에 빠졌고, 말년에는 북조(北朝)의 금석문(金石文)에 심취하였다. 특히 소해(小楷)와 행서(行書)·초서(草書)에 뛰어났으며, 풍려한 기골(氣骨)과 고상한 정취를 가진 독특한 서풍으로 유명했다. 진한 먹을 즐겨 사용하여 중후함을 표현하였기 때문에 농묵재상(濃墨宰相)이라는 칭호를 들었으며 첩학파(帖學派)의 대성자로 존경을 받았다. 문집으로는 《유문청공유집(劉文淸公遺集)》과 《응제시집(應制詩集)》이 있으며, 특히 논서칠절(論書七絕)의 《학서우성(學書偶成, 30수)》과 서첩 《청애당첩》이 널리 알려져 있다.

18) 담계는 翁方綱의 호로 18세기 금석학(金石學), 비판(碑版), 법첩학(法帖學)에 통달한 중국 청나라의 학자이며 서예가이다. 1752년 진사가 된 뒤 광둥[廣東], 후베이[湖北], 산둥[山東] 등의 학정(學政)을 거쳐 베이징[北京]으로 돌아왔다. 사고전서(四庫全書)의 찬수관(纂修官)을 지내고 내각학사(內閣學士)가 되었다. 서예는 당인(唐人)의 해행(楷行)과 한비(漢碑)의 예법(隷法)을 배워 유용(劉墉), 왕문치(王文治), 양동서(梁同書) 등과 함께 청나라 법첩학의 4대가로 꼽힌다. 경학(經學), 사학, 문학에도 조예가 깊었다. 탁월한 감식력으로 많은 제발(題跋)과 비첩(碑帖)을 고증하였고, 시론(詩論)에서는 의리와 문사(文詞)의 결합을 주장한 기리설(肌理說)을 내세웠다. 주요 저서에 《양한금석기(兩漢金石記)》 《한석경잔자고(漢石經殘字考)》 《초산정명고(焦山鼎銘考)》 《소미재난정고(蘇米齋蘭亭考)》 《복초재문집(復初齋文集)》 《석주시화(石洲詩話)》 등이 있다.

즉, 『금시조』 소설 자체의 기본 배경이 추사의 글 또는 예술 사상에서부터 출발한다. 다만, 후에 다시 한번 논하겠거니와 위 인용문은 추사의 경도된 중국숭모사상이 그대로 드러나 보이기도 하는 대목이어서 한편으로 안타까움을 금할 수 없다. 특히 譚溪 옹방강과 추사의 인연을 무시할 수 없을 것이다. 추사는 1809년 24세 때에 부친을 따라 연경에 조공을 갔었고, 그곳에서 옹방강과 阮元[19] 등의 찬사와 지도를 받아 학문이 크게 나아가고 서법 또한 시야를 넓혔다고 한다.[20] 완당은 추사가 연경에서 완원을 만나고 돌아온 다음 그를 존경한다는 의미로 추사 자신이 지은 당호이므로 당시 추사의 중국 문인들에 대한 흠모의 정도를 알 수 있을 것이다.

『금시조』에서는 석담의 역할을 빌어 추사의 書論의 일부를 그대로 옮기고 있다.

　　석담선생의 말처럼 정말로 그들의 만남은 악연이었을까. 그가 문하에 든 후에도 그들 사제간의 묘한 관계는 변함이 없었다. 석담선생은 그가 중년에 들 때까지도 가슴속에 원망으로 남아 있을 만큼 가르침에 인색했다. 해자(楷字)부터 다시 시작할 때였다. 선생은 붓을 쥐기 전에 먼저 추사의 서결(書訣)을 외우도록 했다.

글씨가 법도로 삼아야 할 것은 텅 비게 하여 움직여 가게 하는 것이다.

---

19) 중국 청(淸)나라의 학자·정치가·서예가·문학자. 자 백원(伯元). 호 운대(芸臺). 시호 문달(文達). 장수성[江蘇省] 이정현[儀徵縣] 출생. 1789년 진사가 되고, 조정의 요직을 역임하였으며, 학정(學政)·순무(巡撫)·총독으로서 지방행정에 치적을 올렸고, 회시총재(會試總裁)를 지내기도 하였다. 벼슬길에 있을 때 학자를 육성하고 학술 진흥에 힘썼다. 광둥[廣東]에 학해당(學海堂), 항저우[杭州]에 고경정사(經精舍)를 설립하고, 학자를모아 《경적찬고(經籍纂)》(1799) 《십삼경주소교감기(十三經註疏校勘記)》(1806)를 편집하였다. 또 청나라 여러 학자의 경학에 관한 저술을 집대성하여 《황청경해(皇淸經解)》(1829, 1,408권)를 편찬하였다.
20) 김태수, 「추사의 書論」, 한문학논집, 1998. 329쪽 참조.

마치 하늘과 같으니, 하늘은 남북극이 있어서 그것으로 굴대를 삼아 그 움직이지 않는 곳에 잡아매고, 그런 후에 그 하늘을 항상 움직이게 한다. 글씨가 법도로 삼는 것도 역시 이와 같을 뿐이다. 이런 까닭으로 글씨는 붓에서 이루어지고, 붓은 손가락에서 움직여지며, 손가락은 손목에서 움직여지고, 손목은 팔뚝에서 움직여지며, 팔뚝은 어깨에서 움직여진다. 그리고 어깨니 팔뚝이니 팔목이니 하는 것은 모두 그 오른쪽 몸뚱어리라는 것에서 움직여진다……. (111~112쪽)[21]

이는이는 『阮堂先生文集』 券八, 「雜識」편에 나오는 대목으로 추사의 필법론 중 일부이다. 추사의 필법론을 가장 보편적인 분류에 의거해 살펴보면 執筆, 運腕, 用筆로 분류되며 집필은 붓을 잡는 방법으로, 운완은 운필의 방식으로, 용필은 운필의 요령 즉 글자 쓰기 기법으로 특히 용필되어 나타난 점 획간의 관계를 음양에 의거 파악하였다.[22] 위에 인용한 부분은 바로 운완법을 말하는 것으로 글씨를 쓸 때 팔의 움직임이 어떠해야 하는가를 보여주고 있다. 현학적이기까지한 예술론의 개진을 설파하는 『금시조』의 텍스트를 생각해 볼 때, 보다 관념지향적인 추사의 예술론을 직접 인용하지 않고 실제적 방법론의 필법 중 운완법 부분을 인용한 작가의 의도가 조금 의아스럽기는 하나, 소설 본문 중 어린 제자 고죽의 수준에 맞게 기초적 서결을 삽입한 것이라면 그런대로 수긍할 만하다.

추사는 중국의 영향 아래에서 독자적인 이론체계로 관념적인 예술론을 지향하고 있었다. 호승희는 추사의 예술론에 대해 당시 다른 서화 예술인들과 비교해 이렇게 말하고 있다.

---

21) 이문열, 『金翅鳥』. 개정판, 아침나라, 2001. 이후 본문 인용은 주석 없이 괄호 속에 쪽만 표시.
22) 김태수, 「추사의 書論」, 한문학논집, 1998. 331쪽.

실제 있는 주변의 산야를 충실히 묘사하는 것을 그림의 주된 관심으로 삼았던 겸재 정선 등의 진경산수와 서민의 일상적인 생활을 현장감 있게 포착했던 단원 김홍도 류의 풍속화의 흐름과는 정반대로 그림의 소재보다는 화가의 가슴속에 있는 뜻의 세계, 즉 정신세계를 화폭에다 표현하고자 하는 남종문인화라는 새로운 바람을 일으킨 것도 추사였으며, 기존의 서법에 얽매어 모방에 급급하기 보다는 보다 자유로운 서예가의 개성을 글씨에 부여하여 독창적인 글씨를 추구했던 원교 이광사등의 국서체를 신랄히 비판하면서 기존 서법을 철저하게 습득할 것을 주장, 그 결과로써 추사체를 창한 것도 바로 추사이다.

더욱이 그림이나 글씨의 업적으로 관심의 대상에서 제외되어 왔던 문학에서도 그는 민족적인 자각과 의식을 기반으로 현실을 통찰, 사실적인 표현을 통해 문학을 전개한 전시대의 연암이나 四大家 등과는 달리 현실을 초월하려는 관념적인 표현으로 문학의 순수성을 추구하려는 또 다른 특징을 보여주고 있다.[23)]


이것으로만 보아도 시종 내내 금시조에는 석담의 입을 빌어 '心畵' 등 추사의 주장이 그대로 드러나 있다는 것을 알 수 있다.


## 2. 예술론의 대립과 이문열의 지향점

『금시조』는 한 老서화가가 죽음을 앞둔, 이틀이 채 못되는 동안 자신의 지난날을 회고하고 마지막으로 그의 생을 정리한 다음 운명하기까지를 그 줄거리로 하고 있다. 즉, 한 소년이 대서예가의 문하에 들어가 고행과도 같은 수련과 오랜 갈등 그리고 방황 끝에 자기완성에 이르기까지의 이야기라고 요약할 수 있을 것이며 이런 점에서 분명히 성장소설의 범주에 넣을 수 있을 것이다. 이 소설에서 주인공 고죽이 자기완성에 이르기까지의 과정은 크게 두 단계로 나뉘어 서술되고 있다. 첫 단계는 주인공 고죽의 석담 문하에의 입문, 수련과 방황, 그리고 그가 예술인이

---

23) 호승희, 「추사의 예술론」, 한국한문학연구, 1985. 132쪽.

되기까지이고 두 번째 단계는 스스로 자기 예술세계를 구축해 마침내 자기완성에 이르는 과정이다.

고죽이 석담의 제자가 되는 과정은 일종의 통과제의와 같은 성격을 띠고 있다. 석담은 친구의 청으로 어린 고죽을 맡지만 그것은 먹이고 입히기만 책임지기로 굳이 한정한 것이었다. 석담은 소년이 서화에 천부의 재능을 가지고 있다는 것을 알고 있었지만 문하에 들이려하지 않는데 그는 그 이유를 다음과 같이 말한다.

"저 아이에게는 재기(才氣)가 너무 승하오. 점획(點劃)을 모르고도 결구(結構)가 되고, 열두 필법(筆法)을 듣지 않고도 조정(調停)과 포백(布白)과 사전(使轉)을 아오. 재기로 도근(道根)이 막힌 생래이 자장(字匠)이오."

이것은 석담의, 기법보다는 주제를 중시하는 이념적인 예술관 즉 藝道를 드러내고 있는 것이다. 그리고 고죽에게는 문자향(文字香)과 서권기(書卷氣)가 없다하여, 왕희지가 말한 非人不傳을 내세워 서화를 전해줄 만한 사람이 못된다고 말한다. 결국 제자로 받아들이지만 석담은 고죽에게 직접적인 가르침의 말을 별로 들려주지 않는다. 그것은 말대신 고죽으로 하여금 스스로 체득하게 하고, 자신의 체취에서 자신의 예술을 전수하려는 것이었다.

그러나 고죽은 스승의 가르침에 불만을 품는다. 그것은 자신에 대한 스승의 냉엄한 태도에도 이유가 있으나 근본적으로 자신이 어느 경지에 접어들수록 스승의 서화론에 수긍할 수 없었기 때문이다. 고죽이 나이를 먹어가며 나름대로 난숙한 경지에 이르자 두 사람의 예술관은 극명한 차이를 드러내며 사사건건 부딪친다.

본질적으로 일치될 수 없는 것은 그들의 예술관이라 할까, 서화에 대한 그들의 견해였다. 석담선생의 글씨는 힘을 중시하고 기(氣)와 품(品)을 숭상했다. 그러나 그는 아름다움을 중히 여기고 정(情)과 의(意)를 드러내고자 힘썼다. 그림에 있어서도 석담선생은 서화를 심화(心畵)로 어겼고, 그는 물화(物畵), 즉 자신의 내심보다는 대상에 충실하려고 했다. (114~115쪽)

"서화는 심화(心畵)니라. 물(物)을 빌어 내 마음을 그리는 것인즉 반드시 물의 실상(實相)에 얽매일 필요는 없다."

"글씨 쓰는 일이며 그림 그리는 일이 한낱 선비의 강개(慷慨)를 의탁하는 수단이라면, 그 얼마나 덧없는 일이겠읍니까? 또 그렇다면 장부로 태어나 일평생 먹이나 갈고 화선지나 더럽히는 것이 얼마나 부끄러운 일입니까? 모르긴 하되 나라가 그토록 소중한 것일진대는, 그 흔한 창의(倡義)에라도 끼어들어 한 명의 적이라도 치고 죽는 것이 더욱 떳떳할 것입니다. 그런데도 가만히 서실에 앉아 대나무잎이나 떼어내고 매화나 훑는 것은 나를 속이고 물을 속이는 일입니다"

"그렇지 않다. 물에 충실하기로는 거리에 나앉은 화공이 훨씬 앞선다. 그러나 그들의 그림이 서푼에 팔려 나중에는 방바닥 뚫어진 것을 메우게 되는 것은 뜻이 얕고 천했기 때문이다. 너는 그림이며 글씨 그 자체에 어떤 귀함을 주려고 하지만, 만일 드높은 정신의 경지가 곁들여 있지 않으면 다만 검은 것은 먹이요, 흰 것은 종이일 뿐이다"(116쪽)

"기예를 닦으면서 도가 아우르기를 기다리는 것이다. 평생 기예에 머물러 있으면 예능(藝能)이 되고, 도로 한 발짝 나가게 되면 예술이 되고, 혼연히 합일되면 예도가 된다."

"그것은 예가 먼저고 도가 뒤라는 뜻입니다. 그런데도 도를 앞세워 예기(藝氣)를 억압하는 것은 수레를 소 앞에다 묶는 격이 아니겠읍니까?"(118쪽)

"태산에 올라 보지도 않고, 거기에 오르면 그보다 더 높은 산이 없을까를 근심하는구나. 그럼 너는 일찌기 그들이 성취한 드높은 경지로 후세에까지 큰 이름을 드리운 선인들이 모두 쓸모없는 일을 하였단 말이냐?"

　"자기를 속이고 남을 속인 것입니다. 도대체 종이에 먹물을 적시는 일에 도가 있은들 무엇이며, 현묘(玄妙)함이 있은들 그게 얼마나 대단하겠읍니까? 도로 이름하면 백정이나 도둑에게도 도가 있고, 뜻을 어렵게 꾸미면 장인이나 야공(冶工)의 일에도 현묘함이 있습니다. 천고에 드리우는 이름이 있다 하나 이 나(我)가 없는데 문자로 된 나의 껍데기가 낯모르는 후인들 사이를 떠돈들 무슨 소용이 있겠으며, 서화가 남겨진다 하나 단단한 비석도 비바람에 깎이는데 하물며 종이와 먹이겠읍니까? 거기다가 그것을 살아 그들의 몸을 편안하게 해주지도 못했고 헐벗고 굶주리는 이웃을 도울 수도 없었습니다. 그들은 그 허망함과 쓰라림을 감추기 위해 이를 수도 없고 증명할 수도 없는 어떤 경지를 설정하여 자기를 위로하고 이웃과 뒷사람을 흘렸던 것입니다……"(122~123쪽)


　이처럼 『금시조』에서는 예술은 최고의 경지를 도모하는 자신의 수양인 道이어야 한다는 석담의 이념적 예술관과 예술은 기예의 연마이며 美이어야 고죽의 심미적 예술관이 팽팽하게 맞서고 있다. 고죽의 심미적 예술관이 예술의 독자성을 중시하는 서구적인 근대적 예술관을 반영하고 있다면 석담의 이념적 예술관은 '문자향(文字香)'과 '서권기(書卷氣)'를 중시하는 전통적인 예도사상에 입각한 추사 김정희의 서화론을 계승하고 있는 것이다.[24]

　화해하지 못한 채 스승 석담이 죽은 후 고죽은 스스로 스승에게 예를 갖추며 예술에 더욱 정진하는 한편으로 애써 스승의 전통적인 예술관 즉 藝道와 화해하려 하지만 실패한다. 그는 스승의 것이자 추사의 것이기도 한 예술관을 받아들일 수 없었던 것이다.

---

24) 김일렬, 「근대적 예술가 정신과 중세적 예도사상」, 『이문열』, 앞의 책. 117쪽 참조.

예술은 예술로서만 파악되어야 한다고 보는 고죽의 입장에서 보면 추사의 예술관은 학문과 예술의 혼동으로만 보였다. 문자향이나 서권기는 미를 구현하는 보조수단 또는 미의 한 갈래일 수는 있어도 그것이 바로 미의 본질적인 요소거나 그 바탕일 수는 없었다.(137쪽)

추사 시대는 서화에 있어서 일반적인 풍조로 개성을 추구하는 非文人 서화가가 간혹 나타나도 그들은 文人 서화가들의 천대와 억압 때문에 크게 성장할 수 없었다. 圖畵署의 畵員들과 같은 직업 화가들이 추구하는 사실주의적 화풍은 문인 서화가들의 압력 속에서 헤어나지 못했고 서예에 있어서도 정신미보다 조형미에 기울었던 사람들은 중국의 서풍을 왜곡했다 하여 호된 비판을 받아야 했다.[25] 고죽은 추사에서 물려 받은 석담의 그와 같은 사상에 따를 수가 없었던 것이다. 고죽은 추사나 석담이 존경할 만한 거인이기는 하지만 예술에 있어서의 노선까지 그들을 따를 수 없다고 생각한다. 여기서 고죽의 홀로서기가 시작된다. 곧 그는 그 스승의 궤적에서 이탈해 그 자신의 서화론을 정립한다. 그 主旨는 전통적인 서화론에 있어서는 글씨로써 그림까지 파악한데 비해 그는 그림으로써 글씨를 파악하려 한 것이라 할 수 있다.

그러므로 서예는 의(意)에 있는 것이 아니라 정(情)에 있으며 글씨보다는 그림으로 파악되어야 한다. 특히 서예가 상형문자인 한문을 표현 수단으로 사용하는 동양권에서만 발달하고 표음문자를 쓰는 서양에서는 발달하지 못한 것도 그 까닭이었다. 그런데도 글씨로만 파악했기 때문에 처음부터 그림이었던 문인화(文人畵)까지도 문자의 해독을 입고 끝내 종속적인 가치에 머물러 있었다--이것이 고죽의 주장이었다.(153~154쪽)

---

25) 앞의 글. 105~106쪽 참조.

이는 곧 예술은 학문이나 정치, 도덕 등 어떠한 것에도 종속될 수 없는 자유롭고 자족적이라는 주장이다. 그의 서화론에서 또 하나 돋보이는 것은 거기서 문화적인 주체사상을 발견할 수 있다는 것이다. 고죽은, 추사의 서화론은 淸明의 考證學을 그 배면에 깔고 있는 것이어서 그것이 겨우 움트기 시작한 國風의 추구에 된서리가 되어 이 땅의 서화가 내용 없는 중국의 아류로 전락하게 했다고 말하고 있다.[26] 신동욱이 이 소설을 가르켜 문화주체적 발상을 서사화 한 것이라고 말한 것도 그 때문이다.[27] 이에 따라 고죽에 있어서의 서화·서화가의 이상의 경지도 출발은 그 스승의 것에서 하고 있으나 바로 스승의 그것은 결코 아닌 것이다. 추사나 석담과 같이 고죽이 그의 서화에서 보고자 한 것은 거기서 날아오르는 금시조였다. 그러나 추사·석담에 있어서의 그 새는 魔軍을 쫓고 사악한 용을 움키는 사나움과 세참의 기세를 가진 것이었다. 곧 그들은 왕희지에서 물려받은, 氣運生動의 필세가 강조된 것이었다.[28]

"가루라(迦樓羅)외다. 머리에는 여의주가 박혀 있고, 입으로 불을 내뿜으며 용을 잡아먹는다는 상상의 거조(巨鳥)요. 수미산 사해(四海)에 사는데 불법수호팔부중(佛法守護八部衆)의 다섯째로, 금시조(金翅鳥) 또는 묘시조(妙翅鳥)라고 불리기도 하오."
그러자 문득 금시벽해(金翅碧海)라는 귀절이 떠올랐다. 석담선생이 그의 글씨가 너무 재예(才藝)로만 흐르는 것을 경계하여 써 준 글귀 중의 하나였다. 그러나 그때껏 그의 머리속에 살아 있는 금시조는 추상적인 비유에 지나지 않았었다. 선생의 투박하고 거친 필체와 연관된 어떤 힘의 상징이었을 뿐이었다. 그런데 이제 그 퇴색한 그림을 대하는 순간 그 새는 상상 속에서 살아 움직이기 시작했다. 잠깐이긴 하지만 그는 그 거대한 금시조가 금빛 날개를 퍼덕이며 구만리 창천을 선회하다가 세찬

26) 이문열, 『金翅鳥』, 개정판, 아침나라, 2001. 137쪽.
27) 신동욱, 「시대의식과 서사적 자아의 실현문제」, 『이문열론』, 삼인행, 1992. 95쪽.
28) 김일렬, 앞의 글, 103쪽.

기세로 심해(深海)를 가르고 한 마리 용을 잡아올리는 광경을 본 듯한 착각마저 들었다. 그제서야 그는 객관적인 승인이나 가치부여의 필요없이, 자기의 글에서 일생에 단 한 번이라도 그런 광경을 보면 그것으로 그의 삶은 충분히 성취된 것이라던 스승을 이해할 것 같았다……. (132쪽)

그러나 고죽의 새, 금시조는 그와는 많이 다른 것으로 그것은 죽음을 앞둔 그의 꿈에 나타난다.

　금시조가 날고 있었다. 수십 리에 뻗치는 거대한 금빛 날개를 퍼득이며 푸른 바다 위를 날고 있었다. 그러나 그 날갯짓에는 마군(魔軍)을 쫓고 사악한 용을 움키려는 사나움과 세참의 기세가 없었다. 보다 밝고 아름다운 세계를 향한 화려한 비상의 자세일 뿐이었다. 무어라 이름할 수 없는 거룩함의 얼굴에서는 여의주가 찬연히 빛나고 있었고, 입에서는 화염과도 같은 붉은 꽃잎들이 뿜어져 나와 아름다운 구름처럼 푸른 바다 위를 떠돌았다.(149쪽)

한 눈에 알 수 있듯 고죽이 꿈에서 본 금시조는 勢나 用보다는 美가 강조된 그런 모습이다. 고죽은 자신에게 죽음이 임박했다는 것을 알고부터 그의 남은 기력을 다 쏟아 자신이 남긴 서화를 거두어들인다. 그는 임종에 앞서 그 서화들을 한 폭 한 폭 살펴 본 끝에 거기에 스스로 만족할 만한 것이 단 한 폭도 없음을 알고 모두 불태워버린다. 그 순간 고죽은 한 마리 금시조가 불길 속에서 찬란한 금빛 날개로 힘찬 비상을 하는 것을 보며 숨을 거둔다.

　『금시조』의 이와 같은 결말에 대한 견해는 다양할 수 있을 것이다. 우선은 고죽의 '예술지상주의의 승리'라는 시각이 일반적이다. 이 외에 또 금시조의 비상은 독자를 위한 배려요 사족에 지나지 않는 것으로 스스로 자신의 작품들을 불태워 버리는 것은 명백한 자기부정이며 패배라고 본 연구도 있다.[29] 이는 금시조를 자기 나름의 미적 완성의 상징으로 삼은 고죽이 잠시 꿈속에서 그 나래를 타보지만 자기가 일생을 추구한 경지가 끝내 성취되지 못했다고 생각하고 모든 작품을 불사른다는 것이다.

또는 대립되어 있던 석담의 道의 정신과 고죽의 藝의 정신이 변증법적으로 하나로 합쳐 완성된다는 구조로 볼 수도 있을 것이다.

그러나 그렇지 않다는 것이 필자의 견해이다. 서사구조로써 석담을 주체로 보고 고죽을 종속 관계의 인물로 본다면, 소설의 중간 중간 고죽이 석담에게 돌아가려 하는 내면 심리가 계속되는 설정으로 보아 오히려 고죽이 최후의 순간 자신의 모든 것을 버려 道를 얻었을 것이라는 해석도 가능할 것이다. 고죽의 예술관의 선택이 최종적으로 드러나는 곳은 다음 부분이다.

> "나는 저것들로 일평생 나를 속이고 세상 사람들을 속여 왔다. 스스로 값진 일을 하고 있다고 착각하고, 당연한 듯 세상 사람들의 감탄과 존경을 받아들였다."
>
> "무슨 말씀을……"
>
> "물론 그와 같은 삶이 있을지도 모르지. 그러나 나는 아니다."
>
> "……"
>
> "조금 전까지만 해도 나는 그것들에서 솟아오르는 금시조를 보기를 간절히 원했다. 그것으로 내 삶이 온전한 것으로 채워질 줄 알았다. 그러나 지금은 설령 내가 그 새를 보았다 한들 과연 그러할지 의문이다."
>
> "……"
>
> "자, 그럼 이제 시키는 대로 해라. 이것들을 남겨두면 뒷사람까지도 속이게 된다." (155쪽)

---

29) 류철균, 「이문열 문학의 정통성과 현실주의」, 『이문열』, 살림. 1993. 22쪽.
　　유종호, 「능란한 이야기 솜씨와 관념적 경향」, 김윤식 외, 『이문열론』, 삼인행, 1991. 60쪽.

고죽은 '그와 같은 삶이 있을지도 모르지만 그러나 나는 아니다'라고 말함으로써, 자신이 탐미주의자나 예술지상주의자가 아님을 천명한다. 물론 근대서구적 예술관을 최종적으로 부정하는 셈이 되는 것이며 지금까지의 자기를 부정하는 것으로 그를 통해 그가 그토록 원했던 금시조를 보게 된다.

텍스트의 의미 연관을 존중한다면, 고죽이 최종적으로 택한 길은 藝道였다. 즉 마지막 순간 반전이 이루어진 것이다. 그것은 마지막에 본 금시조의 모습에서도 그 단초를 찾을 수가 있다.

> 그러나 그때 고죽은 보았다. 그 불길 속에서 홀연히 솟아오르는 한 마리의 거대한 금시조를, 찬란한 금빛 날개와 그 힘찬 비상을. (157쪽)

이전 꿈속에서 보았던 화려하고 거룩한 모습보다는 오히려 단순하게 표현함으로써 '세참'이 느껴지는 금시조의 모습이다. 또 하나, 스승 석담이 임종할 무렵 고죽은 절에서 가루라 즉 금시조를 보게 된다. 그 희미한 벽화 속의 상상의 새가 날아오르는 모습을 떠올리며 스승의 삶이 성취되었을 것이라 이해할 수 있다는 부분은 결국 고죽이 스승의 예술관을 이해한다는 것이며, 이 부분이 스승의 죽음의 순간에 등장하는 것 또한 우연의 일치라고 하기에는 작가의 복선과 치밀성을 놓치는 결과가 될 것이다.

## 3. 결론

『금시조』는 문학을 포함한 예술 일반에 관한 작가 이문열의 사상이 잘 드러난 소설로 한 편의 예술론, 예술가론이라 할 수 있을 것이다. 그동안 많은 연구들이 이 소설을 탐미주의로, 고죽의 최후를 서양의 근대

사상에서 비롯된 '예술지상주의의 승리'로 해석해 온 것이 일반적인 해석이었다.

작가는 소설의 종결 부분 이전까지 내내 유교적 관습과 전통을 거부하고 서구 근대적인 의미의 타고난 예술가 고죽을 추켜세워 몰아나간다. 그리고 마치 유미적 관점에서 작품의 완전성을 지향하는 결벽증으로 스스로의 작품을 모조리 포기하는 자기 부정을 보이는 듯 엮어나간다. 그러나 앞에서 살펴보았듯이 결국 최후의 순간에 앞서 고죽이 예도로 돌아가는 것으로 결론을 내린다면 이는 곧 작가 이문열의 보수적이고, 귀족적, 유교 전통 지향적 성향을 다시 한 번 확인할 수 있을 것이다. 필자의 견해로 『금시조』에서 드러난 예도의 모습은 하늘을 향한 수직적인 모습으로 읽혀지며, 권위주의적이며 유교적 가치관에 투철하다. 또 작품 곳곳에 다른 이문열의 소설들이 그렇듯이 유교적 양반의식에 대한 향수가 드러나고 있으며 현대화로 이행되어가는 동안 과거의 전통적 유산들이 사라져가는 현실에 대한 안타까움이 드러나 있다. 이는 그동안 이문열의 『雅歌』, 『선택』 등의 논쟁들을 상기해보면 더욱 확실해진다. 그러므로 『금시조』가 이문열의 탐미주의 사상이 소설로 肉化된 작품이라는 일반적인 평가는 잘못된 것이라 할 수 있을 것이다. 오히려 이문열의 유교적 보수 회귀 사상이 부지불식간에 녹아든 작품이라는 해석이 더 어울릴 것이다. 아마도 어쩌면 그것은 치밀하게 의도된 것이라기보다 무의식의 소산일 지도 모른다.

┌ 저자 프로필 ┐

**최현규**

경기 평택 출생 / 소설가. 평론가 / 〈해인의 비밀〉〈모스 Moss〉 등의 장편소설이 있음 / 동요 〈노을〉을 작곡한 음악가이기도 함 / 제 21회 〈복사골문학상〉 수상 / 복사골문학회 주부토 소설동인 / 부천소설가협회 회원 / 한국작가회의 회원

# 『긍정의 힘』 2탄
# 공저자를 모집합니다!

**개요**

1. 공동 저자: 총 36명

2. 책 전체 분량: 380쪽 내외(1인당 10쪽 내외)

3. 원고 분량: A4용지 5장(글자크기 10포인트, 줄 간격 160%)

4. 경력(프로필): 10줄 이내

5. 사진: 자료사진 3매, 사진 설명 20자 미만

6. 신청 및 원고 접수: 수시 마감

7. 출간 예정일: 연 3회

긍정, 행복, 성공에 관한 이야기를 독자들에게 전하고 나눌 수 있는 내용의 원고를 자유로운 형식으로 작성하여 제출해 주시면 행복에너지 소속 전문 작가가 독자들이 읽기 편하도록 전반적인 윤문과 교정교열을 할 예정입니다.(원고는 ksbdata@daum.net 으로 송부해 주시기 바랍니다.)

책 발행비용은 100만 원이며 저자에게 발행 즉시 100부를 증정합니다.
발행비용은 신청 시 50만 원, 편집완료 시 50만원을 '국민은행 884-21-0024-204 도서출판 행복에너지 권선복'으로 입금해 주시면 되겠습니다.

자세한 문의는 언제든지 하단의 전화, 이메일을 통해 연락을 주시면 성실히 답변을 드리오며 원고 내용이나 책에 관해 궁금하신 분들은 도서『긍정의 힘』을 직접 참조해 주시기 바랍니다.

도서출판 행복에너지: www.happybook.or.kr
**대표이사 권선복**
HP: 010-8287-6277  Tel: 0505-613-6133  E-mail: ksbdata@daum.net

## 검사의 락

### 곽규택 지음 | 304쪽 | 15,000원

책 『검사의 락』은 15년의 검사 생활을 마치며 제2의 인생을 준비하는 곽규택 변호사의 '검사들의 삶, 검찰청 이야기'다. 대중에게 선보이기 위해 검사로서의 지난날을 솔직하고 담백한 필치로 정리해 오롯이 담아내고 있다. BBK 김경준 송환 작전부터 검찰총장 혼외자 의혹 사건까지 대한민국을 떠들썩하게 한 사건들의 뒷이야기를 솔직한 화법으로 풀어내고 있다.

## 언덕을 넘으며 시대를 생각한다

### 정문수 지음 | 352쪽 | 15,000원

책 『언덕을 넘으며 시대를 생각한다』는 한국사회의 지난 20년을 면면에서 살피고 그에 따른 성찰과 뒤따르는 시대에 대한 혜안을 담은 책이다. 저자인 인하대 '정문수' 교수는 참여정부 시절 청와대 경제보좌관 자리에 오르는 등 대한민국을 대표하는 경제인이자 법학자이다. 변혁을 거듭했던 최근의 대한민국을 한눈에 들여다보고 '우리 사회의 구성원 모두가 행복하게 잘 살기 위해 무엇이 필요한가'를 제시한다.

## 음악을 건네다

### 최철규 지음 | 320쪽 | 15,000원

책 『음악을 건네다』는 20여 년간의 음악 방송인 경력을 십분 발휘하여, 고르고 고른 58곡의 노래에 이야기를 덧입혀 담아낸 음악에세이집이다. 비틀즈, 밥 딜런, 아델 등 시대를 대표하는 팝 스타는 물론 정태춘, 여행스케치, 김광진과 같은 국내 거장들의 노래 가사를 하나씩 소개하면서 그와 걸맞은 이야기를 정감 어린 톤으로 풀어낸다.

## 명세지재들과 함께한 여정

### 강 형(康泂) 지음 | 432쪽 | 25,000원

이책은 평생을 교육자로 살아온 강형 교수의 회고록이다. 1부는 오직 교육자의 길만을 걸어온 저자의 지난날의 대한 회상을 중심으로, 제자들과 함께한 그 열정의 여정에 대해 이야기한다. 2부는 저자에게 가르침을 받은 명세지재들의 옥고(玉稿)를 담고 있다. 이 책은 진정한 교육자의 길은 무엇인지 알려주고 대한민국 교육계의 미래를 위해 우리가 해야 할 일은 무엇인지에 대해 명쾌히 전하고 있다.

## '행복에너지'의 해피 대한민국 프로젝트!
# 〈모교 책 보내기 운동〉

대한민국의 뿌리, 대한민국의 미래 **청소년·청년**들에게 **책**을 보내주세요.

많은 학교의 도서관이 가난해지고 있습니다. 그만큼 많은 학생들의 마음 또한 가난해지고 있습니다. 학교 도서관에는 색이 바래고 찢어진 책들이 나뒹굽니다. 더럽고 먼지만 앉은 책을 과연 누가 읽고 싶어 할까요? 게임과 스마트폰에 중독된 초·중고생들. 입시의 문턱 앞에서 문제집에만 매달리는 고등학생들. 험난한 취업 준비에 책 읽을 시간조차 없는 대학생들. 아무런 꿈도 없이 정해진 길을 따라서만 가는 젊은이들이 과연 대한민국을 이끌 수 있을까요?

한 권의 책은 한 사람의 인생을 바꾸는 힘을 가지고 있습니다. 한 사람의 인생이 바뀌면 한 나라의 국운이 바뀝니다. **저희 행복에너지에서는 베스트셀러와 각종 기관에서 우수도서로 선정된 도서를 중심으로 〈모교 책 보내기 운동〉을 펼치고 있습니다.** 대한민국의 미래, 젊은이들에게 좋은 책을 보내주십시오. 독자 여러분의 자랑스러운 모교에 보내진 한 권의 책은 더 크게 성장할 대한민국의 발판이 될 것입니다.

도서출판 행복에너지를 성원해주시는 독자 여러분의 많은 관심과 참여 부탁드리겠습니다.

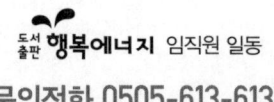

도서출판 **행복에너지** 임직원 일동

문의전화 0505-613-6133